U0101431

LIANGANJI

华艺出版社

两岸交流纪事

纪事

魏秀堂 ● 著

两岸交流纪事

魏秀堂　著

华艺出版社

图书在版编目（CIP）数据

两岸交流纪事/魏秀堂著．－北京：华艺出版社，1996.5
ISBN 7-80039-203-1

Ⅰ．两…　Ⅱ．魏…　Ⅲ．报告文学－作品集－中国－当代　Ⅳ．I 25

中国版本图书馆 CIP 数据核字（96）第 10008 号

两岸交流纪事

魏秀堂　著

华艺出版社出版发行
（北京朝内南小街前拐棒胡同一号
编码100010　电话66736751）

北京市仰山印刷厂

787×1092　1/32　14 印张　295 千字

1996 年 8 月第一版　　1996 年 8 月第一次印刷

（书中如有缺页、错页或倒装请与本社发行部联系）

ISBN7-80039-203-1/I·585　　　定　价：14.50 元

作者简介

魏秀堂，1940年9月生于山东省临朐县一个农民家庭，1955年初离开家乡赴省城济南求学，1965年毕业于山东大学外文系俄罗斯语言文学专业。之后一直从事对外对台宣传，最初当过几年翻译，1973年改作编辑、记者，担任过《中国建设》（现名《今日中国》）杂志中文编辑部副主任、主任，1992年起享受政府特殊津贴，1993年9月调任《台声》杂志总编辑。现为高级记者、中国作家协会会员。除写过大量新闻报导外，也发表过报告文学作品，选编过《台湾的童话》，专著有《在希望的土地上》、《澳门面面观》，与他人合著的有《扎根在这片土地上》、《黄河万里行》、《首批大陆记者台湾纪行》等。

目　　录

1986 年

1987 年

1988 年

1989 年

1990 年

1991 年

1992 年

1993 年

海峡通 天下利

——《两岸交流纪事》序

孙 波

读过《两岸交流纪事》，我不禁默默感叹："海峡通天下利。江河总东流，滔滔不可挡。海峡两岸如能直接'三通'那有多好！"

在这本书里，作者以目击的现实、翔实的材料、准确的数字，把海峡两岸人民为实现祖国统一大业所作的努力，萦绕笔端，濡染楮墨。爱国主义像一条红线贯穿于全书始终，洋溢于字里行间。

全书共收入80余篇文章，写的都是真人、真事、真情。其中有两岸著名学者、教授、作家之间的文字之交，也有科学家、工程师、老艺人之间的学术之交；有两岸企业家之间的生意来往，也有两岸艺术家之间的通力合作。既反映了台湾籍的体坛老将、医生、导演、歌星、画家、棋手、运动员以及在大陆定居的原国民党官员安居乐业的情景，也表达了他们对阿里山、日月潭无限怀念的心情。拳拳赤子心，依依故园情。书中还写到一些天涯游子组成返乡团回大陆探访时的浓郁亲情。这些花甲老人在白色上衣上面印着"想家"两个黑字,高唱着台湾歌曲:"团结起来,相亲相爱,我们都是一家人,永远都是一家人……"那爱国之情,融融氤氲,感人至深。他们反复吟诵着贺知章的著名诗句:"少小离家老大回,乡音无改鬓毛衰。儿童相见不相识,笑问客从何处来?"桑梓情深,莫名眷念,像云恋山岫、泉思海洋一般,人生最能拨动心弦的感情,都必然向故乡流去。

针对台湾同胞和海外侨胞对祖国统一大业的关心和所提问题,作者还写了不少专访,如《国务院台办,办什么?》、《政协工作更加活跃了》、《海协会与两岸关系》、《还是高层接触好》、《1995留给我们的思考》等政策性很强的文章,由权威人士出面,阐明了党和政府有关的主张和政策。读后使人感到开心见胆,抱诚守信,一句一理,启迪良深。

在许多人物专访作品中,《李志仁纵论社会和人生》,颇能发人深思。李志仁是"台湾笔墨大王",拥有超亿美元资产。同时还是一位颇有成就的艺术家、收藏家、鉴赏家。他对作者说:

"我的人生观是:不管一个人的地位有多高,多么有钱,多么有权,这都是暂时的,当他过世后一切都是空的。只有生前做出对国家、民族乃至人类的贡献,才有永恒的价值。"

他还认为:"世界上任何一个国家,必须维持精神和物质的平衡。追求物质发展很容易,但如果物质超过了精神,社会就会出现投机、败坏、堕落,甚至国家会亡。因此,失去精神文明是非常危险的……"李志仁的精辟见解不胜枚举。他是在台湾那个环境下成长的,可是他的许多见解却同在大陆文化背景下成长的人不谋而合。这正如作者在另一篇文章中所说的,是一种"遥远的默契!"

《遥远的默契》写的是北京上演台湾剧作《和氏璧》的事情。台湾女作家张晓风根据古典名著《韩非子》创作出剧本《和氏璧》，由北京中央实验话剧院导演文兴宇将其搬上舞台。尽管作家与导演未见过面，可是文兴宇却深深感觉到："我们的身上有共同的东西！""我们之间有一种遥远的默契！"为什么会产生这种"默契"？由于在地理、历史、民族、文化、语言、心理等诸多方面一脉相传，息息相通，密切相连。这是祖国必然统一的基础。统一祖国，人心所向，是任何人也改变不了的历史趋势。

　　如果以图画来比喻，作者所写的许多专访、特写、纪实等等，如同画家的速写，都是以眼前的事实为依据，独具慧眼地寥寥几笔便勾勒出有情的人和生动的事，并且耐人寻味。有些文章如花各有姿、树各有影，不蹈他人，自辟蹊径。如有一组文章别开生面，作者直接走入画中而成为画中人了！在《大陆记者首次赴台采访札记》等9篇文章中，作者不但是采访者而且也是被采访对象；不仅记述了他的所见所闻，而且记述了他的所做和所想。读起来令人意味盎然。这类由大陆记者以目击者身份报道台湾现实生活的文章，见诸报端的不多，因而就更显得珍贵，更能唤起读者兴趣。作者在文章中讲述了台湾的交通、夜生活以及一些人的收入情况；1995年，作者二度赴台采访，这本集子中收入了四篇回京后的通讯。写了抒发"宝岛二度又重来"的感慨，还介绍了台湾故宫博物院中所存放的著名文物和国宝，等等。由于都是作者亲眼所见，就分外引人注目。特别是，写到两岸新闻工作者之间那种诚挚友情，如作者在台湾过生日时受到同行的关怀，台湾同胞帮助《福建日报》记者庄战成顺道寻找失散多年的哥哥的曲折过程等故事，都是激动人心的！

作者在《繁荣生活即神仙》这篇文章中说道："虚幻的东西再好，也毕竟是虚幻，总不如现实生活来得实在。"

我觉得，这段话来自作者多年的生活体验，也是他美学观的体现，而且他在这本书的全部文章中也是切切实实地这样做了。书中所有文章共同的特点：第一是事实，第二是事实，第三还是事实。文笔厚重凝炼，简洁疏墨，平和清淡，规步矩行，朴实严谨，没有花拳绣腿、矫情虚弱的轻贱和溢美。许多文章虽千字左右，但内容却饱满丰盈，绝非工巧所能至。

本色最可贵，真实才是金。忠于事实，这是新闻工作者必须遵守的原则，是新闻工作者的职业道德所在。"只有忠于事实，才能忠于真理"。这样，新闻工作才会具有权威性，才能够起到舆论监督的作用。然而，当今有的新闻媒体不尽人意之处正是歪曲事实。例如：吹捧哥儿们将坏的说成好的者有之；因吃人嘴软拿人手短、将黑的说成白的者有之；为了某种个人的功利目的——如收红包之类，将无说成有或将有说成无的者也有之。至于那些主次不分、以假象掩盖实质，甚至连最起码的"新闻五要素"都不注意、以主观臆测代替客观事实的新闻，几乎经常在电视或报刊上与读者见面。即以大家喜闻乐见的电视新闻为例，报道农业的展览会却见不到农民，报道工业的展览会却见不到工人，报道美术的展览会见不到画家。如果有人想去参观某个展览会，从这种新闻报道中找不到丝毫线索，因为记者忘了交待展览会的时间和地点。相比之下，《两岸交流纪事》中的文章就越发显得难能可贵了！

本书中的作品写于 1980—1995 年，时间跨度达 16 年之久，是作者从大量作品中筛选出的精品，是他长期从事新闻工作的心血结晶。从这些作品中人们能够感受到有一颗忠实的心在跳动，仿佛看到了作者辛勤劳作的身影。他不仅像一个邮政员，穿梭于两岸同胞之间，为他们传情达意，递送各种信息；他又像一名地质队员，道途奔波，栉风沐雨，走遍祖国的山山水水，手持一个小锤头到处敲打着，为构筑两岸同胞心灵之桥去发掘有用的"矿石"。如通过介绍荣毅仁家族繁荣昌盛的事实，说明中国政府华侨政策的正确性；他去访问原国民党政府驻泰国首任大使李铁铮先生，以李老多年对西藏问题研究的成果，驳斥国外有人提出的"西藏曾经独立过"的谬论，就显得更加有分量。当他闻知身居海外的著名科学家丁肇中怀念家乡的时候，便不辞辛苦地专程访问了山东日照涛雒，向丁介绍了他家乡的巨大变化。当他从台湾报纸上看到台湾作家尹雪曼先生思念家乡亲人的文学作品时，立即不远千里去尹先生的故乡——河南汲县李元屯访问，如同说家常一样，将尹先生家乡以及他的胞弟、堂弟的情况，一一作了介绍。言之娓娓，闻者翕翕。从这本书的文章中，人们可以深切地感受到，作者魏秀堂先生为沟通海峡两岸同胞的亲情，为早日实现祖国统一大业，殚精竭思，呕心沥血，自鞠不倦，精进不已，虽有流血淌汗苦中苦，却是心怀高远乐上乐；也可以感受到他的人格力量。人格乃是包括思想品德情操的自己自由心灵的帝王，它不属于任何人，甚至任何其它帝王。我所知道的秀堂，宅心忠厚，待人以诚，目光敏锐，与时代同步，默默地拼命走自己的道路，从不滔滔不绝地讲大道理。因而，"老老实实地做人，实实在在地写作"，是他在我脑海中留下的深刻印象！他所以能写出这么多的好文章来，正是由于他老实！

　　上陈琐琐，挂一漏万，敬抒所感，聊志欣喜，有余愧焉，谅之谅之。

　　　　　　　　　　　　　　　　　1995 年 11 月于北京
　　　　　　　　　　　　　　　　　1996 年 2 月修改

台湾体坛老将畅谈中国参加奥运会

"中国大陆和台湾地区的运动员都是爱国的，都是想要为祖国、为民族争光的。我希望我们兄弟同胞携起手来，把力量汇合到一起，并肩出现在 1980 年奥林匹克运动会上。"

这是中国的一位体育界老前辈、中华全国体育总会委员林朝权，去年（1979 年）11 月下旬在北京举行的祝贺中国奥委会恢复在国际奥委会的合法权利的茶话会上发出的衷心的希望。他说他日夜都在盼望着能够早日结束 30 年来这种与民族利益、人民意愿相违背的分裂局面。邓小平副总理、邓颖超副委员长和全国体育界知名人士都出席了这次盛会。林朝权先生是原中华全国体育协进会理事、台湾省体育协进会常务理事兼总干事、台湾省拳击协会理事长、台湾省棒球协会名誉理事长。目前，除担任全国体总委员外，他还是体总上海分会的常务委员、上海棒垒球协会副主席、上海体育科学研究所的研究员。他是专程从上海来北京参加这次庆祝活动的。

在茶话会后，我访问了他。

74 岁的林先生，身板笔直，目光炯炯，步履矫健，满面红光。看到这样一位老人，不难想见他年轻时叱咤体坛的风姿。他自幼喜爱运动，七八岁时就是小棒球队的扑手，十几岁时成了足球场上的新秀，18岁时获得台湾撑竿跳高冠军，1937年日本东京体育大学毕业后，更成了一个多才多艺的体育人才。1938—1944年间，他任北京师范大学教授兼体育系主任。1946年，林先生回到自己的家乡，继续从事体育工作。1950年，他又返回大陆，献身于新中国的体育事业。

我们的谈话是从奥运会的话题展开的。他兴奋地谈到经过二十多年的努力，中国终于又恢复了在国际奥委会的权利。他说："国际奥委会通过的决议，体现了世界上只有一个中国、台湾是中国的一部分的根本事实，又照顾到台湾地区的实际情况，使我国台湾地区运动员可以和祖国大陆的运动员一起参加奥林匹克运动会。这是一个好的决议。是合情合理的，是大势所趋、人心所向，也是全国人民，包括台湾人民和体育工作者的一致愿望。"

说起台湾的同行，林朝权谈起了几十年前的往事，他在台湾的体育生涯和他在那里的老同事、老朋友。

林先生献身体育是受父亲和哥哥影响。他的父亲是一位爱国的知识分子，中学的语文教员。在日本统治时期，他经常教育自己的子女和学生不要忘记自己的祖国和祖先。他谈到他的祖先原籍福建省泉州，17世纪中叶，跟随明朝将领郑成功到台湾，赶走了荷兰殖民者，后来在那里定居下来。他自己热心体育，也鼓励自己的子女学体育、搞体育。他曾经获得台湾自行车赛冠军。林朝权的哥哥在20年代曾创造台湾的百米跑记录。台湾最早的群众性体育组织——"东宁团"，就是林家兄弟在他们的父亲支持下发起组织起来的。东宁团的团长是林朝权的哥哥，他为了购买体育器材，几乎耗尽了他当时的全部资财。那时，台湾的所有优秀运动员都参加了这个组织，并且培养了一批新手。1931年，日本帝国主义侵略中国大陆后，东宁团被解散。但是，这个组织为发展台湾体育事业所作的贡献是不会被人们忘怀的。

林朝权谈起在台湾的一些"东宁团"运动员。谢真南是当时棒球队著名的投手；李世计在中学时就是台湾中学生代表队的队员——这个队曾在日本获得亚军。林朝权说："他们两人都是棒球界的权威，相信他们还健在。可以说，今天台湾棒球运动达到较高水平，就是那个时候打下的基础。"

在田径方面，东宁团也有一些有名的运动员。张星贤曾代表中国参加过1932年和1936年两届奥运会。现在，他在台湾当局谢东闵先生手下处理体育事务。林朝权说："谢东闵先生也是我当年谈得来的老相识。1948年，台湾代表队到大陆参加全国运动会，他是领队，我是副领队。"还有一个叫王象，成绩也很好，50年代来到大陆工作。他和张星贤是通过林朝权的舅父杨肇嘉先生的介绍到日本早稻田大学留学的，在日本期间，他们两人都曾获得过全日和全校的短中跑冠、亚军。兵明田是台湾的高山族同胞，也是"东宁"团员，在早稻田时得过全校铅球冠军。林朝权谈起这些熟悉的朋友，深情地说："我多么想再见到他们啊！"

林朝权早年是一位出色的运动员，后来又成了一位著名的体育教育家，为祖国培养了不少体育人材，这方面用中国的一句古语说，就是"桃李满天下"。林朝权激动地说："由于祖国尚未统一，我过去的一些学生分别在大陆和台湾，30年未能相见。希望不久的将来有一天要共叙师生情谊。"

他在台湾的学生，是40年代他从大陆回到台湾家乡以后，跟着到台湾去找他的。据他知道的其中有台湾大学体育系主任齐沛林，他参加过国民党当局在大陆举办的最后一届全国运动会，获得铁饼和铅球冠军；台湾师范大学的杨基荣，在田径方面也有名气，现在当教练；还有台湾大学的女教师陆惠琴等。

林朝权热情地谈到，1939年在山西省太原举行华北运动会，当时北师大体育系学生有60人参加，适逢农历八月十五日，他的生日，他们全都凑到他身边吃祝生日面条。后来到台湾后，每年生日也有十几个学生集中到台北为他祝贺。1979年3月，他到北京参加全国体总会议期间，他的学生和友人共24人在北京烤鸭店聚餐，为他洗尘。去年第四届全运会期间，又遇上他过生日，又有十几个学生为他祝寿。

林朝权在大陆的学生，也有许多是体育界的骨干，如北京清华大学副教授、体育教研室副主任、第四届全运会足球裁判长翟家钧，北京师范大学副教授、体育系田径教研室主任、第四届全运会田赛裁判长刘士亮，北京大学教授、体育教研室主任刘士英和副教授王胜治，河北师范学院教授、中华全国体育总会委员刘竞存等等。

这位老先生喜笑颜开，如数家珍般一一列举着自己的得意门生。他兴奋地说，希望有一天他的朋友、同行、学生们都聚会在一起，共庆祖国的统一。

林朝权谈到，30年来，中国的运动员，包括台湾运动员在内，都有很大进步，获得很好成绩，曾经打破了100多项世界记录，获得了几十项世界冠军。台湾的纪政女士曾被选为世界最佳选手，1970年在美国举行的一次田径赛中，她一个人一天打破了三项世界记录；杨传广曾创造男子十项全能世界记录，在17届奥运会上获得这个项目的第二名；本来就基础较好的棒球，近年水平又有提高，少年棒球已三次获得世界冠军称号。至于祖国大陆，先后打破世界记录、获得世界冠军的人就更多了。他说："诚然，和世界先进水平相比，我国的大部分项目水平还不高，但在某些项目上创造优异成绩还是大有希望的。特别是，如果台湾地区的运动员和祖国大陆的运动员一起参加奥运会，无疑将为我中华民族争得更大的荣誉。"

最后林先生极为兴奋地表示："我盼望中国恢复在国际奥委会合法权利的愿望，已经实现了。现在，我最大的愿望是使祖国大陆和台湾地区两部分力量尽快汇合到一起，共同为祖国、为民族争光。邓颖超副委员长号召我们，欢迎台湾地区的运动员和我们一起参加奥运会，我作为一个从事体育工作数十年的人，更热烈期待着台湾的同行们能参加1980年夏天在莫斯科举办的奥运会。只要有机会和他们见面，我可以和他们谈。我已经向国家体委领导人表示，愿意在大陆和台湾的体育界之间充当桥梁，我认为，双方的体育界应该带个头，消除对立情绪，尽快实现交流，以取长补短，共同提高。我们应该勇敢地把统一祖国的重任承担起来。"

林朝权先生和自己的妻子、三个子女生活在一起，他还有三个弟弟、三个孩子在台湾，另有一个女儿在美国。他盼望着国家统一、盼望着亲人团聚。

（原载《中国建设》，1980年第3期）

红楼有梦动寰震

——访著名红学家周汝昌

周汝昌先生今年（1980年）的学术活动格外引人注目：出版新著《曹雪芹小传》和《恭王府考》（红楼梦环境素材的探讨），发表红学论文和与此有关的诗文散记，赴美国参加第一届国际《红楼梦》研讨会，在全国红楼梦学术讨论会上被聘为中国红楼梦学会顾问……

周汝昌先生现是中国文学艺术研究院《红楼梦》研究所研究员。在他还不到30岁时，就在没有师承、独立摸索的情况下，发表了两三篇论文，对曹雪芹的生卒年，尤其是生年，提出了全新的看法。当他在燕京大学肄业时，《燕京学报》发表了他的一篇重要论文，这是第一篇对乾隆抄本《石头记》脂砚斋批语的全面而系统的研究论著，对推动后来红学的发展，关系甚巨。被公认为对红学研究具有重要意义的《红楼梦新证》，也是他早年写成的，问世于1953年。三四十年来，他艰苦治学，始终不懈。十年动乱之中，在极度困难的条件下，他仍坚持研究和著述。周先生是国内为数不多的、把红学作为终生事业的学者之一。

最近周先生在百忙之中抽暇接受了我的访问。

周先生今年62岁。看来，事业过多地消耗了他的精力，他似乎过早地衰老了：头发几乎全白，与人谈话必须用助听器，看书要用高倍放大镜，走路离不开手杖。但这瘦弱的身体中竟蕴藏着无穷的智力和精力。听说，他写起东西来可以从早直到深夜，谈起《红楼梦》可以一谈就是几个小时。

周先生住的是平房，工作室里摆着几张沙发，窗下写字台上堆满了报刊、书籍、资料、手稿，墙上是"曹雪芹著书图"、"黛玉小影"，还有《红楼梦》人物的挂历，书柜里是中外文版的《红楼梦》和红学论著。在这样的环境里，如果不谈《红楼梦》，就显得不太协调了。

"周先生前不久和冯其庸、陈毓罴两位先生一起出席了国际《红楼梦》研究会。请您谈谈同台湾及海外红学家的交往好吗？"几句见面的话说完后，我这样说明了来意。

"亲切极了，热乎极了！"

想起在美国结识的朋友们，周先生视力极弱的双眼闪出兴奋的光彩，他仿佛又回到了威斯康星首府麦迪逊——首届国际《红楼梦》研讨会就是在那里举行的。

"我们在会议期间会见的各位同行，全都亲切极了，热乎极了！"说着，周先生走进内室，取出了一叠彩色照片，其中一张是他与潘重规先生、余英时先生在周策纵先生家中的合影。周策纵教授是这次研讨会的发起者和主持人，潘重规先生是应邀从台湾来的唯一的一位红学家。

周先生说："我对潘先生素仰令名。他早年先后在四川大学和香港中文大学任教授；香港的红学研究就是潘先生一手经营起来的。他是一位资望很深、家世师承、学有渊源、有学术地位的学者，又写得一手好字。我也是搞书法的，非常佩服他在书道上的造诣。"

"您和潘先生接触多吗？"

"我们和潘先生下榻在同一旅馆，见面的机会是很多的。刚到不久，潘先生告我，他刚到旅馆，就见到我的论文分发到屋里，他几乎什么事也没作，就读了起来，一口气读到深夜12点。论文是提早寄去复印的。我们二人的观点可能有许多不同，但这并不妨碍我们互相尊重，建立友情。

"开幕的前一天，威斯康星大学红学家赵冈先生为我们二十多人举行晚宴，我和潘先生并排坐在一起。他热情、主动地同我交谈。我们谈到将在会上展出的各种珍贵版本，其中胡适之先生旧藏‘甲戌本’，就是在潘先生的协助下借得的。

"潘先生的为人，他的学者风度给我留下了很深的印象。他1973年曾有机会访问列宁格勒，披阅了列宁格勒东方学院收藏的清代旧抄本《红楼梦》35册。潘教授是到目前为止唯一读到过这个抄本的中国学者。他说，这是一个很高明的本子，又是早期抄本，具有重要价值。他对需要答辩的问题，总是从容不迫，处理得非常巧妙。这使我钦佩。在他对自己的论文介绍说明后的第二天，我对他的答辩风度表示赞赏，说他‘不卑不亢，雍容大雅，完全是一个中国学者有造诣、有修养的表现’。潘先生当即表示，听了这样的夸奖，非常高兴，觉得比给他学位还要光荣。又说，他想作一个真正的中国人，为在世界上传播中华文化的精华贡献力量。这是我们的共同心愿。散会后潘先生拉着我，特意到楼下，在露天地里接连照了许多相。这时有很多位华裔学者、教授一起互相摄影，同胞、兄弟之间的友好、融洽的气氛十分热烈。"

参加研讨会的还有许多中国血统的红学家和青年研究人

员，其中不少是从台湾迁居美国的，有的还有亲属在台湾。他们和大陆学者之间同样是一片深情。

细微之处见深情

洪铭水是一位台湾省籍的年轻教授，在纽约州立大学布鲁克林学院任教。周汝昌先生说："我们和洪先生的接触是在研讨会结束之后。那一天，周策纵先生一家开着两部车，带我们到几百英里外的一处湖滨风景区游览、野餐。细心的洪先生早就得到了这个消息，提前来到周先生家里等我们，使我们每个人感到温暖。洪先生陪了我们整整一天，非常热情，一路上指点扶掖，为我们讲解，看我们累了就安排休息；我行动不太方便，洪先生主动搀我。周先生一家和洪先生的好意是我永远不能忘怀的。"

回到旅馆后，洪铭水先生拿出一块他喜爱的石头，请周汝昌先生题字，周先生欣然应允，写了寓意深刻的"女娲炼余"四个字。洪先生十分珍重，说要把字刻在石头上，留作永久的纪念。

用诗词书画表达友情，这可能是我国文人、学士们在彼此交往中最富有浪漫色彩的传统。周先生取出一些诗稿，一边给我看朋友们的手迹，一边说："周策纵先生来信讲，他把会议期间的诗词收集了起来，共有六十多首呢！"他信手抽出一张诗稿说："这是纽约市立大学唐德刚教授写的。唐先生为人豪爽，很有风趣，谈吐诙谐幽默，诗词写得又快又好。在一天下午的最后一项讨论中，哈佛大学研究生余珍珠女士发言后，我对她的论文给了高度评价。第二天一早到会，唐先生让我看一首诗，说我的评论深得他心。我也马上写了一首回赠唐先生，他看了也十分高兴。"

"自是尘凡奇女子，阿奴身世亦酸辛。翻残脂后三千注，最恨酸儒骂袭人！"这是唐先生的诗，周先生小心保存着，可是他对自己写的回赠诗就远非那么留意，已记不准了。但在我的追问下，他勉强搜索记忆，最后说，那首七绝似乎是这样的：

"唐公才调最高流，陌地欣逢结胜游。不为红楼开盛会，与君相失恨千秋！"这首诗道出了一片相见恨晚、互相知赏的感情。

唐德刚教授也是一位细心人。台湾有位研究建筑学的青年，根据曹雪芹的描写，画了一幅大观园图，并写出论文。唐先生把它从杂志上剪下来，贴好，同周先生第一次见面时送给了他。周先生说："我们素不相识，从无会面之缘，仅仅从著作上彼此闻名。唐先生这样了解我，知道我也研究大观园，体察我的心情，尤其使我感动。我觉得这比起会上正式讨论问题来，更是另有一番情意。"看得出，周先生深深怀念着这位朋友。

周先生端起茶杯，呷了两口，继续说："那宗训先生也是我不能忘记的，他是美国明尼苏达大学教授，祖籍中国东北，北京生人，父亲在台湾。他特意赶了几百英里去跟我们见面，请我们吃饭。他知道我眼睛不好，专门为我买了各式放大镜。真是细微之处见深情啊！"

热切的期望

周汝昌先生是盼望大陆和台湾早日实现文化交流的。刚从美国回来，他就这样讲过："我盼望大陆和台湾对《红楼梦》的研究成果，诸如赏析、考证、资料等文章，能及时地进行互相交流，以便增进了解，消除隔阂，共同推动学术研究。《红楼梦》出自我国。大陆和台湾学者更应携起手来，为研究《红楼梦》的学术发展作出贡献。"

在美国期间，周汝昌、冯其庸、陈毓罴三位红学家和台湾红学家、学者、研究生聚会交谈，交流了学术著作和研究论文。周先生认为这是一个良好的开端，同时他又为目前交流的机会太少、能够交流的成果太少而感到惋惜。

周先生把一本装帧漂亮的《红楼梦研究书目》拿给我看。他说："那宗训先生为了将大陆出版的一篇资料收入书目，曾驱车上千英里，据说这篇资料在美国只有两份。比起台湾、香港和海外出版物来说，我们出的东西太少，印刷、装帧质量也差；还有发行工作是否已做得够好？我觉得上述各方面都到了应急起直追、努力改进的时候了。"

周先生强调说："当然，首先还是要加强研究工作，搞出更多的成果。现在国内的《红楼梦》研究，已出现了一派繁荣局面，今后当更有条件与台湾学者进行交流。"据了解，周先生所在研究所正在校订一个好的、接近于曹雪芹原著的《红楼梦》版本，有新注释两千多条，还要编一套《红楼梦》研究资料丛刊，北京和上海出版了三种红学专门刊物；全国各大专院校还有为数不少的人从事红学研究工作，力量是雄厚的，新书不断问世。周先生认为，红学的繁荣不是偶然的，是《红楼梦》本身的伟大、复杂、深刻、丰富所决定的。但就目前研究工作的质量来看，真正有所贡献，有所前进，有所突破的还不多，还有待于大陆和台湾，海内和海外的学者共同努力。

周汝昌先生跟我侃侃而谈,不知不觉已有三个多小时,周先生似乎仍无倦意。我怕他过累,只好告辞,行前周先生应我请求赋诗一首。诗曰:

> 红楼有梦动瀛寰,
> 曾是人间聚会难。
> 百卷新篇缘在石,
> 五洲多士语如兰。
> 中华文物光辉异,
> 东海风烟峡岸宽。
> 望到台湾情最永,
> 鳞鸿何日共团圞。

　　　　　　(原载《中国建设》,1980年第11期)

怀着大海一样的深情

——介绍大陆上演的几部剧作

"台湾，富饶美丽的宝岛啊，

我日夜把你来遥望。

啊！我怀着大海一样的深情，

把台湾同胞常挂在心上。"

去年（1979 年）以来，中央人民广播电台经常播送台湾民歌、器乐曲，以及思念台湾同胞的歌曲，其中最受欢迎的歌曲之一，是女声独唱《大海一样的深情》，上面就是其中的一段歌词。歌中还唱道："盼望着祖国统一的时候，我们同把团圆的歌儿高唱。"这首歌表达了人们都在热烈地期待着与台湾同胞团圆，并且都在为此贡献力量。而文艺工作者的努力，便是创作和演出了一批以促进祖国统一为题材的戏剧、电影、舞蹈、歌曲等，为祖国大陆文艺舞台增添了一朵朵奇葩。

大海难挡骨肉情

《半屏山》是一出大型民族舞剧，取材于台湾民间传说：很久很久以前，台湾和大陆紧紧相连，台湾有座石屏山，山下有个美丽的姑娘叫石屏，她与渔民水根相爱。但就在这一对青年举行婚礼的吉日良辰，作恶的海神派来了虾兵蟹将，把石屏姑娘抢到龙宫，然后海神又施展妖术，将石屏山劈成两半，灌进大量海水。从此台湾和大陆分割开来，石屏姑娘和她的亲人被分离到海峡两边。姑娘坚贞不屈，伫立海边，眺望大海，思念亲人，日复一日，年复一年，最后变成了一尊美丽的石像。台湾人民为了纪念她，就把这座山叫做半屏山。半屏山位于台湾西海岸高雄以北20公里的左营镇附近，看上去就像个圆的馒头被刀切了一小半一样耸立在海边。剧中插曲有这样两句："大海难挡骨肉情，亲人终究要团圆"，唱出了海峡两边的同胞的共同信念。

舞剧作者是上海灯泡厂的一位青年工人、舞蹈爱好者刘润。编导是白水、李群、谢烈荣。舞剧以中国古典舞蹈为基础，并大量吸收了台湾高山族舞蹈动作和福建省地方戏中的舞蹈动作，同时又借鉴了印度、埃及等外国舞蹈艺术的长处。舞台美术设计精美，巧妙运用特技、灯光，增强了神话色彩。音乐也富于台湾和福建民间音乐的特色。这个舞剧由上海歌剧院舞剧团先后在上海、北京、天津等地演出200多场，受到了广泛的称赞。

"亲人啊，我们几时才相会？"

在台湾的西海岸，一对青年男女并肩站在海滨，面对茫茫大海，眺望远方，思念大陆，满怀深情地歌唱："……彩云飞过大雁追，捎个信儿到峨嵋（指四川省的峨嵋山），亲人啊，亲人啊，我们几时才相会？"这是中央电视台播映的电视剧《何日彩云归》中的一个场面。这部电视剧是根据短篇小说《彩云归》改编，由中央电视台和福建电视台联合录制的。小说是去年发表的，被评为1979年25部优秀短篇小说之一。作者李栋、王云高是两位青年文艺工作者。

故事是以原国民党某兵团军医主任黄维芝为中心展开的。黄维芝以清高自命，有一定的正义感和爱国心。他是在不情愿的情况下，按上峰的指令去台湾的，原以为只是暂时离别，谁知一去竟是二十几个春秋。自然，他是无时无刻不在想念远在四川的爱妻的。钟离汉是他的内弟，又是同窗好友，和他一起去台后不久便失去军职，改行经商，经常往来于台港之间。这是个以乐天知命为信条的人，从不知什么叫忧愁。他十分体谅姐夫的心情，利用经商之便，帮助姐夫和姐姐取得了联系。黄维芝在内弟帮助下，正准备以考察为名去香港跟已经到达那里的妻子相会时，计划被当局发觉。钟离汉被秘密处决，他也险遭暗害，不得不隐姓埋名，辗转来到另一城市，以行医为掩护，在等待中一过又是几年。他的义子朱义，本是他已故去的副官之后，一腔热血，不安现状，背着义父，跳海泅渡大陆，没有成功，反陷囹圄。黄维芝挺身而出救义子，只身来到当地警备司令曾耿办公室。这位司令也是他当年同窗，为人耿介，素以"模范军人"自诩，一心想有所作为，但由于不善趋炎附势而不得志。在黄维芝突然出现并面临生死关头的紧要时刻，他终于醒悟，毅然牺牲自己，保护了黄维芝，使黄维芝父子及与朱义相爱的钟离汉的女儿得以脱险。他们满怀希望来到海边。这时，收音机里传出了大陆广播的、黄维芝熟悉的《彩云归》曲调。这只曲子是他在大陆时跟妻子经常一起演奏的，而歌词是妻子为问候亲人而重新填写的。

除电视剧外，小说《彩云归》现在还被改编成了歌剧《琴箫月》，由中国人民解放军海军政治部文工团演出；话剧

《天涯望归人》，由广西话剧团演出；话剧《天涯断肠人》由浙江话剧团演出。由长春电影制片厂摄制的电影《彩云归》也将上映。小说本身，已由原作者改写成了十几万字的中篇。

"你将看到这只归帆"

"茫茫的大海洋啊，飘荡着片片归帆，我心中移动的船啊，好像是故乡台湾。"这是话剧《归帆》的插曲。

话剧《归帆》是中国青年艺术剧院创作并演出的。剧中描述从美国归来的爱国华侨罗士奎在祖国东南沿海某城市的意外遭遇。

罗士奎原是国民党军队的一位将领，曾经在他现在来到的这个沿海城市任过警备司令，1949年随军撤到台湾，之后脱离军界，从事文物研究，前几年去海外侨居。为了迎接祖国的文物展览，回到了大陆。

想不到接待他的是这个沿海城市的一位负责人蔡承华，竟是新中国成立前他曾下令悬赏捉拿的"政治犯"——中共地下组织领导人；蔡承华的小叔谢东升又是他当年战场上的对手。罗士奎发现自己处境尴尬，急于离开。而蔡承华、谢东升并没有停留在30年前的历史上。蔡承华说："一股蜿蜒的溪流，当它奔向大海的时候，不能因为他经过曲折而拒绝流入，这就是大海的胸怀呀！"他们对罗士奎热情相待，终于使他打消了顾虑。

更出乎他意料之外的是，这两位他以前的仇人还促成了罗士奎和离别30年的妻子团聚。他本以为妻子死于战火，没想到她死里逃生，现在是博物馆职员。

在这一对夫妻团聚之后，剧情又起波澜。原来正要举行婚礼的蔡承华的养女蔡梦圆是罗士奎夫妇当年丢失的女儿。蔡梦圆和她的新婚丈夫，面对着这意想不到的父母，经过蔡承华的启发教育，终于由疑虑而欣喜相认。于是罗士奎阖家团圆。在波光闪闪的海上，显现出台湾岛的阿里山和日月潭。远处隐隐地传来歌声："……我的船儿向彩云招手，我的帆儿向阿祖呼唤。我日夜思念的母亲啊，你将看到这只归帆！"

有两位台湾籍同胞参加了这出戏的创作和演出。女作曲家魏立谱写了全剧的音乐和插曲，她是中国铁路文工团的乐队指挥，目前在美国进修。青年演员林丽芳在剧中饰演蔡梦圆。林丽芳六岁离开台湾，跟父母一起来到祖国大陆，现在中国青年艺术剧院工作。近三年来，她演了十出戏，而其中最使她不能平静的便是这出《归帆》。正如她自己说的，舞台上的故事中有着她自己家庭经历的影子，她现在还有弟妹在台湾。也许因为这，她的演出才那样真挚感人。

除上述文艺节目外，近两年来还有歌剧《海娘》，它通过一个渔妇的遭遇，反映祖国大陆人民对在台湾的亲人的怀念；话剧《团圆曲》，歌颂在祖国大陆的台湾同胞的爱国主义精神。另外，还有电影纪录片《啊！台湾！》、《阿祖的故土》、《骨肉亲》、《爱国一家》等。

（原载《中国建设》，1980 年第 11 期）

连接大陆和台湾的一条纽带

—— 漫话漳州芗剧

流行于闽南漳州、厦门、泉州一带的芗剧，与台湾同胞们喜闻乐见的歌仔戏，有着深远的历史渊源。芗剧和歌仔戏都根植于"闽南锦歌"，同源同流，共音共曲，魂合情深，交相辉映。人们说，芗剧和歌仔戏是连结大陆和台湾的一条纽带。在台湾和大陆分离之前，台湾和闽南的歌仔戏艺人往来密切，通过相互交流，使芗剧和歌仔戏这对孪生姐妹更加亲密，使同一根上的这两朵奇花开放得更加妍丽。

漳州市芗剧团最近创作并演出的《情海歌魂》，受到当地乡亲们的热情欢迎。

这出戏的编剧是青年作者路冰。这出戏演的是，台湾和闽南两个歌仔戏班的名演员连宝生和赛水仙在福建漳州同台演出《山伯与英台》之中，两人假戏真作，产生了深挚的爱情，于是，山盟海誓，永结同心。当连宝生随歌仔戏班去台湾时，赛水仙已怀孕在身。后来，由于台湾和大陆人为的分离，使得他们从此天各一方，夫妻日日夜夜互相思念。30年后，赛水仙和连宝生的儿子连子恰在大陆也成长为一名芗剧新秀，而连宝生的外甥女白莲，在台湾也成长为一名歌仔戏明星，两人在香港邂逅。两位年轻演员都非常热爱祖国，也都热心于歌仔戏、芗剧艺术，述而产生了爱情。白莲几经周折，终于随连子怡来到大陆。而连宝生在得知赛水仙的消息后，也设法来到大陆，和赛水仙幸福团聚。

演出中，观众们都为连宝生和赛水仙30年后终于重新团圆欢聚以及白莲与子怡的新婚之喜而欢呼雀跃。观众们的激情，表达了同胞们盼望尽快结束台湾和祖国分离局面的热切愿望。

1947年台北的"霓光班"来到祖地福建巡回演出，至今未能回台湾，而1949年初，闽南的"抗建剧团"到台湾演出也至今未能回到大陆来。这出戏的编剧路冰说，《情海歌魂》就是以这一事件为背景而创作演出的。

导演郭志贤说，《情海歌魂》的特点，是以情动人，这个情是台湾海峡两边歌仔戏界新老艺人共同的感情，也是台湾和大陆同胞的共同感情。这种感情集中到一点，就是全剧结尾时的呼唤："回来吧！台湾！"这位导演又说："连宝生和赛水仙的悲剧不是个别的，只有祖国统一，才能最终结束这种不幸的分离。"

《情海歌魂》演出刚刚三天，便轰动了全漳州市，无论男女老幼，莫不以先睹为快。

这出戏所以获得成功，所以能打动观众的心，是因为编导和演员以及许多观众差不多都有与剧中人共同的命运。

编剧路冰的几位舅舅和阿姨都在40年代先后去了台湾。他多么盼望着亲人的归来啊！他在写这出戏的时候，竟然多次潸然泪下。

老一代艺人的扮演者郑秀琴和阮亚海，也和编剧的感情息息相通。阮亚海的妻子是位台湾同胞。30岁了，还不能和自己的亲生父母相会。郑秀琴的干妈和干爸，一个在大陆，一个在台湾，两人都对爱情忠贞不二，盼望着早日团圆。郑秀琴说，他的表弟常常安慰老母亲："等我长大了，一定到台湾把爸爸接回来！"女主角郑秀琴说，她干妈一家的境遇多么像在剧中的赛水仙和连宝生啊。她在台上演着赛水仙，心里想着干妈，总止不住心酸落泪。还有白莲的扮演者钱天真，也是一位台湾籍同胞，她的一家无时无刻不在怀念着家乡台湾的亲人。

他们有这样的经历和感情，再加上高超的表演艺术，便使《情海歌魂》这出新戏有着特殊的艺术感染力。

（海峡之声电台播出，1980 年 12 月）

校友遍天下的培元中学

一位七十多岁的老华侨回到故乡福建省泉州市，便径自来到培元中学。当人们问这位远道而来的客人是否要找人的时候，老人俏皮地笑了："这是我的母校，我想扔块石头打几个龙眼吃……"接着，他便扑进了母校的怀抱。

近几年来，许多老校友陆续到培元中学参观访问。在这个学校的校史陈列室里，我很有兴味地看着老校友们为母校的题词和他们送给母校的照片。他们之中不少是年逾古稀的老人，在国内外享有很高的声誉，但他们对自己的母校是一刻都不会忘记的。

培元中学是福建省著名侨乡泉州一所历史悠久的学校，创办于1904年，到现在已有76年了。

从"共进大同"到"为国树人"

1921年，孙中山先生为培元中学题写了"共进大同"四个大字，并捐资办校。现在，镌刻着这四个字的匾额髹漆一新，高高挂在学校主体建筑——图书楼顶层正中。老校友们回到母校，都要在图书楼"大同门"前伫立致意，缅怀孙先生的遗训和功勋。

老校长王庆元是培元早期的毕业生，现是年逾七旬、白发苍苍的老人了。但他精神矍铄，仍在领导着这个学校。他告诉我，七十多年来，培元中学培养的毕业生已达 4 万人，校友遍布全国许多省市和世界二十多个国家和地区。其中有中外闻名的教授、科学家，著名的社会活动家、实业家，还有地方各级领导、战斗英雄和劳动模范。老校长说，新中国成立以来，培元中学有了很大发展，现有学生 1600 人，教师 130 多人。教学质量不断提高，高考成绩在泉州市名列前茅。

1980 年 5 月，宋庆龄副委员长在得知培元中学的历史和发展的情况之后，写了"为国树人"的题词，既表彰这个学校过去培养了大批人材的成就，又勉励它在新的历史时期，为祖国四个现代化建设事业，造就更多的新人。"为国树人"的匾额挂在图书楼入口处。

海内外的校友们是有理由为自己的母校感到自豪的。同时，母校又为有一批出类拔萃的老校友而引以为荣。

人材辈出

1980 年 11 月 8 日，培元中学纪念校庆 76 周年的时候，我正在泉州采访。我走在参加校庆的老校友的行列里。他们受到老师和同学们的热烈欢迎。

来自新加坡的施龙标先生的情绪是热烈而激动的。他对记者说："我和夫人是回来探亲观光的，适逢母校校庆，非常高兴。我离开母校已 51 年了。前几天我已经来过一次了，老校长同我还能互相记得起来。"施先生还告诉我，在新加坡的培元中学校友估计有 100 多人，有 50 多人已建立了联系，成立了新加坡培元中学校友联络站。

参加校庆活动的几十名校友中，有全国侨联秘书长张楚琨、华侨大学教授陈允敦和地、市许多方面的负责人。培元中学真是人材辈出。

年轻的黄奕钧校长也是培元中学毕业生，他谦虚地说自己是老校长的徒弟。他说："去年是75周年大庆，那才盛况空前呢！"

1979年回母校参加校庆的培元中学海内外老校友竟有300多人。有香港培元中学校友会的代表陈碧枢、周幼吾，旅居马来西亚的李引桐等，他们是知名的社会活动家、实业家；还有国内各地的教授、学者：陈允敦、庄为玑、李法西、黄厚哲、周绍民、吴伯修、郑德超、黄金陵、陈泗东等。此外，在菲律宾任教授的庄喜多、旅美经济学博士吕荣辉、中国科学院高能物理研究所所长张文裕、吉林大学副校长蔡镏生等老校友，因未能亲自前来，都发来了贺电、贺信、题词、贺礼等。

离开母校已经三四十年，甚至四五十年了，老校友们回到这里，看到安礼逊图书楼修葺一新，旁边的大榕树枝叶蔽日，看到"成功快楼"、"菲律宾楼"等老建筑坚如当年，看到老校长王庆元、老体育教师康伯襄等依然健在，他们仿佛又回到了学生时代。他们畅叙同窗之情、师生之谊。他们还跟十几岁的小同学们一起唱歌、跳舞。

"树人为四化，桃李又将满天下。""春风化雨泽大地，桃李竞芳誉中华。""培育桃李遍五洲环宇，元气振兴展四化宏图。"海内外老校友们题写了这些美好的诗句，赞颂自己的母校，期望母校办得更好。

不负校友们的期望

老校友们对培元中学的关心和支持还不限于精神上的。黄奕钧校长说：自 1979 年校庆以来，香港、泰国、新加坡等地的校友已赠送给母校价值 10 几万元人民币的教学器材和其他设备，其中包括两部汽车，还有新建"校友教学大楼"首期工程所需部分资金。校友教学大楼已于 1980 年校庆日奠基。这座建筑面积 2000 平方米的新大楼落成之后，目前教室拥挤的问题将会圆满解决。人民政府也拨了一笔款子，用以整修校园。

培元中学校董会是半年之前成立的，全部由老校友组成。提任董事长的是全国侨联副主席庄明理，张楚琨、张文裕、蔡镏生、王庆元任副董事长。王庆元说，校董会的任务是协助人民政府办好培元中学。它是联系海内外广大校友的纽带。目前，母校已经和许多老校友恢复或建立了通讯联系，并接待了来自香港、新加坡、菲律宾、美国、马来西亚等地的不少校友回母校参观访问，共商办好母校的大计。王先生还告诉我，在香港，除培元中学校友会外，又建立了培元中学香港董事会；在菲律宾也成立了培元中学校友会；在新加坡则建立了校友联络站。他们对母校的工作十分关心。

据说，在台湾也有不少培元中学校友。在王庆元之前任校长的许锡安先生后来去了台湾，并在彰化创办了另一所培元中学。1979 年，已故许先生的女婿、著名昆虫学家赵修复和夫人曾参加了泉州培元中学 75 周年校庆活动，更勾起了人们对在台老校友和同仁的思念。康伯襄老先生说：同学之情，师生之谊，令人永远难以忘怀。相信在台校友和同仁也会有同样的心情。

　　泉州培元中学 76 周年校庆活动结束之后，在接待室里，黄校长意味深长地说："我们培元中学的传统是：团结友爱、认真学习、积极工作、刻苦锻练。在老校友们关心和支持下，我们会把培元办得更好，使老校友们更喜爱她，让新人在这里更快地成长。"

（原载《中国建设》，1981 年第 2 期）

歌同音 心相连

在80年代的第二个春天里,中央人民广播电台在北京举办了"台湾歌曲演唱会"。演唱会先后在北京展览馆剧场和首都体育馆举行,场场爆满。中央乐团、中央歌舞团、中央歌剧院和东方歌舞团的十多位著名歌唱演员,演唱了20多首台湾"校园歌曲"和民歌。这些富有浓厚的生活情趣和乡土气息、朴实自然、清新流畅的台湾歌曲,有许多已在祖国大陆同胞中传唱,并且深受欢迎和喜爱。但专门举办演唱台湾歌曲的音乐会在这里却尚属首次。

著名男中音歌唱家刘秉义演唱了《龙的传人》,这是一首充满强烈的民族情感的歌曲。刘秉义的演唱,声音浑厚、感情深沉,深深打动了观众的心。

著名男高音歌唱家李光羲和著名女中音歌唱家罗天婵,以各自不同的风格,分别演唱了台湾歌曲《山水寄情》、《踏着夕阳归去》、《待明朝》和《我送你一首小诗》、《给我一片白云》、《橄榄树》;后起之秀远征、郑绪岚、田鸣、张西珍等,也分别演唱了《风!告诉我》、《捉泥鳅》、《小小贝壳》等歌曲。这些歌曲充满了生活气息,引人入胜。索宝利、牟绒甫用闽南话演唱的台湾民谣《茶山相褒》、《丢丢铜》,以及中央歌舞团民乐队、中央歌剧院小乐队分别演奏的台湾器乐曲《思想起》、《望春风》等，也都情深意切，深受欢迎。

最后，著名女高音歌唱家李谷一的演唱，把演唱会推向了高潮。她演唱的《小雨中的回忆》、《一份遥远的想念》、《晚风》，博得了满堂彩声。

这次在北京演唱的台湾歌曲，大部份是近年来台湾青年学生自编、自谱、自弹、自唱的新创作的歌曲。

参加这次演出的，多是著名的演员。他们的演唱达到了较高的水平。但是，由于祖国大陆同台湾长期隔阂，演员们对台湾青年的生活，难免有些地方不容易体会。因此，在演唱表达上可能受到一些局限。

虽然如此，台湾歌曲演唱会还是受到首都观众，特别是在京台湾同胞的热烈欢迎。一位台湾同胞说："歌声仿佛把我带回到可爱的故乡，与久别的亲人又见面了。"一位台湾省籍音乐工作者说："作为台胞，能在祖国大陆听到家乡的音乐、歌曲，心情是不平静的。许多人是流着眼泪欣赏这些节目的。"

祖国大陆的同胞也欢迎这些节目，他们希望通过音乐增进对台湾的了解。中国音乐家协会主席吕骥最近说："台湾海峡两边人民的相互了解，在今天是十分重要的。音乐是沟通两边人民的思想感情、团结两边人民的有力工具之一。我们希望海峡两边的音乐能得到交流。"

两年多来，祖国大陆的音乐工作者，其中包括许多台湾籍人士，在促进大陆和台湾之间的音乐交流方面所做的工作，受到人们广泛的称赞。

台湾省籍文艺工作者周青、王碧云、陈炳基等专程从北京到福建、广东，调查、整理了一批台湾民歌。

在大陆的高山族演员参加了全国少数民族文艺会演，他们的优秀节目获得了奖励。

天津音乐学院副教授、台湾省籍同胞吕水深在天津举办了音乐会，全家登台演出。

此外，中央音乐学院举办了台湾民间音乐欣赏会；中央人民广播电台经常播放台湾歌曲；中国音乐家协会出版的《歌曲》杂志刊登过台湾校园歌曲；上海文艺出版社还出版了台湾民歌专辑。而大陆的音乐工作者创作的台湾题材的歌曲，也是数不胜数的，其中著名作曲家、中国音乐家协会副主席李焕之创作的《芗剧音乐联奏》尤为人们所瞩目。

目前，中国音乐家协会正在筹备出版《中国民间歌曲集成》，全国各省、市、自治区分别自成一卷，总计30卷。其中台湾省这卷的编选工作正在积极进行。绚丽多彩的台湾地方音乐是祖国音乐宝库中的一朵鲜花。吕骥说：除了在大陆的台湾省籍音乐工作者和大陆音乐工作者共同努力外，希望台湾音乐界的同行们也能提供资料，并且欢迎他们回大陆来，和大家一起把台湾省卷编好。

（原载《中国建设》，1981年第4期）

愿把余生献祖国

——记原工商业者荣漱仁

主要由原工商业者组成的中国民主建国会和中华全国工商业联合会,今年(1981年)春天在北京召开了"为社会主义现代化建设服务经验交流会。"参加这次会议的有来自全国各省、市、自治区的民主建国会和工商联成员270人,其中获得劳动模范、先进生产者、三八红旗手等各种荣誉称号者,有170多人。

荣漱仁是来自上海的成员之一,她是全国政协副主席荣毅仁的姐姐、上海市人大代表、上海市工商联顾问、全国侨联委员。

荣家是个大家庭。荣漱仁的伯父一房在上海,父亲一房在无锡。在她读完了高中后于1934年和杨通谊结婚。杨家也是工商业者,他本人是几个企业的董事长、常务董事和工程师。他们有六个儿子、一个女儿。

荣漱仁本人有七个兄弟、八个姐妹。荣家一向是男人在外面做事,女人不工作,唯有荣漱仁是个例外。1948年前,她做了纱布号、颜料行的经理;新中国成立后,接办了堂兄的一家工厂,这就是鸿丰面粉厂。1951年荣漱仁在上海向政府提出公私合营的请求。1955年,鸿丰和阜丰、福新面粉厂合并,称为上海面粉厂。她担任副厂长，至 1973 年退休。

报国之心

荣漱仁今年 68 岁。她说："人老了，退休了，但我还想为祖国的建设事业出力。在这次经验交流会上，一位领导同志讲了两句话：'报国之日苦短，报国之心倍切。'这两句话正道出了我们这些人的心情。"近两年来，政府落实了对原工商业者的政策，荣漱仁和杨通谊都恢复了原工资，十年浩劫中被扣发的那部份也如数补回，并将一座带小花园的三层楼房住宅归还了他们；杨先生还担任了上海交通大学的顾问教授。上海的许多原工商业者也都和他们一样，得到了正确对待和安置，因此他们为祖国现代化建设服务的积极性更高了。

动员子女为祖国建设出力

荣漱仁说："国家搞四个现代化，主要的，当然要靠自力更生，同时又要开展多种形式的对外经济活动，补偿贸易便是其中之一。"1978 年初，她现在香港经商的三儿子杨世纯为上海引进了生产电子手表的技术和设备，将一个扑克牌厂改建成了手表厂，第二年投产。这是上海最早的补偿贸易项目。现在杨世纯差不多每月都要回来一次，在轻工、化工和仪表等方面与内地洽谈贸易。

荣漱仁的女儿杨世僧在美国，女婿王元瑞博士是美国得克萨斯大学教授。1978 年，他们一家六口回国探亲，女婿应邀三次到上海交通大学讲学，还赠送了部份科技书籍和资料，并与国内电子计算机专家、教授进行了学术交流。

荣漱仁说："我的儿女全不在身边，这使我这个做母亲的心中不安。他们在40年代到了台湾,本想去临时躲避一下,待大陆战事平息即可回来,没想到由于人为的原因,大陆和台湾中断了联系,使我和儿女们多年不得相见。现在还有三个儿子在台湾,虽近在咫尺,但没有机会回来团圆……"使她心灵上稍得安慰的是在美国的儿孙们这两年和她见面的机会多了。去年,荣漱仁和杨通谊去美国住了六个月,终于在那里看到了所有儿孙和其他一些亲属。

"祖国在等待我们"

荣漱仁和丈夫是去年四月途经香港去美国参加杨先生的母校麻省理工学院校庆活动的,他50年前毕业于这所大学。

在美国,他们和新老朋友、荣家的兄弟姐妹、女儿一家、大儿世缃一家、四儿世绥夫妇、五儿世絾、六儿世纮都见了面(二儿世纶夫妇和他们的孩子则到香港会过面)。荣漱仁兴奋地说:"这还是我们一家30多年来头一次大团圆。"

他们在出国前,曾请我国著名画家刘海粟教授作画,以赠杨通谊的母校。刘海粟画了一幅四米宽的水墨画《鲲鹏展翅九万里》。在麻省理工学院校庆大会上,校董会主席授予杨先生永久荣誉院士称号,宣布将这幅画挂在校长会议厅内,并在校刊上刊出了全图。

荣漱仁告诉记者:"最使我动情的是6月8日在纽约幸福酒家的那次荣氏亲属大团聚。我从波士顿赶去聚会。荣家的亲属共坐了五桌,有在美国的二哥荣尔仁、三姐、五姐和他们的家人,有来自德国、巴西和香港的其他兄弟姐妹及晚辈。堂兄荣鸿三曾风趣地说,今天,我们荣家在海外的亲属仅到了四分之一。要是全都聚在一起回国观光,可能得包三架飞机,一座旅馆。"

在美期间，荣漱仁访问了几个分别从上海和台湾迁去的华侨家庭。他们谈到我们中国人时，从不分什么大陆和台湾。她说，这给她留下了强烈印象。

她和杨先生应美国钢铁公司冯飞工程博士的邀请，对匹兹堡市进行了访问。在那里，他们参观了匹兹堡大学、梅隆大学和美国钢铁公司，并出席了有匹兹堡和门罗市长偕夫人及各界知名人士参加的宴会。匹兹堡市长和夫人赠与荣漱仁全美国市长会议手工纪念盘一只，门罗市长和夫人赠与她门罗市钥匙一枚。荣漱仁沉浸在中美人民友好的回忆中。她说："这是中美民间交往中十分友好的表示。对匹兹堡市的访问给我留下了美好的记忆。"

访美半年，不少熟人劝他们留在美国养老，有的人甚至对他们执意返国而迷惑不解。荣漱仁说："我们生在中国，长在中国，习惯于中国的生活了。再说，我们在经济上比较宽裕，生活上还是很舒适的；又得到政府和人民的信任，也有地位。要我们抛弃习惯了的一切，是很不容易的。我们是中国人，总要为祖国的现代化建设出点微力呀。我这样想，也对朋友们这样说。"她还说，许多朋友听见这些话都表示能理解他们的这种心情。她说，他们的子女也曾劝两位老人留在美国。但是她告诉儿女们："祖国在等待我们，我们怎么能让祖国失望呢？现在中美之间来往方便了，你们可以多回来看看我们，看看自己的祖国。"孩子们听了也很高兴。

满怀事业心的老人

荣漱仁在上海，经常有许多外国友人到他们家访问。她这个家经常也是一些社会活动的场所。有她参加的一个华侨眷属小组常在这里学习;前两年刚恢复活动的上海基督教女青年会,也来这里活动过,荣漱仁是这个团体的副董事长。

杨通谊是上海市政协委员。他虽已退休,但这个习惯于研究学问的人,还总是闲不住。除去交通大学讲学、参加会议和其他社会活动外,杨先生便在家里看书、写文章。一本有关工业系统动力学管理方面的书就是这两年翻译的,原作者是美国麻省理工学院的福莱斯特教授,他的老师和杨先生是同班同学。

而荣漱仁的大部份时间则花在社会活动上。除上面提到的职务外,她还是中国民主建国会中央委员、上海市妇联执行委员、上海市普陀区工商联副主任委员、区政协副主席和上海爱国建设公司监事。她笑着对记者说:"我的职务太多,不过我是愿意多做工作的。不管市里、区里,或是街道里弄,只要需要,我就去参加。"

荣漱仁原来任职的工厂在普陀区,退休后住在徐汇区,但普陀区仍挽留她。那里为扩大青年就业门路办起招待所等服务行业,她也乐意为此而尽自己的一份力量。办招待所的部份资金便是她协助筹措的。人们夸她是个"集体事业的热心人"。

"其实,这样称赞我,我是受之有愧的。"荣漱仁说,"不过,为实现四个现代化多做一点工作,确是我最大的愿望。我要把自己的余生献给祖国和人民。"

(原载《中国建设》,1981 年第 5 期)

"爱国余肝胆　承欢有弟兄"

——访李铁铮先生

今年(1981年)春天,在李铁铮先生第四次去美国探亲的前夕,我们来到北京复兴门外大街他的新居访问了他。

李先生是湖南长沙人,却有着南方人并不多见的高大身材。他步履稳健,精神健旺,思路敏捷,看不出已是70多岁的老人了。

我们的话题是从李先生去年夏天的泰国、菲律宾之行开始的。

李先生于1946年至1948年曾任国民党政府驻泰国首任大使,此次赴泰作私人探访亲朋故旧之行,曾会见了泰国社尼·巴莫亲王、蒙谷缴王妃以及他的老朋友的儿子、泰中友协主席差猜·春哈旺等。曼谷的华侨社团、台湾省籍同胞和新闻界人士,分别设宴款待李先生。正如有的侨胞所说的,李先生在我国抗日战争胜利后率领代表团来泰签约建交时,看到了华侨热爱祖国、希望祖国和平、民主、统一的热情;60年代,他毅然回到新中国。这漫长的道路是发人深思的。有的侨胞称赞他走的是爱国的道路。随后,他又去菲律宾旅行,同样得到盛情的接待。当我们同他说到这件事时,他深有感触地说:可以告慰大家的,唯一的就是爱国之心。

踏上政途

"您是怎样做起外交官的呢?"——在李先生谈了泰菲之行观感之后,我们向他提出了这个问题。

"那是 30 年代初。"李先生陷入对往事的回忆之中,"我大学毕业 3 年之后,为了有机会出国深造,报名参加了全国高等考试。结果考了第一名,被国民政府外交部录用了。"从此,他开始了外交官生涯,历任驻伊拉克公使、驻伊朗首任大使、驻泰国首任大使、驻联合国大使衔代表等职。他是当时中国最年轻的驻外大使。

在他的洁净、舒适的住房里挂着这样一首诗:

> 磊落湘中秀,飞腾海外名。
> 文章辨朱紫,身册忘枯荣。
> 爱国余肝胆,承欢有弟兄。
> 东风方劲发,万里助鹏程。

这首诗是李先生的同乡、老前辈周世钊送给他、后来由楚图南书写的。诗中称道了李先生的爱国情操和他耿直的性格。

年近半百成博士

李先生是一个在学术上颇有见解和成就的学者。他饶有兴味地同我们谈到他在治学方面的经历,用他自己的话来说是"半路出家"。

1949 年 9 月,即中华人民共和国成立前夕,李铁铮辞掉了国民党政府驻联合国代表的职务,留在美国攻读。1953 年,他47岁，在哥伦比亚大学获得博士学位。他的论文《西藏历来的法律地位》受到教授、专家们的重视，曾由该校王冠出版部印行。接着，他又到伦敦大学结束了他因战争而中断了的学业，取得第二个博士学位；随后返回美国，在几个著名大学当过教授。

后来他在纽约又出版了一本名叫《西藏的今昔》的书，这是李先生在上述论文的基础上，补充了材料用英文写成的。

李铁铮致力于西藏问题的研究，表现了他热爱祖国、维护国家统一的感情。过去他曾在《纽约时报》多次投书，说明西藏史实和现状。李先生告诉我们，1963年暑期，当他以哈德福特大学正教授身份应邀在美国成立最早的公立学府北卡罗莱纳大学担任客座教授讲授远东史时，班上有一位攻博士学位的学员，提出西藏曾经独立过。李教授当即与他论证，让他提出证据。这位学员最后因为找不到任何证据，不得不向李教授承认了自己的观点的错误。

李先生说，他至今仍对这个问题有很大的兴趣。

李教授还忆起，1979年9月他赴美探亲时，正值流亡海外的达赖喇嘛访美。当时，他曾以一个"搞过西藏研究，关心国际与国家大事者的私人资格"，在报纸上发表致达赖公开信，陈以利害，晓以大义，劝他"广结善缘，勿种恶果，博采群言，促成团结"。这自然出于他对西藏问题的关心，也还由于他与达赖有过一面之缘。那是1939年冬，祖国各地藏族人民一年一度最热闹的"酥油节"，他以当时外交部驻兰州特派员的身份，专程赴西宁，在塔尔寺内见到了达赖，还一起照过像。当时达赖只是当选灵童，尚未坐床。

毅然返回家园

李铁铮先生在美国从事学术工作期间,曾在哈兹伯德大学获永久教职。但在 1964 年,他抛弃了那里舒适的生活,毅然回到了祖国大陆。

那么,是什么原因促使他下定了这个决心的呢?

当时,李先生身在美国,但他却十分关心祖国的情况,并且经常研究有关祖国的各种问题。1964 年,美国的侵越战争正逐步升级。李铁铮先生分析,美国企图把战火引向中国。他同时得知,一些敌视中国的人有意利用他来反对自己的祖国。何去何从? 他决定踏上归程。

在回忆这段往事的时候,李先生自豪地说:"我对祖国决无贰心,这方面可告无罪。"

喜见祖国新成就

李先生谈到,在他的经历中,对那些唯外国人之命是从的作为总是感到忿懑。从中可以看出他的民族自尊心很强烈。1943 年,李先生在出席开罗会议期间,听到当时在伊朗任美国总统代表、后来出任美国驻华大使的赫尔利告诉他,罗斯福与邱吉尔商定,当由宋子文出任中国行政院长,他当时感到十分气愤。

1946 年初,当李铁铮率代表团赴泰前夕,上峰指示可与泰方交换大使,及至回国复命,此人又说,美国人主张我不该与泰互设大使级使节。他当即指出,美国与近邻人口仅百数十万的小国可以互换大使,为什么我国与有华侨 300 万的近邻泰国不该这样做?

今天对我们提起这些往事,李先生仍不由得激动起来,红着脸,挥动着双臂,愤然说:"当时连这也要由外人摆布!"

"今天,我们中国的国际地位大大提高了,"李先生说,"原子弹、氢弹、能回收的人造卫星和洲际运载火箭,我们中国都能自己制造;得诺贝尔奖金的也有中国血统人士;在外国人眼中,中国人不再是'东亚病夫'了。这个变化,得来不易,都是由于我国独立自主和建设成就所取得的。"

李先生说,现在国内少数年轻人盲目崇拜外国,否定已取得的建设成就,甚至失去了民族自豪感,这很不应该。他说:"1978年我到过兰州。抗战期间我在那里住过4年,当时的兰州,大小工厂加起来不过15家,最大的是在清朝末年洋务派大臣张之洞时开办的铁工厂与呢织厂;而现在已有成千上万家,门类齐全,技术水准也高。怎么能说新中国没有进步呢?"

促进祖国大统一

"一个中国人,应该天天想到自己国家的利益,保持自己的国格,"李先生特别加重语气说,"海峡两边都承认只有一个中国。中国在哪里?就在这里!"他用手往地上指了指。又说:"我希望至少能有爱国主义的共同语言。"

说到这点,我想起李先生1977年就祖国统一问题撰写的《要看人心所向》一文中的一段话:"我觉得,占世界人口五分之一的中国人当然不能希望完全统一思想,只当求同存异;我所谓同,是指爱国主义的共同语言与民族大义和国家利益的共同认识。更具体地说,我们个人言行要站在有利于国家民族的立场,不斤斤于个人或一帮人的权益利得与恩怨。"这话说出了海峡两岸及旅外同胞的共同意愿。

李先生在台湾有许多亲友、同学、同事。他一面沉思，一面说："我想，现在最要紧的是保持国格。不要只想利用《对台湾关系法》来讨生活，取得眼前的实际利益。如果要讲'庄敬自强'，又怎么能依靠别国的国内法谋求利益啊？这些话，我在台湾的朋友们是会听得进的。只有统一，中国才会更有力量。我相信，祖国如庆统一，则国际地位必更加提高，外人对我国更会刮目相看。"

他说，在美国也有企图阻挠中国统一的论调，所持的理由中有一条说，台湾还有人害怕共产党。他觉得这是完全不必要的。"我当年不也害怕过共产党吗？"李先生说，"可是共产党到底怎样？请看今日中共领导下的群众是否基本解决了吃穿问题，今昔对比究竟如何。这方面各国访华人士早有大量报道，无庸我多讲。"

李先生说："罗斯福讲过，最大的怕在于怕的本身。我很佩服这句话。我还相信一条：流言止于智者，事实是最好的说明。还是让我们共同担起自己对中华民族的历史责任来吧。"

到于他本人，他说："我愿意尽自己的一份力量！"

盼君百般皆如意

他谈到自己回到祖国后，先在外交学院任教授，现在是全国政协常务委员、中国人民对外友好协会顾问。谈到今后，他说："但愿还能做一点有益的工作。"

当我们问他在美国还有哪些亲人时，他热情地邀我们来到他的书房，指着写字台上玻璃板下面一张张彩色照片，向我们介绍了在美国的五个儿女及他们的家人。他指着六岁孙儿瑞明和他的合影说："这个孩子前年曾随父母回国省亲，住在北京饭店。客人和服务员们都喜欢他的聪慧,可他也最会淘气。我曾戏为他取一个小名,叫'狗不理'。"这话引起在场人的一阵大笑。

在客厅和卧室挂着三张著名画家吴作人的画,引起了我们很大兴趣。一谈到画,李先生的兴致更高了。他说:"我每次从美国回来,都得到吴作人一张画。卧室里这一张《金鱼荷花》是我第三次回来时,他和他的夫人萧淑芳合作的。我最珍视这一张。我又要去美国了,回来时很想再要一张。可吴先生说,要等我再结婚的时候,再与其夫人合作,以画志贺。我答道,这一来,为得其墨宝,我得寻求对象了。"大家又被他的幽默逗笑了。原来李先生经历过两次婚变,目前家庭并不圆满。

(原载《中国建设》,1981年第8期)

清华大学和它的校友

今年（1981年）4月26日是清华大学70周年校庆。在庆祝大会上，来自加拿大的校友、79岁的王昌林先生说了这样一番话："清华大学就是我的家。我是1921年清华毕业的，有个儿子也是清华毕业的，还有个孙子现在是清华二年级的学生。我的一家和清华的关系非常之深，对母校常感无以图报。我希望子子孙孙都能到清华来，为祖国的昌盛，为母校的发展，贡献一技之长……"

这次一起回母校参加校庆活动的，有来自海外的30多位校友。他们和国内各省市的8000余名校友一起，从早上七八点钟开始，陆续来到母校。在芳草如茵、百花吐香的校园里，在工字厅前、荷花池畔、草坪周围、林荫道上，到处是亲切的问候，热情的交谈，欢声笑语，洋溢在清华园中。

桃李芬芳

在清华大学校庆大会上，代表党中央和国务院前来祝贺的方毅副总理说："70年来，清华大学培养了一大批人材，不少人担任了党和政府部门重要职务；代表着清华革命传统的闻一多、朱自清至今仍为人们所敬仰（按：清华园中的'闻亭'和'自清亭'就是对他们永久的纪念）；许多人成为国内外著名的学者和专家,不少人作出了具有重大意义的发明,在新的科学领域中作了很多开创性的工作。"方毅副总理还挥笔题词:"乘长风破万里浪。"这是对清华70年历史的总结,也是对清华未来的期望。

清华大学,最早叫清华学堂,是1911年清政府用美国"退还"的一部份庚子赔款*办起来的一所留美预备学校。至抗战胜利后,清华已发展成了设有文、法、理、工、农五学院、26系的国内外闻名的大学。新中国成立以后,经过院系调整,清华成了一所全国最大的综合性的工科大学。现在共有16个系、一个基础教学研究部、43个专业。新中国成立32年间,清华培养了4万名建设人材,相当于前38年毕业生总数的10倍。

从美国回到母校的马大猷博士,代表在美校友在校庆大会上发言时说:"在美国的清华同学,约有1000多人,班次高的有北京、长沙、昆明毕业的;班次低的,有台湾新竹毕业的,还有少数是母校近年派去的留学生。总的来说,他们能保持清华的光荣传统,为祖国争光。尤其在学术方面,更为突出。有不少清华校友在美国著名的大学里任教。杨振宁、李政道两位校友是诺贝尔奖金获得者,全球闻名。在工业、商业、法律等方面,清华校友也是成绩斐然的。"其实,何尝只是在美国,在加拿大、德国、巴西、日本、英国、法国和香港等许多国家和地区,清华校友的成就,都是值得母校自豪的。

---

　　* 1900年(清光绪二十六年,庚子年)八国联军攻占北京,强迫清政府于次年订立一纸不平等条约,其中规定付给联军各国"偿款"海关银4.5亿两,39年还清,本息共9.8亿多万两。这笔赔款通称"庚子赔款"。美国是上述八国之一。

自然，清华毕业生现在国内的还是绝大多数，而且他们大都是我国工业、科技教育和文化等各条战线的骨干。

在新近公布的中国科学院 400 名学部委员中，毕业于清华的约占三分之一。

在政府部门，有几十名清华校友担任副部长以上的领导职务，其中有副总理两人。

在许多科研机构、高等院校、工矿企业，清华校友都起着重要作用。以水利部门为例，在 228 名高级工程师中，清华毕业生竟占了将近一半。战斗在举世瞩目的长江葛洲坝工地上的，有长江流域规划办公室技术顾问、清华大学副校长张光斗教授；这个办公室的副主任和副总工程师都是清华校友。还有几十名 50 年代以来毕业的校友，在整个工程的设计、施工、科学试验各项工作中，贡献着自己的聪明才智。岂止一个葛洲坝，在三门峡、刘家峡、丹江口、新安江等各大水电站的建设中，那一处没有清华校友流下的汗水？

标志着我国科学技术发展水平的航天、航空、原子能和计算机科学等事业中，都有清华校友，有的担负着主要的负责工作。但限于篇幅，这里不可能一一列举在各自的工作岗位上创造优异成绩，为祖国作出重大贡献的众多的清华校友。

家人团聚

在"静斋"、"强斋"、"诚斋"和荷花池招待所里，住满了从外地来京的校友。住在"静斋"的 1923 级校友张闻骏，一到学校，就和夫人一起走遍了校园各个角落，一幕幕学生时代的生活情景浮现在眼前。他说："我 14 岁进清华，22 岁离开清华。真是生我者父母，养我者清华。"在"诚斋"的一个房间里，58岁的高级工程师康敏（又名万文伟）向记者诉说着他的兴奋心情："我24年没有回来了，老同学们一定要我来，说回校可以会见数以百计的校友……"他1948年离开母校，奔赴东北，参加了我国第一个大型水电站小丰满的恢复和建设工作，33年来，他参加建设的大型水电站有10个。他回到了母校，同多年不见的校友相会了，激动得睡不着觉，吃不下饭……

许多年逾花甲的老校友，一回到培养他们成人的母校，也浑身充满了朝气。你看蒋南翔、周培源、高士其、钱学森、李昌、于光远、曹禺、荣高棠……这些驰名中外的科学家、作家和社会活动家，而今在母校相见却以兄弟相称，亲热异常。清华前校长梅贻琦的夫人、88岁高龄的韩咏华也来了，老校友们纷纷来到她面前，唤声师母，然后一一自我介绍。香港清华同学会的容启东先生夫妇和马大猷博士夫妇、王昌林先生夫妇等海外校友，分别代表居住地的同学向师母致敬，表达对老校长的思念。梅师母微笑着向大家表示感谢，并当场题下"白发欣逢新旧友，青春同庆校生辰"的诗句。

在校友座谈会上，北京工业大学副校长、1936级校友陈绍明说："我家和清华有特殊的关系。我和老伴、儿子和儿媳、女儿和女婿都是清华毕业的。我对清华有着特殊的感情。"

远方的儿女回到家里，总想为母亲做点什么，以表达自己对她的思念和感恩之情。几百名校友捐款，在工字厅前栽下了一片银杏和白皮松，这是母校百年树人、为国栽培栋梁之材的象征；在绿化区中央还竖了一块纪念碑，上面刻着"清芬挺秀，华夏增辉"八个大字。副校长赵访熊教授代表母校接受了这份珍贵的礼物。马大猷博士在大会上宣布，在美国各地同学会决定在校庆期间捐款，分赠给清华大学和台湾新竹清华大学。张维副校长告诉大家，美国纽约、华盛顿、波士顿、南加州、旧金山湾区清华各同学会会长和校友林家翘教授、任之恭教授、刘毓秀教授等，发来贺电、贺信；林家翘和马祖圣教授还捐款为母校购买图书；华盛顿同学会在会长王颂明主持下，捐给母校一台计算机；香港同学会捐献一台复印机。祖国各地的清华校友也都纷纷来信、来电，祝贺母校这一盛大的节日。

在这个喜庆日子里，在美国纽约、华盛顿、旧金山、洛杉矶、波士顿，在香港，在国内上海、广州、武汉等20多个城市，清华校友济济一堂，共叙学谊。

校友总会

为了加强母校与校友之间的联系，为了便于各地校友之间相互了解和勉励，清华大学去年恢复了校友总会的活动。今年校庆日选出了理事会。

校友总会（81—82）届理事会是由返校校友以无记名投票方式选举产生的。选举结果刘达校长和陈岱孙、施嘉炀、钱三强、钱伟长等校友共25人当选为清华大学校友总会本届理事会理事。这次当选的理事都是在京的校友。

选举之后，当选为理事的校长办公室主任、校友联络处负责人何介人先生接受了记者的访问。他说："清华大学校友总会的正式恢复活动，是学校历史上的一件大事，也是海内外几万校友的愿望。"

据何先生介绍，清华大学恢复与校友的联系是近两三年的事。1979年68周年校庆之后，建立了校友联络处，开始与国内外校友联系，中断了多年的《清华校友通讯》也复刊了，现已出版了 3 期，受到校友们的热烈欢迎。

校庆之后，校友总会在刘达校长主持下召开了本届理事会第一次会议，通过了理事会章程和工作方针，选出了理事会会长、副会长，并任命了干事会。

校友总会还将设通讯理事，由台湾省、港澳地区和国外的同学会各推选一名校友担任。在内地校友集中的地方，将分别设联络组。

刘达校长说，清华大学将通过校友总会加强和海内外校友的联系。

校长一席谈

70 岁的刘达校长在谈到加强母校和校友之间的联系时说，除了建立校友总会外，还将继续办好《清华校友通讯》，使它成为一条联系纽带；另外还要聘请更多的海外校友回来讲学，进行学术交流。

去年五六月间刘达校长曾率清华大学代表团访问美国。他说："在美国的清华校友很多，不少是从台湾新竹清华毕业的。但他们并不分来自大陆还是台湾，参加的是一个清华同学会。不论在纽约、华盛顿，还是旧金山、洛杉矶、波士顿，我们都受到校友们的热烈欢迎。在海外的校友这样团结，对母校怀着这样深厚的感情，使我十分感动。许多成绩卓著的校友回母校讲学，交流图书资料、捐赠仪器、设备、还协助安排母校派出的留学生，关心他们的学业和生活……母校将永远感激海外校友的关怀和帮助。"

"您对海外校友有什么期望吗？"

"我希望清华在海外的校友更加团结，"校长略加思索之后说，"团结起来，为祖国的建设和统一事业，同时也为母校的发展，做出更多的贡献。"

（原载《中国建设》，1981 年第 8 期）

黄植诚眼中的大陆农村

原国民党空军少校飞行考核官，现任中国人民解放军空军某航校副校长的黄植诚，去年（1981年）在首都北京参观之后，又到祖国大陆各地旅行，先后在辽宁、陕西、广东、广西等地农村参观。过去，他无法了解祖国大陆农村的真实情况，在实地考察和参观之后，他发现大陆农民在自由自在地劳动，从事各种家庭副业，建设美好的家庭。他们的生活虽说并不是都很富裕，但毕竟远不像有些人所宣传的那样可怕。

沈阳郊区农机厂见闻

黄植诚乘车从沈阳市区来到郊区农村。东道主老李把他迎进了接待室，拿出自产的花生、苹果招待客人。老李告诉黄植诚，这是一个农、林、牧、副、渔全面发展的乡镇，现有公共积累1000万元人民币，有汽车23辆、拖拉机74台，大部分农民住上了砖瓦房，平均每3户有一台电视机。农民享受公费医疗，儿童免费入学。黄植诚听到农民平均每人每年从集体分得320元，又有家庭副业和自留地收入，惊讶地说："农民的生活可以比得上政府机关里科长级干部了。"

这个乡镇建有自己的农机修配厂。黄植诚走进车间，看到一些青年工人正在修整自行车圈，就关心地问："你们这是给大工厂加工的吗？"一位农民打扮的老师傅笑着说："不是，我们这个厂自己能生产自行车！"黄植诚睁大了眼睛，惊喜地说："真的?!"他正仔细打量着老师傅身边几位学生模样的青年，仿佛将信将疑。

黄植诚从车间出来，老李指着院子里几台打谷机说："这些机器也是农机厂自己生产的。我们这里耕地90％是水田，从前割下稻子用手摔打，后来又发展到脚蹬的脱粒机，现在已全部用上了电动打谷机。我们生产的打谷机还供应外地呢！"

说着，他们来到了另一个车间，一进门便看到一大排崭新铮亮的自行车。黄植诚高兴地叫了起来："这是刚装好的自行车吗？真漂亮！"老李介绍说："这个厂生产的是24吋女车，目前这种型号的自行车在大陆很受欢迎。"黄植诚推出一辆蓝色的新自行车在院子里骑了起来。转了两圈后，他在农机厂张厂长跟前停了下来说："我在台湾时听说大陆农村非常穷。来到大陆后，在福建，在北京，看到很多农民家里都有自行车，许多人戴着手表下地干活，电视机正在普及。我看到的事实和我在台湾听到的宣传完全不同。在我看来，农民能骑上自行车已经不简单了，没想到农民还能自己制造自行车！"厂长说："我们也是一年一年变好的。今后还会发展得更快！"黄植诚握着厂长的手说："发展下去不得了，说不定很快就能造汽车了！"说着和大家一起开心地笑了起来。

幸福的老人

汽车在一个大院门口停了下来，这里是沈阳郊区农村敬老院。几位老大爷和老大娘听说从台湾归来的黄植诚要来看他们，早已在门口等候了。黄植诚下了汽车，急忙走上前去和老人家握手。他看到，这几位老人虽说都到了古稀之年，但穿着整洁，脸上气色很好，看来生活过得不错。

等他在老人们引导下走进敬老院，来到他们的宿舍里，黄植诚才知道，原来住在这里的全都是无依无靠的鳏寡老人，目前共有 25 人。他们的平均年龄是 74 岁，最大的 84 岁。

黄植诚坐在东北人习惯睡的土炕上问："什么样的人才能进敬老院？"一位满头白发的小脚老大娘抢先说："我们都是无儿无女的人，大部分又死了老伴。60 岁以后，家里没有人照顾，就可以进敬老院。"一位老大爷把长杆烟袋从嘴里拿出来，慢吞吞地接着说："我和她是老两口，一辈子没个儿女，老担心老了日子没法过，这把老骨头没有人埋。像我们这样的还有两对，每对住一间房，其他的两人合住一间。现在我们不担心了，每天只管吃饭、睡觉、听收音机、看电视，什么也不用操心。我们俩都快 80 了，看样子，还能活个七八年！"说着张开大嘴笑了，大娘瞅了他一眼，说："就你能说，唠叨起来没完没了……"黄植诚笑了，高兴地说："二老真是越活越年轻啊！"

50 多岁的周连杰，是敬老院的领导人。他是专职来照顾这些老人的。他对黄植诚说："这里有 4 个炊事员和服务员，他们为老人们做饭、打水、洗衣服、做被褥。每间屋有一台半导体收音机，电视机摆在一个大房间里。敬老院给每位老人发棉衣、袜子、衬衣、衬裤。公家除负担每位老人全部生活费、医疗费外，每人每月还给一些零用钱。冬天还送足够的煤球取暖。"黄植诚走进另一个房间，看到桌子上摆着茶具和水果。这间屋子的主人是两位老大爷。黄植诚说："老大爷生活过得真不错呀！"其中一位老大爷答话："比那些有儿有女的可一点也不差！公家为我们花的钱，每人每年平均三四百元呢！"

黄植诚开玩笑地说："等我老了，也到你们这里来养老。"两位老大爷笑得更欢畅了。等到黄植诚像他们这么大年纪，咱们国家的农村该变成名符其实的人间天堂了吧！

一对青年夫妇的生活

辽宁半岛的苹果闻名全国。大连市郊袁牧村有1.9万多颗苹果树，年产苹果120多万斤。黄植诚在那里参观了果园之后，来到了农家作客。

这是一个农家大院，有七八间北房，院子里种满了蔬菜，东西两边是猪圈、厨房和水井。黄植诚信步走进头一间屋子，青年工人韩建奎夫妇正在家休息。他们热情地把客人让到沙发上，拿出带过滤嘴的高级香烟和上好的苹果招待他。屋子分里外间，大约有30多平方米。外间做饭用，贴着白瓷砖的灶台显得十分整洁，里间是这对两年前结婚的小青年的卧室。黄植诚很有兴趣地询问了他们的生活情况。

黄植诚问："你们家有几口人？"

主人回答："共七口。父亲、母亲、两个妹妹，加上我们俩，我们已经有了一个小孩，单独成了家。"

说着，一位年约五六十岁的妇女抱着一个小男孩走进来。韩建奎忙站起来，叫了一声："妈！"他的爱人把孩子接了过来。

黄植诚说："你和大嫂都很年轻，为什么愿意当农民？"

韩建奎看了看妻子，似乎是代表他们两个人说："我们喜欢农村，我曾经当了 4 年兵，会电工，复员后我回到家乡，还是干电工，每月工资 60 多元，是三级工。"他爱人补充说："我是城里的学生，来这里劳动的时候和他认识了，后来结了婚。现在我每月也能拿 40 多元。我们生活得很好。"

黄植诚看了看他们屋里的摆设，信服地点了点头。然后又问："平时你们有什么娱乐活动？"

韩建奎又抢在妻子的前头说："我们大队有电影放映队，经常放映电影。家里有电视机，可以收看大连和北京的节目。我们也喜欢音乐，有落地式收音机，音色很美。我们喜欢看书，大队有图书馆，借书很方便，我们还经常自己买书……"

"你们到外地旅游吗？"黄植诚还问。

韩建奎的妻子说："我们常去大连玩，有时还去沈阳，也去过青岛。我们家有摩托车，他常带着我进城。"

黄植诚又问："你们出门去别处要带路条吗？"

这对夫妇互相看了一眼，竟弄不明白"路条"是什么东西，还是他们的母亲为他们解了围：

她说："30 岁以下的年轻人都不知道路条是怎么回事。早就没有这种东西了。随便到那里去都行，哪还要什么路条？！"

黄植诚说："台湾还宣传在大陆出门要有路条。原来又是假的。"接着又问："伯母，这屋子是你们自己的吗？"

韩建奎的母亲说："这些房子都是我们家自己盖的，属于自己所有，不用交房租。这两年盖房子成了风，我们这儿 1000 多户，今年倒有一百三四十户盖了一色的砖瓦房。你在街上可以看到，现在房子越盖越好，比城里的也不差！"

黄植诚笑着说："这地方真不错。伯母，让我到你们家来落户吧!"这位当了奶奶的农村妇女拉着黄植诚的手说:"你有大事要干,我可不敢收你。我们全家欢迎你常来作客!"

大陆农村变富了

近几年,我国农村实行各种生产责任制,许多地方在短期内由穷变富,发生了巨大变化。黄植诚在西安游览名胜古迹之余,顺道参观的这个袁家村,就是富裕起来的农村之一。

陕西省地处西北黄土高原,这里的人民古来习惯于住窑洞。但一进这个村子,却完全是另一番景象:一条长约一里、宽十几米的马路两旁,排列着一色两层楼房;这个村45户200口人已全部住进了新居。黄植诚很感兴趣地走进一家又一家。他看到,4口人以上的大户住的一套有150平方米。进门是一间门厅,左右各一间居室,楼上是相同面积的三间,有用作卧室的,也有用来堆放粮食和其他杂物的。穿过门厅是一个小院,面积有四五十平方米,后边是猪圈、鸡舍、厕所等附属建筑——这些也全都是砖瓦建筑,家家收拾得干干净净。走进各家的卧室、客厅,每家家具齐全,都有了电视机。

热情的农民向远道而来的客人介绍了这个村的一些情况。他说,这个村子以前很穷,现在可真富了起来。他们的做法,一是发展粮食生产,二是抓多种经营。粮食每亩产量从160斤增加到1600斤,棉花由每亩20来斤提高到180多斤,每个工值已达2元2角到2元4角。村里有汽车、拖拉机,还有木工、建筑、烧砖瓦烧石灰等副业。西北有名的"秦川牛"为这个村带来了很多好处:肉役两用,又可培殖种牛。他们年收入的22万元中,副业收入就占了百分之六十。

主人还告诉黄植诚,随着生产的发展,农民的生活和福利待遇也大大提高了。每人每年平均口粮 1000 斤；平均每户存现金 7000 元人民币；农民子弟从小学到高中全部费用由公家承担，考上大学的有奖励。男的 60 岁、女的 55 岁以后，不管家中有没有困难，每人每月都有一定的补助；每户装上了水龙头，村里建起了洗澡堂；每年还组织农民到外地旅游；还为青年人修了篮球场，买了羽毛球拍等。

黄植诚来到这里，似乎什么都感到有趣。在牛场拉着牛角照像，在场院里看到那一垛垛玉米棒子更觉得新鲜，见一位妇女推碾子，他也上去试一试，转几圈。他说，没想到祖国大陆的农村这么可爱。

黄植诚在各地参观旅行，看了东北和西北的农村。他说过，他对农村特别感兴趣。来到广州，他又要看看祖国南方的农村。

农民生活越过越好

黄植诚出广州市 10 公里，来到南海县的大坜乡，感到这里真是天外有天，山外有山。他说："我参观了那么多农村，这里是最富的一个，生活水平最高。"

农民陈鸿新请黄植诚登上楼梯，来到二楼。这是去年刚盖起来的，楼上楼下共有 4 间。楼上是主人的储藏室，里面堆满了粮食，还挂着一大块腊肉，墙上是一串串红辣椒。站在平台上看看周围，远远近近都是这样新建的小楼；院子里种着鲜花，养着金鱼，看来主人的闲情逸致还不少。黄植诚边看边夸。在陕西，他觉得农村能住上那样的楼房已经是不简单了，没想到广东农村的楼房更加考究、漂亮。

陈鸿新大概有 60 岁，高高的个子，黝黑的脸上闪亮着一双很有神的大眼睛。他家现在共五口人，每月的收入花不完，存款已有三四千元。他告诉黄植诚说："从前我当富农，其实并不能说富，和现在比起来，只是徒有其名。现在才真叫富，平日的收入比以前提高了5倍。我原来有2间楼房，后来又盖了2间平房。现在又建了4间新楼房。不光是我一家，家家户户都富了。你从街上走来可以看到，楼房多半是新的，而且越盖越好。"

黄植诚在南海县农村，信步走进农民陈教二的家里。黄植诚被主人夫妇请进了客厅。不用说农村，即便在城市，这家客厅内的摆设也是豪华的：这里有彩色电视机、最新式的录音机、定时变速的电风扇、方便省时的电饭煲、美观大方的电子钟，还有两对沙发椅。崭新的酒柜内除了各色好酒，还有各种新奇的工艺品。黄植诚一边打量着这一切，一边热情地对主人说："我参观了很多农村，大概你们这里是最富的。"陈教二说："就广东来说，我们这里还不能算最富。我这个家在村里也不是最好的。"

接着陈教二和妻子，你一言我一语地对黄植诚说起了自己的这个家。

这是一个7口之家，有5个孩子，全都长大了，最小的一个也已经18岁。全家平均每人一年得现金530元、粮食710斤。1978年新盖了4间楼房，花了4000多元，家里还有节余。

陈教二告诉黄植诚，他一家除了参加集体生产之外，还从事养猪、养鸡、制鞭炮等副业。副业收入也是很可观的。

黄植诚深有所悟地说："这么说来，要富裕就得发展农业以外的其他生产了……"

陈教二接着说："是啊，这就叫多种经营。现在政府鼓励我们发展各种副业生产，为我们农民打开了由穷变富的道路。"

黄植诚说："我在南海县看到了祖国大陆农村的希望。在这里的所见所闻，使我对祖国的未来更加有信心。"

"穷并不可怕！"

黄植诚在各地参观了许多农村。他有一个总的印象，这些农村都比较富裕，近几年变化很大，完全不像在台湾时听说的那样。现在，他要回到广西壮族自治区横县，即他的故乡参观访问了。陪同人员说："和这些地方比起来，横县可差多了，那里还很穷。"黄植诚说："穷并不可怕。穷是可以改变的！"不管家乡是穷是富，总怀着一片炽热的感情。大凡游子都是这样吧。

汽车开进他的家乡盆象村。黄植诚见到了自己的亲人，高兴极了。他和四伯母、八姑丈、五姑母亲切交谈，从早谈到深夜，好像还有说不完的知心话。县长特意从县城赶来陪他，向他介绍横县的情况。

当时正值深秋，晚稻还没有收割，甘蔗还长在地里。黄植诚在田埂上走着，好像这田园的美丽的景色总也看不够。如果不是水太凉，他真想脱掉鞋子，挽起裤脚，跳进水田抓田鸡。他说小时候常和二哥一起下水，摸鱼捉蟹，其乐无穷。

当然，他确实看到，他的家乡现在还比较穷。乡亲的生活还不富裕。不用说电视机，就是电灯，也才用上不长时间。

他对县长说："家乡的自然条件非常好，有山、有水，真是山清水秀。现在全国农村都在发生变化，我相信横县也会变，由穷变富。只要大家集思广益，又有科学管理，实行生产责任制，横县和我们的盆象村就会变富。"

县长诚恳地说："您的意见很对，请放心，盆象村会很快富起来的。"

黄植诚在家乡与亲人团聚了三天，仍恋恋不舍。他对亲人们说："我要走了，但我的心永远都在横县。希望你们经常给我写信，把家乡的情况告诉我。"

（海峡之声电台播出，1982 年 4 月）

"遍插茱萸少一人"

——访河南籍台湾作家尹雪曼的亲属

前不久，我在河南汲县李元屯，访问了台湾作家尹雪曼先生的故乡和他的亲人。尹先生曾在台湾创作过许多文艺作品。其中《每逢佳节倍思亲》这篇文章，乡情深、乡味浓，很感动人。

走遍天涯海角，总觉得故乡好。想必老家在河南汲县李元屯的台湾作家尹先生还记得 40 年前告别家乡时李元屯的面貌，更关心现在的李元屯是个什么样子吧。家乡的人民从报纸上得知尹先生在台湾发表文章，怀念故乡和亲人，都很感动。他们对我说：请通过广播告诉尹先生，咱们的李元屯可大变样了，欢迎尹先生回来看看。

尹先生可能还记得，过去的李元屯是个很穷的地方。现在变了，村南的黄河故道沙滩和村北盐碱地都已得到治理，变成了水浇地，农业耕作实现了机械化。镇上牛肉馆、羊肉馆、烧鸡馆、杂烩馆、水饺馆一家接一家，卖食品、杂货的摊子一个挨一个，还有新建的农机厂、面粉厂、造纸厂和砖瓦厂。国营百货商店里更是生意兴隆。

尹先生在怀念故乡的文章中提到的堂弟尹光莹，家住李元屯东头。尹光莹是劳动能手，去年收入粮食 1 万多斤，现金6000多元。他高兴地带我看了他新建的两套住宅，全都是砖瓦建筑，屋顶上是晒台，屋内陈设也很漂亮。他说："我家现在共14口人，住房20多间。"尹先生的胞弟尹光一这天也在光莹家，比起来，他现在的景况比光莹家要差一些，但他说："我家比以前也好多了。大孩子已经师范毕业，参加了工作，另外三个都在继续求学。有政府的关心和照顾，今后的日子还会越过越好，二哥不必担心。"

尹光一很想念哥哥，他也很体谅哥哥思家乡、念亲人的一片深情。他对我说，他们共六个兄弟姐妹，大哥已经亡故，但留下的六个孩子已全部参加了工作。三哥三嫂在四川工作，四个孩子，三个已经就业，最小的一个14岁，正在读初中。大姐早年病故，二姐嫁到外村，两个外甥分别当了工人和医生。尹光一说，他们有四个姑姑，大姑、二姑病故，三姑、四姑仍健在，常回娘家来，每次凑到一起，总是讲起在台湾的尹先生，特别是看到他发表的文章后，亲人们更是又喜又悲。喜的是仿佛从文章中看到了尹先生的音容笑貌，悲的是一家骨肉，天各一方，不知何日才能团圆。正如尹先生说的，"但愿不久的将来，……我能够再坐在两位老人家的身旁，听她们讲一讲我幼年时期的'笑话'与故事；不仅让我重温儿时旧梦，也让全家老幼，上下四代，同声欢乐，那才是绝顶的享受！"尹先生的亲人，尤其两位姑母，更感叹不知什么时候得与侄儿相见。

尹光一对我说，他与在台湾做事的胞兄尹雪曼是同父异母兄弟，他今年41岁，是在二哥离开家乡之后出生的，所以还从未见过面。但是他说："记得我读小学的时候，父亲、母亲和四姑母常讲我二哥少年时代勤奋好学的故事。还在读初中时，二哥即能以稿费维持自己的生活。二哥在我心目中的形象是高大的。我崇拜他，模仿他。听说二哥从小是个'孩子王'，又是爱说爱笑、爱娱乐的人，一直到十三四岁，年年元宵盛会上都扮演角色。虽然没见过面，但我总觉得二哥很可亲。"尹光一读到哥哥在台湾发表的文章，不禁想起了唐朝大诗人王维的有名诗篇："独在异乡为异客，每逢佳节倍思亲。遥知兄弟登高处，遍插茱萸少一人。"什么时候才能兄弟相会，阖家团圆，共叙天伦呢？年迈的姑母更在等待着游子归来。

（海峡之声电台　1982年9月15日播出）

郭焰烈和他的女儿

去年（1982 年），先后在上海和北京播映的日本电视连续剧《姿三四郎》，译者就是郭焰烈。

我原以为郭焰烈是专职的翻译家或电影工作者。直到前不久，我有机会在上海与他叙谈时，才知道他的专业是从事国际问题研究。

今年 50 出头的郭焰烈原籍台湾省台中县，现任全国台联理事、上海市台联会长。1946 年，即台湾光复后的第二年，台湾行政长官公署招收一批台湾青年送大陆国立大学学习。郭焰烈是头一批考中的一个，到北京大学法学院政治系，专修国际政治。

新中国成立后，他南下定居上海，先是在谢雪红领导下主持台湾民主自治同盟上海市支部，后又从事广播新闻工作，曾被评为上海市劳动模范和先进文化工作者。前几年，他又回到自己的专业上来，在上海国际问题研究所任研究员，主持该所亚洲研究室。

"那么您是怎么搞起电影翻译的呢？"我问。我知道，除了《姿三四郎》之外，他还译了电影《望乡》、《吟公主》、《生死恋》、《风雪黄昏》、《华丽的家族》、《战争与人》等日本电影。这对一个主要精力用在研究工作的人来说，并非易事。

他说:"我对日本电影早有兴趣,翻译是我的业余爱好。我译的头一部影片是《松川事件》,那是多少年前的事。其他都是最近几年用业余时间译的。"他以《姿三四郎》为例说,1981年春,上海电视台约他合作,正合他意。他集中一段业余时间先译出5集,交电视台配音制作,7月起开始播映,每周播一集,他则每周翻译一集,差不多全在星期天译完。由此不难想见他的翻译多么熟练。

译制电影、电视片,配音和演员口型要对得好。为此,导演经常需要与翻译研究,以便对译文及时作出恰当的修订。郭焰烈对我说,他的女儿已能替他承担一部分这方面的工作。

郭焰烈是到大陆之后成家的,夫人周汉武是湖南长沙人,现任上海沪剧团声乐教师。他们有一个儿子和一个女儿。儿子在大学学的是英文,现在是上海育才中学英语教员;女儿郭南燕,目前还是上海复旦大学外文系日语专业三年级学生。她自幼受父亲熏陶,聪颖又刻苦,日文已具相当功底。她不仅协助父亲做一些译制电影方面的工作,还根据日文报刊资料,撰文向中国读者介绍父亲翻译的电影、电视片的主人公,和一些日本电影明星。

郭焰烈有这样一个女儿,视为掌上明珠是很自然的。他是女儿的严师,但在翻译和介绍日本电影方面,父女俩又是好搭档。难怪他谈起女儿来,总是面露喜色。郭南燕也有自己的志向,早已不满足于当父亲的助手。她要独立翻译,向中国观众介绍更多的日本影片。她还希望毕业之后能以研究日本问题为职业,同时也像父亲那样,把文学翻译当成自己的副业。

在郭焰烈家里,经常高朋满座,其中不少是日本友人。他与夫人前年曾应邀赴日进行学术交流；去年他又以中日友好学者代表团成员的身份，两度访问日本，先后结识了不少朋友。他又因翻译和介绍日本电影，与日本电影界建立了友谊。如在《望乡》、《生死恋》中分别扮演主角的笠原小卷，曾在自己家里接待郭炽烈夫妇；她的父亲笠原一卷先生访问上海时，又受到郭炽烈一家的热情欢迎。女儿南燕自然每次都要陪侍在座，父亲不仅仅想为女儿学习日语多提供机会，更重要的是要在女儿心中播下中日友好的种子！

（原载菲律宾《世界日报》，1983 年 2 月 18 日）

"繁荣生活即神仙"

——山东蓬莱纪行

有人爱把自己喜欢的风光名胜誉为"蓬莱仙境"，也有人爱用"蓬莱仙境"比喻虚无飘渺的梦幻世界，或者讴歌幸福生活的幻景。

但蓬莱却不是虚无的，不是幻景。蓬莱就在胶东半岛的东北端。

这实实在在的蓬莱又是什么样子呢？在蓬莱的人们过着神仙那样的生活吗？

据古书记载，秦始皇、汉武帝都曾到蓬莱求过海上神仙和长生不老药。现在的蓬莱阁就建在汉武帝当年在丹崖山祀海求仙的旧址上。

这蓬莱阁建于海滨峭壁之上，远望宛如神话中的贝阙珠宫；登上蓬莱阁，只觉群山皆小，仿佛置身于海天之间，真个是"仙阁凌空"。

蓬莱阁其实还包括海神祠、龙王庙等，是一个古建筑群。从蓬莱阁远眺，南面是城中人户，烟雨万家，东面和北面是海上波涛，峥嵘千里。阁外有避风亭、卧碑亭、宾日楼、观澜亭、吕祖（洞宾）庙等名胜，也都别有情趣。

登蓬莱阁，最想见而又最难得一见的是海市蜃楼。

我早在中学念书时，读过当代著名作家、蓬莱人杨朔的一篇散文《海市》。他在文中这样描写小时候看到过的一次海市："只见海天相连处，原先的岛屿一时不知都藏到哪儿去了，海上劈面立起一片从来没见过的山峦，黑苍苍的，像水墨画一样。满山都是古松古柏；松柏稀疏的地方，隐隐露出一带渔村。山峦时时变化着……又过一会儿，山峦城市慢慢消下去，越来越淡，转眼间，天青海碧，什么都不见了，原先的岛屿又在海上重现出来。"蓬莱阁上许多前人的诗词石刻，多半也是与海市蜃楼有关的。最脍炙人口的莫过于苏东坡（1036—1101年）的《海市诗》了："东方云海空复空，群仙出没空明中，摇荡浮世生万象，岂有贝阙藏珠宫……"可见这海市是多么迷人了。

当地人讲，海市一般出现在夏秋之交，我来的不是时候，也自然无此眼福了。更何况海市原本是虚幻的。前人有诗云："欲从海上觅仙迹，令人可望不可攀。"虚幻的东西再好，也毕竟是虚幻，总不如现实生活来得实在。君不见叶剑英元帅1960年8月登蓬莱阁有这样的题诗吗？"蓬莱仕女勤劳动，繁荣生活即神仙。"那些靠自己的双手过上了幸福生活的蓬莱人，才是真正的神仙。

这里有位大"神仙"，就是蓬莱县县长孙吉福。

孙县长年仅34岁，身材不高，穿一身旧涤卡衣服，脚上是一双褪了色的黑布鞋，手里的文件包连拉锁都没有……竟无半点"县太爷"的派头。然而他精明能干，说起话来更是神采飞扬，语气中充满了自信。

他是可以自信的,因为他有力量——在1280平方公里土地上,有着47万勤劳的人民,他们凭自己的双手,已经改变了蓬莱的面貌。

拿县城来说吧,过去那凹凸不平的石头路,变成了宽敞平坦的柏油路,六条纵横马路把城区连成一片。旧街两旁原来那一排排低矮平房,已代之以幢幢新楼;近年又大兴土木,同时施工的便有蓬莱阁旅游饭店、新华书店、医院门诊大楼等30多处。城北门外到城东北的河滩,出现了一个新兴的工业区,集中了汽车、农机、水泥、造船、化肥、化工、纺织机械、食品、发电、绣花等30多家工厂;全县有企业156个,工业年总产值已达1.7亿多万元,比1949年增长324倍。

但是他们并不满足。孙县长请来了北京清华大学的师生,结合全县人民的智慧,规划建设人间仙境的蓝图。

孙县长说,未来的县城将是方便生活、有利生产、环境优美、清洁整齐的小城市;计划在近期修复蓬莱阁下的水城(我国古代海军基地之一)旧貌,重修明代抗倭名将戚继光祠堂,沿海辟旅游区(包括林带避暑区、现代化体育场、浴场、少年宫和青年公园等),城内还将增建影剧院,进一步改善道路。职工住宅建设占重要地位:1982年新建职工宿舍两万2.25万多平方米,今年职工住房问题将得到解决。

至于广大农村,变化更大。县长告诉我,自1978年以来,农村新建住宅已占农村全部住房的四分之一,消费水平大大提高,高档商品越来越受农民欢迎(县百货公司购进一批轻便摩托,大部分买主是农村青年);在穿戴上城乡已无甚差别,甚至有的农民还胜于城里人。全县农民存款达5242万元,比1977年增加了一倍半。蓬莱大部分是山区。县长说在他任期之内，政府将向山区增加投资，绿化山区，修筑道路，让所有山区都通汽车，饮水困难的村子都吃上自来水。农村住宅将重新规划，改善农民居住条件，文化设施也将加紧建设，每个公社除办好医院，还将有自己现代化的电影院……

县城西南不远有个叫孙陶的村子，因为前年冬天一下子购进148台电视机而出了名。村里的领导叫孙泮芝，听说是个老革命。我们的汽车开到村里，有人说老孙正在花园里。乡下也有花园吗？又是件新鲜事。

果然，到了一个小水库旁，找到了老孙。我打量四周，三面环山，一面靠水，水边新建一栋六角三层小楼，山坡下是一大片花木，虽不能和城市里的公园相比，倒也是休憩的好去处。

"不错啊，老孙，"我拉着他的手说，"农民也要学会享受了！"

"农民就不会享受吗？"老孙豪爽地说，"现在才刚刚开头。明年这水里要养鱼，小楼盖好了，在里边钓鱼、观景、喝茶、下棋、听音乐，不比城里差。"说完自己先笑起来。

孙泮芝六十开外的年纪，典型的山东大汉，豪爽中又露着精明，朴实而又憨厚。我还没看完花圃里的奇花异草，他又邀我看鸟。在一间鸟舍中养着一色的鹦鹉，少说也有上百只，啁啾齐鸣，煞是可爱。还没看够，他又拉我进温室。一边走一边说："这花圃还要扩大，温室也要扩建，请些老人帮我管理；有退休回村的干部，只要乐意，也可参加。说是管理，我并不要他们动手动脚，粗活重活让青年人干，我只让老人到这里享福。"

孙陶村在一个山窝里，村前有清溪流过，街上有商店、饭馆、照相馆、车行，不时有拖拉机、马车经过；商店分楼上楼下，货架上东西挺多。乍一看来，这村子倒像个小镇，其实全村不过 300 多户、1000 多人。但家底不小，公共积累达到 120 多万元，不但对老人实行劳保，小孩入托、上学免费，连村干部也同城里干部一样，实行了退休制度。社员家里很富，说"大包干，不转弯，3 年能冒尖！"光银行存款就有 38 万。老孙说，成立农工商联合经营公司时动员社员投资，一个晚上就投了 18 万。公司设有农业服务等 3 个经理部，要把全村的生产（生产要专业化、社会化）、生活都管起来。

老孙说："别讲我们农民不会享受。不用说再早，就是前几年，我们手里也没有多少钱。现在，集体和社员都有了钱，我们当然要把日子过得舒舒服服。再买一批电视机，差不多家家都有了。还有沙发。你想想，吃过晚饭，坐在沙发上；喝着香茶，看看电视，这日子和城里有什么不同？不久还要建个洗澡堂。穿也不比城里差，现在小青年们的确良看不上眼了，要穿涤纶；索性，除了学生，每人给做了一套。城里人回来探亲，比不上农民穿得好。我还准备采取这样的做法，把房子盖好了，沙发、衣柜、写字台、碗橱、电视机全配齐了，让社员住，10 年还清房钱。"

我又看了几个村子。不论在哪里，那光景直让我这多年住北京的人打心眼里羡慕。

单说住房吧，城东南有个于家村，是全县已完成住宅统一规划的十几个村庄之一。所谓统一规划，即将原来的旧住宅全部推倒，按现代化的要求，统一设计，重新建设。于家村 1974 年开始规划，1977 年开始建设，目前全村已住进新房，一户 3 间；子女结婚，再给 3 间。每 3 间一个小院，院内还有储藏室、猪圈、鸡舍。还有一部分房子空着，等新成家的人去住。我开玩笑地对村领导人李玉璞说："让我到你村上落户吧！在北京我是怎么也住不上这 3 间加一个小院的。"他听了只是一个劲儿地乐。我接连看了几家，家家整整齐齐，陈设美观大方，也不乏电视机、收录机等高档用品。

我登上十几米高的自来水塔，鸟瞰于家村全貌：前后十几排坐北朝南的房子，中间是一栋大楼（建筑面积 1200 平方米），楼前是村里主要街道，路口一片空地计划建街心花园，旁边准备盖礼堂兼电影院，还有托儿所。

离水塔不远，是于家村的大花园，目前占地两公顷，奇花异草 100 多种；暖房 100 平方米，是蓬莱全县第一流的。李玉璞说，一些城市也到这里来买花呢！

勤劳的蓬莱人，正用自己的双手建设着人间仙境。

（原载《中国建设》，1983 年第 2 期）

"半生漂泊东归客，喜见故乡万象新"

——访回国定居的范寿康教授

我们第一次拜访范寿康教授，是在去年（1983 年）的四月底。那时，他刚从美国回来定居不久，临时下榻北京饭店。这位年已八十有六的老人，虽然步履已不是那么轻捷，但精神极佳。膝下孙儿嬉戏，身旁有儿女陪伴，房间里摆着新买来的盆花，墙上挂着他为儿孙们手书的条幅。我们庆幸这位漂泊了 30 多年的老教授终于有了个归宿。

去年中秋节的前夕，我们又来看望范老，那是在他的新居——一幢新建的高层公寓里。他住的是一套有客厅、餐厅、卧室、客房和厨房及卫生设备的单元房子。比起半年以前，老教授精神更好了，身板显得更硬朗。他笑着对我们说："朋友们说我到北京以后胖了。我回来以后精神愉快了……"

范老现在一个人生活。他有四子五女，有两个儿子在北京，其它有的在外省，有的在海外。关于孩子们的事，他谈到自己的想法："让儿女们读书，大学毕业后就不再管他们。结婚由他们自主，经济上让他们自立。我一个人生活，图个清闲自在。"但是，他的儿女们却经常来看他。在海外的儿女也经常回来。

范老不愧是位教育家,他的家庭教育也该说是很出色的,九个子女全都成材。无论在国内的、还是在海外的，都力图对祖国有所贡献，而且个个孝敬老人。范老对这点表示很满意，说到他们总是喜笑颜开。

范老几乎终生搞教育，"桃李满天下"。他到北京以后，他的学生经常来看他，因此也为老教授的生活增添了不少乐趣。他回顾说，民国17至20年，他出任家乡春晖中学校长，后来又在安徽大学、武汉大学、中山大学任职，一1945年去台湾参加接收工作，主管教育，不久又就教于台湾大学，直到退休。他告诉我们，他在武大的学生十几人，曾结伴来到他的住处，其中有中共中央委员李锐。当年他到台湾后曾送一批公费生来大陆学习，现留在北京的还有十多人（多数都成了领导干部），也都相约来看望他。

回来一年多的时间，阔别30多年的亲朋故旧重逢，也是使范老最为高兴的一件事。30年代在商务印书馆的同事叶圣陶、胡愈之，在日本帝国大学留学时的朋友成仿吾等，现在跟范老都有往来。当他们谈起往事时，为多难的旧中国叹息，又为今日强大的祖国欢欣；这些年过八旬的老人们，好像变得年轻了。

范老教授谈到自己的日常生活时说，因为年纪大了，不便多出门，平日在家，看看书，听听音乐，写写信；晚上则看看电视。

"出去散散步吗？"我们问。

"散步也在房间里。"他回答，"每天走一千步。还作徒手操和静坐。静坐已坚持十几年了，姿势不讲究，主要是入静，沉下心来，什么也不想。这对我的健康很有帮助。"

"生活上呢？"

"全国政协每月发给我 250 元。房租只需交 20 多元,其余的便用在生活上。早上吃牛奶、面包和鸡蛋,中午、晚上吃米饭。菜是回老家时请来的一位老太太烧的。还是家乡菜好吃,几十年没有吃了。"

范老说,他来到北京不久曾返故乡浙江省绍兴上虞县。唐朝绍兴诗人贺知章(659—744 年)曾留下这样的佳句:"少小离家老大回,乡音无改鬓毛衰。儿童相见不相识,笑问客从何处来。"范老说,当时,他正是这样的感触。同辈的人所剩无几,年轻人全不认识。但故乡还是故乡。30 多年来,故乡无时不在牵动着他的心,现在终于回来了。

"春色碧桃绿水,秋光红树青山。"当他来到曾任职 4 年的春晖中学时,他清楚地记起了春晖创办人经亨颐先生书赠他的"即景撰句"。学校坐落在白马湖心小岛之上,四面环水,风景宜人,经亨颐先生的描写真是再贴切不过了。白马湖犹在,春晖却变了样:校舍扩大了,学生增加了好几倍。"盛年不重来,一日难再晨;及时宜自勉,岁月不待人。"春晖中学 60 年校庆时,范老曾从美国寄给母校亲笔抄录陶渊明的这首训子诗,以藉此勉励春晖学生。这次返乡他又兴致勃勃,挥毫书道:"青年今后的理想在于对建设社会主义的新中国作重大之贡献,就是对今后四个现代化工作竭尽毕生之心力。愿与诸生共勉。"

王献之有云:"从山阴道上行,山川自相映发,使人应接不暇。"范老说,这里写的正是他的家乡,胜景多多,美不胜收。但在他的记忆中,从浙江省会杭州到现在的上虞县城百官是没有铁路的,从百官到他的老家丰惠镇(从前的县城),连公路都没有,交通十分不便。而现在,他乘火车到百官再换乘汽车到丰惠，只用了两个多小时。从家乡的变化，他想到全国，铁路已有 5 万公里，公路四通八达，长江、黄河上建起了 10 几座大型桥梁……建国 32 年的业绩已远远超过了过去 100 余年间的实况。他在台湾，后来到美国，时刻关心着祖国，眷恋着故乡。今日如愿以偿，亲眼目睹祖国的成就，故乡的变化，使他激动不已。"半生漂泊东归客，喜见故乡万象新。上下齐心图建设，风光蓬勃似三春。"范老在故乡不禁写下这首诗以抒心怀。

范老是由分别在海军和科学院任职的儿子范岳年、范岱年陪同来到故乡的。在那里，他见到了堂弟媳、内弟媳和侄子等亲人。他和亲属一起祭扫了祖父母和父母亲的坟墓。

范教授说，他很想把回国后亲眼所见的大陆的变化和建设成就，介绍给台湾同胞和海外侨胞，以增进他们对祖国大陆的了解，促进祖国的统一。他还想多做一些力所能及的工作。他说："国家对我这样好，我更应该尽力报答。"

范老早年留学日本，专攻哲学，从日本经济学家河上肇那里学到了唯物辩证法。在武汉大学任哲学系主任期间，他讲授过《中国哲学史通论》，并将讲稿出版，受到青年学者的欢迎。三联书店现已计划再版这本书，还请他为重版书写了《序文》。他的另一部专著《朱熹及其哲学》则由中华书局再版，他也作了一篇《自序》。今天在他的书柜里摆着商务印书馆新近出版的一套哲学译著，还有不少马克思主义经典著作。范老晚年依然对哲学研究有着浓厚的兴趣。

范老还计划写一些人物传记，现已脱稿的《经亨颐先生传》是其中重要的一篇。

此外，他有时还尽力参加一些学术会议，与国内同行共同研讨感兴趣的问题。

（原载《中国建设》，1984 年第 1 期）

老台胞林朝权年年有喜事

三四十年代蜚声海峡两岸体坛的老将林朝权,已是年近八旬的老人了,满头银发,面色红润,脚步还是那么轻捷,腰板仍然挺直。即使在冬天,他每天也是早早起床,穿一身运动服,戴一副白手套,迎着寒风跑步,一跑就是半小时。

几年前我便与林老先生成了忘年交。最近,他到北京参加台湾同胞为祖国作贡献经验交流大会,其间一天晚上,我到他的房间去看他。

"林老,咱们差不多一年见一次,每次您都有好消息告诉我……"

"是啊,这一次也给你带来了好消息。"林朝权说。

林朝权早年毕业于日本东京体育大学,1938 年至 1946 年在北京师范大学任教授兼体育系主任,后回到家乡台湾。1950 年偕夫人再次来到大陆,1979 年 11 月,他作为中华全国体育总会委员,来北京参加庆祝恢复中国在国际奥委会合法权利的活动时,我第一次见到他。

第二年春天我去上海,特意去看他一家生活得怎么样。他告诉我,儿子林邦正在读大专三年级,大女儿林似兰大学毕业后在南京当工程师,小女儿林洛洛由工人成了干部,在一家不大的工厂负责职工教育。他夫人骆惠清说,他们原来住得比较紧，那年的春节前刚迁到这套两室一厅的公寓，林老已是上海市政协委员，加上其他头衔，不下四五个职务。

1981年底，林朝权老先生以上海市台湾同胞联谊会名誉会长的身份，来北京出席中华全国台湾同胞第一次代表会议，并当选为副会长，我向他表示祝贺。这天他显得格外高兴，笑眯眯地说："你来，我还有好消息告诉你。"落座之后，他说，他的小儿子，也是身边唯一的儿子，大专毕业后到日本留学去了。要是头些年，这件事对他来说是不敢企望的。

又过了一年，我参加采访全国台联第一届理事会第二次会议，再次见到了林朝权。他说："去年又有一桩好事，我被正式授予上海体育科研所研究员职称。"

转眼之间，一年又过去了，到了1983年的岁末。"人逢喜事精神爽"，我从林朝权先生那充满喜气的脸上，看到了他心中的喜悦。

"你猜我今年的喜事是什么？"老人脸上堆满孩子般纯真的笑，仿佛内心的喜悦都要溢出来了，"我和两个女儿都是出席这次台湾同胞为祖国做贡献经验交流大会的先进代表。出席大会的有兄妹、父子等好多对，但父女三人同来参加这个会就只有我们家了。"

林老真是每年都有喜事，一年比一年好！

（原载《中国新闻》，1984年1月5日）

中西合璧　和平共存

——访法籍华人教授成之凡

初冬的北京，已有几分寒意，可阔别 30 余年归来访问的成之凡女士，却总是满面春风。"我的出生地是如此美丽，我所遇到的人是那么亲切，使我感到真正回到了娘家。"她操着一口略带南方口音的北京话，声音清脆、甜美，娓娓动听。在这里，她每天生活在亲人和朋友中间，感到非常高兴。像在法国巴黎一样，她每天穿一身自己设计的道装，头上、胸前佩着珠宝，显得壮重而典雅。

命运?!

"一个中国妇女，从小受的是西化教育，到了西方之后，却又一直眷恋着中国文化，我说这是命运。"她在北京下榻的华侨大厦对记者这样介绍自己。

那么，"命运"是怎样安排这位中国女性的呢?

成之凡祖籍湖南，出生在北京。父亲是我国著名报人成舍我，母亲擅长书法和数学。她在家庭中弹的是钢琴，画的是水彩画，跳的是西方舞蹈，信的是天主教，读的是西方小说，而对中国传统的东西却几乎一无所知。四五岁时离开北京，先后住在南京、上海，在抗战时期进入上海国立音乐专

· 77 ·

科学校，18岁当钢琴教师，后来任教于香港圣乐院。1951年后生活在巴黎，两年后入法国籍。她今年（1984年）已经50多岁了，现任巴黎欧洲音乐学院教授，又在法国专心于收藏代表中国文化传统的古物，包括服装、乐器、首饰、玉石、珠宝，研究并宣传中国古代哲学思想。

"如果不是命运安排我来到了西方，很可能到现在还像年轻时一样，着西装、烫头发、信天主教，只喜欢西洋音乐，弹钢琴、谱无调乐曲……"她说。

回过头来

"那么这一切是怎样改变的呢？"记者好奇地问。

"我到巴黎后，和法国人结了婚。丈夫是一位工程师。从我们的法国朋友身上我看到中国文化在西方有着很大的魅力和市场。可以说我是在一些热爱和研究中国古代文化的法国朋友影响下，才又回过头来研究中国文化的。"

成之凡到巴黎后，起初还是弹琴、作曲、绘画；钢琴演奏是她最大的爱好，以至到了不弹琴会生病的程度。从她那修长而关节略微粗大的手指，不难想像她与钢琴结下了多么深的缘分。但在一些法国朋友看来，她来自中国，来自曾经创造了灿烂文明的古国；热爱中国文化的人总想从她那里得到点有关中国的什么。

有人对她说："我对你们中国的《道德经》很感兴趣，你能不能给我讲讲？"这个请求震动了她的心灵。本来是中国的东西，连外国人都知道，而她却全然不知。这岂不愧对祖先！

又有人对她说："你是中国人，为什么不搞中国音乐，却搞我们这'野蛮音乐'？"这话同样使她惊讶。直到后来她才理解，这里的所谓"野蛮"，是指唯我独尊、排斥他人而言。

还有人劝告她："你们中国的衣服多好看，为什么非要穿得和我们一样？"

说这些话的全是法国人。他们满怀着对中国文化的喜爱。而她呢？

她开始变了。她决心以一个"典型的中国女性"形象出现在巴黎。

她如饥似渴地研读中国古代典籍，尤其是《庄子》、《老子》。她试图用中国古代哲学思想来研究绘画、音乐、舞蹈、服装，终于迷上了道教的"阴阳共存"学说。她把《易经》、《道德经》配上乐曲，用中国的锣、鼓、钟、铃、磬、钹、木鱼等庙堂乐器来演奏。她用"阴阳共存"的思想，亲自设计了一套套道家服装，穿着时又佩以不同的装饰品。她喜欢吃素，坚持练气功。她创编的中国舞蹈，也渗透着她研究老子哲学的心得。随之，她在欧洲开始为人们所注意。

欧洲唯一的道观

最引人注目的是，她在巴黎市郊蓝波叶占地 3000 平方米、自称为"追霞庄"的家中，建起了欧洲唯一的中国道观"挽云楼"。这是一座高 11 米、呈八角形的 3 层楼阁。她取《道德经》中"大器晚成"之意而创建的"成道协会"就设在这里。挽云楼又是她介绍中国文化的陈列馆和活动场所。因此她又有"挽云楼主"之称。

成之凡女士颇为得意地说："在几年以前，人人都说在法国建中国道观是不可能的事。'追霞庄'距一座行宫不到 500米，而按照法国的规定，是不许在此范围内新建与古建筑不协调的建筑物的；而且，要筹集所需的 100 多万法郎，也是一件相当困难的事。可是我既然下定了决心，就不顾一切地去做。事实已经证明，我终于做成了一件人们认为不可能的事。连法国文化部人士也承认挽云楼是一件艺术品了。"

"那么，现在您对西方文化持什么态度呢？"同她一道参观故宫时，记者这样问她。

面对着参观中国古宫殿的中外游人羡奇的目光，她莞尔一笑说："我想说，我仍然喜欢弹钢琴。我想强调的是，近百年来西方实行文化侵略，践踏有色人种的文化。这是世界性危机，西方一些有头脑的人也起来反对了。我想，更重要的还是我们自己的努力。对西方的东西要有选择，要用坚强的盔甲对抗他们的文化侵略，否则会一泻千里，无可救药。中国古语讲：知己知彼，百战不殆。我主张知己知彼，和平共存。"

总统竞选人

成之凡几十年致力于艺术，博得了画家、音乐家、教授等头衔。同时，她又曾是法国总统竞选人！

记者打量着面前这位中国血统的女性。她眉清目秀，婀娜轻盈，妩媚动人，举止端庄，彬彬有礼。就是她，1981 年曾竞选法兰西共和国总统，并继续为此作努力。她这非凡的气魄和胆量，引起了我们的兴趣。

她说，她是由法国新闻界一些朋友支持才决定出马竞选的，竞选事宜则由成道协会经办。她的目的是要提高全世界对中国文化的认识，提高中国人的地位；同时也是为了替所有黄色人种说话，并且设想着用道家思想解决法国一些无法解决的社会问题。

不过她说明，她并非企求在法国建立一套道家思想的统治。中西合璧，和平共存，是她多年的主张。她希望此次中国之行能有助于这一目标的实现。

宽慰

成之凡女士是应国务院侨务办公室和欧美同学会邀请而访问北京的。她说此行的收获很大。她看到了许多原来想象中可能已经消失的古代珍品，以及不少十分精美的仿制品，这是她原来没有想到的。她还看到我国的少数民族仍旧保留着各自的服装、语言和艺术上的特点。她说："看到这一切，我深深感到中国文化的伟大和历史的悠久。它决不会被任何西洋文化所消灭和掩盖。"她告诉记者，她本来是有些担心的。中国人一向宽大为怀，太客气，她担心防线容易被冲破。再加上近百年来受列强欺负，一些人以为自己的东西全不行了。但这次在北京耳闻目睹到的，却使她感到宽慰。

在北京期间，她曾到中国道教著名道观白云观朝拜，实现了她多年的愿望。她说，白云观经重新修葺，非常壮观；接待她的各位道长令人尊敬，她同他们谈得十分融洽。她在中央音乐学院举行了独奏音乐会，分别用中国传统的打击乐器和钢琴演奏了她创作的乐曲，也取得了成功。

力促中西文化交流

成之凡教授 30 年来致力于中西文化交流，做了不少开拓性的工作。她在欧美同学会的一次集会上说："多做些中西文化交流的工作，这对双方都有好处。如果大家都能互相了解，并且都尊重对方的文化，对于世界各国人民的大团结，对于世界和平都会产生积极的影响。所以我建议中国最好能多派些青年去法国学习。学习的目的决不是把别人的文化搬过来代替中国的文化，而是使用反照镜来加深对中国文化的爱好。法国也应当多派青年到中国来学习，以便了解他们自己的文化并补其缺点。"

（原载《中国建设》，1984 年第 2 期）

白少帆的回归三部曲

白少帆先生终于回到他向往的故土了。

他虽然仅 41 岁，但他为了回归整整作了 20 年的准备。

曼谷遭婉拒

当白少帆终于踏上祖国大陆的土地，在首都北京定居下来的时候，他的心情就像经过长途跋涉，总算回到了家人身旁那样轻松、惬意。在寓所里，他脱下刚在北京买来的皮大衣，把一条腿架在另一条腿上，缓缓地吐着烟雾（不抽烟的时候，他又喜欢摆弄那只心爱的打火机），从容地向我诉说他回归的经过。

白少帆，1941 年出生在黑龙江呼伦贝尔盟的扎兰屯。他的父亲姓陈（先人是郑成功的参军陈永华的同乡），被日本统治者强行运到大兴安岭开矿，在那里结识了一位达斡尔族姑娘。他们结婚之后，生下了两个儿子和一个女儿。

"我哥哥和妹妹姓陈。"白少帆说，"白是母亲名字的头一个音。我还有一个蒙语名字：'阿尔坦'，意思是我像金子一样宝贵。1947 年春天，我们全家到了台湾。到 60 年代初，父母和哥哥、妹妹相继故去了，我是家里唯一活下来的人。自然，不会是因为我有那样一个名字……"

提起伤心的往事，白先生双眼现出忧伤的神色，但瞬间即逝。他用双手理了理长发，继续往下讲。

他说，他第一次采取行动争取回归，是在 1975 年。那时，他经过几年的努力，终于取得台湾当局的一张签证，从台北到达曼谷。在那里他与中国大使馆取得了联系。但他回归大陆的请求被使馆工作人员婉言劝阻了。一个月的签证到期了，他无可奈何地返回了台湾。

从此，他成了一个"可疑"的人物，直到他最终离开台湾，痛苦总是无休止地伴随着他。

他本来还是幸福的，虽然他的亲人都没有了。他凭着个人的努力，1963 年读完了大学，又获得了文学硕士的学位；1975 年前，他在台湾师范大学任教。但就从这一年起，他的境遇变了：他被迫离开了原来的教职，开始到"国文教育中心"教外国人学中文；他的妻子本来是他的战友，回归是他们两人的共同愿望，仅仅因为她出国留学时参加了中华人民共和国国庆活动，便获罪于台湾当局，牵连到白先生。在刑囚威迫之下，他们不得不宣布离婚，之后，她背离了原来的理想，两人分道扬镳。最令人难以忍受的是，每个周末和星期天，他都必须到设在台北博爱路的"台湾警备司令部保安处"报到，接着就是一整天的侦讯。

白先生告诉我，他之所以被长期监视、侦讯，唯一的理由是怀疑他 1975 年曾经秘密潜回大陆。"但是他们有什么证据呢？"他说，"有照片吗？有录音带吗？他们拿不出来。"

当局把白先生调离师范大学，原本为了防范他与台湾学生接触，没想到"国文教育中心"的外国学生也不乏正义之士。他们纷纷对自己的老师表示同情，愿意提供帮助。他接受了一位法国姑娘的好意，两人宣布"结婚"。在这位法国姑娘回国之后，台湾当局顺水推舟，以夫妻团聚为由，主动送上出国签证，让白少帆离开了台湾。

北京一月

白先生说，他实际上是被驱逐"出境"的。但这却给了他回归大陆的机会。1981年10月，他经曼谷飞到了北京。当飞机进入国境后，他透过飞机舷窗俯瞰祖国的壮丽河山。看着，看着，他泪眼模糊了。一段往事又涌上了心头。

那是20年前。按照台湾的规定，大学毕业后都要服兵役。他随部队进驻金门。他曾经一次次眺望对岸：那边就是他出生的大地，就是他祖先生活的地方。人对自己的故土总有一种自然的不可分离的情感。那时候，在他胸中萌发了回归大陆的意念。

但眼前的现实是冷酷而严峻的。他亲眼看到一些大陆籍的老兵，回归未成却在全师1万多人面前被就地枪决。他们虽被杀害，但在刚刚踏上人生旅途的白少帆看来，他们的行动是高尚的。

现在，他准备了多少年的行动终于成功了。飞机降落于北京机场后，汽车就把他送到旅馆。虽是夜阑人静的时分，但他也许是太兴奋了，怎么也无法入睡。第二天早上，他便一个人走出旅馆，开始了他对北京的实地考察。

"在北京一个月，跑坏了一双新球鞋。"白先生开心地笑着说，"我买了一张北京交通图，每天划出一片，走大街、串小巷，竟把北京跑遍了。我和当地的市民一样，挤公共汽车，到小馆子排队吃饭……"

"那么您当时对北京的印象怎样呢?"我问。

"我那次回来,主要是实地看看。我在金门的时候,看到过大陆的传单,听到过大陆的广播,后来我又凭在台湾得到的有关大陆的有限资料和大陆的广播,在心中构想了一个大陆的形象。回来以后,觉得大陆很平静。但在平静之中我又马上感觉到她落后。不过我不以落后为耻。自然,要将落后变为先进是要付出极大的代价的;我们的人民正在努力。我看到人们的衣着很朴素,但有些街道很脏,一些年轻人又不大讲究文明礼貌。我想这大概是大动乱的后果。

"我最突出的感觉是,我是自由的。我觉得这个社会宽容、自然,是有情的人间。我需要祖国,祖国也需要我,这是我第一次回国的结论。"

"但是,您那时并没有留下来……"

"是的,仅仅一个月,我又离开了。我还需要作进一步的比较。我所生活的台湾,长期受西方影响,一切以西方为标准,否定自己的文化,这对年轻人无异于慢性中毒。相比之下,我们这个社会好,由此我又产生了一种参预感。但是,我还是走了,我还要证明一些事情,我还要观察西方。"

于是,他选择了巴黎作为目标,从北京坐火车,经过蒙古、苏联、波兰、德国等国家,来到了法国的首都。

旅欧一年

他在巴黎高等师范大学教中文,与巴黎汉学界及汉学学习者有广泛的接触,工作和生活条件非常好。他还有一位法国姑娘作朋友。

在台湾,他们宣布"结婚"(他说事实上他们并未结婚);

在他途经曼谷时，她又专程从巴黎去看他，两人在那里办了一纸"离婚协议书"，但他们还是很好的朋友。姑娘以汉学为职业，她的博士论文后半部份是在白先生指导下完成的。但是，他们最终还只是朋友。法国政府希望他加入法国国籍，但他拒绝谈这件事。他的目标始终是：回归祖国。

在巴黎，他仍与在北京认识的朋友们保持通信联系，以便了解国内的情况，讨论将来回国后的工作。

他说，巴黎是观察西方的一个窗口。他透过巴黎，观察了中国以外的世界。他把在那里看到的一切，与他内心所想的加以对比、总结；他又把台湾以及新加坡、泰国等一路上经过的国家，与我们的社会做了比较，还是这样一个结论：我们的社会好。大陆经过一个痛苦的试验阶段，已经摆脱了过去的负担和先天不足的条件。30年的历程尽管是曲折的，其中还有不少挫折，但这是有价值的。在他看来，中国大陆是世界上最有希望的地区。

说到这里，他又点上一支烟，慢慢地吸了一口，深沉而又充满激情地说："相比之下，我们这里是圣贤之邦，世界上没有再比这儿干净的地方了。是我自己要回来的。更重要的，这是我准备了20年的行动，在我想通了，弄明白了，没有困惑的时候，当我有信心不论今后遇到什么问题都能解释的时候，我回来了。"

四十而不惑

古人云："四十而不惑。"白少帆先生看来对这句话感同身受。他以不惑之年回到大陆。他信念之坚定，给我留下了深刻印象。我是在他定居北京之后一个月与他见面的。我请他谈谈有些什么新的感受。

"与一年前相比，是有些不同，"他说，"街上干净了，瓜子皮少见了。上一次看到一些很窈窕的姑娘，在街上一边走，一边吃瓜子，'呸！'地一声，把瓜子皮吐得老远，我心里觉得很别扭。现在少见了。饭馆里的情形也好多了。我住的饭店，服务质量提高了，服务员围在一起聊天的情况没有了。在天安门广场，我注意观察外地来的农民、牧民，看到他们穿着整齐，脸上有笑容，流露出自信的神情。

"我还有机会与青年工人谈话，他们对国家、对祖国的和平统一，都有正确的概念。这很重要。他们都对未来抱有信心，也关心当前存在的问题，知道症结在哪里。这跟台湾、欧洲的青年是截然不同的。

"我在马路上曾遇到这样的事，几个小青年对我的穿着发生了兴趣，得知我是从台湾来的，便主动与我交谈，很关心地询问台湾青年的情况。我告诉他们说：在那里如果不努力的话，就会饿死。也有人问我为什么回来，在外面生活不是很好嘛！我回答说：区别就在于你在大陆可以讲这个话；在这个社会里，你可以讲你想讲的话。我想到外地走走，争取多跟青年人，尤其是大学生谈谈，把我对中国和外国、台湾和大陆的不同感受告诉他们。"

我很想知道他对今后生活的打算。他微笑着坦然地说，他想在北京成家。他的抱负是：未来的家要成为我们这个社会一个健全的小单位。

（原载《中国建设》，1984 年第 5 期）

在深圳一家合资企业里

最早来深圳经济特区投资的香港的刘天就先生，是香港妙丽集团股东；与深圳市饮食服务公司合资经营的竹园宾馆，是他在这里投资的第一个项目。由于双方真诚合作，这家宾馆越办越好。

年过半百的刘先生，精力充沛，儒雅谦谦，既有商人的精明，又有学者的风度。他祖籍广东省中山市，自幼居住在上海，1949年举家迁居香港。他以1万元兴办实业起家，逐步发展为妙丽集团。他的秘书张丽娟小姐告诉我，"妙丽"是香港一家颇具实力的财团，拥有29家企业，分布在香港以及美国、加拿大、日本、新加坡等国。刘先生还得过法学、心理学和商学三个博士学位，又是香港颇有影响的《天天日报》社社长。

刘先生因为是深圳的最早的投资者，当年中国领导人为此曾赞誉他是"第一个勇敢分子"。在竹园宾馆他的办公室里，他看着挂在墙上的他与廖承志副委员长的合影，深情地回忆说："我的勇气和廖公对我的关照与鼓励是分不开的。1978年10月，我访问了北京、上海、杭州、南昌等地，然后来到深圳。那时的深圳，还只是一个不起眼的小镇，但却正在准备大规模的建设。记得廖公曾再三叮嘱我，如果我在内地投资遇到什么困难，可以随时找他；后来又托别人向我转达这个意思。这使我既受感动，又勇气倍增。在见到了深圳的领导人之后，我决定与他们合作……"

"当时的深圳，各方面的条件都很差，您到这里投资，是要冒风险的吧？"我问。

"这倒是的，最初也碰到过一些困难，于是有人说我被弄得焦头烂额，做了赔本生意。其实，我来深圳投资，主要是想起个桥梁作用和带头作用。事实证明困难是能够克服的，在这里投资是能够赚钱的。为了祖国的繁荣昌盛，即使投资失败，又算得了什么！"他说。

愉快的合作

竹园宾馆坐落在深圳市东郊大头岭南麓，1980年10月，即设立深圳特区后才两个月就正式开业。目前有客房165间，365个床位，刘天就和深圳市饮食服务公司经理曾炳涛分别代表投资双方任董事长；董事会委托两位总经理处理日常业务。职工有来自香港的，也有本地的。

据现任总经理（港方）陈子芳和副总经理（深圳方面）温富介绍，"竹园"在开办之初遇到的困难，主要是"左"的思想残余影响了双方的合作。据说当时曾制定了一些戒律，来约束本地员工，如不准与港方员工接近，不准出席港方总经理单独召集的会议，等等，不仅两位总经理难以共事，双方员工之间也隔了一条鸿沟。本来双方都可以讲普通话或广州话，但为了互相提防，深方人员相互之间讲客家话，港方人员相互交谈却用英语。广东省和深圳市政府领导人得知这种情况后，决定对竹园宾馆进行整顿。温富就是这时候受命任职的。

温富是一个土生土长的深圳人，今年47岁，又瘦又高，精明、能干。设立特区，引进外资，给国家带来了好处，给家乡带来了富裕———这是他从直觉中得出的结论。他到任后的第一个行动就是宣布原来的禁令统统废除，并且带头与陈总经理和其他港方人员交朋友。他对员工们说："港商热心到深圳投资，是光荣的爱国行动，对祖国建设很有好处。凡来竹园宾馆做事的人，不论深圳的，还是香港的，都是一家人。我们来自不同的社会，所受教育和生活习惯不尽相同，但我们的目标都是为了办好这个企业，双方都要坚持平等、互利、友好的原则。团结是第一位的，要用协商的办法处理问题，谁都不能强加于人。"这种真诚合作的精神，感动了港方投资者和所有员工。

总经理陈子芳先生30出头，干练、潇洒，温文尔雅，是经营宾馆的行家。他是美国康乃尔大学酒店员工管理训练班毕业生，又是亚洲酒店从业员业务研究会成员。温富很钦佩他的学识和经验。陈子芳则说："我的知识大都是从书本上来的。温经理善于从实践中学习，责任心强，处事既讲原则，又能团结人，我俩合作得很好。有时也有分歧，但都能很好地商量解决。"

关于两位总经理的分工，陈经理说："总的讲来，我抓收入，温经理抓支出。我管客房、餐厅，还负责在香港介绍业务，招徕顾客，了解外面的情况。一切开支，全由温经理管，即使我从宾馆财务中开支，也要向他报批。此外，他还抓员工们的思想工作。"

宾客至上

为了创出一流的成绩，两位总经理在市政府及董事会支持下，成功地进行了改革，推行了科学管理，使竹园宾馆在竞争对手不断增加的时候，仍能以并非先进的设备，向顾客提供一流的服务。

他们首先改革了深方员工的工资制度，即取消原来的工资级别，实行职务工资和浮动工资各占一半的做法，浮动工资的四分之一决定于本人表现。其目的在于实现多劳多得，奖勤罚懒。举例来说，服务员受到顾客一次批评，要扣八元；受到一次表扬，则奖励八元。两位总经理都有解雇员工的权力，并且确实行使过。这样做的结果，挨罚的少，受奖的多，说明服务质量提高了。服务员的彬彬有礼，环境的清洁卫生，餐厅和咖啡厅的服务殷勤周到，司机和行李生的尽职尽责，无不给客人留下美好的印象。

服务质量的提高，还靠完善的规章制度。陈子芳说："我们既抓制度，又抓教育。1983年以来，重点抓员工的业务培训，每天按时上课，有英语、普通话、服务程序、操作技术、化妆，还有文化课。我们的目的是不断提高员工们的业务水平，使他们能主动、自觉地执行各种规章制度。"

总经理有时也亲登讲台。温富就曾对员工们讲，顾客是宾馆的生命线，没有顾客上门，一切目标都无法实现。我们要把顾客放在第一位，用良好的服务，使来这里的顾客能感到宾至如归。一个人拿着钱进商店，买回的是物品；住进宾馆，花了钱却什么也得不到。我们要以热情、周到的服务和清洁的环境，留给他美好的记忆。

结果是双方都满意的。"竹园"开办头一年，双方就开始按合同分红，截至去年底，刘先生已收回了第一期工程投资总额 1500 万港元的百分之四十。这几年所得到的纯利数字是：1981 年——27 万元（外汇兑换券，下同），1982 年——62 万元，1983 年——148 万元。1984 年计划 200 万元。

刘先生对我说："我来深圳投资，不是单纯为了赚钱，但我在这里确实赚了钱。当然，也有个过程，其间有好的，也有不好的，但总的来说是好的，前途非常美好。全世界的商人、金融界、政治家都看好我们的现代化建设，尤其深圳对外资很有吸引力。"

"天天进步"

对宾馆经营情况，刘天就先生概括为一句话："正在慢慢进步。总是进步就行了。"是的，刘先生办公室墙上就贴着四个大字："天天进步"。

其实，刘先生看到的，不仅仅是竹园宾馆的进步。整个深圳不也在天天进步吗？眼前的深圳，大规模的开发和基建工程已经展开，无论是供水供电、交通运输，还是银行金融及立法工作和职工的素质，均已今非昔比——真是像刘先生说的，都在进步。

妙丽集团在深圳的事业也在不断扩展，投资 1000 万港元的竹园宾馆第二期工程业已开始，今年可望新增 100 个床位。接着还要增建大型综合商场、餐厅、室外运动中心、儿童机动游戏场等。作为对第一个投资者的特别优惠，双方经友好协商，将合作期由原来的 15 年延至 20 年；香港妙丽集团和深圳饮食服务公司头 5 年分配利润的比例由八比二改为九比一。继"竹园"之后，刘先生又投资兴办了制鞋、皮革、房地产等7个项目，从业人员已有1100百人，投资总额已达1.6亿港元。此外，他还很有兴味地对我讲起，他倡办的"中山成人专业培训班"即将开学。他不但提供经费，还选派专人任教。

去年，刘天就先生被遴选为广东省政协委员。他对我说："很多人说我爱国，我自己不敢说。我拿出来的只是身外之物，比不上一个为国捐躯的士兵。"

妙丽集团从在深圳的发展中得到鼓舞。它与国家合作的范围早已跨出深圳。与轻工业部合作的企业计有44个；与北京、上海、天津、沈阳、南通、昆山、安徽、南京、广州、杭州等地签订了8项合同和20项协议。最近又与广东惠州签了一项建宾馆的合同。福州、厦门两市的领导人寄来专函，热诚邀请刘先生前往商讨合作事宜。刘先生说："我总的目标是：引进国际科技，改良生产设备，提高产品质量，争取国际市场。在哪里盈利，又用来在哪里投资——这是我的做法。"

（原载《中国建设》，1984年第9期）

在丁肇中博士的家乡

山东省黄海之滨的侨乡日照县（汪：即今日照市），可谓"代有才人出"的地方。1460多年前我国南北朝时期的文学理论批评家刘勰，旧说其系莒县人，现经考证是日照人。他所著《文心雕龙》50篇，至今在文坛上仍占有重要地位。刘勰因行三，人们尊为刘三公，他的故里亦因而得名"刘三公庄"，今称三庄。

今天使90余万日照人引以为荣的是这里还出了位当代名人丁肇中教授。他在中国度过了童年，对中国和自己的家乡怀有深厚的感情。从1967年以来，他一直活跃在实验物理学界。由于他在研究重光子共振态领域的重大成就，获得了1976年诺贝尔物理学奖金，现为美国麻省理工学院高能物理系教授，并应聘任中国科技大学名誉教授。

沸腾的石臼

日照县始设于金世宗大定二十四年（1184年），"以濒海日出处"得名。日照境内最早看到太阳升起的地方应属石臼。这里本是渔村，还曾是历史上一个军事基地。新中国成立后，先后建起了渔码头和500吨级的客货码头，并兴办了造船、冷藏加工和机修等企业，逐步发展成为附近县市的出入海门户。

但石臼真正使国人瞩目，还是 1982 年 2 月在这里正式动工兴建全国最大的深水煤码头之后。国家有关部门曾专门组织全国海洋、海港专家反复论证，认为在石臼建大港有许多天然的有利条件。比如岸线长（可供开发的自然岸线 7 公里以上），航道短（距岸 1500 米处即可兴建水深 18 米以上的 10 万吨级大型深水泊位，航道仅挖两公里半长，10 万吨船只便可通行无阻），地质条件好，不淤不冻，具有辽阔的经济腹地，砂石材料丰富，劳动力充足，等等，总之，石臼是我国目前难得的良好港址。

这项大型工程是由我国自行设计、自行施工的。第一期工程建两个 10 万吨级泊位，1985 年投产。建港指挥部副指挥蒋茂林陪同记者来到了正在紧张施工的工地。但见目前我国最长的（全长 1144 米）栈桥已经建成。蒋副指挥说，这个码头将和兴建中的兖（州）石（臼）铁路相连，从煤炭基地兖州源源而来的黑金运到港湾站后，再由机车牵引到港区，然后解体，每两节车皮一组进入翻车机房翻车。这里的两台串连式翻车机全年通过能力为 1500 万吨。翻车后的煤炭经两条宽 2.2 米的皮带机进入堆场，再用生产能力为每小时 6000 吨的两台装船机，将煤炭装入 10 万吨级的轮船中。

蒋茂林还介绍说，石臼港的成套设备是从国外引进的，港口整个工艺流程由中央控制室自动控制，并配有工业电视、电子计量显示以及有线通信、无线通信、污水处理和洒水防尘等装置。将来还计划建设第二期工程，一个 15 万吨级泊位，建成后每年可外运煤炭 4000 万吨。到本世纪末，石臼将成为我国屈指可数的大型煤炭港口之一。

石臼还有丰富的风景资源，可兴建公园、游乐场所和海滨浴场，是一个理想的避暑和游览胜地。一座与我国著名的海滨城市青岛遥相媲美的现代化城市将呈现在山东半岛南端。

日照在起飞

石臼本属日照所辖，距县城仅 11 公里，现划出建港，两相平行（按：现在日照是地级市，石臼为日照所辖），但历史和现代的渊源却是难解难分。石臼是日照的出海口，日照是石臼的大后方。日照人民为支援建港，征地、拆迁、搬运，全力以赴。石臼的建设也为日照的起飞创造了有利条件。县长王军平说："近几年来，石臼港、兖石铁路的建设，已经给我县的经济带来很大的活力。随着港路通航通车，地方经济一定会很快地繁荣兴旺起来。"

日照县境内有山有水，有海滩，有平原，宜林、宜渔、宜牧，外贸出口原料丰富。日照人说，这都是他们的优势。在这改革的年代，全县人民决心发挥自己的优势，实现多方面的突破。据王县长介绍，农村的改革已经取得了初步成效。1980 年以来，农业总收入平均每年增长 17.3%，粮食总产量增长数以亿斤计，农民平均每人每年收入和存款大幅度增加；在全县农村中，以商品交换为目的的新产业大量涌现，数以万计的农民不断从农业中分离出来，以商品生产者的姿态进入了生产和流通等领域。王县长说："我县的农村经济已开始从小农经济的束缚下逐步解放出来，由自给半自给经济向着较大规模的商品生产转变，由传统农业向现代农业转变，开始走上农工商综合经营、协调发展的新路。"在农业生产形势推动下，日照县的乡、镇企业这几年迅猛发展，产值平均每年递增 20% 以上。全县工业产值平均每年增长 7.8%。人民群众消费水平大大提高。

日照县政府和人民决心集中力量抓好体制改革和对外开放两件大事，在巩固和发展农村改革成果的同时，加快城镇改革步伐。他们确定的目标是：比全国所要求的时间提前 5 年，即 1995 年实现工农业年总产值翻两番，平均每人的年收入 700 至 800 元，基本达到小康水平。

其中一项重要措施，便是发展多种经营。县政府要求进一步放宽政策，组织和鼓励群众充分开发利用荒山、荒滩、滩涂、水面。承包期可以放宽到 30 年以上，并且允许子女继承或中途作价转包。乡、镇企业可以集体办、个人办，或者集体和国营、集体和集体、集体和个人联办等。

日照县是我国北方重点侨乡之一，有旅外侨胞 6000 多人，台湾和港澳同胞 2 万多人，归侨和侨眷近 3 万人。近年来，海外亲人为帮助家乡发展经济和公益事业积极提供支援。许传本等 4 位侨眷在海外亲人支持下兴办了年产 50 吨的城关店子小啤厂。

在谈到对外开放的时候，王军平县长说："我们要充分利用海陆交通方便、资源丰富等优势，积极扩大出口。"他希望日照旅居国外的侨胞和在港、澳、台湾的同胞都来关心家乡的四化建设。

涛雒复活了

丁肇中博士的故里叫涛雒。这是一个有 900 年历史的古镇，丁氏家族自明初由外地迁来，遂成这里的名门望族之一。丁肇中的父亲早年离开家乡，但族叔丁佐民尚在。1980 年他被选为县政协常委，1984年又当选为县政协副主席。丁肇中父、祖辈居住的房屋部分已经翻修，部分仍保留原貌，廊柱上当年被日本侵略者军马啃咬的痕迹仍清晰可见。

涛雒曾经是一个盛极一时的商业大镇，名声之大，盖过县城。各路商贾慕名而来，立字号、开当铺，开张做买卖。清咸丰六年（1856年）建立的"裕源"商号，设有茶庄，经营土产综合业务。"裕源"精心加工制作的"京冬菜"，畅销上海、北京等大城市和东南亚各地，成了日照一大特产。到了日伪时期，涛雒一蹶不振，圆型城墙和观海、望岱、朝阳、奎光四座城门相继倒塌。即使在抗战胜利以后多少年中，涛雒也没有恢复历史上的重要地位。

涛雒在县城以南不远，这里建有区公所和镇政府。镇内人口有2.5万。目前涛雒也在发挥它的优势。镇上的主要领导人王仕芝说，现在这里港口淤塞，过去那些优越条件已经丧失，但同时又有其他的有利条件被认识，其中最重要的便是16公里长的海岸线和660公顷的近海浅滩，适于养殖蛏子、蛤蜊、对虾等名贵水产。这大片的浅滩，现在人们把它视作一个聚宝盆。浅滩承包到户后，一批养殖专业户和重点户应运而生，成了生产致富的带头人。

最出名的一个叫魏振东，抗日战争时期，他是威镇敌军的战斗英雄，敌伪时期曾有"能打一营兵，打不了魏振东"的传说，在涛雒一带至今仍流传着他的许多传奇故事。如今，老英雄又以当年的气概，带头承包芦苇滩，挖成了大片鱼塘，加起来已有4.6公顷，放养了草、鲤、白鲢和罗非鱼，都已到了捕捞的时候了。

王仕芝说，除了发展海水和淡水养殖之外，涛雒还计划恢复京冬菜和几种高级名点等传统产品。

刚刚30出头、浑身是劲的王仕芝有棱有角的脸上露着刚毅的神情，他决心带领全镇人民创一番事业，重振并发展涛雏。当地人民盼望着当古镇改新颜的时候，远方的游子能拨冗归来，一睹故里风采。

（原载《中国建设》，1985年第3期）

大陆和旅美台湾作家在北京欢聚

　　著名国画大师李可染先生在参观某画展时说了这样一句话:海峡两岸在政治上还不能往来的情况下,文化可以先行。这是李可染大师的期望,也是海峡两岸中国人的共同愿望。

　　值得欣慰的是,海峡两岸的文化交流正在不断地开展着。今年(1985 年)8 月 15 日,也就是纪念中国人民抗日战争和世界反法西斯战争胜利 40 周年的这一天,大陆作家和台湾旅美作家在北京人民大会堂台湾厅欢聚了。

　　这次相聚,对于海峡两岸的作家来说,都是难忘的,具有深远的意义。

　　大陆女作家谌容高兴地说:"我和陈若曦女士今年已经是第三次见面了,和施叔青女士也已见了两次。"

　　这次前来祖国大陆访问的旅美台湾作家有陈若曦、洪铭水、叶芸芸、杜国清、许达然和施叔青。参加会见的大陆作家有唐达成、邓友梅、丛维熙、李国文、谌容等。著名诗人邵燕祥也参加了会见。会见的海峡两岸的作家,有些彼此已经认识;有些呢,是隔海神交多年,拜读过对方的作品,却一直无缘会晤和相识。曾经以长篇小说《冬天里的春天》而获得第一届茅盾文学奖的大陆作家李国文兴奋地说:"我读过台湾作家的不少作品。陈若曦女士的作品，文笔洗炼，内容深刻。今天第一次见到陈女士，果然文如其人。"

这一天，在人民大会堂台湾厅，海峡两岸的作家进行了长达3个小时的会晤。台湾作家就祖国大陆作家所关心的台湾文学的历史和现状，作了报告。这些报告的题目是：《台湾文学发展的回顾》、《乡土文学论战前后》、《试论战后初期的台湾知识分子及其文学活动》、《诗社与台湾新诗的发展》、《台湾散文》和《试论台湾女作家》等，对台湾文学的历史和现状作了全面、具体的阐述。这些报告，使大陆作家对台湾文学有了一个比较广泛和深入的了解，同时加深了对台湾社会的认识。

大陆作家和诗人还同来自海外的同行们谈起祖国大陆文学界的一些令人感兴趣的情况。著名诗人邵燕祥说，现在祖国大陆涌现了一大批年轻的诗歌作者，由他们组成的各种诗社等创作团体有上千个。他们的诗歌作品真实地反映了现实生活，艺术上敢于大胆创新。他们的成就将会超过诗歌界的前辈。

以收藏我国各种文学作品为己任的中国现代文学馆馆长杨犁说，希望海外的台湾作家能协助收集台湾现代文学作品；台湾文学是祖国文学的一个组成部分，是海峡两岸炎黄子孙的共同财富。

8月19日下午，旅美台湾作家一行六人，来到了中国社会科学院文学研究所，与国内的学者举行座谈。他们对大陆学术界应该怎样评价和介绍台湾文学，坦率地发表了许多意见。旅美台湾作家还参观了文学研究所，当看到收藏在这里的他们的作品时，都感到十分高兴。

大陆著名女作家谌容对台湾作家说:"咱们中国的文人交往,主要是神交,即靠作品的交流。"著名的台湾作家陈若曦女士接着说:"台湾的报刊偶尔也介绍大陆现代作家及其作品。人们盼望这种势头能得到加强。"是的,海峡两岸的作家都盼望用文化交流来促进祖国统一。这是他们的一致心愿。

(海峡之声电台,1985年8月播出)

台北珍藏在北京展出

　　话说 50 多年以前，日本侵略者的铁蹄踏进我国东北，进而危及华北。当时，人们对 1900 年八国联军洗劫北京的历史还记忆犹新，断不能再让北平故宫博物院的传世珍宝落入强盗之手。于是在 1933 年，一大批原系清宫旧藏的书画珍品，被运出北平；抗战期间几经辗转，最后到了台湾，现收藏于台北故宫博物院。对北京的文物博物馆界、美术界、学术界说来，虽然知道这批经皇室几番筛选出来的珍品之所在，却无缘一睹其风采。因此（1985 年）7 月间在北京故宫博物院展出的台北故宫博物院珍藏书画复制品，对人们有着极大的吸引力。

宝中之宝

　　7 月 8 日，由日本中华书店、中国国际图书贸易总公司和北京故宫博物院联合举办的这个展览会在京开幕，它吸引了首都书画界许多著名人士，连一些平日很少出门的老人，也冒着夏日的炎热，拄着拐杖或由家人搀扶着前来观赏。

　　展室内，我国古代大书画家的代表作或佚名画家的杰作，共 50 多件复制品（书法 24 件，绘画 32 件），琳琅满目，令人目不暇接。中国美术家协会主席吴作人偕夫人萧淑芳站在唐人《宫乐图》和五代人的《丹枫呦鹿图》前，久久不肯离去。他们太喜欢这两幅杰作了。可待他们把几十件珍品欣赏之后，又发现"山外有山，天外有天"，无不为之倾心。就书法墨迹来说，魏晋时代的书坛巨星、世称"书圣"的王羲之（307—365年），我国书法史上书学鼎盛的唐代的孙过庭、怀素、颜真卿，向为后世所推崇的宋四大家中的苏轼、黄庭坚、米芾，元代书法"圣坛站者"赵孟頫等，他们的现存手迹都是我国书法中的精萃；无论隶书、楷书，还是行书、草书，均寄情于点划之间，法度森严而又变化无穷。再就绘画方面来说，"照耀古今，为百代师法"的宋三家——董源、李成、范宽，元代四家——黄公望、王蒙、倪瓒、吴镇，明四家——沈周、文徵明、唐寅、仇英，等等，他们的作品都是我国绘画史上的瑰宝。

白发银鬓的叶浅予边观赏，边连连称赞，说这些展品都是我国历代书画作品中的精品，是"宝中之宝"。

大饱眼福

新中国成立以来首次在北京展出的这些台北故宫博物院珍藏的历代具有代表性之名家珍品为首都文化生活增添了新的色彩，引起了各界观众的浓厚兴趣。中国书法家协会主席启功是满族人，年轻时曾多次观赏过这些书画真迹，现在重睹芳华，虽说是复制品，仍使他感到了极大的满足。他一边挥扇、擦汗，一边兴致勃勃地说："今天又一次看到这些精品，真像是重温旧梦。"八旬老人、国画大师李可染老先生也是反复观赏，久久不愿离去；被别人劝进休息室刚坐了一会儿，又拄着拐杖站了起来，对家人说："走，有几件还得再好好看看！"

那喜悦神情，好似过生日时得了心爱礼品的孩子。著名画家董寿平也来了，他是四川人，年轻时曾在重庆见过这些书画珍品，事隔50多年又重逢，怎能不使他无限感慨！

观众中60岁以下的人，第一次亲眼目睹这批国宝，心情和这些老人又有所不同。尤其是研究我国古代书画史的学者们，看到这批丰富多采、蔚为壮观的宝物，其喜悦之情，溢于言表。正如北京故宫博物院副院长杨伯达说的，研究五代（907—906年）和宋朝（960—1279年）山水画时，难以见到代表作。这次见到了巨然的作品《层崖丛树图》；还有郭熙的《早春图》，那古松巨木、峰峦迭起、云烟变幻、千姿百态的意境，有助于人们探索他所师承的李成的艺术造诣和特点（李成的作品在北宋末年已很少见）；过去人们只能靠有限大小的图录来认识范宽的《谿山行旅图》，难以领略其风韵，现在从其复制品可以了解他的用笔、功力，以及"雨点皴"的多种变化，一目了然，痛快淋漓。此外，像宋代崔白《双喜图》、文同《墨竹图》，元代赵孟頫《鹊华秋色图》、黄公望《富春山居图》等，都是他们的代表作或不同阶段的代表作。这位副院长又说："观看这些作品，既可填补我们过去研究的空白，又可大饱眼福。"

"下真迹一等"

这次展出的复制品，是由热心于介绍东方艺术的日本二玄社和台北故宫博物院采用先进的技术印制而成的，不仅尺寸、色调与原作无异，而且神韵、笔力都可以乱真。

在展室里，启功先生和他的好友、北京故宫博物院文物鉴赏家刘九庵先生，对这些复制品的精良大加赞赏。刘九庵说："二玄社的复制技术是非常先进的，真可谓'以假乱真'，我的评价是'下真迹一等'。"这位老专家见身旁有人露出不解的神色，忙对这句行话作了通俗的解释："就是说，除了真迹之外，就是它了，真迹第一，这些复制品第二。"启功先生微微一笑，坦诚地说："实际上应该说是'上真迹一等'。历经数百乃至上千年之后，原作多已破损，至少颜色灰暗，早已失去了原有的风韵，可这些复制品，却恢复了原作最初的色泽，简直是整旧如新。"刘先生遂点头称是，周围的观众对两位老先生的这番高论也连连称道。

对二玄社的高超技术，杨伯达副院长是这样评价的："我国古画复制技术，有着悠久的历史和独特的方法，现在仍行之有效的就是'临摹'，足以乱真。近二三十年来，又恢复了木版水印，并应用照像复制，这对保护文物，传播文化起到了积极作用。但是，国内复制古书画技术在处理色彩、追求逼真和大量生产等方面还有不少值得探索之处。总之，传统的方法需要改进，先进的技术尚待创造。看了这次复制品展览，得到启发，受益匪浅，真值得我们认真思索。"

共同财富

这次展览的主办单位之一——中国国际图书贸易总公司副总经理秦中俊先生说，这些复制品是由日本中华书店经理陈文贵先生协助提供的。陈先生祖籍福建，少时去台湾，后迁居日本，在日本开办中华书店，专营中国大陆书刊。陈先生专程前来北京出席了开幕式。看到这么多各界名流在展品前流连忘返，听到人们对他促成的这件事给予高度评价，50多岁的陈文贵先生眼中充溢着幸福的光芒。他说："这件事是经过好几年的努力才办成的。今天人们能亲睹这些精品，应该感谢台北故宫博物院，他们做了件好事。也应该感谢北京故宫博物院，他们提供了这么好的展室，使这些珍品能回到娘家。遗憾的是，还没有看到原件。但愿台北故宫博物院珍藏的原件，能早日在北京故宫博物院展出。"他强调说："这批书画不管收藏在那里，都是中华民族的共同财富。"

陈先生的话道出了人们的共同心愿。据笔者所悉，不仅台北珍藏的一万件历代名画在北京暂付缺如，北京所藏也不乏历代名家杰作，堪称国之瑰宝，又为台北人士所不曾"识荆"。再则，双方的研究著作目前也难以经正常渠道得到交流。台北故宫博物院珍藏书画复制品在北京的首次展出，启发人们在思考一个问题：海峡两边的两家故宫博物院难道不应该进行直接的交流吗？

（原载《中国建设》，1985 年第 10 期）

经济特区得乎失乎？
其前景如何？

　　中国社会科学院副院长、著名经济学家刘国光，（1985年）9 月 8 日在中国社会科学院院部大楼，接受本刊记者魏秀堂采访，纵论特区得失和发展方向。下面是采访记录：

　　魏秀堂（以下简称魏）：我国从 1979 年起，已经开办了深圳、珠海、汕头和厦门四个经济特区。对开办特区的战略目标和几年来的利弊得失，一直是人们议论的一个话题。最近几个月来，海内外有识之士又仁者见仁，智者见智，赞扬者有之，指责者有之，褒贬参半者也有之。您是经济学家，据说今年还曾带了贵院的几位学者亲赴特区考察。很想听听您的高见。

　　刘国光（以下简称刘）：首先我想借用一位西方外交官的一句话：最近就特区问题进行的辩论，是设立特区 5 年后的一次合情合理的总结。这话是很客观的。辩论并非坏事，总结也是必要的。

发挥优势，服务四化

　　魏：人们议论最多的似乎是深圳……

　　刘：这是由于深圳特区在全国的开放和改革中处于十分

重要的地位。

深圳与香港接壤，背靠广大内地，尤其是有临近富饶的珠江三角洲为依托，决定了深圳本身的特殊优势。香港是多种国际经济中心，深圳和香港可以互相补充，互相协助。深圳既可以以己之长补香港之短，又可以利用香港的有利条件来发展自己，这种优势是国内其他任何开放城市所不具备的。其次，深圳开放和改革都比较早，开放早使它有时间建立初具规模的投资环境，改革早使它受到传统观念和传统模式的束缚比较少。再加上深圳是广东省的侨乡之一，许多侨胞爱国爱乡，愿来投资，帮助深圳建设。这都是它的优势之所在。

魏：人们议论的是，深圳是不是充分利用了这些优势，发挥特区应有的作用，把对外对内关系密切结合起来。之所以开办特区，是为了扩大对外经济关系，更好地吸引外资，引进先进的科学技术和管理方法，让它发挥技术的窗口、管理的窗口、知识的窗口、对外政策的窗口的作用。但是，5年多来，深圳对内地的依赖彷佛太多。

刘：特区在创建阶段，依靠内地的支援是正常的。几年来，内地为深圳的建设提供了建设资金的六分之一，专门人材有97％是从内地调入的，建设大军有92％来自内地，占使用量51％的钢材和55％的水泥是内地提供的。深圳市场上的商品70％来自内地。这说明，特区利用外资、引进技术、扩大贸易，单靠自己的力量是不行的，必须与内地的资金、资源、人材、技术、物资结合起来。就是说，特区要以内地为依托。但是，它又要为内地和全国的建设服务。这方面做得怎样，即特区对内地和全国经济技术的发展所起的影响和作用，是衡量特区发展成绩的最重要的标准。另外，深圳在经济体制改革方面的大胆试验，对全国的改革提供了经验。

深圳失败了吗？

魏：那么，为什么国内外不少人对深圳的指责最近多起来了呢？仅仅一年多以前，邓小平等中央领导人先后去深圳视察，对开办特区的方针给予充分肯定，新闻和舆论界对特区的成就广为宣传，现在却又响起了一阵指责声……

刘：依我看，深圳特区建立5年多来，各方面的建设都取得了很大的成绩，为今后的发展打下了良好的基础。这几年来，特区的各项事业发展很快，在工作中出现这样或那样的一些问题，是难以完全避免的。总结特区的经验和教训，也是必要的。问题无非是有些人带有片面性，说好便一切都好，说坏又一无是处。其实，今天人们谈论的深圳或其他特区存在的问题，早就有了，只不过还没有完全显露出来而已，一旦显露便大惊小怪，我看不必。

魏：依您所见，特区的利弊得失应该怎样评说呢？

刘：四个特区，情况不同，但总起来说，成绩是不能低估的。以深圳为例，5年多来，已初步完成了32平方公里基础设施的建设，建成了一大批工业厂房、职工住宅、商业楼宇、旅游设施和文教卫生设施等，一个现代化的新型城市正在平地崛起；到去年底，已同外商签订协议2218项，协议总额达116亿港元，实际投入使用的约41亿港元，占全国同期引进外资的七分之一，在引进的技术设备中有些是比较先进的；吸收和培养了一批技术人才和管理人才；对行政管理体制、基本建设管理体制、企业管理体制、人事制度、劳动工资制度、价格体系、外贸体制等，进行了大胆的改革，并制订了相应的特区法规。在生产方面，去年全市工业生产总值达 18 亿元，比 1978 年的 6000 万元增长了 30 倍，财政收入增长 28 倍。在经济发展的基础上，人民的物质和文化生活也有了很大的改善。

魏：美国一家报纸曾这样写道："仅仅 5 年的时间，人们在深圳这块荒芜的农村土地上，就修建了绿树成荫的大道，整齐划一的街区。那里有中国最高的大楼和一些最高级的旅馆。这个城市的 30 万居民是全国挣钱最多的人们。"

刘：这样说并不过分。深圳人在一个边陲小镇所开创的事业，不能不给人留下深刻的印象。但是，深圳特区在发展中存在的问题（可能也是其他三个特区所共有的），现在也引起了人们的注意。

经过我和其他同行的实地考察，我以为主要问题有三个：一是头几年商业贸易和房地产业发展得太快，那几年深圳的繁荣主要是靠商业和房地产业支撑的。去年以来工业上得比较快，但是这种以商贸为主的局面至今还没有扭转。二是产品内销比重大，去年仍占 70% 以上，外贸进口大于出口，深圳经济基本上还是内向型的。三是不少工业企业还是简单加工性质，去年工业净产值只占总产值的 21%，低于全国平均水平。

魏：我印象中，海外报章对深圳的批评也正是集中在这几个方面。这里涉及到的问题，是特区发展目标的选择是否合理。这几年深圳办起了那么多内向型企业，又有人主张特区既对外开放，又对内开放，来者不拒，恐怕都是因为对发展目标认识不明确。

刘：说句公道话，除此之外，还有客观上的原因。深圳原来基础差，资源、技术、人材都很缺，不可能在短短几年内建立起先进的工业，外向的经济。首先从城市的基础设施的建设做起，搞一些房地产业，相应地发展一些必需的商业贸易，也是为引进资金、技术，建立先进工业开路。这个过程对达到将来的发展目标是需要的。再说，办特区是新事，没有现成的经验，出现一些问题，也是难免的。至于说深圳有一些不正常的内向型的商业贸易和炒买炒卖外汇等现象，虽然和一些单位凭藉特区的优惠、利用目前我国工业品和农产品的国内价格与国际价格之间的落差，想在这里赚钱有关，但却不是深圳特有的现象，主要是因为管理工作没有跟上去而造成的。

魏：对特区存在的问题视而不见，报喜不报忧，自然是不对的。但如果因此便否定特区建设的成就，显然也是不公正的。

刘：就深圳来说，目前存在的问题，是前进中的问题，发展中的问题。不能因为存在这些问题，便认为现在特区建设已经遭到了失败。更不能因为批评特区的缺点，便认为中国的开放和改革出了问题，不是放，而是要收了。恰恰相反，特区要真正办成特区，必须更加开放。否则便很难发展。

建立外向型经济

魏：您看特区今后应该怎样发展？

刘：深圳特区的发展，看来可以划分为 3 个战略阶段：一、从建立特区到目前，是草创阶段或奠基阶段；二、从目前到1990 年前后，是开拓阶段或成型阶段；三、从 1990 年前后到本世纪末，是进一步提高阶段。

现在，深圳特区已经走过了第一阶段，正在跨入新的阶段。深圳要更上一层楼，应该转向，即由"内向型"转为"外向型"；特区产业结构的选择重点，不应"重商"，而应"重工"，即以工为主，在这个前提下实现工贸并举。外向型的标志有3条，即：资金来源以外资为主，产品以外销为主，进出口贸易的外汇收支要有顺差。使深圳成为一个世界购物中心，是有前景的，但同时又想使它成为吸引内地来客的购物中心，则是不可取的。在技术发展类型的选择上，我的意见，必须把采用先进技术放到重要位置上，深圳特区的工业结构，应当是逐步建成以先进技术工业为主的工业结构。

魏：您的意见很有代表性。实际上，深圳和其他特区已经开始转向了，即创造条件，由内向型转为外向型，由"以贸为主"转为"以工为主"，由一般技术为主转为先进技术为主。您说的转向，是这个意思吗？

刘：是的。是应该这样转。再不转，特区便失去了本身存在的意义。这个过程能否顺利实现，海外的帮助也是至关重要的。希望各友好国家、海外侨胞、港澳同胞和我们一起，共同促成这个转变。

魏：这个转变实现之后呢？您认为特区最终应该实现怎样的目标呢？

刘：特区经济在转向之后，还应进一步提高，即完成传统工业的技术改造，完成劳动密集型产业为主，向技术、知识密集型产业为主的转化，使高技术产业在整个经济结构中占适当比重。在战略步骤上，还要考虑1997年收回香港主权这一重要因素，使深圳在本世纪末整个经济、社会的发展程度尽可能接近香港，缩小彼此之间历史上形成的差距，达到中等发展水平，并在某些方面有所超过，以便进一步密切深港关系，共同促进祖国向更高的现代化目标前进。

　　总起来讲，特区发展的战略目标可不可以概括为：建设为外向型的、以先进工业为主的、工贸并举、工贸技 结合，兼营金融、旅游、服务、房地产和农牧渔等业的综合性经济特区；建设产业结构合理、科学技术先进、人民生活富裕的，具有高度物质文明和精神文明的新型城市。

（原载《中国建设》，1985 年第 12 期）

北京各界纪念台湾作家杨逵

（1985年）3月12日，80高龄的台湾老作家杨逵先生因心脏病逝世于台中市。30日，北京各界人士和在京台湾同胞、正在出席全国六届人大三次会议和全国政协六届三次会议的台湾省籍代表和委员，在人民大会堂台湾厅举行座谈会，纪念这位台湾新文学运动的杰出代表和坚强的爱国主义战士。

主持座谈会的著名诗人、中国作协副主席艾青首先致词说：杨逵先生，原名杨贵，1905年10月18日出生于台南新化镇。1924年东渡日本，半工半读，在东京大学夜间部攻读文学艺术科，并参加日本进步劳工运动，1927年返回台湾，参加抗日爱国的"台湾文化协会"和农民运动，当选为"台湾农民组合"中央常务委员，曾被日本殖民统治当局先后逮捕坐牢十多次。1934年参加"台湾文艺联盟"，担任其机关刊物《台湾文艺》的日文编辑。1936年1月，创刊、主编《台湾新文学》，曾刊出"高尔基特辑"号和"汉文创作特辑"号。该刊于1937年遭禁后，创立首阳农园，以种菜养花为生。1945年抗战胜利后，创办《一阳周报》，主编《力行报》副刊、《台湾文学》丛刊，积极介绍祖国语言文学，翻译出版中、日文对照的《中国文艺丛书》，包括鲁迅的《阿Q正传》，以及老舍、巴金、沈从文等作家的作品。1949年因参加和平民主运动被捕判刑 12 年。1961 年出狱，在台中市经营东海花园。1983 年获台湾"吴三连文艺奖"，1984 年又获"台湾新文学特别推崇奖"。

杨逵先生的一生，始终燃烧着一颗热爱祖国、亲近人民的赤心，他素来把文学当作改造社会、服务人生、实现理想的武器，坚持为祖国、为同胞、为人类进步事业而创作。在 30 年代初期，他的成名作和代表作——日文中篇小说《送报夫》是台湾新文学运动中第一篇跃登中、日进步文坛的作品。他在抗日战争爆发时写成的日文中篇小说《模范村》的主人公阮新民，是台湾新文学史上一系列爱国志士回归祖国形象的先驱。40 年代前期，他在首阳农园里写成的小说《鹅妈妈出嫁》、《泥娃娃》等作品，直接批判了日本帝国主义的战争政策和欺骗口号，提出了"只有消灭侵略、压迫和剥削，才可能有真正的万民共存共荣"的社会理想。1957 年在绿岛坐牢期间写成的第一篇中文短篇小说《春光关不住》，歌颂了"在日本军阀铁蹄下的台湾同胞的心"，1976 年被选为台湾初级中学语文教科书的课文。

艾青说：杨逵先生是台湾抗日爱国民族解放运动的老战士，是台湾文化界满怀着愚公移山精神的老园丁。台湾文坛推崇他为"不朽的老兵"，赞誉他的作品是"压不扁的玫瑰花"。他不愧为台湾同胞的一位杰出代表；不愧为台湾文坛的一面光辉旗帜。他虽然没有机会亲临过祖国大陆，但他始终把台湾和祖国大陆同胞的命运如至亲骨肉一般紧密地联系在一起，并以自己的创作为海峡两岸的文学交流做出了不可磨灭的贡献。

中华全国台湾同胞联谊会会长林丽韫说，杨逵先生具有崇高的爱国主义精神，对民族文化有深厚的感情，它体现了台湾同胞对祖国的认同和热爱。他的逝世，使台湾同胞失去了一位可敬的乡亲和前辈。

杨逵先生的《送报夫》是1932年在日本用日文写成的，首先把它译成中文并向国内读者加以介绍的是老作家、现任中国作协顾问胡风。胡风在座谈会上说，当年他看到这篇小说，深受感动，当即译了出来，它的影响是很大的。人们称杨逵先生是"压不扁的玫瑰花"。玫瑰花是芳香的，但又是有刺的，杨逵先生是以玫瑰花寄寓了他对生活的热爱和对压迫者的反抗。两年前，胡风从一位美国学者那里得知，杨逵先生对他的情况表示关注，他期待着和杨逵先生会面。但杨逵先生竟去世了！

1982年，杨逵先生应美国依阿华大学"国际写作计划"主持人聂华苓的邀请访美，参加了"国际写作计划"安排的文学讨论和参观访问等活动，会见了当时应邀去访的大陆作家陈白尘等以及冯牧率领的中国作家代表团的作家。他们一起进行文学讨论和参观访问，共叙同胞情谊。

冯牧在书面讲话中提起那次会面。他说，1982年秋天，我在依阿华，曾经同这位我在少年时代就曾经从其作品中受到过教益的作家，有过一个星期几乎是朝夕相见的机会。他的形象和风采，至今历历在目。在即将离别的时候，杨逵送给我三本书，用亲切的口吻说："假如我的书能有机会在别的地方出版，我希望把应得的稿费全部用来买书，送给学校，最好是中、小学校！"我说："我一定设法让更多的中国人看到你的作品。我回国之后，一定尽快地编辑和出版一本你的选集。"1984年，我在人民文学出版社的帮助下，编选了一本名为《鹅妈妈出嫁》的杨逵小说散文集，其中包括了他的主要作品。据悉，广播电视出版社近期已经出版了《杨逵作品选》。本书编者武治纯在报纸发表文章，介绍和评论了杨逵的文学创作。他写道：杨逵"不愧是台湾人民和台湾作家的一面光辉旗帜"！

在会上发言的还有中国作协会员、台湾民主自治同盟总部顾问周青、台湾同学会会员吴国祯、应邀正在北京大学讲学的前台湾大学副教授陈鼓应等。杨逵先生生前友好王万得等提交了书面发言。

这次纪念会是由中国作协、中国社会科学院文学研究所、全国台联、台盟总部、中央人民广播电台联合举办的。出席纪念会的还有台盟总部主席苏子蘅、副主席李纯青，诗人冯至，作家萧军，中央人民广播电台台长杨兆麟等200多人。

（原载《中国建设》，1985 年第 6 期）

普陀山的胜境和香火

香港一家工厂的老板许先生特地挑选观音菩萨出家纪念日，即中国农历的九月十九日前夕来到了普陀山，从码头上岸便径往专门接待港澳同胞、海外侨胞和外国客人的宾馆——息耒小庄，得到的回答是房间爆满，因为在香会期间专程来此朝山的人太多。他只好将就着住进了条件差一些的普陀山管理局招待所，恰好与我同一房间。只要能拜佛，条件差些，他倒不在乎，但那一大包从香港带来的香烛可真把他累得够呛。我不解地问："许先生干嘛不在这里买呢？"他两臂一摊，无可奈何地说："只知道这里能拜佛，但不晓得能不能买到香烛。我从码头一上岸，一路上看到许多卖法物的摊档，外地来的香客花很少的钱便能买到一个香袋，用它装上香烛，方便极了。普陀山的香火如此之盛，真是想不到啊！"

海上仙山

普陀山是我国佛教四大名山（还有山西五台山、安徽九华山、四川峨眉山）之一，位于浙江省杭州湾外的东海大洋中，面积12.5平方公里。在1937年，即全盛时期，寺庙、庵堂、茅篷有200多处，僧尼曾达数千人。从码头上岸，但见一三门四柱牌坊，建于清雍正九年（1732年），坊上挂一竖匾，上书"海天佛国"四个大字；沿香道前行，又见一石碑上刻着"海上仙山"的篆字碑文。

在这"佛国"、"仙山"，许多古迹和风光名胜都富有浓厚的宗教色彩。石板路上那一朵朵浮雕莲花，是清高、脱俗的象征；那一座座神秘莫测的洞壑，传说是观音菩萨现灵之处。山上，岩奇石怪，百态千姿，是为普陀山一大特色。有的如熊罴上山，有的如牛羊饮溪；有的危而不坠，有的欲坠若扶；又有的崩石若斧，陡立如门。著名的有20余处，石刻甚丰。石景最佳处当数西天一带，最先见到的是路边"心"字石，字宽约七米，仅中心一点便可容八九人，整字能容百人。相传这是观音传佛说法后留下的遗迹，为佛门弟子虔心上"西天"之处。由此再往西至海滨，有两石相摞，上石体积40多立方米，上宽下锐，险若欲坠，上有"磐陀石"、"天下第一石"、"大士说法处"等石刻。磐陀石西有二石，一伏山顶回眸而望，一昂首延颈缘山而上，形状酷肖二龟。相传它们原来是东海、西海的龟丞相，闻观音在此说法，夜间赶来窃听，天明忘返，变成石头。也有的说二龟为一公一母，在听法时彼此含情顾盼，因而被罚作石头，留在那里反躬自省。

普陀山成为"佛国"、"仙山"，据说与观音菩萨有关。相传唐咸通四年（863年），日本高僧慧锷从山西省五台山请得观音圣像一尊，经明州（今宁波）乘船回国。舟至普陀洋面，遇礁受阻。日僧以为这是菩萨不肯离开故土，便从岛东南角潮音洞旁上岸，当地居民张氏让出房屋供奉菩萨，呼之为"不肯去观音院"。这是普陀山被视为观音道场之由来。自此，历代朝廷对普陀山均极表重视,或派人进香,或勅建寺庙,或赠御笔匾额,或送袈裟海青,遂使普陀山香火日渐兴旺,游人纷至。

古刹今昔

普陀山的寺庙是香客和游人最集中的地方,但过去多次受到战乱摧残。后经人民政府拨款修葺,使一大批古建筑和寺内佛像得以保存。在十年内乱中却又受到人为的破坏,一些寺庙倾圮,许多佛像被毁。笔者1980年曾来此一游,当时,大规模的修缮工作刚刚开始,不少地方还可见到破坏的痕迹。现在与5年前相比,这座佛教名山已大致恢复旧观。这使各寺200多位僧尼和前来朝山进香的善男信女们备感欣慰。

普陀山的寺庙以普济、法雨、慧济为中心,规模之大,首推普济。

普济禅寺是全山主刹,始建于1080年。寺前有莲花池,池中建有八角亭、永寿桥和瑶池桥;南为清朝雍正御碑亭,东为元代多宝塔,周围峰峦环抱,佳木葱茏。禅寺门口两侧为钟楼、鼓楼。进门第一重大殿 供奉弥勒佛、护法韦驮等四大天王。第二重为大圆通殿,单层重檐,颇为壮观;正中佛台上端坐着高8.8米的观音塑像,两端是1981年重塑的观音32种化身像。再顺山势往上,依次是法堂、方丈殿和内坛。两厢的伽蓝殿、功积堂等,也是近年重修的。

出普济寺沿玉堂街往东,过百步沙、千步沙、仙人井、大乘庵、杨枝庵,便来到法雨寺。经几年修葺,六重殿宇比旧时更加金碧辉煌,气势恢宏。其中以大圆通殿最为壮观。这是清康熙三十八年(1699年)奉朝廷旨意,将南京一座明代宫殿拆迁而来的,今经修复,黄墙琉瓦,更添新彩。殿内顶部穹窿呈拱圆型,有九条装金盘龙,昂首舞爪,栩栩如生;地面佛台尚在修砌中。

从法雨寺到建在全岛最高处的慧济寺,须登一条共 1014 级的石径。慧济寺的殿堂、楼台,以及方丈室、库房等建筑也已恢复旧观。现已修复或重建的,还有观音洞、梅福禅院、仙人井、梵音洞等多处寺庙,大都在岛东南一侧。

佛事活动

普陀山对海内外佛教信徒向有极大的吸引力。1980 年春天笔者来这里,适逢农历二月十九日,即观音圣诞香会。当时,宗教信仰自由的政策刚刚恢复,中断多年的香会又举行了。消息不胫而走。匆匆赶修完毕的普济寺,迎来了附近城乡和许多省、市、自治区的香客,佛事活动非常频繁。十九日前夕夜晚,按照传统是作大普佛的时间,能容纳上千人的大圆通殿内,僧尼们列在观音像前,随着木鱼、磬、鼓等法器的敲击声,高声颂经,香客们频频礼拜。四周被围观的人挤得水泄不通,我被夹在中间动弹不得。大约 9 点多钟,因围观者越聚越多,秩序难以维持,佛事活动被迫中断,夜深之后方继续进行,直至天明。我这次又遇上香会,虽说香客和游人照例来了很多,但一切都进行得有条不紊。围观的人减少了;进香礼拜的人增加了,其中不乏外地来的游客。他们先是在旁静观,然后也学着香客的样子,焚香点烛,叩头参拜。大概是寺庙内浓重的宗教气氛使然吧。据粗略统计,每年来此的旅游者有六七十万人,其中海外侨胞、港澳同胞和外籍人士两三千人。

访妙善大和尚

这些远道而来的香客,不少是妙善方丈请来的客人,也有一些是慕方丈大名而来的。他们穿越重重殿宇,来到方丈室拜见妙善,随缘乐助,往往使这位大和尚应接不暇。

历史上曾有"普陀山有室皆寺,有人皆僧"的夸张说法。与极盛时期相比,现在的寺庙和僧尼已大为减少。但在普陀山佛教协会会长妙善方丈主持下,这里"寺像寺,僧像僧",在海内外的名声和影响反倒超过了历史上任何一个时期。

妙善告诉我,1980 年以来,他每年都拿出 100 万元人民币修寺庙、塑佛像。这些钱全部来自做佛事的收入和海内外香客的乐助;在这方面港澳同胞和海外侨胞功德尤大。在他主持下,佛学研究也起步了。30 岁的界静和尚是中国佛学院的高材生,修完本科后被妙善方丈请了回来,现正主持在慧济寺创办的浙江省僧伽训练班。然后还要在此基础上再办佛学院,以培养更多的研究人材。佛学和我国的历史、文化有着密切的联系。界静的志向是担起佛学研究的重任,把中国佛教的好传统继承和发扬下去。妙善对此十分赞赏,他说:"我已是 78 岁的人了,能做的事情有限,只要能打好基础就不错了。将来的事情,要靠界静这样的年轻人。"对于各地来此要求出家的青年男女,只有信仰虔诚者才准许留下来。其中如有不能长期遵守戒律或无法适应与社会隔绝的生活,寺庙本着"信仰自由"的政策,也同意他们还俗。但出家的多数青年人修持不错。最近已有一批小和尚和小尼姑受了戒。

普陀仙山与四海相连。仅 1985 年就有亚、欧、美、澳、非 50 多个国家和地区的客人来普陀朝山进香,参观游览。妙善方丈 1984 年应邀访美后的一年之中，美国先后有 4 批信徒来访。他们之间那种手足般的友善，非佛门之人是难以体会的。

（原载《中国建设》，1986 年第 2 期）

黄顺兴为国家建设和统一进言

按：台湾省籍前"立法委员"黄顺兴先生，彰化县人，今年（1986 年）63 岁。自 1957 年起，连任 3 届台东县"议员"，1964 年当选为该县"县长"。1980 年离开政界，从事农业和环境保护方面的研究工作。去年 11 月底由日本抵达上海，现决定在北京居住。消息传出，台湾国民党有关单位主管人士立即声称：能否准许黄氏重返台湾，要视当局政策而定；若有"附匪言论，将依法处理"。台湾省籍的著名作家陈映真则说："黄顺兴去大陆，有他一贯的民族主义和爱国主义的立场，不能解释成'投靠哪一边去'。"他相信黄顺兴对中国的前途，一定有其独立的观点。2 月 14 日，我前往寓所拜访了黄先生。下面是谈话摘要。

问：您的大陆之行，已在台湾内外引起了震动。您此行的目的是什么呢？

答：有四点：（一）探讨两岸和平统一诸问题；（二）研究大陆的环境保护以及公害污染的现状；（三）研究大陆农业及农村问题；（四）遍访祖国河川山野，以竟毕生之一大愿望。此外别无他图。

意外的一大收获

问：据说黄先生年轻时曾来过大陆？

答：40多年前曾来过两次。那时我亲眼目睹过旧中国的衰败景象。1949年10月14日，我告别大陆，从上海登船返回光复后的家乡。巧合的是，我这次来大陆，又是从上海上岸，然后驱车北上1900多公里，于去年12月5日抵达北京。沿途访问了无锡、镇江、南京、徐州、曲阜、泰安、济南、唐山、天津等地。给我印象最深的是农田重划的成功。那一望无垠的大片农田，不亚于美国的农业区俄亥俄州。中国粮食和棉花已经自给有余，说明大陆高度重视农业，而不像台湾那样以牺牲农业来发展轻工业。城市中大小工厂林立，到处忙于建设，妓院、烟窟等早已不复存在。工人、农民心情舒畅，讲话时豪无拘束和踌躇。电视节目内容健康，青年读书风气甚浓。这些于我是意外的一大收获。

农村是四化的基础

问：您是从农村出来的，念过农校，后来又长期从事农业，对农村大概最感兴趣吧？

答：我本来是农村一个"饲牛囝仔"，后来参政、作官。但政治不是我的职业，只是服务的一种机会。从沪到京，一路上我专心关注的是多了解些大陆农村的变革和农民生活状况。过去记忆中那零散的村落而今成了整齐农园，农民住的俨然是公寓群体，连接着学校、医疗单位和集市。用中国尺度来衡量，确实是历史上所未有过的小康水平了。春暖花开之后，我将去外地参观，主要是看农村。城市无非是高楼大厦连在一起，都差不多，乡下则各不相同。我国人口 80％ 是农民，农村经济是国家四个现代化的基础。

但是，农村的发展不能以环境的破坏为代价……

四化重要，环保同样重要

问：黄先生所言极是。目前大陆农村的乡镇企业正在蓬勃发展，但许多小工厂没有同时采取防治环境污染的措施，废水、毒气任意排放，结果，"富"和"脏"同时出现了。

答：现代化带来环境的破坏——一些工业发达国家经历了这样的苦痛。我们不能再步其后尘。四化重要，环境保护同样重要。不然，物质享受提高了，代价也提高了，甚至代价比所得更大，那末这种享受又有什么意义？如台湾的河川，一级的有七八条，没有一条不受污染，以致鱼虾绝迹。鱼虾不能生存，人在那里生活是相当危险的。从上海到北京，我看到太湖水已受到相当污染，苏州河水乌溜溜的，沧州一家印染厂不断排放着有色有毒的废水……到北京后，我找来国家的规定，发现有关环境保护的规定订得很好，与先进国家没有什么区别。但是有法不依，有什么用？昨天我去了地坛文化迎春会，看到北京的不少好民俗都保留了下来，这很好。但是环境太脏，尤其是卖小吃的小摊。卫生局为什么不管？绝对应当管！在海外时，一些同行催我快回来，建议政府注意环境保护问题。我们不能为了这一代的享受，透支后代的幸福。

问：您的意见肯定会引起重视。这边是欢迎批评的。再者，黄先生是政治家，早就知道您是非常赞成国家统一的……

"我是天生的统一主义者"

答：我在给《中报》的一封信中曾说过："我是天生的统一主义者，这与我是天生的中国人是永相连接的。"具体讲，第一，我赞成国家统一；第二，我拥护用和平方式统一；第三，"三通"先通起来，其它的慢慢再说。

问：您对大陆关于统一的主张……

答：中共主张并一再呼吁与国民党谈判。我看和谈还是应该的。但回来后我发现这边对国民党的了解相当多，而对台湾人民正在做什么，想什么，则所知甚少；工作太偏重国民党方面。这两年加了一句："更寄希望于台湾人民"，但具体工作上还不够。统一是统一人和心；如果忽略了台湾人民，会损害他们的向心力，统一之后也会留下后遗症。

台湾人民向往统一

我曾对一位美国合众社记者讲过：台湾人民是向往统一的。不信可以让国民党当局实行开放，允许人们自由来往大陆，你就可以看出，究竟台湾人民是听国民党的，还是愿意和平统一。现在我们可以转道来大陆，而大陆的人，除了那几个所谓"义士"，却不能进台湾。我们来到大陆之后，却又不准再回台湾。比如我，回去也是可以的，那得坐牢，又何必呢！国民党为了自己的私利，不准两岸人民正常往来，害怕"三通"。实际上，"三通"是台湾的出路。我代表的是工人、农民，现在台湾失业趋于严重，一通起来，原材料解决了，市场也有了，失业自然可以避免。从当局来说，也是摆脱它在经济上重重困难的一条出路。

问：这是十分明显的道理，台湾当局为什么执迷不悟呢？

答：完全是为了一党一家的私利。它拒绝"三通"，对台湾人民是有罪的。但是，它不实行"三通"，经济问题得不到解决，这个政权难免垮台。连"台独"都知道这个道理。我在美国住了半年多，常和他们交谈。我说，我也是台湾人，和你一样爱台湾。我暂时先不说你不对，我只要求你回答："独立"后用什么办法来解决台湾的经济问题，如何保证使台湾人民的生活水准不致降低？他们答不上来。我说，如果你能说服我，我和你一起干，否则就得考虑了。

"什么时候统一，要问美国"

问：黄先生对和平统一的前景是怎样估计的？

答：我曾对一位美国记者讲，大陆和台湾什么时候统一，要问美国。假如没有美国干涉，我们早就统一了。

问：有人说，只有当大陆的生活水准赶上台湾，才能谈得上统一……

答：这是偏物质生活的一种说法，顶多只有一半道理。况且，台湾的经济状况正如日落西山，而大陆则似旭日东升，只讲物质水平的话，赶上去是会很快的。但是，还有更重要的，那就是民族感情和国家尊严，不能舍此单讲物质问题。

如果只讲物质，图享受，我们大可不必千里迢迢、历尽艰辛到大陆来。我本来知道大陆目前还没有多少好享受的。我不是来享受的。不过话说回来，于我个人生活习惯来说，对大陆现在的生活水平已经很满足了。

（原载《中国建设》，1986 年第 4 期）

革联搭桥有台联

中华全国台湾同胞联谊会（简称全国台联）是居住在祖国大陆的台湾同胞的群众团体，它的任务之一，便是努力促进在台湾和海外的台湾各族同胞同祖国大陆开展经济交流，积极协助他们前来经商、投资、建厂。去年，全国台联专门设立了经济部，负责这方面的工作。部长谢秋涵是台湾知名人士谢南光之女，一位卓有成就的计算机专家，现在改做经济工作。她和她领导的全国台联经济部是怎样为台胞服务的呢？最近，笔者专门就此访问了她。

问：台联是群众团体，以联谊为宗旨，为什么要专设经济部呢？

答：有一位从海外回来的老台胞曾对我们这样说："这是我第一次回国，很想看看祖国的锦绣河山，但目的不限于此。我是抱着探索的心情，来了解在国内投资、经商的可能性的，想用自己的资金支援祖国的四化建设。"他的话很有代表性，而且像他这样的人越来越多。但是，他们大都对国内情况缺乏了解，不知怎样才能找到适当的合作对象。数十万台胞分散在世界各地，他们拥有国内所需要的资金、先进技术和管理方法。几年来，台联与他们已建立了广泛的联系，我们是他们可信赖的朋友，理应成为他们回来投资、经商或办厂的中间牵线人。另一方面，国内要引进资金、设备和技术，也需要有知情人为之搭桥。全国台联经济部于是应运而生了。

问：请介绍一下贵部的宗旨和任务。

答：在全国台联领导下，面向海外和岛内台湾同胞，通过民间渠道，推动他们与祖国大陆的经济技术往来，这便是我们的宗旨。任务主要是为台胞提供咨询服务，注重吸收和运用外来台胞的资金，引进先进技术、设备和管理方法，引进人材和促进贸易往来。

问：贵部可以在哪些方面为台胞提供帮助？

答：第一，可以向海外台胞提供有关国内对外开放政策、经济特区建设、各种经济政策法规以及对台胞的优惠办法等方面的咨询服务。台胞在特区投资，兴办合资或独资企业，可以享受哪些优惠，国家已有规定，我们正与政府有关部门一起进行研究，把这些规定具体化，以使台胞得到优先照顾。我觉得可以指望在这方面反映台胞的要求和愿望。

第二，受台胞和大陆经济单位的委托，为他们介绍合作对象，联系经济业务，促成他们之间的合作。本部自去年6月正式成立以来，已接待了来自岛内和美国、日本、大洋洲等地的台胞100多人（组），帮助他们与有关业务部门进行实质性的接触几十项，不少已签订了合同、协议或意向书。项目是广泛的，金额也是很可观的。需要说明的是，不论什么领域，多少金额，我们一律提供热情的服务。

第三，接受海外同胞委托，为他们回国讲学、工作、进行学术交流，开辟渠道，提供翻译、联络等服务。

问：在这些工作中遇到的困难和问题多吗？

答：现在台湾岛内经济发展低速，资金外流——对台胞说来，实在也是出于无奈，如果海峡两岸能够正常往来的话，何至于寄别人篱下？因此，祖国大陆的丰富资源和巨大市场对他们自然有吸引力；开放中的祖国，为海内外台胞提供了报效民族的机会。大陆各个方面也非常欢迎台胞前来合作。既然双方都有合作的愿望，一经牵上线，当然也就比较容易找到一种双方都能接受的合作方式。这方面不乏成功的事例。

但是也有例外。一种情况是官僚主义造成办事拖沓，不讲效率，合作成功率还不够高；还有极个别的单位，不认真履行协议。我们的责任是维护双方合法权益。因此，一旦台胞的权益受到损害，我们就义不容辞地帮助他们，甚至帮他们打官司，直至问题得到公正的解决。

也是为了台胞利益，我们依照国家法律，并参照国际法和经济活动中公认的做法和惯例，对所承担的各项业务信守合同，负责为委托人保密。

问：除全国台联外，各省、市、自治区的台联是否也做这样的经济咨询服务工作？

答：是的，但目前开展这一工作的程度有所不同。有一半以上的省级台联成立了咨询服务性机构，并取得当地政府部门的大力支持和协助，工作也很有成效。比如黑龙江省，地处祖国北疆，那里的台胞并不多，省台联只有3位专职干部，去年接待台胞、港澳同胞和华侨82人，其中洽谈商务的就有60人；经省台联介绍，洽谈项目近30项，受到省政府的重视和好评。

问：能介绍一下您的同事们吗？

答：目前本部只有5个人，计划逐步增加到20人。现有人员全具有大专以上学历，既懂技术，又有一定的经验。如副部长臧俊超，毕业于北京工业大学，原为北京东风无线电厂总工程师；另一位副部长林则石，毕业于哈尔滨军事工程学院，原在航天工业部从事科研和管理工作。另外两位青年分别毕业于北京清华大学和中央广播电视大学。更可贵的是，我们都有一颗愿意为台胞竭诚服务的心。我们全都是中年和青年，思想敏锐，讲究效率，再加上配备了电子计算机、电传机、传真机等现代化办公设备，使我们能够事半功倍。为海内外台胞提供更多的服务，促使海峡两岸建立更多的联系，是我们的共同愿望。

问：通常贵部是怎样在台胞和祖国大陆之间牵线搭桥的呢？

答：主要是"请进来"和"走出去"。我们请来的客人，不少具有经济色彩。他们来大陆考察、洽谈，达成经济合作，已为数不少。"走出去"的目的也是要做好经济联络工作。不久，我们又将去台胞聚居的几个国家访问，争取结识更多的朋友。

在国内，则主要是建立横向联系，以取得各个方面的支持与协作，掌握更多的信息。我们与各省、市、自治区台联，也建立了联系，互相支持，交流信息。我们办的《经济信息》，便是为这一目的服务的。

（原载《中国建设》，1986年第5期）

父女情深

　　乙丑岁末，中华全国台湾同胞联谊会第二届理事会二次会议在北京召开。那天，在来自浙江的代表中，我一眼就看出了石静如：丰满的体态透着活力，圆圆的脸上总挂着童稚般的微笑。"怎么，就你一个人来了？石老呢？"我问。

　　石（光海）老是石静如的父亲，上海著名的中医学院教授、曙光医院连任 20 年的皮肤科主任。我头一次见到他是在 1979 年。那时，石教授作为上海的代表，来京出席台湾民主自治同盟第二次代表大会。他虽已年过六旬，头发几乎全白了，但身体壮实，走起路来大步流星。不过，我还是从他稍微有点灰蓝的眼睛中，觉察到了他的几分忧郁的神色。

　　石光海出生在台湾宜兰县农村，中学毕业后到日本考入了东京昭和大学医科，1941 年毕业后便回到祖国大陆，先后在北京、上海开设皮肤科诊所，1956 年应聘担任了上海中医学院教授兼附属曙光医院皮肤科主任。石教授经多年研究和临床实践，成功地把外科手术引进了皮肤科，解决了酒糟鼻、鼻瘤、皮肤良性肿瘤和狐臭等手术难题。他为多少病人解除了痛苦啊！仅酒糟鼻患者，就不下 1000 千人。有一位退休工人，长了一个拳头大的鼻瘤，一直覆盖到嘴上，不但吃东西不方便，连呼吸也困难。他为这例手术，专门设计了一种皮肤划破刀，只用了一个半小时就切除了这个鼻瘤；不到半个月伤口愈合，竟未留下丝毫疤痕。

可是，在十年动乱中，这位医术超群的教授也未能逃脱劫难。"这是一个刚刚摆脱了逆境的人。"——头一次见面，直感这样告诉我。后来，我又知道，他那双忧郁的眼睛中，还有更多的痛苦和不幸。

童年时代，石光海就是一个不幸的人：狠心的父亲抛弃了他母亲与兄妹五人。年仅30的母亲，无力抚养子女；他的三个兄妹先后夭折。石光海曾找父亲资助，竟遭拒绝。在穷困中挣扎的石光海发誓：长大后一定做个孝子，父亲在母亲身上欠下的债，由儿子来偿还。果然，他成了一个大孝子，把母亲接到上海，使老人家老有所终。

石光海有一女二子，静如最长，也最为父亲所宠爱。静如只要几天不在身边，父亲便想得不行。

但是，为了女儿的前途，石光海还是送她北上进了山东大学生物系。刚读完一年级，即1960年，我们的国家便遭遇了三年自然灾害，山东的困难尤甚。石光海整天担心女儿身体不好，经常把省下来的食品捎给她。但是，石静如还是不免因营养不足而染上重病，只得休学一年。

遗憾的是，女儿毕业后还不能回到父亲身边：她被分配到北京中医学院任教。外省的学生能到首都工作，是很令人羡慕的，但毕竟父女相距太远，再加上女婿张立人在南方的浙江温州，就这样，织女银河会牛郎，她只得弃北京而就温州，在那里工作了八九年，然后迁往省城杭州——距上海又近了一步。沪杭之间，乘火车只需四个来小时，父女相会就方便多了。再加上父女二人都当选为全国台联的理事，会上，他们一起参加讨论；会下，女儿挽起父亲的手臂，逛公园，蹓马路，父慈女孝，情意绵绵。再加上父亲是上海市台联副会长，女儿是浙江省台联副会长，如何为台胞乡亲们谋利益，又成了他们的共同话题。自从女儿当选为第六届全国政协委员之后，每次北上赴会，路过上海自然是先去看望父亲，又可就国家大事征询父亲的意见。

去岁秋秒，我曾去上海，应约拜访石老。这是一套有一厅三室的楼房，房内陈设高雅华贵，小鸟啁啾，双猫嬉戏，春兰秋菊，绮丽多姿。石老因年近七旬，工作已大为减少。侍花弄草、喂鸟养猫成了他不可或缺的乐趣。日常生活有比他年轻一旬的后妻照料。女儿的一切令他心满意足，两个儿子也有了妥善的安排（长子正读研究生，媳妇是曙光医院皮肤科大夫，幼子现任该院总务科长）。现在他的眼神里，再也没有几年前那几分忧郁了，我看到的是幸福，是自信。

客厅里放着一架钢琴，我以为石老在这方面大概也是一个高手，其实不然，那是专为女儿准备的。女儿工作后顾不上弹琴了，外孙女又弹它。石老虽有了孙子、孙女，但依然是"重女轻男"，喜欢外孙女和孙女。一看到那架钢琴，便想起在杭州的女儿和外孙女。女儿自从到浙江省中医学院任教后，每年寒暑假总回上海。女儿在身边，这是石老最开心的。夏天，女儿照例要从大壁橱中把父亲的一件件冬衣拿出来晾晒，然后按照一定的次序整理好，还要编上号码，以便她不在时父亲自己找取。到了晚上，女儿总是同父亲聊天。因为父亲是个不甘寂寞的人。年纪大了，他说话难免颠来倒去，但她还是耐心地听着。父亲服过安眠药后还不肯上床，一直等到他昏昏欲睡，女儿把他从沙发上扶上床，自己才去休息。

我也到过石静如的家。她的家就在浙江中医学院院内。她现在是生物系的讲师，又是图书馆的馆长，既要为学生上课，又要带研究生，还要负责图书馆的全面工作，终日忙忙碌碌，住家近倒是省了不少时间，可是，家务也够她操心的。丈夫张立人眼睛不好，用她的话说，又是个"书呆子"，不大会干家务活。儿子从小住在上海奶奶家，身边只有一个女儿，可是弟弟又把自己的女儿寄养在她家。就两间房子，父亲来怎么住啊？石静如的心情矛盾极了，既盼父亲多来，长住，又怕条件太差委屈了老人家。院领导正在设法为她解决这一困难。

石老偏偏愿意来和女儿一家挤在一起。石静如告诉我，石老从小生长在农村，喜爱田园生活。杭州的美景使他乐而忘返，西子湖畔是他消磨时光的好地方。石静如说："爸爸眼看要七十的人了，这两年真看出老态来了，眼睛花了，腿脚不灵，但最不愿人家称他'石老'，叫他'老石'才高兴。在上海，医院派车接送，他不要，宁愿骑自行车。在我这里，也是非骑自行车不可……"

转眼间，秋去冬来，一年一度的全国台联理事会又开幕了。但石老这次没有来。

"他马上就要去日本了。"石静如告诉我。我这才想起，在杭州时她就说过，石老已经被日本长崎医科大学聘为客座教授。还说，虽然签订了一年的合同，但他不会住那么久。石老每次出国总是行色匆匆，不用说一年，恐怕半年都住不下去……

谢雨辰和他的电影艺术创作

谢雨辰导演在完成了他从台湾回大陆拍的头一部影片《夜行货车》之后，接连三次去香港，主要是为此片的公映事宜。最近，当他一回到北京，我就来到他的寓所进行访问，我们的话题集中在他和他的夫人张金凤回到大陆以后的电影艺术活动。听着他俩热情的介绍，我蓦地想起了谢导演以前对我讲过的一句话：

"我的路走对了!"

谢雨辰在人生道路上已经走过 46 个年头。

他出生在台湾苗栗，父亲谢锦传早年留学日本，专攻摄影。父亲的这一选择影响了子女：谢雨辰几个兄弟都从事摄影和导演工作，他们在台湾被称为"谢家班"。他本人是在服役退伍之后学摄影的，先后曾同台湾著名导演合作拍摄过近70 部影片；接着又创办台湾星城影业公司，并自任导演，陆续执导了《飘荡的晚霞》、《剑气神龙》、《第三法庭》、《恶龙斩》、《少林弥陀点灯》等 16 部影片，其中不乏佳作。

但是，就在他事业一帆风顺的时候，他与夫人为了偿还夙愿，却决心选择另一条路。

谢雨辰祖籍广东，客家人，世居（五代）台湾。从他的曾祖父起，就想返回故乡。到了父亲一代，这种愿望更为强烈。父亲常对子女们说："要讲家乡话，不能忘记故乡。"临终前他又语重心长地嘱咐子女："日后有机会一定要回大陆去。咱们的祖先在那边。"随着岁月的流逝，谢雨辰回归大陆的愿望也日益强烈。

1979年起，谢雨辰夫妇开始寻找机会，终于在1984年3月携一子二女来到北京，实现了谢家几代人的心愿。

但是，这并非他说自己的道路走得对的全部涵义。他是导演，夫人是制片，他们为自己选择的道路而庆幸，还有一个重要原因，这便是谢导演说的：

"我可以按自己的意愿拍片了。"

我曾问过谢导演，他是怎样选定自己回大陆后的头一部戏的。

那还是到达北京的两个月以后，谢雨辰、张金凤开始到北京电影制片厂任职。谢导演说："北影规模大，设备好，有许多杰出的艺术家，我们为自己能成为北影的正式成员感到荣幸和骄傲。"他表示，要积极找一些合适的题材，拍摄出既受国内又受海外观众喜爱的影片。他相信，从大陆的演员水准和设备看，完全有可能拍出好影片。

那么对他来说，什么是"合适的题材"呢？

香港等地的朋友们希望他拍功夫片，并多来些适应某些观众的戏剧情节。但谢导演婉言拒绝了：他在台湾与人合作拍摄或执导了那么多片子大都不能令他满意，其根本原因便是商业价值至上，为了赚钱不能不一味迎合某些观众的趣味，结果是不愿拍的却非得去拍，而想拍的又拍不成。现在，客观环境起了变化，使他能够为艺术而追求，怎么能再走老路，靠老一套去刺激观众呢？

回来之后，谢导演曾多次借家人去外地参观游览，在南京、苏州、上海、杭州，在夫人的祖籍地漳州和谢家故里梅县，看到的都是令人兴奋的景象。他真想通过银幕把这一切反映出来。但是他又感觉到，他对祖国大陆各方面的了解还不深，这类片子很难比大陆的电影工作者拍得更出色。拍大陆题材的故事片，自然也非他所长。相反，向大陆和海外观众介绍台湾，他却有自己的优越条件，同时又肩负着比大陆同行更重要的责任。

夏衍一席话，使谢导演下了决心。夏公是中国电影界老前辈，德高望重，在海内外享有很高声誉。1984年5月，他对谢雨辰先生说："你是台湾导演，有没有考虑改编台湾作家的小说，拍成电影？"谢雨辰连忙回答："这正是我的心愿。只是刚回来不久，不知大陆这边是否允许拍这样的片子……"

谢导演选定的小说是陈映真的"夜行货车"，由他本人和汪海涛、李自卫改编。他想用这部影片反映台湾的一些社会问题，反映那个社会中青年的生活、苦闷与追求。社会是腐败的，但人民中间仍存在着真诚友谊和高尚情操……

谢雨辰的选择得到了中国电影家协会和香港腾达广告公司在财力上的支持。那么演员呢？有人建议，演员和职员全都从外面挑选。谢雨辰夫妇的决定是：

"都要在大陆找！"

他们的决定基于这样一个理由："我们既然回来定居，不是客人，也不是旁观者，要用真诚的态度与同行们合作。"更主要的，则因为他们对大陆同行的水平已经有了基本的了解。他们对最初看到的几部国产片，如《骆驼祥子》、《茶馆》、《喜盈门》等，认为都拍得不错；祖国大陆的制片厂，设备先进，人材济济，给他们留下深刻印象。当谢导演邀请同行们合作时，大家也都热情支持他。

《夜行货车》中的主要演员都是谢导演自己选定邀请的。制片则仍由谢太太担任。谢雨辰说："这部影片的格调是健康、写实的，人物都不是脸谱化的，手法上不是直露的。作为导演，我让演员充分发挥他们的表演才能，而他们发挥得都很好。"使谢导演感到欣慰是，这些演员虽不是明星，现在却得到了观众的欢迎。而沈西林的摄影也无可挑剔：画面优美，富有节奏感。回顾头一次在大陆拍片的经历，谢导演夫妇异口同声地说："我们大家同舟共济，情同手足，好像一个大家庭。"这个大家庭的家长当然是谢导演。在他的筹划和指挥下，这个摄制组采取了一些与众不同的做法，用他自己的话来说，是：

"进行了一次小小的改革。"

首先是承包。谢雨辰不想在制片厂吃"大锅饭"，这次是自组公司，独立拍片。他在经济上有无可争议的支配权，对表现好的发特别奖金；工作一天，大家辛苦了，他可以犒赏大家。经济手段有助于提高摄制组的工作效率。

二是精简。大陆的制片厂，一个摄制组一般需要七八十乃至上百人，而他只需要二三十人。办法是打破行当界限，比如化妆师，本职工作完成之后，可以搬道具；灯光师在拍外景时则可协助作场记。就是导演和制片，需要时也和大家一样做一些"份外"之事。在这个摄制组里，没有闲人，更不允许暂时没事做的人影响别人工作。

三是机动灵活。谢导演有拍摄近百部影片的经验，但他很尊重演员。他不大说戏，通常只讲自己的感受，然后让演员自己去揣摩。在完成了预定目标之后，如发现演员情绪不错，表演顺利，他会临时调度，增拍镜头。香港的合作者看到这种情形，也倍加赞赏。

四是力求写实，不留导演和舞台的痕迹。一切顺乎自然，连调度镜头也不让观众感觉出来。

《夜行货车》于去年（1985 年）3 月 21 日开拍，这正是他们一家回来一周年的纪念日。有了这次定居大陆以后第一次开拍影片的经验，谢导演的信心更强了。他现在已经有了新的计划：再拍一部反映台湾人民生活的影片，名字叫《望春风》。他告诉我，合作者基本上还是原班人马。

（原载《中国建设》，1986 年第 7 期）

台籍教授黄威廉在贵州

在全国高等师范院校生态地植物学专业中被誉为"权威"的黄威廉教授，是台湾新竹县关西镇人。30多年来，黄威廉任教于贵州师范学院（今贵州师范大学），云贵高原的山山水水记录着他为第二故乡——贵州的科教事业奉献心血的历程。

桃李满天下

黄威廉的父亲1920年毕业于日本北海道大学，后到祖国大陆，抗战期间到了贵州，先后在贵州大学农学院和贵阳师范学院讲授农学、林学和生物学。黄威廉出生于南京，1946年从大陆前往家乡，就学于台湾大学森林系，翌年参加"二、二八"起义后，又返回贵州大学学习，1950年毕业，之后成了贵阳师院地理系的一名教师。

黄威廉初到贵州师范学院，就被指定教三年级的生态地植物学。这门新学科当时在贵州尚属空白，自然没有现成的教材。他自己动手收集资料，编写了一套30万字的的讲义。当时缺乏标本，就自己到野外去采集。他总是认真备课，并上好每一堂课。他特别重视对学生进行形象教育，带他们到大自然中去识别植物，观察植物与环境的关系，探讨植物在地表的组合状况，还教他们采集、制作标本。他教的学生，在校时已作过不少调查研究，撰写过一些论文，后来，多数已成为中学教育的骨干和领导。

1978年，根据国家建设急需，黄威廉在本学院条件较差的情况下，积极主动承担了培养研究生的任务，成为贵阳师院第一批研究生的导师之一。他不但注意加强对研究生的理论学习和研究方法的指导训练，还放手让他们参加一些科学考察，承担一些全省重点项目的研究。他指导的研究生毕业后，有的成了讲师，有的成了助理研究员。

黄威廉教授现在贵州乃至全国同行中享有较高威望，被学校评为"为人师表先进教师"，又被聘为全国高等院校理科地理教材编审委员会委员。新出的一套生态地植物学教科书就是由他审定的。甚至连国内其他院校同行职称的评定、专业的考核、成果的鉴定，也经常邀请他参加讨论，发表意见。

足迹遍高原

黄威廉教授为了进行生态地植物学的有关考察和研究，几乎踏遍了贵州的高山大川。他四室一厅的住房，经常只住着他的妻子和女儿，很难找到他的踪影。

60年代初，黄威廉在贵州南部进行生物资源综合考察时，正是国家经济困难时期，每天都要爬山越岭，口粮一天只有8两。过度的疲劳和缺乏营养使黄威廉得了浮肿病，但他顾不上休息，接着参加西南三省资料汇总和西南、华南全面汇总工作，出色地完成了任务。

这些年中，在完成了西南地区农业水利综合考察，贵州省糖料基地调查，贵州省农业地理调查和中草药、薯芋资源、植被资源及植物生态调查，梵净山自然保护区科学考察等一系列科学调查的同时，黄威廉教授还完成了60多篇相应的考察报告、专题报告和学术论文。他在全省首次提出建立梵净山、雷公山和宽阔水三个自然保护区的建议，现已全面实施。

他的论文《贵州的植被》、《贵州喀斯特植被》、《贵州南部的森林》等，在学术界引起广泛重视，成为全省地理植物学研究方面的重要文献。他的另一篇论文《贵州薯芋资源调查》，曾荣获1978年全国科学大会奖，还有几篇论文在省内获得奖励。他协同组织的梵净山科学考察和他写的考察报告，代表了中国目前有关自然保护区研究的先进水平，是中国环境科学方面的重大研究成果，并且受到了国际自然生态保护联盟主席米勒教授的重视。

1985年8月下旬至9月上旬，黄教授应第15届国际草地学术会议主席仁木教授邀请，去日本京都参加会议，宣读了题为《贵州山地草场分类与等级评价》的学术论文，受到学者们的欢迎和好评。这篇论文已被收入会议论文集出版。

编写《台湾植被》

除了《贵州植物志》外，黄教授还承担了《台湾植被》的编写任务。

《台湾植被》是中国科学院植物研究所决定出版的《中国植被》中的一卷。这套丛书由全国各省、自治区和直辖市分别编写一卷。在目前情况下，台湾卷的编写只能由大陆的学者来完成。本来打算成立一个小组，但其他人觉得难以承担，任务便落到了黄威廉一人身上。

当时，黄威廉还有四项国家和贵州省的科研项目，尚需时日才能完成。要编写《台湾植被》，仅资料缺乏也已令人望而却步。他在台湾生活的时间很短，也缺少这方面的积累和研究，现成的图书资料又很少，更无法亲自去台湾考察，以取得第一手资料。于是，黄威廉首先收集资料、文献。他几乎跑遍了全国所有著名的植物所、图书馆和高等学府，前后共翻阅了 200 多种、3000 多本图书杂志，共收集到有关台湾的自然地理、植被、农业、林业资料 100 多篇。其次，因这些资料、文献大部分为日本侵占台湾时期用日文发表的，还有少数是用英文和拉丁文写成的，都需要译成中文才能使用。为了既节省时间和人力，又保证质量，他自己动手边查边译，在 20 多天中突击翻译了 12 万多字的材料。接着，他又将不同比例尺的台湾省地形图、林业图、农业图及各种植物群落的图幅，编绘成 1：200 万台湾省植被图。以后，又很快编写出了 40 多万字的《台湾植被和植被图》与《台湾省植物名录》。

（原载《瞭望》海外版，1986 年第 33 期）

遥远的默契

1974年，台湾著名女作家张晓风根据韩非子的《和氏》篇，写了一出话剧，题曰《和氏璧》。时隔12年，即1986年，《和氏璧》被搬上了北京的舞台。

女作家写的是一个发生在公元前7世纪的悲剧故事：楚国（今华中湖北一带）人卞和发现了一块璞玉。他凭自己的经验断定，这是一块旷古未见的宝璧。但他得不到世人承认，头一次进宫向楚厉王进献，被诬为欺君而受刖左足之刑；厉王薨，武王即位，他再次进宫献璧，又获罪而被砍去了右脚。直到90多岁时，文王登基，卞和第三次进宫，那块璞玉经琢磨，果然证实了他的信念。这块美玉遂名之为"和氏璧"。

张晓风女士说，《和氏璧》是她"所有作品中最好的一部"。台湾评论界对这出戏也大加赞赏，说"她以独立而深刻的剖析力，延伸了史籍的内涵精神，甚至赋之以前所未有的意义。她使历史上的和氏璧再生了一次。"但是，"比较'读'与'看'，本剧剧本似乎较为耐读，演出则未能达到较高的效果。"

这大概是因为张女士的这一得意之作不同于一般的历史剧。她不满足于铺陈浮面的情节，也不限于再现历史的逼真。

用她自己的话来说，《和氏璧》并不只是一出舞台剧，也不只是一块玉的故事，而是每一个人一旦开始思索"人之所以为人"以及"人之既已为人"之后必然面对的问题。它不只是公元前7世纪卞和的故事，"我所写的是1974年你我的故事"。这一段平淡的话体现出作者的思想深度。

"既有诱惑力，又是刺激"

中央实验话剧院导演文兴宇一口气读完辗转得到的《和氏璧》，连呼这是舞台上的一块美玉，是难得的好本子。他说："张晓风这个本子，内容很有意思，主题比较广泛，我看了觉得既有诱惑力，又是刺激，心中产生了创作的冲动。这出戏对人生面临的问题作了富有哲理性的阐述，充满了对人生价值的思考，对善美的追求、对人生尊严的深省。我相信每个人都可以从中得到联想和启迪，从中悟到很多人生的道理。"

但是，《和氏璧》在这位正值创作鼎盛时期的导演看来，又是一个"危险的本子"。他已经成功地导演过《阿Q正传》等十多部话剧，《和氏璧》比其中任何一部都难排，弄得不好会"砸锅"。因为它不是仅在古人古事上做文章，再现历史，表明立意，有情节、有事件、有冲突，容易吸引观众，而是借助这个寓言故事，抒发现代人的意识。历史的真实、表象的真实、客观的真实，都退居次要地位；作者致力追求的是主观理想的抒发和体现。整个剧本从手法到立意都充满了现代意识。但不管如何困难，文导演像当年卞和发现了那块宝玉一样，决心要把自己的发现向世人证实——通过自己的二度创作，把《和氏璧》搬上首都话剧舞台。

写意不写实

张晓风的《和氏璧》，情节是淡化的，语言是诗化的。文兴宇深知，如果不在二度创作上开拓戏剧性，丰富其舞台动作，把剧中丰富而深刻的哲理内涵变成可视可听的舞台形象，是很难被观众承认的。但是，这一切又必须符合作者的原意。诗云："言念君子，温其如玉。"玉在《和氏璧》中，既是有形的，更是无形的，它是理想、信念、爱心的化身，是真善美的代表。把这出戏搬上舞台，自然也应该用象征手法，正如文导演自己概括的："写意不写实。"

著名舞台美术专家薛殿杰设计了这样的舞台：背景是一片黑幕，台上只有三个木架和架下的台阶。一切都是虚拟的，观众从演员的模拟表演中尽可自由想象，因而使人回味无穷。

舞台上的人物，无论是君王，还是臣民；无论是卞和，还是他的师弟、徒弟，都穿着一样的服装。在这出戏中，人物的外部性格是很难看出来的。卞和从青年，而中年，而老年，从23岁直至90多岁，区别不在于化妆，而在于演员的表演。这个主要角色是由32岁的梁国庆饰演的。他是上海戏剧学院的毕业生，头些年曾多次上过银幕，但在一出话剧中挑大梁，还是头一回。第一阶段的演出已经结束了，他仍沉浸在创作的冲动之中。他自信以后会演得更好。其他主要演员，如张英（饰卞和妻玉娥）、李蕴杰（饰卞和女琼儿）、沙景昌（饰卞和师弟吕氏）、刘牧梅（饰吕氏子吕瑜）等，也均是青年演员。

在这出戏中，演员的形体动作显得格外重要。我国唯一的话剧形体设计师边兰星，为这出戏呕心沥血，不但为每个角色设计了形体动作，还与演员们一起进行形体训练。几年前，他曾为台湾剧作家姚一苇的《红鼻子》在北京的上演作过形体设计，《和氏璧》又激发了他更大的创作热情。

文导演认为，一旦真理被人们承认，发现真理的过程便往往被遗忘。而在张晓风的原作中，不但卞和怀有的那块"旷古未有的美玉"得到了承认，楚君得此国宝之后还要给卞和一些补偿。而卞和此时的愿望，是"让这神圣的美玉在人们心上传递下去"。导演认为，事实上的结局恐难如此美好。排演时他做了这样的处理：美玉刚刚被承认，人们便蜂拥而上，甚至追逐着这个目标，争之抢之。而与此对照的是，卞和在一边平静地跪着。导演的寓意是：那些人只看到了美玉的表面价值，而未能理解其内在实质；美玉被承认了，新的故事应该又开始了。

"和张女士心是相通的"

张晓风女士对这样的演出会认可，会满意吗？

文兴宇导演毫不迟疑地说："我相信她会的。因为，《和氏璧》的特点决定了，只能这样演。当然，结尾是可以讨论的。"

文导演恰与张女士同年，今年也是45岁。他1964年毕业于中央戏剧学院，7年前开始专事导演。他说："张女士8岁便离开大陆到了台湾，但我们身上还是有共通的东西。读了她的本子，油然而生一种亲切感。假如不披露剧作者生活在台湾，单从作品是看不出来的。尽管她用现代手法表现了现代意识，但文化、心理是共同的，内涵是民族精神。"

饰演主角的梁国庆对张女士也是这样一种感情："看了照

片，我觉得她一点也不陌生。我时常感到她就在我们之中，经常和我们对话。我又觉得，我们之间有一种遥远的默契。我想让她知道，我演了她的卞和。希望我们的演出能得到她的认可。"

张女士是否能够认可，虽尚不可知，北京戏剧界和观众的赞赏则是肯定的。

新任文化部长的作家王蒙说，这个戏很难立在舞台上，但你们立了，而且立得很好。我很喜欢。

著名老一辈剧作家曹禺的评价是：这是一块美玉，我要写文章赞美它！

还有一些老艺术家们认为，这出戏很有研究价值，是话剧创新方面的一个成功。为了提高民族的文化素质，需要这样的戏。

值得一提的还有，美国俄亥俄州哥伦布大戏院总艺术指导巴巴拉·莱恩·布朗女士在看了此剧的演出后认为，这出戏是一部不受时代限制，具有国际意义的好戏。联邦德国一家电视台特意拍了几组镜头，以向本国观众介绍。民主德国戏剧代表团观后，也给了相当高的评价。

（原载《中国建设》，1987年第 1 期）

范氏子孙贡献多

一个偶然的机会，台胞范新发从国外得到了一本台湾印制的《范氏大族谱》，其中对范氏历史有翔实记载，其中还有他本人的名字，不禁使他大喜过望。他自豪地说："我是地地道道的范子孙！"

范氏是我国的一个巨族大姓，历代杰出人才辈出。范姓同胞迁台甚早。《范氏大族谱》记载，明朝万历十六年，一位叫范文华的，到达台南盐水镇旧营里开基；清康熙六十年，广东范光儒在下淡水港定居；乾隆年间之后，来自闽粤的范姓人氏更络绎于道。

范氏大族谱中有一段关于范新发的记载，说范新发祖籍广东陆丰，从范仲淹算起，是第三十一世。范新发兄弟八人，三个早夭，"五子新发，海外未归"。

事实上，范新发 1946 年就到了祖国大陆，一直住在上海，努力为祖国工作。

去年（1986 年），范新发带全家到苏州天平山拜谒范氏祖墓。当他步入范仲淹墓地——高义园时，一股激情在他胸中奔涌："先天下之忧而忧，后天下之乐而乐。"——先祖为国为民的思想激励着他。

其实，范新发作为范氏好子孙，对祖国的贡献之大，是足可以告慰列祖列宗在天之灵的。他从自学入手，成了一位卓有成就的化工专家，目前是上海高桥石油化工公司的总工程师。30多年来，他先后负责研制成功多种石油化工新产品和新技术，如聚乙烯、聚苯乙烯、聚丙烯、高分子新产品和高效催化剂聚合新工艺，有9项成果填补了我国化工生产的空白，其中用于连续生产的通用级和超高分子量聚乙烯催化剂和生产工艺，都达到了世界先进水平。

范新发已经记不清受到过多少次表彰和奖励了。现在，他面对伟大的社会变革和祖国美好、灿烂的前程，心中更充满了对祖国的无限希望和寄托，更感到作为一个中国人的幸福和骄傲，也更意识到自己所肩负的责任。

（原载《人民日报》海外版，1987年3月4日）

服务工商　造福社会

——记马万祺和澳门中华总商会

不到澳门实地考察，很难真正了解这个社会，也更无法想象中华总商会在澳门的特殊作用。

澳门中华总商会成立于 1913 年。在她成立 70 周年之际，当时在任的澳门政府总督高斯达曾说："长期以来，澳门中华总商会一直以其卓著的业绩，对本地的繁荣及勤劳的居民的利益，贡献殊多。"他指出，从澳门的经济发展来看，商业活动，尤其商人明智的行动、积极努力及远见卓识，对澳门有着十分重要的意义。

当然，澳门中华总商会在 70 多年历史中的积极作用，又不单限于经济领域。马万祺先生于 1949 年出任商会理事，翌年起任副理事长、副会长，与何贤、崔德琪一起，号称领导商会的"三驾马车"。1983 年何贤先生去世后，他接任会长至今。他的话可以作为商会历史的见证。他说：澳门中华总商会虽属一个商业团体，但在过去一段长时间内，曾担负过维护本澳居民大众利益，救弱扶危、排难解纷的使命，深为各阶层人士所倚重。总商会被澳门许多人士视为民意代表，担负起与当地政府沟通的重任，为居民同胞解决过不少困难，减少了许多纠纷，使同胞们得以安居乐业。新中国成立后，直至中葡两国建交之前，总商会在促进中葡友谊方面，也起过无可替代的作用；在促进澳门的经济繁荣、发展同内地的贸易往来以及扩大工商界爱国团结的各项工作中，都作出了积极贡献。

澳门中华总商会现任副秘书长区荣智先生在回忆商会历史时指出，新中国的成立，揭开了商会历史新的一页。1950年，何贤先生当选为理事长，至1983年病故，连任理事长18届和会长两届，领导会务30多年，出钱出力，贡献极大。由于他在澳门各阶层居民中享有无可争议的威望，商会遂成为众望所归之所。马万祺先生自1950年起至何氏仙逝，一直担任副主席，襄助何氏，主持会务，不遗余力。现在，他又以会长的身份，在澳门的社会和经济生活中发挥着更大的作用。

一般澳门居民谈起中华总商会30多年来所作的贡献时，大致都能列举这样一些方面：

协助商人拓展贸易，做好商业服务工作，维护工商界正当权益。1951年，华南土特产展览会在广州举行，商会组织澳门工商界前往参观，洽谈贸易。1957年之后，每年两届的中国出口商品交易会，澳门地区华商客户的请帖均由商会代发，并协助组团前往。为了促进澳门贸易，商会日常办理签发产地来源证，答复外地商业查询，在报章发表"贸易通讯"，举办商业座谈和讲座，使澳门工商界受益匪浅。凡涉及澳门工商界之重大权益者，商会必据理陈词，积极反映和交涉。澳门居民的食水问题也是由商会联同当地各大社团，向广东省及中山县请求而获得解决的。

出钱出力，积极参与社会福利救济工作，为社会服务。除了多次捐款救援当地灾民、失业工人、贫苦同胞外，商会历来对教育、慈善、保健等社会福利事业，均大力支持。现任会长马万祺先生及其他会董，也都以个人名义积极参加各种社会服务工作。对于劳资纠纷、工商事件，商会亦皆协助调解，力求获得合理解决。

60 年代后期起，逐步开展会员及工商界人士的文娱、体育、旅行等活动，并经常组团到内地及国外旅行、访问。最近几年来，商会与内地的友好交往更为频繁。内地的许多访澳代表团均受到商会热情接待。每年 10 月 1 日国庆节，商会必有人被邀赴京观礼或参加其他庆祝活动，亦必在澳门举行会餐、联欢、酒会等，以资庆祝。商会领导人每年还利用出席全国及广东省人大、政协会议的机会，反映澳门同胞呼声，参与国家大事。

澳门中华总商会至今仍是澳门最具影响的社会团体，拥有团体会员、商店会员和个人会员 3 千多个；单就商店会员而论，就遍及银行、保险、会计、出入口、制造业、制衣、旅业及旅游、公共事业、建筑置业、电业、造船、交通运输、纸业、印刷等，计 58 个行业。可以说，商会对澳门的繁荣和稳定肩负着重大责任。在中葡两国政府关于澳门问题的联合声明签署前后，商会领导人的声音也因此格外受到新闻界的重视。

我们在澳门接触到的澳门中华总商会领导人和工商界人士，无不拥护这个联合声明，无不支持在本世纪末将澳门主权收归祖国。对澳门的前途，他们普遍怀有信心。

企业家都是务实的。像马万祺先生这样的大企业家，更有独到的眼光和气魄。

马先生在澳门艰苦创业 40 多年，建筑置业是他投资的重点。10多年前，他开始投资在澳门半岛西北角一处海湾填海。现在，这里不仅新增了一大片陆地，而且建起了一排排居民楼和工业大厦。一栋高17层、建筑面积近10万平方米的大楼正在紧张施工。据施工人员介绍，一至三楼是商店和停车场，共有铺面33个，车位330个；上面是住宅，共有两房一厅的单位756套。70年代初，这里还属偏僻荒凉之地，新建的房屋无人问津，现在却出现了争购的局面。

由于房地产生意看好，也为了造福于未来，马家现在又在澳门半岛东北角的黑沙环投资填海了。这一带是澳门近年发展起来的工业区，一幢幢工业大厦傍海而建，旁边是马家为住房困难户兴建、准备廉价出售的华茂新邨。即将动工吹填的是一个小海湾，形似一只大碗，设计人员在碗口的两边划了一道直线，线内面积是21.9公顷。沿线将筑起一道海堤。线外挖一大坑，称抛沙池，从珠海那边挖沙运到这里，再用绞吸式挖泥船通过管道排到堤内。填平后，埋上水管，修建道路，即可打桩建房了。上面提到的填海工程，10多年都是使用陆上抛填法；现在，马家从内地请来了振华公司承包海堤，珠海的珠光公司提供沙源，广州的疏浚公司负责施工，用吹填之法，两年即可填平。填平一块，发展一块，地面工程即可开始了。澳门半岛弹丸之地，各种建筑拥挤不堪，已无发展余地，出路只有填海。在这片即将出现的陆地上，几年之后将建起厂房、民宅、商店、学校。谁能说这不是造福社会的壮举呢？

马万祺先生以从商起家，现在大部分时间却不得不用来参加各种社会活动。幸而他有7个公子，且个个学有专长，都成了工商界的行家里手。他们一方面协助父亲经营，一方面又在父亲的支持下，开创了自己的事业。如三子有礼，是留学英国的建筑工程师，他和老九有友担起了大生和新建华两家建筑置业有限公司的日常事务。论精明干练、眼光和气魄，不让父辈。

除此之外，马有礼又是与政府合办的澳门泊车管理公司的董事兼执行总经理。澳门汽车之多，如果按单位面积计算，居全球之冠。开车容易停车难，为了找到一席停车之地，往往要在目的地附近来回打转，等把车停下来再步行折回目的地，走的路也许比步行前往更远。这就苦了众多有车户。可在这种寸土寸金的地方找大片空地建停车场又绝不可能，于是只好向空中发展。泊车公司在纵贯澳门的荷兰园大马路与美副将大马路交界处新建的柏蕙停车场业已竣工。

马家其他几位公子也各有公司。澳门已进入了一个新的历史时期，为澳门未来的发展和安定尽一份力量，是他们的共同心愿。

除马家之外，澳门中华总商会副会长崔德琪、许世元、崔乐其、陶开裕、彭彼德、何厚铧诸公，还有常务会董、会董们、众多会员们，也都继往开来，再展宏图。共同的原因和动力便是：对澳门的未来充满信心，愿在澳门新的发展史上书上自己的一笔。

（原载《中国建设》，1987 年第 9 期）

澳门人的 "九九" 意识

根据中葡两国关于澳门问题的联合声明，澳门主权将于1999年12月20日交还中国。于是，"九九"便成了澳门40多万居民考虑问题、安排生计、规划事业的依据和出发点。在不久前的一次短暂访问中，我们也深深感觉到了澳门人的这种"九九"意识。

对"九九"的信心

澳门是世界闻名的赌城。而总揽澳门赌业的，是以何鸿燊为总经理的旅游娱乐有限公司。全澳最大的赌场，外型颇似一个大鸟笼的葡京酒店，距我们下榻处新丽华酒店不过咫尺之间。赌场附近的几条马路，押铺鳞次栉比，这是专为赌客方便而开设的。

夜幕低垂，华灯初上，葡京酒店大门洞开，人流涌入，熙熙攘攘。喝彩声、叫骂声、笑声、叹息声和摇钱机的咔嚓声、骰宝的轻轻撞击声交织在一起。牌九、轮盘、百家乐、二十一点、番摊……博彩方式五花八门，对我等门外汉来说，简直眼花缭乱，难解个中奥妙。倒是赌客们此时的心态引起我们的感慨："1999年之后还有50年不变，有谁还怕赌不成?!我今年还不到30，这一辈子是不怕的，只要我有钱。"说这番话的是澳门当地的一位赌客。据他说，进赌场的当地人并不多，大多数是港客——每年有 3 百万人次，澳门的发展和繁荣在很大程度上是靠赌业支撑的。赌税占澳门政府总收入的五成，赌业总收入占澳门经济总值的三分之一。怪道澳门旅游娱乐有限公司 6 千多职工被人视为幸运儿了。

总体说来，澳门的面貌正在发生变化。一幢幢现代化大厦拔地而起，使那些世代相传的低矮小屋，尤其是穷人聚居的木板房、铁皮房越发显得落伍，甚至龌龊不堪。大街两旁、小巷深处，延续几百年的神香、炮竹、火柴三大行业作坊，逐步被新兴的制衣、电子、玩具工厂所取代；旅游、建筑地产、金融银行业迅速崛起，使澳门经济结构起了质的变化；工业出口跃居前列，今年（1987 年）出口贸易额可望突破百亿澳门元（注：按当年比价，100 澳门元相当于 97 港元）。澳门工业虽然前景看好，但邻近地区的激烈竞争，劳动力不足，又加上国际贸易保护主义的抬头，给澳门工业的发展带来了严重挑战。出路在哪里呢？一位权威人士这样说：“无论如何，在过渡时期中继续保持澳门社会的安定繁荣，保持和发展澳门的对外经济关系，是首要条件。”

那么谁来继续保持澳门社会的安定繁荣呢？中葡双方对此承担着义不容辞的责任。中国在澳门的投资及内地与澳门经济合作关系的发展，会给澳门经济注入新的血液；澳门政府在新任总督主持之下将要完成的几项大工程（如计划在澳门半岛和氹仔岛之间再建一座大桥等），将在这块古老的土地上留下新的永久的纪念。但是，澳门人自己应该做些什么呢？

在距市政厅不远的澳门中华总商会，我们拜访了该会副秘书长区荣智先生。他，高高的个子，举止斯文而沉静。他用流利的普通话向我们概述了商会 70 多年的发展中所起的重要作用。现任会长马万祺是全国人大常委，副会长崔德琪是澳门立法会的副主席，许世元是立法会议员、广东省政协委员，崔乐其是立法会议员，陶开裕是全国政协委员，彭彼德是广东省政协委员、澳门立法会议员，最年轻的副会长、商会已故会长何贤之子何厚铧，是全国政协委员，又是澳门咨询会委员。他们还分别领导着建筑置业、银行业等公会。全澳一半以上的工商界人士团结在他们周围。显然，他们的言行对澳门起着举足轻重的作用。比如马万祺先生在联合声明签署之后开始的大规模填海工程，一方面表现了他的气魄，另一方面又充分体现了他对澳门未来的信心。一位熟悉马万祺先生的朋友介绍说："即将出现的新陆地，和在这里将要兴建的厂房、商店、学校等等，实际上是为未来的澳门特别行政区准备的。"像马万祺这样着眼于未来的澳门企业家还大有人在。澳门社会的安定，又吸引了更多的香港华资和外国资本。

过渡期的难题

澳门人以自豪的口吻向我们谈起近年经济起飞的业绩，同时也对"九九"以前，即过渡期中面临的众多难题忧心忡忡。

最大的难题是人才问题。澳门东亚大学（注：现已改称澳门大学）校长林达光教授对我们说："澳门为什么缺乏人才？本来有不少有才能的人，但因过去经济不发达，就业机会少，知识分子和专业人员外流。这是客观因素。主观因素是：澳门政府中的上层公务员只能由来自葡萄牙本土的人或者持有葡大学毕业文凭的人才能担任。这就是说，华人不可能有进入政府担任高级职务的机会，而只能担任下层公务员，如警察、清洁工之类。"曾经在澳门政府中担任一个方面的负责官员、现任政府驻东亚大学代表的葡裔黎祖智，对此直言不讳地说："这是澳门政府应纠正的一个严重错误。"看来他的话是对的，否则12年之后，政权移交、澳人治澳的目标何以实现呢？林达光校长还说，校方已与政府达成协议，由政府津贴，在东亚大学办师资专修课程，接着创办教育学院，以期尽快提高师资水平。同时，还将提供奖学金和贷款，让更多的本地青年有入学机会。学校总的目标是在过渡时期内，为21世纪的澳门发展准备人才。

年仅35岁的崔宝峰先生原是香港人，曾在西方接受高等教育，又在葡国学过葡文，现在成了澳门政府的一名中层官员，同时还担任澳门成人教育协会的会长。他说："我爱国，愿为澳门同胞做事。澳门97%是中国人，很多人年轻时失去了学习机会；即使完成了学业的人，在知识爆炸的现代社会中也需要不停地学习。因而成人教育是整个教育事业的重要组成部分。我们成人教育协会在12年过渡期内，要举办各种培训活动，除了传授各种专业知识和技能外，还要让更多的公民了解澳门的政治，明白自己的权利和义务，知道政府的运作情况。"澳门政府对成人教育协会是很支持的。

澳门工会联合总会除了维护工人权益、组织各种联谊活动外，也担起了培训人才的任务。年已七十有六的会长梁培说："工联会举办的业余进修中心，每年有上万人次参加学习。但是，在新的时期，工会的首要任务，还是通过各种途径，提高工友们对澳门的归属感，为澳门的安定繁荣作出贡献。"他们主张中文合法化，实现公务员（即政府各级官员和工作人员）本地化。

当然，教育事业的重点还在中小学。澳门的中小学有官办、教会办及私立之分，共150余所。占大多数的私立学校的学制、师资、考试、入学条件、收费标准无统一规定，均取决于学校自己。澳门中华教育学会会长毕漪文女士深感教育界责任重大。她说："重要的是使学生有民族感情，知道自己是中国人，要爱国，爱自己的民族。澳门教育界最伤脑筋的是教材问题。这里地方小，没有自己的专用教材，搬用内地的又不行。只能用香港的。现在看来还得自己来编写，以适应本地需要，通过教育，让孩子们爱国，爱澳门，将来担当起澳人治澳的责任。"

一国两制、澳人治澳，这是既定政策。上述人士均指出，过去澳门人的公民意识不强，大概是历史使然吧。连前面提到的土生葡人黎祖智都说："澳门人不应只当旁观者。每个人都应该行动起来，为未来贡献力量。""澳门政府不能只是葡萄牙人的政府，而应该是所有澳门人的政府。澳门的中国人则应该树立起责任感，参与管理这个地区。"

令人高兴的是，越来越多的澳门人愿意表达自己的政见了。本来嘛，澳门并不乏精英俊彦。我的老同事、六年前移居澳门的杨允中先生参与发起的澳门社会科学学会，便集合了这样的一群。其中有土生葡人，更多的是内地的新移民——他们现在正努力研究澳门、宣传澳门，为繁荣和安定勾画蓝图。

说起澳门的人才，不能不提到那里的新闻界。如《澳门日报》社长兼总编辑李成俊、副总编辑李鹏翥，《华侨报》社长赵汝能、副总编辑黄汉强，《大众报》社长蔡克铭、总编辑苏剑强诸公，学识渊博，谈吐不凡，均是澳门新闻界强人。"澳门人参政意识差。在过渡期中，澳门新闻界要唤起有才能的人站出来，为澳门多做一点事。"——赵汝能先生的话，在澳门新闻界是有代表性的。

澳门的中国人长期被排除在政府决策层之外，1984年更用法律形式确定，不持葡萄牙护照的人不能做中级以上公务员。近年澳门政府每年派出若干澳门青年到葡京进修，但只一年结业，连语言关都过不了，更不用说掌握某种专门技能了。为根本计，还是要采取措施，在澳门当地培训更多的人，一方面使有知识的中国人掌握葡语，另一方面让葡人有机会学习中文。这对过渡期及其以后都是需要的。澳门人，包括大多数土生葡人在内，日常生活中广泛使用的是中文，而现时官方语言却是葡文，这是一个极大的矛盾。澳门的中国人要更多地参与政治事务，中文合法化已是大势所趋。

另一种呼声是法律中文化。澳门立法会是一个具有制定法律职权的机构。但是澳门多沿袭葡萄牙法律，没有译成中文，懂的人极少。迄今澳门的中国人甚至没有一个律师。立法会议员何思谦先生坦率地说："澳门的法律，问题好大。不精通葡文，便无法了解法律，更不知应如何取舍。况且，除了葡法，也应研究国内法律和香港法律，然后制定新法。到1999年，澳门至少要有10到15个自己的律师。"他认为，当务之急，是将葡法条文译成中文，以便进行宣传和研究，在此基础上修改完善。这是一项十分繁杂的工作，各界都希望政府及早进行。

并非没有顾虑

正如香港《明报月刊》指出的，"澳门的历史将揭开新的一页。在这个巨大的历史变动期中，澳门人的态度是积极的。""澳门人的努力会有成效，澳门是有前途的。"

但是，澳门人对前途并非完全没有顾虑。"联合声明虽好，就怕执行不了。""澳门的安定决定于国内的形势。国内法制不健全，政策多变，会不会使'50年不变'无法兑现？""这些年国内实行改革、开放，搞得不错，可又反什么自由化，真怕国内政局不稳 ……"这些都是我们与各界接触时听到的。也有人说："如果国家在未来12年内一天比一天好，重视民主法制，经过一段时间，会使没有信心的人变得有信心。时间可以说服人。"

另一方面，我们也听到不少人士对政府持有批评意见，如人事更迭太过频繁，政策缺乏连续性；市政管理欠佳，交通拥挤，事故不断，等等。对澳门政府能否处理好过渡期中的各种问题，解决好众多难题，也有不少疑虑。好在新总督已经任命，填补了马俊贤突然辞职而形成的政治真空。他也应带给澳门人以新的希望。

（原载《中国建设》，1987 年第 10 期）

中国的民间商会复活了

1949 年以后，中国本来是有民间商会的，这便是成立于 50 年代初期的中华全国工商业联合会。它的成员是全国的原工商业者，分支机构布满全国各省市。可是 1966 年刮起的"文化大革命"的十年风暴，却把它当作资本主义阴魂荡涤无余，迫使它停止了一切活动。直到 1979 年中国从极左路线统治中解放出来回到正确路线以后，这个团体才又重新复活。

人民政府纠正了过去的错误，按照新的政策向原工商业者发还了被冻结的银行存款和应付的利息，还退还了产权为他们个人所有的房屋。这一重大转折给原工商业者们带来了新生，使他们欢欣鼓舞，重又抬起了头，以主人翁的姿态投身于社会生活和国家建设之中。这个变化涉及全国数以万计的工商业者及其家属，给整个社会带来深远影响。"老牛明知夕阳短，不用扬鞭自奋蹄。"——这句话成了大都已步入垂暮之年的工商联成员精神风貌的写照。许多老工商业者热情集资创办企业，并不是一心为了个人发财，而把它看作是自己为国家建设作贡献的实际行动。到目前为止，由工商联兴办的企业已经遍布全国各省、市、自治区，包括工业、商业、服务业等 62 个行业，安置就业人员 10 万多，共创产值 26.7 亿元，累计上缴国家税利 2.1 亿元。

1987 年岁末，全国工商联在河北省省会石家庄举办了为期 4 天的"全国各地工商联首届企业商品展览交易会"，参加的有 27 个省、自治区、直辖市组成的代表团，共有工商联自办企业、会员企业和与工商联有关系的企业 2000 多个、4000 多名代表，各地代表提供了百货、五金交电、农副特产、生产资料等 20 大类、3000 多种商品，总成交额达 2.5 亿元。全国工商联负责人称，这么多的企业来参加展览交易，成交额如此之巨，都是始料所不及的。这一事实说明工商联作为民间商会的作用越来越被社会所重视了。

以服务为本

吉林省工商联副主委李宏昌曾率团访问过香港，这次他带来了 200 人的代表团。在该省展台上，有与天津合产的飞鸽牌自行车，还有玉米、葵花籽、人参、鹿茸等当地农副特产，都很受欢迎。在洽谈生意之余，李先生自豪地对我说："吉林省工商联自办的企业已有 118 家，占全国各地工商联所办企业的十分之一。"这些企业现已闯过了缺少资金、没有场地和人手不足的难关，以为国家服务、为会员服务为本，恪守信誉，遵纪守法，在竞争中稳住了脚跟，求得了发展。资金周转快、费用水平低、劳动效率高、经济效益大、经营管理活、服务态度好、商品信息灵、人材培养快，是工商联所办企业的共同特点。

原工商业者大都有专门技术，并且善于经营管理，在社会上是高价聘用的对象，有人戏谑称他们是"高价老头儿"。但他们所追求的，并非自己得高薪，而是如何为国家多作贡献。"年逾六旬创业忙"。精神上的压力消除后，这些老头儿们精神焕发，人也变得年轻了。吉林省工商联主委成盛三已经70多岁了，也参加了创业的行列。

吉林省的原工商业者办企业，是从商业和服务行业开始的。现在转向了工业和农业，为什么转向农业呢？因为他们看到农村变富了，但农民不熟悉买卖，工商联应该为他们服务。

振兴当地经济

湖南省代表团的团长，也是省工商联的副主委，叫袁世先，年轻时是长沙大众机器制造厂厂长，1956年公私合营后当过长沙水泵厂副厂长。现在，他的影响力已远非限于一个工厂了，湖南省104个县（市），已全部恢复了工商联组织，有141个自办企业。除此之外，全省的骨干企业，如全国闻名的湘潭纺织厂等，都成了省工商联的会员企业。这次带来参加展览交易的产品，既有省内军工企业生产的、主要供出口的"奔月"牌自行车，又有湖南的大宗土特产品，如桐油、苎麻、鞭炮等，共1000多种。袁先生说："湖南种苎麻，发展很快，很多农民富起来了，但现在又造成了积压，价格大幅度下跌，我们有责任帮助推销，协助省里解决这个难题。南县是产麻区，县工商贸易公司帮助抓推销，县政府非常感激，特意腾出政府礼堂给他们当作堆放、打捆的场所。"

湖南的代表们打算购进的，则是省内的一些缺货，如花生米、葵花籽、海带、墨鱼等。袁先生深情地说："春节快到了。湖南人过春节，这些东西少不了。"

这一购一销，都是为了全省的利益。"看来您不但领导着工商联，还当着湖南全省的家。"我这虽是一句玩笑，却也是实情。在袁先生的头脑里，确实装着一本全省的帐。他说，工商联办企业的目的之一就是为振兴当地经济服务。

旧体制的弊病之一，是流通不畅。工商联办的企业，增加了一条新的流通渠道。工商联无条块分割，不受行业的限制，因而要比国营商业渠道畅通得多。湖南省商业部门与外省的一些购销活动，不少是工商联提供信息或协助联系促成的。

只要对当地建设有利，对振兴省内经济有利，工商联所办企业并不计较利大利小。这样做的结果，自然赢得了社会的赞誉。

促进外贸出口

四川是中国的内陆省，号称"天府之国"。这个省的工商联副主委王惠，指着展台上琳琅满目的名酒和各种罐头食品说："我们带来的，主要是吃的、喝的。"四川的饮料、食品，享誉全国。几天中，四川的展台前总是熙来攘往，生意兴隆。

但是，在我与王惠先生长谈之后方知，四川省工商联的最大贡献，还是促进了外贸出口。

工商联自然不会直接从事出口业务，进行此项经营的是它兴办的四川省工商经济开发公司。

该公司副总经理杨昌仁经济师，以四川省代表团副团长的身份来到了石家庄。他对我介绍说："我们这家公司是全国各省工商联所办企业中唯一享有进出口权的一家，每年两次参加广州交易会，还曾两次派团去香港。我本人曾随四川省代表团到美国、西班牙、法国考察。外国的商会和海外侨胞、台湾同胞对我们的商会表现了浓厚的兴趣。"公司自成立以来，已先后接待了 400 多位外商来访。杨副总经理说："我们是民间商会办的公司，公司领导不是官员，更不会有官商作风，因而对来访的客〔人〕有一种同行之间的亲切感，彼此都愿意讲心里话，因而生意也就好做了。"

四川省工商经济开发公司已创收外汇 600 多万美元。我国与印尼恢复贸易联系后，头一宗大生意便是通过这家公司做成的。

在四川省工商经济开发公司努力下，四川省至长江出海口的通道业已打通。四川省出口的煤炭、花岗石等，都是在重庆装船，顺长江而下，在江苏省境内的张家港与按约定时间到达的外轮交接的。

在采访中我了解到，原工商业者大都与台、港、澳有多种联系，也有不少人在海外有亲人。我在石家庄见到的四川省德阳市工商联副主委兼秘书长黄振锷就是一个例子。他在美国、新加坡、台湾都有亲戚和同学、朋友，他曾去香港会亲，外面也有不少人回来看他，光台湾就来了 6 人。我想，这种亲情对促进外贸、引进资金和人才肯定是大有裨益的。

促进工商联谊

工商联是中国的民间商会，这几年在兴办企业、经济咨询服务、工商专业培训等方面作出了贡献。它的另一项任务是"广交朋友，联络友谊"。

在展览交易会的大厅中，福建代表团展台上陈列的多种中外合资企业产品，格外引人瞩目。

厦门市工商联副会长胡世曦告诉我，厦门已经开业的合资企业共 175 家，其中有 82 家参加了工商联，还有不少人以个人身份参加。他们参加工商联后，有了归属感；而工商联也愿意并且能够帮助这些合资企业提高经营管理水平，培训职工，发展横向经济联系。

泉州市工商联副主委、宏大经济发展有限公司总经理薛天锡已经57岁了，但在原工商业者中还属"少壮派"。他也确实精力旺盛，尤其健谈。

他说，祖国大陆的广阔市场，吸引了许多华侨和台胞前来投资办厂。但他们在兴办企业的过程中，往往会遇到不少困难，最难办的是跟难以弄清的政府机构打交道。因而很想有一个组织替他们解决困难，指点迷津；政府方面也希望有这么一座中间桥梁。于是泉州市外商投资企业联谊会应运而生，薛天锡当选 为理事长，现有会员60多人。薛理事长说，这个联谊会成立4个多月来，向政府反映会员的意见、要求、建议和批评；举办讲座，向会员介绍国家有关海关、税务、外汇管理、合同等法律规定；还帮助会员解决办企业中遇到的困难。这些都证明，外商投资联谊会的成立是必要的，"在商言商"，使会员之间的联系密切了。

（原载《中国建设》，1988年第2期）

"梦里故园路迢迢"

——记何文德与台湾返乡探亲团

我头一次听到何文德这个名字，是去年（1987年）11月在他的老家湖北。湖北人以钦敬的口吻谈到他在台湾发起了外省人返乡探亲运动。

我头一次见到何文德先生其人，是今年1月19日，在北京。这位57岁的国民党退伍老兵，看上去倒比实际年龄显得年轻。他在沉默的时候，习惯地紧闭双唇，嘴角下弯，好像在强忍着满腹的悲凄。当我握着他的手，说他的姊妹正在等他回去的时候，他还未开口，泪水便涌满了双眼。我不禁为之动情，又重复了一遍："早点回去吧，她们正等着您呢……"

何文德是率领台湾第一个返乡探亲团10余名团员经香港至广州，又到西安拜谒了中华民族的始祖黄帝陵之后来到北京的。他们每人手持一面"外省人返乡探亲促进会返乡探亲团"的团旗，上面印着中国大陆及台湾地图，一群白色的鸽子正飞越海峡西来，其寓意不言而喻。而"少小离家老大回，乡音未改鬓毛衰；儿童相见不相识，争传客从台湾来。""西望乡关何处是，梦里故园路迢迢"等诗句，还有何文德和几位团员白色上衣上写的"想家"二字，都道出了他们40年来的思乡深情。

"孤苦无依汉，夜夜梦神州"

40年前，何文德先生含泪忍悲，告别慈母，随国民党军队到了台湾，斯时也，上百万的大陆各省人士，大部分是军人和普通公教人员，在人所共知的原因下，纷纷涌上了这个海岛。他们在台湾度过了自己的青春，与当地民众一起，创造了台湾经济的富足和繁荣。

何文德先生说，起初，他们胼手胝足，历尽艰辛，相信国民党当局"一年准备，二年反攻，三年扫荡，五年成功"的誓言，以为不久便可以返回家乡与亲人团圆；而且因为有功于那个政权，理应能过上"有屋可住，有田可耕"的幸福生活……

可是，40年了，这一切又如何？正如以何文德为会长的台湾外省人返乡探亲促进会在岛内散发的传单上写的，他们绝大部分多已年老体衰而退休了。除了部分由于个人的际遇、努力而有不错的成就外，大部分人仍处在水平线下，甚至一部分继续要以剩余的体力换取一个温饱的生活。有许许多多个伛偻身躯、花白头发的"荣民"在挥动锄头圆锹修筑公路、水库。还有不少人"流落在都市街头以卖包子馒头，补皮鞋雨伞，送报纸卖奖券，看大厦作守夜，甚至拣破烂拾荒，苟延残喘，受尽风霜雨露。"

然而，最大的痛苦还在于心灵上。1987年4月16日，高雄市退伍军人、退休公教人员投书《民众日报》，喊出了他们心底的呼声："40年呀！多么漫长的40年！多么痛苦的40年！我们穷，我们苦，我们咬着牙齿忍受。天天盼，夜夜盼，我们含着眼泪盼望；盼望有一天能回到故乡，回到那生长的地方，能再拥抱我们的妻儿、爹娘！"

13岁就开始当兵，现已六十有五的湖南人朱文贵，站起身来，以便让我看清他后背上写的两行字："百战留得余生，才识老来更苦。"接着，他撩起衣服露出里面的一件，上面写着"孤苦无依汉，夜夜梦神州。"他说："这是我们的心声，写在衣服上，为的是让所有的人都能看到。"

"只求一个公道"

当台湾返乡探亲团成员，与生活在北京的部分台湾省籍同胞见面的时候，团长何文德特意把朱文贵等几位与他一起奋起向命运抗争的老兵，介绍给大家。

何文德说："我们本无怨尤，只求一个公道，求一个人道。"台湾一些高官、富豪等，可以随心所欲进出大陆探亲旅游，而为什么那么多退伍军人、"荣民"、公教人员则被禁止？这公道吗？再者，对有些人的父母，生前年年祝寿，死后"谒陵"者如云。而另一些人呢？何文德说："难道我们没有父母？可是，我们的父母生死不明。我们不求别的，只要求回去看一看。生，让我们奉上一杯茶；死，则让我们献上一柱香。这难道不是人情义理的最起码要求吗？"

可是，国民党当局长期以种种理由为借口，拒不满足他们的要求。面对这种有悖人道的做法，一个普通的退伍老兵何文德挺身而出，为公道和人道大声疾呼，一下子成了岛上的风云人物。

1987年3月18日，何先生第一次为促进返乡探亲，而到退伍军人聚居的一处"荣民之家"开展活动，不但没有得到支持，反而被指斥为"台独"、"共产党"，还有一次甚至被毒打。于是，他开始在社会上广泛寻找可能给他以帮助的朋友。"公道自在人心"。不但一些老兵觉醒而成了返乡探亲促进会的中坚力量、积极分子，而且一些社会名流、作家、致力于台湾社会民主进步的活动家，许多去台人员的第二代，还有不少地地道道的本省人，都参与了促进返乡探亲运动。何文德此次率领的探亲团的顾问王拓、发言人杨祖珺、团员陈春全等，都是认同返乡探亲之后，与他一起创建外省人返乡探亲促进会的。从何先生送我的传单上还可以看到，担任该会名誉会长的胡秋源和一大批 顾问多是教授、学者、律师、作家，也有台湾当局的"立法委员"、"监察委员"、"国策顾问"等。

为了赢得社会的认同，何文德亲自撰写了一份题为《我不入地狱，谁入地狱?》的传单，叙述了他去年5月底因宣传返乡探亲而被辱骂、被打得遍体鳞伤的经过。他写道："如果这是我们为中国历史上因真正分裂而使得千千万万离散的骨肉、隔绝的夫妻、破碎的家庭得到重新团聚之期所必须付出的某种代价，我心甘情愿承受这一切的丑化、折磨与伤害的后果。我对那些用尽他们一生的青春血泪换来茫然无所知的退伍老兵——我的老哥哥们，只期望他们有一天能毫无恐惧地喝一瓢故乡水，亲手掬一把故乡泥土填在祖坟上，燃一柱回报父母的香火!"

"老来结伴好返乡"

何文德等一群大陆去台退伍军人、退休公教人员，凭着满腔热血和讨回公道、人道的共同愿望，勇敢地站了出来，于去年5月成立了"外省人返乡探亲促进会"，以超越党派的认知、理性的态度与和平的方法，争取广大同胞的支持，促进国民党当局了解并给予迅速有效的解决。现在，在民众的热切要求和台湾政治革新、社会进步的洪流推动下，他们终于回来了。

在探亲团的第一批十数位团员中，最引人瞩目的自然是那些把"想家"二字写在衣服上的老兵。

从外表看，他们早应该是含饴弄孙、享受清福的时候了，可实际上却大都仍然只身一人，举目无亲。回想往事，有多少个落日余晖的黄昏，他们痴痴地望着太阳下山的地方；多少个月明星稀的夜晚，呆呆地望着台湾海峡的另一边！现在，这些无依无靠的老哥哥们，终于你扶着我，我牵着他，赶在太阳下山以前，在人生的旅程尚未结束之际，结伴回到了故乡。

在北京，他们会见台湾乡亲，登长城、游故宫，本来都是他们梦寐以求的乐事，可多数团员总提不起精神来。到北京之后的第三个晚上，也是团员们即将分赴自己家乡探亲的前夕，我到他们下榻的百乐饭店与他们话别。何先生与诸位团员正忙着整理简单的行囊。我两天前才相认的老乡苏兆元先生嘴唇干裂了，嗓子沙哑了。我说："是不是北京的气候太干燥了？"他苦涩地笑笑，说："也许是吧，但主要还是心里着急……"

苏先生的心情是不难理解的。他是作为流亡学生而离开家乡的。在台湾40年，两次被关进监狱共达20年！其中第二次被判刑直接与想返回大陆有关。现在，他公开地、合法地回来了。可踏上大陆已经四五天了，还没见到亲人的面。他呆呆地望着窗外，自言自语道："我家中还有母亲，84 岁了。一个外甥女为了照顾她，到现在还没出嫁。我这次回来，总想给她带点什么，但是我没有钱，连探亲路费都是别人支援的，我能买得起的，只是一块手表……"

"让不幸成为过去"

第一个台湾返乡探亲团发言人杨祖珺女士是在北京举办独唱音乐会的第一位台湾歌手。

32 岁的杨女士，娇小美丽，是台湾著名党外人士林正杰的妻子，她又是一位社会活动家，是外省人返乡探亲促进会的执行长。2 月 1 日，杨女士用动人的歌喉和富于激情的话语，表达了她对祖国的热爱，对统一的向往，对同胞的深情——自然，这也是探亲团成员们的共同感情。

"走遍了千山万水，历尽了艰辛困难。""孩子投进了母亲的怀抱，母亲的怀抱温暖。从此我们合家团圆，莫再离别分散。"一曲《合家欢》，使听者很自然地想到与她同来的探亲团成员们，此时正在享受与家人团聚的天伦之乐，同时又道出了两岸同胞对祖国统一的祈盼。

是晚，杨女士向听众介绍了 10 多支台湾歌曲，其中有些是她自己创作的。她演唱的最后一支歌是台湾民歌《我们都是一家人》。三位女青年献上三束鲜花，她唱着走下台来，把其中的一束玫瑰花分别送给台下的观众。杨女士时而婉转，时而激越的歌声在 400 多位观众心中引起了强烈共鸣，也把晚会推向了高潮。大家随着她一起唱了起来："团结起来，相亲相爱，我们都是一家人，永远都是一家人！"她高举着一朵玫瑰花说："我们这个民族有太多的不幸。让不幸成为过去吧！

如果我们还没找到摆脱不幸的道路的话，请用台湾作家杨逵先生的一句话勉励我们自己：作压不扁的玫瑰花！"

2月3日，何文德先生率探亲团离开广州，取道香港回台湾。行前，他与领队黄广海先生向记者们说，此次大陆之行的目的，一是返乡探亲，二是加强民族的融洽。半个多月的探亲观光，从一定意义上讲，实现了这两点。

他们强调"从一定意义上讲"，是不无道理的。我想，他们这样说的时候，一定记起了外省人返乡探亲促进会去年9月发表的一份声明中的一段话：

"外省人返乡探亲，只是起点，而不是终点。而且，我们更希望，在海峡两岸的亲情交流后，接着而来的是更进一步的文化学术交流、体育交流、经济交流，乃至同胞互访所促进的同胞爱全面交流。唯有如此，我们的回家才更有意义。"

（原载《中国建设》，1988 年第 4 期）

大陆台胞的呼声：
"我们也要回家去！"

按：在第三次全国台湾同胞代表会议期间，我邀请了几位老台胞，就探亲问题进行座谈。

时间：1988 年 3 月 3 日

地点：北京京西宾馆二楼会议室

参加者：方舵（长沙国防科技大学教授、湖南省台联副会长）、叶纪东（中华全国新闻工作者协会理事、北京市台联副会长）、黄垂柳（辽宁省人大常委会委员、大连市台联会长）、林朝权（上海市台联名誉会长、上海体育科研所研究员）、陈明（河北省台联副会长兼秘书长）

魏秀堂：自从台湾当局开放赴大陆探亲以来，已有三四万台胞陆续回来与亲人团聚；近日又不断有消息说，更广泛的人士被允许来大陆探亲。但是，至今却不准在大陆的台胞回台湾探亲。这是极不合理的。

在大陆的老台胞日夜等待回故乡看一看，现在已等不及了……

黄垂柳：新中国成立前来大连的台胞有 20 多人。还没有等到回家乡的这一天，我们当中已有两人去世了。他们临终前十分伤感，说一生中最大的遗憾是，没有能再回故乡看上一眼。我和其他活着的老台胞，也都是六七十岁的人了，很难说什么时候会突然离开人世，我们都希望不要像那两位伙伴一样，抱憾而去……

陈明：河北省有 29 位台湾来的原国民党军队的老兵，开放探亲后，他们总问我："我们什么时候才能回台湾探亲？"我无可奈何地回答："这要看台湾当局。"这些老兵多数在基层和农村工作，有的至今还是光棍汉——年轻时一直盼望着回台湾后再成家，一年年拖到现在。国民党当年把他们派到大陆打内战，应该让他们回去了。

至于我本人，我是 1921 年在大陆出生的，五六岁时去过台湾，我一直在盼着能有机会重返故乡，探望我的姑姑、弟弟、妹妹。家父、家母生前也抱着这样的愿望。那时，他们一听到唱《台湾同胞，我的骨肉兄弟》这支歌，就流泪（他讲到这里，不禁自己也流泪了）。

林朝权：我们老台胞已经等不及了。我已是 82 岁的人了，虽然身体尚好，但毕竟老了，腿脚不那么灵便了。我听医生的话，每天坚持步行 10 公里（以前是跑步，现在跑不动了）。我的目的很明确，就是为了回台湾。我在那边还有儿女，还有弟弟，还有我的家。我那天对林丽韫会长说，回台湾探亲别忘了我，我有理由第一批回去。

方舵：我是 1946 年由台湾省教育厅出资到大陆学习的。当年一起来的近百人，据我所知，现在还有 30 多人，这次来参加台胞代表会的有 9 人。我们凑到一起，总离不开一个话题：回老家看一看。我们当年是与台湾省政府签了合同的，叫我们毕业后一定回家乡服务。可是，步入老年，还不让回去。

我认为，国民党应该从人道主义出发，先让几批人回去。除了"公费生"外，还有老兵、"二·二八"起义后为了躲避镇压来大陆的人，以及其他老一代台胞。国民党已经开始实行放宽措施，我希望他们能更开明一点。

准许在大陆的台胞回台湾探亲，不会给台湾造成所谓安全问题，反而有利于台湾的稳定，对国民党也有好处。

叶纪东：现在，海峡两岸的关系，不是对峙，而是缓和。这种变化符合世界潮流。在大陆的老一代台胞，充其量不过4000人，可以分期分批回去。回去一些人，事实上也不会造成所谓安全问题。以"安全问题"为藉口，不准我们回去探亲，这种观念已经过时了。

方舵：我们回去，只是看一看家乡，看一看亲人，并不想留下来。

叶纪东：因为我们的事业、家庭都在这边。

方舵：国民党用不着害怕我们。1946年离开台湾时，我对国民党是不满的，因为它那时镇压台湾人民。但是现在，我对台湾所取得的一些进步表示赞赏。

叶纪东：让我们回去，看看台湾的进步，说不定会改变我们过去对国民党的印象。这对国民党是有利的。当然，台湾也不是一切都好，我们也会看到他的不足，正如来大陆探亲的台胞在这里看到了光明、希望，也看到贫穷、落后一样。亲自观察，相互加深了解，只会有利于民族的和解。

黄垂柳：我们政府对台湾问题的政策，已和五六十年代，乃至七十年代大不相同，现在是"一国两制"。让我们回台湾去探亲，不会发表不合实际情况的言论。我们回家乡只是探望亲人，别无他求。

叶纪东：国民党的另一个顾虑，是怕大陆人多，两岸沟通后，去的人多了，会造成社会问题，会影响台湾人民的生活，这也大可不必。实际上，自从两岸关系开始松动以来，相互往来中还是台湾占便宜，做生意也是这样。对这一点，国民党不会不清楚。

林朝权：现在台湾对大陆的政策已经有些变化，时有新消息。我相信，最终总会准许我们回去探亲的。新任"总统"李登辉也是台湾郎，理应对我们有更多的关心。

方舵：台湾当局原来规定，只有75岁以上、16岁以下，而且在"自由地区"居住5年以上者，才能去台湾。这太不近人情，应该改变。不要抱着一些过时的老观念不放。

黄垂柳：也不要再围绕过去的一些事情纠缠不休。如"二·二八"事件，就不应再坚持老看法，双方都应该采取既往不咎的态度。

大陆台胞还担心自己去台湾后安全得不到保证。最好是组团前往。

黄垂柳：我们倒担心回去后的安全，会不会有人制造借口找我们的麻烦。如果单独来去，谁来负责保证我们的安全？最好的办法是组织探亲团，集体前往，分散活动，然后集体返回。

陈明：前年本省有位台胞去日本访问，行前告诉我，他想借机利用日本护照回台湾看看，问我行不行。我说，你这样回去，安全问题有保证吗？

林朝权：1984年在洛杉矶奥运会上，几位老校友邀我回台湾看看。我说，蒋经国不邀请，光你们邀请，我不回去。要去，就要公开地、堂堂正正地去，平平安安地回来。

陈明：我也认为，个人去，安全恐怕难保证；还是组团去合适。人多，便于互相照应。

黄垂柳：在国民党不允许回去探亲的时候，才会存在安全问题。如果国民党的观念变了，比如不认为我们回去有碍于台湾的安全和稳定，我们去探亲，安全也就不成其为问题了。在目前情况下，担心安全问题，当然不是多余的。大家都知道，台湾的特务活动虽然有所收敛，但还是无孔不入的。

叶纪东：还有一些具体问题，如有些台胞要回台湾探亲经济上还有困难，如何解决？我们希望政府、企业、团体都关心这些人，政府资助一部分是必要的，但探亲是民间往来，主要还应靠社会各界，帮助我们解决实际困难。

（原载《中国建设》，1988 年第 5 期）

他们眼中的政协

发扬政治民主是当今潮流，在中国也不例外。但民主进程及其运作形式，却又因国情不同而异。中国所取的主要方式之一就是多党合作，民主协商，它的组织形式是中国人民政治协商会议。我在七届政协一次会议期间（1988年3月），曾就究竟怎样认识政协的问题，请教过几位老政协委员和一位从海峡彼岸第一次前来采访的台湾记者。他们的谈话或许能有助于读者了解这种中国式民主的大概眉目。这几位委员都亟盼加快民主进程，而台湾记者周幼非却不希望中共在这方面走得过快……下面是我代为整理的谈话记录。

冯梯云：多党合作　民主协商

我今年62岁，在我国各民主党派领导人中还算是个小弟弟，但与共产党合作也已经39年了。

我国的执政党是共产党，在它周围还有8个民主党派和许多人民团体。他们之间的一个共同组织，便是中国人民政治协商会议，简称"政协"。

我在国外访问时，许多人都不理解，为什么我们这些民主党派与执政的共产党之间不是你争我夺，而是团结合作。这是因为他们不了解我国的历史发展和政治体制的缘故。

抗战胜利，即 1945 年之后，中国共产党领导反内战、反独裁的斗争，赢得了社会各界的拥护。当时出现的各民主党派，或者与中国共产党目标相同，或者接受了它的影响，在中国共产党领导下，与全国人民一起推翻了反动统治，建立了新中国。1949 年，政协曾代行过全国人民代表大会的权力，选举成立了中华人民共和国中央人民政府，确定了国号、国旗、国歌和首都。1954 年正式召开第一届全国人民代表大会后，政协才不再是国家权力机构，但仍作为在我国政治生活中起着极其重要作用的统一战线组织，继续存在，直至今日。

建国前，我曾办过工厂和钱庄，并且因此成了以工商业者为对象的中国民主建国会的一员。民建现在以经济界知识分子为主要对象。30 余年来，我一直在民建任职，1983 年从浙江省调来北京，担任了民建中央副主席和全国政协副秘书长。今年春天，我又被任命为国务院监察部副部长。

民主党派的成员到国务院任职，目前还不多，但在 50 年代却有不少。那时候，民主党派和政协都在国家的政治生活中发挥着正常作用，但到"文化大革命"的 10 年中却备受摧残。1978 年中共十一届三中全会后，民主党派重新恢复活动并发展新成员，人民政协也恢复了勃勃生机。今后民主党派的参政议政作用将愈益显著，相信参加国家机关工作的成员也将越来越多。

一个国家的民主进程，总是有条件地逐步发展的。我国经历过几千年的封建社会，又曾受"左"的思想严重影响，社会主义民主的健全和发展自然需要一个学习和锻炼的过程。现在共产党领导下的这种多党合作、民主协商的体制，符合我国国情，因而具有生命力。

在这种体制下，共产党对其他党派实行政治领导，但组织上却都是独立的，相互之间是平等的。

这种关系更多地体现在政协当中。中国共产党在制定国家大政方针、推荐国家领导人候选人及作出某项重大决定之前，总是与各党派、人民团体及各界人士反覆协商，充分听取各方意见。随着我国社会主义民主政治的进步，人民群众对政协寄予更大的希望，希望政协进一步发挥民主协商和民主监督的作用，这是很自然的。

林盛中：我怎样参政议政？

我是1972年从美国回来的台湾留学生，从第五届起担任全国政协委员，到现在已整整10年了。

我在台湾长大，又在美国求过学。比较起来，人民政治协商会议，虽不似台湾和西方国家的议会那样吵吵嚷嚷，但也不失为发扬民主的一种好形式。我们的民主，是通过委员的参政议政来实现的。

要参政议政，首先要了解情况。想当年，本人怀着一腔爱国热情回国，对国内的情况却不甚了了。现在则大不相同了。政协是我了解情况的最重要渠道。在每年一次的政协全体会议上，委员们反映的意见和批评、建议，登在会议《简报》上，我从中获益良多。闭会期间在北京的委员们每年有一次机会到外地考察。我参加过5次考察，前年去了新疆，去年到过四川。我的感受是，去与不去，差别甚大。我们在当地了解情况之后，即坦率地提出自己的看法，回来之后还就一些带有普遍意义的重大问题给政府有关部门写出报告，反映实际情况和民众的意见。

提案——即对某一方面提出自己的议案，也是我们行使参政议政权利的重要手段。本人是六届政协提案委员会委员。5年中，1326位委员（占上届全体委员的百分之65％）提出提案7661件；所提意见和建议被采纳和吸收的，占75％。其中本人也提了好几个提案。我建议要庆祝台湾光复，即为中央政府所采纳。

政协的全体会议，是委员们集中发表意见、提出提案的好机会。为了便于讨论和发表意见，开会期间将委员们分成若干个小组。本届委员中，从台胞中产生的共64名，其中台盟和台联两个组各20名。我是台盟组的组长。

我们这些台湾省籍的委员，是抗日战争以及新中国成立之后乃至最近几年陆续来到大陆的。因为我们大都与海外以及岛内的乡亲有着密切的联系，又有早回家乡的共同愿望，祖国统一问题常常是我们最集中的话题；而中共中央和政府领导人对我们这方面的意见和建议，也总是格外重视。为了和平解决台湾问题，中共方面表示，寄希望于台湾当局，又寄希望于台湾人民。但实际做起来，前几年太偏重于国民党上层，而对中下层人民的声音却有所忽略。现在，政策上已改为"寄希望于台湾当局，更寄希望于台湾人民"。随之而来的是，加强了与台湾各界人士的联系和接触。这方面的许多工作便由我们这些人来承担。当然，我们也还有不满意之处，即如何体现"更寄希望于台湾人民"的政策，做得还远远不够。

根据我参加政协10年来的经验，现在政协中的民主空气比过去浓多了。但是，政协毕竟是个协商机构，我们尽管可以参与国家大事的讨论，但无表决权。人大则不同。因为政协委员可以列席人大的全体会议，使我有机会看到，我国的最高国家权力机关中也加快了民主进程。单就表决和选举来说，每件事都"一致通过"的局面在两年前就被打破了。在人民大会堂中最早敢于表达不同意见的，就有与我差不多同时从国外回来的台湾留学生：吴国桢、范增胜和刘彩品。

徐四民：敢讲真话　敢做诤友

本届政协的一大进步，是年轻化，一大批五六十岁、甚至三四十岁的人进来了。"文革"前不算，我是从 1978 年起又重新参加政协的。有的新委员问我，大会、小会如何开法，这方面我是有经验的。但是，我首先想对他们说：当政协委员，要忠心耿耿，要敢讲真话，敢做诤友。这是政协委员最可宝贵的品格。

今年，我们港澳地区的委员增加了 17 名，一共有 67 名。我们虽不是港澳同胞选出来的，但是共产党把我们邀请来讨论国家大事，无疑是想通过我们了解港澳同胞的意见和要求。因此，我们要有光荣感、使命感，要有爱国心。这样方能问心无愧。

中国有句古话："士为知己者死。"我们讲的话总希望得到共产党和政府方面的重视。重视的话，下次还要讲。

根据我当了 10 年政协委员的经验，2000 多政协委员不可能每个人的意见都让共产党接受；但是大多数人反映的问题，肯定能受到重视，得到解决。比如以前"炮轰"官僚主义，呼吁重视中年知识分子，要求增加教育事业经费，等等，都是大多数人的意见，都得到了重视。当然这些问题的解决远未尽如人意，所以在本次大会上，委员们又旧话重提，而且用语更加坦直、尖锐。

这里有一个民主的问题。据我们在外面的观察，内地的政治民主化，这些年是有进步的，中共十三大在这方面又有突破。比如实行差额选举，使人们不希望在台上的人落选了。但是，每前进一步，阻力都很大。要统一祖国，要实现"一国两制"，就要看大陆的民主，是倒退，还是更加前进。如果倒退，退回到两三个人说了算数的时代，统一祖国、"一国两制"是没有希望的。我们政协委员，对此要有一种强烈的责任感。

今天仍有很多人不敢讲话，特别是内地的委员。敢讲真话的人是不多的；一个人的积极性是有限的。就连我自己，也是有顾虑的，因为我也有老婆孩子。去年我说了一番话，要求与某人辩论，报纸不给我登，一些人不敢为我鼓掌。只能偷偷地向我翘拇指。那些天，我周围是一片寒意。想起来，既痛心、伤心，但又不死心。所以今年还是要讲。不但在小组会上反覆讲，还在全体大会上发了言。这是因为受了中共十三大的鼓舞。

爱国是自愿的，没有代价的。否则，就像北京人常讲的：划不来。

李铁铮：问题·进步·希望

政协委员不那么听话了——这是本届政协第一次会议给我的突出印象。无论是大会发言，还是小组讨论，委员们对物价猛涨、不正之风、教育危机、环境污染、重大事故等，只要有机会，总是慷慨陈词，直抒胸臆；用语之尖锐，态度之鲜明，立论之深刻，献策之积极，都超过了历次大会。

我参加政协已有 10 年的历史。政协中的民主空气以今年为最浓。以前开会，大家也发言。那时最通常的发言模式是：首先肯定共产党和政府的成绩——这是主流；然后小心翼翼地指出其缺点，轻描淡写，无关宏旨。我们把这种发言自嘲为"政协语言"。政协委员参政议政的权利，无形之中被剥夺了；缺乏参政意识的委员自然也不在少数。中央对政协，往往是把已经决定的事情告诉你，所以，协商的作用没有得到充分发挥，更不用说民主监督了。

今年的大会，与去年形成鲜明对照。去年春天的反"自由化"，使一些委员说话不能不斟酌再三，今年则不同了。改革正在深入，发扬社会主义民主，已经成为一种潮流。而另一方面，物价上涨引起社会各界强烈不满；不正之风愈演愈烈，至今鲜有好转的表现；政府在实际工作中不重视教育，忽视农业建设，徒重经济效益而后果堪虞，如此等等，使政协委员们不得不仗义执言，大声疾呼。我已10年于役，愧未能克尽职守，况今又年过八旬，本来准备不再被邀参加新一届政协，但结果恰恰相反。既然列名七届委员之中，又看到那么多委员为国家慷慨陈词，我也不甘寂寞，并争得机会在全体大会上发言。

当然，政协委员主观上想发挥作用，这是一回事；客观上能不能起到作用，则是另一回事。比如民主协商，中共中央和国务院现在做得比较好，经常就一些重大问题征询政协各方面的意见，这是进步。但民主监督，就还差得远。一年开一次大会，让你慷慨激昂一番；大会之后，大家又回到了各地，怎么监督？有什么办法能保证委员们的正确意见不被忽略呢？各个党派、人民团体或许会好一些，我们这些无党派人士，要想发挥民主监督的作用，就更难了。

不过，我并非觉得中国没有希望。就我本人来说，我已经83岁了，参政的能力是没有了，但还可以议政。只要是我看到的问题，我会毫无保留地指出；只要是我发现的错误，我会毫不客气地批评。虽然本人并不敢苟同"现在是政协的黄金时代"的说法，但政协发挥作用的客观环境的确比以前大大改善了，它的地位正在逐步提高，政府和人民群众都对政协抱有希望。因此，我对政协还是有信心的。否则，我又何必留在里边呢？

周幼非：很有价值的机构

3月25日，我从香港途经上海到达北京，计划由此南下湖北老家探亲，适逢中共召开七届人大和政协会议。作为记者，我不想错过这个机会。于是我向大会新闻中心申请采访，并公开出现在大会会场和记者会上。

我从上海北上时，曾与同机的其他旅客一样，因雾大不能按时起飞而滞留机场，又因没有得到周到服务而不快，但在北京采访，却出乎意外地顺利。不但出席中外记者都可出席的会议从未遇到麻烦，连我想拜访党、政和军界要员的要求，也都实现了。我在想，在海峡两岸隔绝40年之后，我的这次采访又是一次突破。

我对海峡这边的"人大"和"政协"，本不了解。当我决定申请采访的时候，多少是有些冒险心情的。但据我实地观察，这两个机构均有一定程度的开放，都在朝着民主与法制的方向发展。自然这不是与外界相比较，而仅仅是从大陆本身的状况而言的。经历了一场劫难的大陆，就像一个受伤很重的人，他保住了性命，在疗伤和康复的时候还能做些事情，这是难能可贵的。李鹏的工作报告，特别是报告中陈述的今后五年的计划，就是基于这样一个基础。伤疗好了，复康了，还可以起跑。但将来是否真能如此，还有待实践与时间来考验和证明。不但讲了，而且做到了，才是最重要的。所以，当我肯定李鹏的报告和计划有开拓性、有远见的时候，还不是一种赞扬。

至于人大和政协，这是一体两面，两面一体。政协本来是具有至高无上权力的，那是在毛泽东担任它的主席的时候。后来，人大取代了政协，政协不再拥有立法权，但仍是党政之间具有影响的一个组织。它通过协调和商议，在不同的党派和团体之间求得共同了解，也使民众对政治有一种实际的运作，民众的意见可以通过政协传达给党和政府。所以，政协是个很有价值的机构。当然，事实上是否已做到了这个样子，我因为采访的时间很短，没有办法了解。但我可以肯定，如果做得好，在反映民意方面，政协比人大更能发挥作用。相反，如果它的领导人总是企图制造某种模式让民众去认同，政协也就有被淘汰的可能。

我对人大和政协的民主进程持肯定的态度，认为确实是在向民主的途径上走，今天的状况，是从好的方面做，向好的方面走。这是一种很好的状况。究竟将来这种状况能否继续下去，更加开放，更加民主，还是这种走向被人修正，要等将来才能印证。时间和事实是最好的见证。

正如我的《人权论坛》杂志一样，我对国民党和共产党都是：立场客观，论政持平。我个人认为，中共过去不好，国民党过去也不好。是人就不可能是"圣人"。我们不能不给犯过错误的人以改过的机会。现在，两边都在标榜民主。民主的最简单的定义是：政府任何一个施政蓝本都应该以民众的意见而决定举措。

但是，也并非越开放越好，越民主越好。要看客观条件。没有法制观念，开放和自由不得了。所以，在条件尚不具备的时候，我并不希望中共的开放走得太快。

人大和政协会议还在举行之中，但我的采访却不得不中止了，因为我是来探亲的，父亲和弟弟们在焦急地等待着我……

冯梯云：中国民主建国会副主席、中华人民共和国监察部副部长、全国政协常委。

林盛中：台湾民主自治同盟中央主席团主席、地质矿产部矿床地质研究所研究员、全国政协常委。

徐四民：香港镜报文化企业有限公司董事长、全国政协委员。

李铁铮：外交学院名誉教授、全国政协常委。

周幼非：台湾《人权论坛》杂志社社长、中国国民党党员。

（原载《中国建设》，1988 年第 6 期）

最是文人话相投

——记两岸几位文化人的一次聚会

如果不算采访,在成千上万从台湾回大陆探亲的同胞中,我们还是第一次直接与他们中的 5 位有这样一次朋友般的相聚。

那是 (1988 年) 5 月 27 日,在北京燕京饭店咖啡厅。

时钟已走到中午 12 点,也就是该用午饭了,但坐在靠近柜台一端的我们这帮男子汉却谈兴正浓。由于人多,大家临时把两张方桌拼到了一起,但还是肩靠着肩,显得有点拥挤。

坐在周围的,有从台湾来大陆探亲旅游的报人姜穆、画家李锡奇和陈弓、诗人杜十三、摄影家胡登峰,有本刊副总编辑孟纪青、陈日浓,编委陈天岚和中国建设出版社社长庆先友及笔者。

原以为这只是一次礼节性的拜访,渐渐地,我发现不对了。无拘束的交谈,使彼此之间很快出现了相见恨晚的感觉,于是尽吐肺腑之言,一发而不可收拾,以至无论是主人还是客人,都怕另换地方用餐会破坏了这种融洽的气氛。

"天天被用名酒统战"

画家李锡奇在这几位结伴探亲的同胞中年龄排第二,他身上既有艺术家的灵气,又憨厚、爽直。他说:"我看谁也不在乎吃，咱们别动了。"说完便招呼服务员上三明治和饮料。杜十三趁机插话道："我们来大陆之后，天天被用名酒统战，早已吃腻了。"诗人几句话，引得满座大笑。

姜穆先生，不但年岁大，而且举止沉稳，被同伴们尊为"老大哥"。事有巧合，他和现在本刊编辑部供职的陈天岚曾在台湾共事多年，这次在北京相见，两人免不了互道一番离情别绪，感慨万端。"老同事们现在都安好吗？"陈天岚关切地问老大哥。

"他们都好……对了，他们有些人还未找到大陆亲友的地址，托我带几封信回来，请你帮忙查找。"姜先生说着从口袋中拿出信件。

"可以，可以，我们杂志多年来都在为两岸同胞的寻亲访友提供服务。"

姜："早就听说大陆统战厉害，各地都有专门统战机构——对台办。这次回来一看，果然如此，连我在山区的老家也不例外。"

孟："姜先生府上是……"

姜："贵州省锦屏县。"

孟："您是什么时候离开的？"

姜："42年以前。这次我从香港到了广州，顾不得多停留，第二天便要求去贵阳。可机票相当紧张，不得不求助统战部门。这边对台胞确实照顾，设法请别人让出一张机票给了我。到了锦屏，我天天和对台办主任打交道，吃、住、用车，都是他帮我安排的。我发现，我们彼此很谈得来。"

孟："姜先生真的被统战了……"众笑。

姜："可是，这统战绝非原来想象的那么可怕。对台胞的统战，无非是多提供服务，多帮助解决具体困难，有何不好？"

"这是亲情，而非恶意"

姜先生告诉大家，他在故乡有 4 个弟弟、5 个妹妹，加上侄辈，共计 60 多位亲人。闻知他已抵达县城，其中的一位弟弟率侄子 11 人前往迎接。

"我本来认为，大陆同胞的衣著仍然只是单调的灰、蓝、白色，"他重新点燃一支"中华"牌香烟，接着说，"这一路走下来，看到色彩十分丰富，但在边远山区则不然。我的弟弟和侄儿们来接我，肯定是挑了好衣服穿了来的。但看上去还是落后。我把他们带进县城最大的商店，让他们每人自己挑选。除了衣服，有的还选了床单、被面之类，一算账，还不到 100 美元。

"这使我想起了台湾有的记者宣传说，来大陆探亲的台胞被索钱索物，最后连衣服都被扒光了。对此我不尽同意，我说这是亲情，而非恶意。比如我现在比弟弟较为富裕，我当然要给他们东西，给他们衣物。不用说扒我的衣服，要扒我的皮也会答应的。因为他们是我的亲人！"

他还说："我们贵州山区老家现在确实还很落后，交通闭塞；但是许多地方自然景观十分迷人，发展旅游业大有潜力，很有希望。"

"都希望祖国好"

"此行观感，一定还不少吧！"姜先生话音刚落，陈副总的目光移向了他的福建同乡李锡奇。

李先生的老家是福建金门，但出生在台湾，从事绘画已经近 30 年了。他经香港而广州，访问了上海、无锡、苏州，后来到北京。以一个艺术家的眼光看大陆，观感又如何？

"北京的绿化做得好，至少比台北好。

"大陆的机场，就北京的还可以看；上海机场远比不上高雄；广州是祖国的南大门，但机场也太小，服务又不好，有损国家的形象！

"火车太拥挤，令人不能忍受……

"前天早晨，我想自己出门吃早点，但是围着饭店走一圈才找到一家小铺，可是排长队，我没时间，只好走开。最后在一条胡同口碰见一位老太太推着小车卖早点，我买了不少包子、油条还有其他食品一大堆，一共才 4 元多，太便宜了，要在台湾大概要十几二十元。老人的热情服务很使我感动。可是我也碰见恼火的事，记得前几天在上海，出门要辆小汽车，只走几公里司机就敲了我 20 多元，他比那位老人付出的劳动还多吗？真是不可理解！

"北京的计程车已有 1 万辆，但对一个有 800 万人口的大城市来说，还是太少，而且没有 24 小时服务，使外来的客人感到不便。

"但是，比我们想象的要好多了。我们几个在台北绝不是重要人物，但我们是严肃的。我们都是同胞，都希望祖国好！希望中国人在世界上抬头挺胸……"

在座的杜十三和胡登峰都是土生土长的台湾人。"老大哥"姜穆说："他俩是真正的台湾人，但不是'台独'。"

杜十三说："我们不赞成'台湾独立'。我来大陆是为了看看祖国大好河山，看看同胞，看看祖国文化。"而摄影家胡先生喜欢用他的照相机表达自己的思想和感情。他说："我这一路看到的山河太美了，拍了快一整箱胶卷……"

"不但有'三通'，连'五通'也有了"

"您能不能把在台湾拍的风光、名胜照片，提供给本刊发表？"

他毫不迟疑地接受了我们的要求。

姜穆先生对祖国大陆的古建筑很感兴趣，我们把有关报道古建筑的杂志及文章索引送给了他，并说如果需要还可提供稿件。他点点头表示感谢。他无意中还披露了自己的计划：这次探亲观感颇多，打算写20多个题目。这一信息引起庆社长的兴趣，他马上抓住了这个机会："希望您把这些文章全都给我们一份，中国建设出版社可考虑为您在大陆出版发行。"姜先生爽快地作出了承诺，并且又推荐了另外一部书稿。他还建议大陆多出些服务生活、指导消费的报刊，多出版农村需要的农业科技通俗读物。

由此，我们谈到了海峡两岸出版界的相互交流。现在，两边各自都已出版了对方大量的书籍，并且都表示尊重原作者的著作权。这方面的交流无疑将会日趋活跃，并逐步走向正规化。但如何付给对方作者稿酬的问题，至今却仍不得解决。就大陆方面而言，出版社因无法直接支付，只得将一些台湾作家的稿酬暂时存了起来。他们什么时候才能根据本人的意愿前来领取呢？自然，我们登载台湾作者的作品，也存在同样的问题。但是这几位台湾同胞对此并不怎么介意。李锡奇还深有感触地说："支援都是相互的。比如我在台湾介绍大陆画家的作品，便得到了这边许多朋友的热情帮助。这次来北京，又得到黄胄老前辈的公子梁穗的帮忙，没有他，我们这些天也许会遇到不少困难。"他又说:"当然由于还没有正式交流渠道,在民间、私人合作中免不了发生一些不愉快的事情,可是这在法律上又该如何打官司解决呢?我们都不清楚。"

中途来到咖啡厅参加这次聚会的梁穗把手一挥:"实际上,李先生才真正帮了大忙。在台湾积极介绍大陆画家的,李先生是第一人,所以人称'李大胆'。"

这时李先生拿出自己办的三原色艺术中心近年编辑出版的几本大陆美术作品集给大家看。这是他促进两岸美术交流的成果。

第一本集子称为《大陆水墨画展——大陆美术探索展之一》。办这次画展的时间,是在台湾当局对大陆开放探亲之前,目的是使台湾同胞"能够真切了解大陆水墨画家的作品","进一步了解大陆水墨画的发展途径和风貌"。《黄冑画展》是三原色举办的第四次大陆美术探索展,李锡奇由此与黄冑建立了密切联系。梁穗说,他父亲眼下正在香港,是在归国途中去那里为建立炎黄艺术馆而筹措资金的,同时也为了在那里与日内前往的李先生会面。

谈及文化交流又引发了姜穆的一番话:"有些人不赞成三通,实际上我们两岸的老百姓早就通了,不但有'三通',连'五通'也有了。"

"我们老百姓是容易统一的。"不记得谁插了一句。

"统一只是时间问题。"姜先生继续抒发他的感慨,"我原来怎么也不敢想象自己有生之年还能回来……"

"在那种形势下,哪能有像今天这样的聚会呵!"孟副总由衷地补充道。

"与头几年,尤其是一两年前相比,我们对台湾的了解,你们对大陆的了解都更多、更深了。而且找到了更多的共同点……"陈副总接着说。

"比如对南沙的立场，两岸同胞是绝对一样的。"姜老大哥（恕我也这样称呼他。我觉得从他的宽厚、公道、沉稳、老练说来，真有老大哥的风度）举例说，"'这边的体育那么强，在国际比赛中赢得的胜利，也是两边得以共享的荣誉。'"

"那边的不少项目也不差，"我引用最近的消息说，"在亚乒赛上，你们叫桌球赛，你们那边的选手打败过世界名将江嘉良、陈龙灿和许增才……"

"那该用通栏标题了……"姜先生显然忙于探亲而未看到台湾最近的报道。

时间悄悄地流逝，一看表才知道已经过去了3个多小时。

谁都想再多谈会儿，但双方都因未料到这次聚会需要这么长时间而事先已有别的安排，因而不得不互道"再见"。

可分别竟如此之难，几度握别却不愿分手。离开座位后，大家边走边谈，用了10来分钟才走到了饭店门口，走完这不到30米的路。

"下次探亲，欢迎你们再到北京来玩，请打个电话，我们一定去接你们！"庆社长一再说。

我们终于分别了。但我们每个人心中都抱着希望：他们不久还会再来北京；而我们，谁能说作客台北永不可能呢？

（原载《中国建设》，1988年第8期）

穿针引线一"红娘"

——香港徐嘉炀先生印象

香港中文大学校外部讲师、香港东方水墨画会主席徐嘉炀先生对笔者说,我们两人能够认识,是因为有缘。

此言有理:徐先生热心于海峡两岸的艺术交流,而我对与海峡两岸有关的人和事抱着浓厚的兴趣,对促进两岸交流的人士更怀有敬佩之心。所以,(1988年)7月9日台湾画家江明贤画展开幕前夕,当我得知是他从中牵线,促成了台湾岛内画家首次来北京举办画展的时候,即专门拜访了这位在海峡两岸文艺界穿针引线的"红娘"。而他,则像一见如故的朋友,向我敞开了胸怀。

思乡病和失落感

徐先生坦诚谦恭,儒雅温文,彬彬有礼,言谈细语柔声。这种风度不能不说与他的经历和中国传统文化的熏陶大有关系。

徐先生本是河北省人,1952年,即十一二岁的时候,才随父母去了香港。"在香港这个地方,学校教育极少涉及到政治。"他声音很轻地说,"但到香港三十几年,乡土观念、祖国观念却一直很浓,因此对祖国有一种亲切感,思乡病很重。

1964 年，我国试爆了第一颗原子弹。有人攻击说中共'宁要核子，不要裤子'。我一下子觉醒了，看到中国一样可以站起来。"

"那么徐先生与艺术又是怎样结缘的呢？"我问。

原来家学渊源是使他成为一名艺术家的重要原因。他说，他父亲是中医，但爱好书法；母亲喜爱文学。受家庭影响，他逐渐对中国传统绘画产生了兴趣。在香港念中学时，美术老师只教西洋画，又加上环境不大好，他便找了一份兼职，在一家服装公司画中国图案。那时候，把设计图案直接绘在衣服上被视为时髦。

中学毕业后，徐嘉炀负笈东洋，专攻西洋美术，接着又留学加拿大哥伦比亚大学，取得硕士学位。

"在日本读书时，发生了钓鱼岛事件。我是参加保钓运动的积极分子。可到了加拿大以后，我又接受了一些西方思想，形成了没有根的性格。"徐先生回顾往事，声音更加低沉，仿佛心中是痛苦的，"大约是 1972 年到 1974 年间，我头一次回大陆，看到的人和事，与儿时的记忆大不一样，觉得祖国反倒变得陌生了。于是一种失落感油然而生。"

但是，他对中国画的喜爱，对祖国传统艺术的追求并没有变。他说："中国的绘画艺术有深远的源流。由艺术可以追源到历史——这样便不会对自己的民族失望了。"他回到香港以后，不仅在美术教学中注重对学生进行中国文化体系的教育，而且一有机会便想对祖国的文化事业，尤其是绘画艺术的发展，作出自己的贡献。

无私的奉献

徐先生微微一笑说："我现在可以把自己做的几件事总结一下了。这期间，我有困扰，有时简直是历尽艰辛，但我没有错。没有多少人像我这样无条件地做这些事。我凭着一种奉献精神，像传教士一样。"

1978年起，他开始策划为广州美术学院在香港招生，举办"港澳暑期课程"。但到1983年方获成功，至今年已是第5届。

徐嘉炀为海峡两岸的艺术家作"红娘"，首次的成功是1986年底的"东方水墨画大展"。为是次大展，他们向北京中国画研究院刘勃舒副院长借得40多件作品。徐先生说："展出时称之为东方水墨画，是因为总数87件作品中还有日本、韩国、台湾的作品，共四十来件，并且分别到这些地方作了展出。最后，大陆和台湾的画家在香港汇合了。从台湾来的江明贤和从大陆来的龙瑞主动走到了一起。那次展出的最大成功，是在所有展品中以大陆的为最有水平，使国外及台湾画家信服。他们表示愿来大陆取经、学习。我们说，可以从中协助，为他们与大陆绘画界取得联系。"

1987年12月12日至翌年1月3日，"岭南画派源流大展"在台北市皇冠艺文中心成功举行，这是两岸文化交流的一次重大事件，也是徐先生的心血结晶。

岭南画派是由人称"岭南三杰"的高剑父、高奇峰、陈树人创立的，被称为"新国画"，其特点是折衷中西、融会古今，兼工带写、彩墨并重，形神兼备、雅俗共赏。三人的宗师是居巢和巨廉。岭南派确立后又出现了赵少昂、黎雄才、关山月和杨善深等四位主要代表画家。新一代传人中，台湾的欧豪年是颇具影响的一位。

欧豪年因为与政要过从甚密，在台湾美术界声望很高。可是，台湾许多人并不能对中国画有更多的认识，尤其不能全面了解中国画的岭南画派。徐嘉炀说，这便是在台湾举办"岭南画派源流大展"的缘起。

对这次展览的深远影响，徐先生没有多作说明，只给了我几份影印资料。大陆报纸在介绍这次大展时，说"台北举办岭南画派画展，海峡两岸同声喝彩"，"首次在台湾举办的这次画展，对促进海峡两岸岭南画派之间的艺术交流和学术探讨，对繁荣创作、发展岭南画派的艺术成果，都将发生积极作用。"台湾的《中央日报》、《中国时报》、《民生报》、《台湾新生报》、《民众日报》在报道中，除了肯定大展将岭南画派三代同堂、首尾相接展出外，都指出，台湾画廊向大陆借画开大展，是属首例。而借画人便是徐嘉炀。

徐先生回忆说，1987年初向琼瑶开办的皇冠画廊倡议这次大展。岭南画派的大本营在广州，广州美术学院更是精品荟萃。他们向广州美院借出的作品共80多件，占全部展品的六成以上。在筹备中遇到了不少波折，甚至被人误解和攻击。但徐先生始终未动摇，也不作解释和辩驳。他说："因为我的目标是做成一件事，而不是征服别人。"

看来，徐先生对那次展出的成功不无得意，因为那是他第一次真正使两岸的文化界实现交流。

徐先生是属于不满足的那类人，看准的事情便去做，做成一件之后又奔向新的目标。在台北的"岭南画派源流大展"一结束，他又开始为在北京和上海举办台湾画家江明贤画展而奔波了。

徐嘉炀今后还有新的计划吗？有的。但因为尚未付诸实施，他不愿多加透露，只说总的目标是实现两岸文化界的直接（而不是经由他或别的"红娘"）接触和交流。到了那时，他将转向另一个新目标——促进中国与世界的文化交流。

这一切他都是在工作之余做的。他的本职工作，也是谋生手段，是教师。但是，他又将教书和实现自己的目标结合起来。他说："我现在每年都教许多学生，除了中大之外，又在别处兼课。此外，我又是广州美院客座讲师，不久还将应聘为台湾大学客座教授。我要用自己的思想和理论影响学生。"

"我又找到了根"

有学生参与，徐先生便用不着事无巨细，孤军奋战了。这使他感到欣慰。

更使他高兴的是，他看到内地政策与70年代"文革"结束之前已大不相同；新的政策带来了新的形势。现在，他已摆脱了失落感，又找到了自己的根。

他说："这两年我觉得内地的情况好多了。我又找到了根。当然也还有各种问题，但这都是过渡期中的问题。比如现在好象好多人不爱国了，这是过渡期中的暂时现象。我相信多数人内心深处还是爱国的。经济发达了，教育上去了，一些问题便好解决了。到了那时，我们中国便真是大中华了。"

（原载《中国建设》，1988 年第 9 期）

泰　山　为　媒

　　把旅游事业与发展经济紧密结合起来，是中国实行开放政策之后的事。而发展旅游的手段如此之多，更是前所未有。单就山东省而言，就有潍坊市的风筝节、烟台市的葡萄酒节、济宁市的荷花节、济南市的艺术节、淄博市的元宵灯会；其他如峄县的石榴、曹州的牡丹、青岛的啤酒等等，也成了各地吸引游客的资源优势。这正好应了中国的一句俗话：靠山吃山，靠海吃海。

　　那么泰安市靠什么呢？年富力强的市长王建功说："我们靠泰山。泰安市虽有其他特点，但都属一般，别人也有。唯有泰山，是我们独有的，他人所不能比拟的。所以我们举办全国暨国际登山活动，而其主要目的则是发展经济。我们的口号：发展登山活动，繁荣泰安经济。"

中国名山　世界遗产

　　泰山是中国重点风景名胜区之一，风光秀丽，气势雄伟，为历代帝王和文人学士所尊崇。据史书记载，曾有72代帝王到泰山封禅祭祀，许多名人雅士都曾到泰山吟咏题刻，留下了大量文物古迹和稀世珍品。大自然的鬼斧神功和几千年的开发建设，使泰山的自然景观和人文景观浑然一体，天作地合。所以泰山被公认为中国"第一名山"，山上"五岳独尊"（五岳是指中国有名的五座大山）的题刻，道出了它至高无上的地位。

但泰山又是属于世界的。1987年5月，联合国教科文组织国家公园和保护区委员会副主席卢卡斯先生来泰山考察后说："世界遗产具有不同特色，要么就是自然的，要么就是文化的，很少有双重价值的遗产在同一个保护区内，而泰山便是具有双重价值的遗产，这意味着中国贡献了一种独一无二的特殊遗产，它将使国际自然保护协会的委员们大开眼界，要重新评价自然与文化的关系，从而开拓了一个过去从未有过也从未想过的新领域。"去年将泰山列为"世界遗产（自然）目录"的提议提交联合国大会讨论时，卢卡斯先生这一席话，使与会所有成员心悦诚服地投了赞成票，提案以全票正式通过。从此，泰山成为当时中国唯一被联合国正式列入世界自然遗产的景点。

开展登山　繁荣经济

泰安市位于泰山南麓，是一座有两千多年历史的古老名城。由于历代封建帝王的封禅告祭，泰安城内宫观庙宇星罗棋布，使古城充满了神秘的封建迷信色彩。泰山更成了封建帝王威严神圣的象征。

我不敢断言，是不是因为这种传统观念的影响太深，使改革和开放之风在泰安的兴起，比中国其他许多地方要来得慢，但它毕竟还是来了，进取、开拓的意识终于取代了传统的保守观念。

王建功市长说：泰安市的经济有一定实力和发展基础，但光靠自身力量，远不能满足发展需要。出路在哪里呢？除了挖掘自身的潜力外，还得引进外面的财力、物力、技术和人才。而手段便是开展登泰山的活动，借登山达到发展和繁荣泰安经济的目的。

泰安的第一届全国暨国际登山活动是去年（1987年）举办的。9个国家的15个代表队和国内22个省、市、自治区的45个代表队参加了登山竞赛。11个国家和地区的300多名旅游者和客商，全国各地2.3万多名工商、科技、文化、经济界人士，在登山活动期间来泰安洽谈生意，进行交流，成交额和总收入达1.5亿多元；此外，还引进技术83项，预计年增加产值两千多万元；吸引外地资金800多万元。而登山活动的开支只有20多万元。登山活动给泰安市带来的经济效益显而易见。

泰安人在泰山脚下生活着，一代又一代，一年复一年，但只有现在才充分认识了它的特殊价值，并且学会了利用它。

以山为本　借山发挥

于是，泰安市又有了今年（1988年）秋天的第二届全国暨国际登山活动。参加比赛的有21个国家的30个代表队和国内41个代表队，共400多名运动员，另外还有两万多人的群众登山队伍。

在登山活动期间，除了登山运动之外，还有经济贸易、科学技术的洽谈活动，包括泰安市名、特、优产品和旅游产品展销，内外贸易洽谈，全国应用技术及人才交流交易会，劳务输出和家庭佣工业务洽谈，金融市场和引进外资业务洽谈。此外，还有大型民间艺术表演和仿宋代帝王封禅泰山仪式表演，泰山书画、盆景、根雕艺术展览，地方戏剧山东梆子大奖赛，等等。来宾们不得不赞叹：泰安人真会利用泰山这一独特优势。有了商品经济观念，他们变聪明了。

对此，副市长曲进贤直言不讳："我们搞登山，就是为了繁荣泰安经济。这叫做以山为本，借山发挥。"

笑迎天下客

泰山以雄伟壮丽著称，但并非高不可攀。从山下著名的古建筑群岱庙到山巅玉皇顶，逶迤 20 公里，沿途名胜古迹和文人墨迹，比比皆是。登至山顶极目四望，石级千层的十八盘宛如悬在空中的天梯；翻腾于崇山峻岭之间的云雾忽隐忽现，使人有置身天外之感；"旭日东升"的壮观景色又令君心驰神往。现在每年前来攀登者达 200 多万人次，其中有国外来宾和港澳台同胞 2 万多人次。许多国家元首和政府要员也视登泰山为一大乐趣。于是在"不到长城非好汉"这句话之外，又有了"不登泰山心不甘"的说法。

对远道而来的客人，泰安人提出了"笑迎天下客，满意在泰山"的口号。

主管泰山风景区和城区市镇建设的曲副市长解释说："为了让客人们有个舒适宜人的环境，向他们提供更好的服务，我们已改造了旧城的一些街道及火车站，建成了一些新的商业网点，治理了污水横流的一条河流，并在新城区完成了道路、给排水、供电等基础设施建设，创造了有利的投资环境和优越条件。在搞好城市公共绿化的同时，还广泛开展了庭院绿化活动，人人栽花植树，户户美化环境。为旅游事业服务的各种旅馆、宾馆、饭店、招待所已有 190 多家，拥有接待床位 2.48 万个。泰安市以其优美的环境、整洁的市容、热情的服务、良好的风尚，给中外宾客留下了美好印象。"

以泰山为媒，泰安加强了与外部世界的了解和友谊，促进了改革和开放，使对外经济发展出现了前所未有的局面。但是，敦厚质朴的泰安人绝非一心只盯着客人的钱袋，最重要的是友谊。王建功市长说得好："不能急功近利，急于求成。有个培养感情和增进了解的过程。泰山是我们与各国人民及台港澳同胞和海外侨胞联系的纽带，友谊的桥梁。"

（原载《中国建设》，1988 年第 12 期）

国务院台办，办什么？

——丁关根主任一席谈

去年 8 月间，国务院台湾事务办公室（简称国务院台办）成立，丁关根被任命为主任。不久，我与首都新闻界不少同行纷纷要求安排采访，但他一概婉言谢绝。直到 5 个月后，即今年（1989 年）1 月末，他才在中南海首次与我们见面，介绍了他就任国务院台办主任后的工作情况，披露了今后的打算。原来他这几个月不见记者，是在关起门来埋头实干并对工作中的问题作了深入的研究。

丁关根体魄健壮，才思敏捷，作风干练，谈锋甚健。他 1929 年生于江苏省无锡市，1951 年毕业于上海交通大学运输管理系，后来长期在铁路部门工作，1985 年任铁道部部长后，1986 年推行铁路经济大包干，一包 5 年，并确定了近期和远景发展规划。可惜的是，因为接踵而至的几次撞车大事故，丁关根主动引咎辞职。但他并没有从此在政坛消声匿迹，因为他仍然是中国最高决策机构——中共中央政治局的候补委员。1988 年 8 月，他被重新委以重任——国家计划委员会副主任兼国务院台湾事务办公室主任。

丁关根长期在经济部门工作，掌管国家计委这一重要部门，大概不会觉得多么困难；而敏感的涉台事务，对他，对他的两个副手——孙晓郁和陈宗皋来说，则是比较生疏的。但是，干才毕竟是干才。不过几个月的时间，丁主任不仅熟知了对台工作的大政方针，对有关的具体情况、数据、规定等等，也了如指掌，顺手拈来，准确无误。谈话间还不断穿插使用英文单词，而且总是面带微笑，显得轻松而自信。

增进了解、信任和共识

自 1987 年以来，海峡两岸在人员交往、经贸、文化体育等多方面的交往有了明显进展。去年来大陆探亲、旅游的台胞达 45 万人次，两岸贸易额超过 24 亿美元，台商来大陆投资、兴办台资企业，通航、通邮和文化交流都出现了好势头。同时，台湾当局还有限度地开放大陆同胞赴台探病、奔丧。两岸交往的发展，衍生了财产、遗产继承、婚姻、定居、投资、商标、专利、仲裁、法律等许多实际问题。国务院台办便是根据实际工作的需要而建立起来的。它是政府处理涉台事务的一个办事机构，其主要职责和任务，是遵循政府制定的方针、政策，积极组织、指导、管理、协调国务院有关部门及各省、自治区、直辖市政府的涉台事务，推动两岸关系的日益缓和，相互往来的进一步发展。用丁主任的话来说，国务院台办要"通过加强交流和交往，增进两岸之间的了解、信任和共识"。

促进贸易

丁主任说，国务院台办要办的事情，主要有经贸、接待（即人员交往）和文化体育科技学术交流三个方面。

丁主任是桥牌高手。当记者谈到有人认为他的这次任命与桥牌有联系时，他说："那显然是不正确的。对我的任命是组织的决定。我是否胜任，实践是检验的标准。"接着，丁主任话锋一转说："我是计委副主任。目前国务院台办工作的重点是促进两岸经贸的发展，与计委关系密切，由我兼任台办的工作，对工作有好处。"他讲这话的语气颇平和，脸上还是挂着微笑。从中或许可以揣摩出，为什么国务院让他来领导这一对台政策的执行机构。

听丁主任再讲下去，我觉得他上面的话确有道理。他透露，在东南沿海开办台湾投资贸易区的事已在筹划之中。是专门划出一片地方？还是在现有经济特区或技术开发区内专辟一定范围，让台商来投资开发？丁主任说，他倾向于后者，因为在已有的开发区内基础设施较好，开发起来投资少，收效快。看来他心中已有了具体目标——福州的马尾港，但还需要与福建省商量。显然，由同时领导国家计委的丁关根出面，这件事至少已经有了六成希望。

然而，两岸目前只能从事间接贸易的严峻现实，前景又不容太乐观。经贸部对台经贸关系司副司长陈文郁女士就说过：问题的关键在台湾方面。由于台湾当局不允许台商直接来大陆洽谈贸易，他们只能借探亲之便，匆忙来去，一方面担心返台后的安全，一方面在大陆也不容易找到对路的公司；即使找到了，这边的公司对他们的资讯不摸底，也不敢冒然与他们签合同，担心的是备了货却找不到买主。台商来谈的多而谈成的少，缘由在此。丁主任说，为了改变这种局面，国务院台办正在研究解决台胞来大陆经商投资的咨询服务问题，成立对台贸易咨询公司。当然，如果台湾方面也有类似这样一种机构，双方协商，相互合作，两岸贸易便可少走弯路了。

丁主任强调说："目前这种不准直接贸易的做法，实是自欺欺人。肥水外流，没有好处。两岸贸易应当逐步规范化、正常化、秩序化。台湾有资金、商业网络和善于管理的人才；大陆有资源、市场、科技力量和劳动力（沿海劳动力素质较高）。两岸应该携手合作。有些台湾商人说，与外国比起来，大陆沿海是最佳投资区。——我们欢迎他们来。"

增进交流

自从台湾当局放宽赴大陆探亲的限制后，两岸各个领域的交流出现了好势头。比如文化方面，据不完全统计，台湾已有四个团体来大陆演出，在大陆办了七次台湾画展、三次台湾影展，许多文学、戏剧、文物方面的人士来访；大陆画家的作品多次在台展出，大陆的电影、录像带陆续流入台湾，双方合作出版已有 70 多次；台湾记者前来大陆采访的已有 100 多人次。其它如体育、医学、科技等方面也增加了交流，台湾学者来大陆参加了一些学术交流活动。大陆同胞赴台探病、奔丧，截至今年 1 月下旬，已获批准的有 300 多人。台湾方面还有意邀请大陆乒乓球、游泳、武术、杂技、绘画方面的人士。

丁关根主任说，这些交流有利于双方，而且双方都有这个愿望，想挡也挡不住。我们想只要双方商量，应该积极推进。

从大陆方面来说，国务院台办已计划召集有关各部门开会，听取他们对开展两岸交流的意见和建议。

据丁主任介绍，今年有关单位将举办主要由两岸学者参加的孔学讨论会、中国文化和中国统一研讨会等交流活动。今年还有几次国际体育比赛，台湾方面拟派员参加，我们欢迎，但希望他们遵守国际奥委会的有关规定。

制定政策法规

为了进一步发展两岸交往和正确处理交往中的问题，国务院台办正会同有关方面研究制定发展两岸交往的各项政策性规定和法规，推动各地努力做好涉台工作。这些政策和法规涉及的方面很广，如贸易中的运输、结汇、商标、商检、仲裁、索赔，投资设厂中的项目评估、招标、专利，利润，文化、科技、学术交流中的酬付、版权、专利、人员交往中的定居、婚姻、财产继承等等。丁主任用"规范化"三个字概括了他们这方面的目标。

提高服务质量

来大陆探亲的台胞都知道，大陆各地方政府大都设有台办；台办能为台胞提供服务、排忧解难。丁关根说，去年入境45万台胞，各地政府和工作人员在接待方面做了大量工作，效果是好的。但也出现了一些问题，如火车、飞机晚点，有些工作人员礼貌不周等。今年要努力提高服务质量，更好地为台胞服务。

发展好势头

看来，丁主任对海峡两岸形势已有了相当了解。当谈到去年台湾当局采取的松动措施时，他一口气列举了四五条：准许来大陆探亲的人从三亲等放到了四亲等，放宽了对进口大陆商品的限制，允许大陆同胞赴台探病、奔丧，在大陆的台湾老兵可以返台定居，等等。丁关根用"既松动又被动"的说法，来形容台湾当局在处理两岸关系方面的态度。他说："一年来，台湾当局在大陆政策上确有松动的一面，但这松动是有限度的；同时又显得相当被动，有的地方不近人情，不合情理。"他指出了一些事实：规定共产党员不准入台；老兵可以回去定居，但不得回去探亲，并且不准携成年子女入台；说要邀请大陆知名人士访台，却又附带条件；既准许客轮通航，又要经第三地接驳，非得到日本那霸弯一下，另换一条船（共辟两条航线，其中一条已因上述限制致使成本过高而不得不停航）；既想要国宝大熊猫，又不敢接受，等等。

丁主任说："对台湾当局的放宽和松动，我们表示欢迎；对其不近人情之处，还得促使他们改变。"他表示相信，世界上的事情总有一个过程。不管怎么说，两岸关系发展的势头还是好的。

（原载《中国建设》，1989 年第 4 期）

台湾 "摇滚歌王" 李亚明在北京

按：（1989 年）暮春时节，台湾华夏文化艺术访问团来到北京，先是在国际饭店举行"华夏文化展演"，包括台湾书画名家作品展览、瑜珈功表演、茶文化和插花艺术表演，后又在首都体育馆举办了四场时装表演和演唱会。由台湾时装模特队和北京广告公司时装模特队联袂表演，展示了 460 套神韵夺目、光彩照人的各种类型的台湾时装，被誉为一次有意义的合作，一次美的结合。而有台湾"摇滚歌王"之称的李亚明的演出，却未能完全为北京的观众所接受。这是为什么呢？

5 月 12 日晚，台湾华夏文化艺术访问团在北京举行首场演出，有 1.8 万个座位的首都体育馆里只坐了五六成的观众。演出的头半部分是时装表演，洋洋洒洒，穿流不息，一个小时之后，观众已觉疲惫；那些为听李亚明的"摇滚"而来的小伙子们中出现不耐烦的一些表现。在这个时候，著黑色长袍马褂、带一副墨镜、蓄一头短发的李亚明的出场，本应给观众带来刺激，带来满足，但偏偏他运气不佳，不管他提起麦克风如何在舞台上蹦跳，如何声嘶力竭地呼号，却怎么也换不来喝彩和火爆的掌声。我坐在观众席上为他着急。我不明白，为什么晚会的组织者们不能当机立断，把鼓乐伴奏声音减弱，以让观众们听清李亚明唱了些什么，并且知道他到底唱得如何呢？如果没有那几百名热情而有礼貌的观众坚持到最后，并挤在出口处为李亚明鼓掌欢呼，不知道他会有一种什么心情。

第二天，我来到李亚明的房间。我在想：他能承受得了这首场演出的挫折吗？

果然，一见面他就抱怨糟糕的音乐影响了演出效果："我几乎把麦克风吃下去了，但还是不能让观众们听清我唱了些什么。一名歌手出现在舞台上，好与不好，人家不接受别的理由……我一来北京就提出了音响的问题，到昨天还在提，可就是解决不了。我没有办法，因为我只能控制我带来的人。"

李亚明从台湾带来的伙伴共四人，称为蓝天使合唱团，在台湾有相当的知名度。在首场演出中他们个个都有不俗的表现。当我同李亚明像朋友般推心置腹交谈时，吉他手端来了一碗面条，说："亚明还没有用午饭。"原来昨晚从体育馆回来后他们连夜商讨，如何争取以后三场演出的成功。因为有了一致的意见，并且取得了接待单位的谅解和协助，李亚明的脸上此时已看不出首场演出后留下的阴影。与他在舞台上和其他正式场合那身清代装扮、那副冷峻面孔、那种叛逆性格截然不同的是，在我眼前的这位摇滚歌星却显得十分随和，热情而爽朗。去掉了那副墨镜，李亚明的眼神竟是那样温和。一件穿旧了的夹克衫、一条牛仔裤、一双拖鞋，连袜子也不穿的双脚很随便地登在茶几边上，脚拇指不停地动着……

我不禁问他："为什么要给观众那样一种印象？其实你一点也不严酷，一点也不冷漠。"

李亚明今年 34 岁，已有 7 年的演艺经历，一年出一个专辑，而且成功地举办过多场个人演唱会，在台湾歌坛占有相当的地位。他向我坦言自己的成功之道时说："大家觉得我严峻，不大容易亲近。这是在舞台上给人的感觉，而平时是很平凡的，不平凡的是在舞台上。这才是标准的艺人。"

"大家为什么说你是叛逆呢？"我追问。

"我是个年轻人，一个非常现代的歌手，但我穿传统的中国服装；歌声是那样的热烈，而形象却冷酷严峻。两个极端统一在我的身上，这是一种叛逆。我是个基督徒，又当过兵，圣歌和军歌都是很严肃的，我却能用摇滚的形式来演唱。这不也是一种叛逆吗？"

我相信他的话。他还用歌声诠释过自己对生活的理解。他唱道：

"什么时候学会的一种东西叫做酷？不轻易动情像是一种冷血动物……"

他在唱这首歌的时候，总爱用加重的语气说："歌名叫《酷》，冷酷的酷。"在首都体育馆，他是作为自己的拿手戏把这首歌献给北京观众的。但事实上，李亚明从去年起已经改变了演唱风格。用台湾评论界的话说，他已由"叛逆摇滚"走上了"生活摇滚"。

他解释说，他是曾受过两年的严格训练才出道的。起初，他摹仿的是外国的摇滚，唱得重，吵闹些。现在看来，中国人不能完全接受外国重金属般的摇滚，而应该以好听为主，太吵了反而不好。与此相适应，歌词上也偏向生活中的平实；在技巧的运用和感情的抒发上，也比以往来得更充满魅力和感性——这是台湾评论界的一般看法。大概因此吧，台湾有人说："李亚明成熟了。"

我的感觉是，李亚明的成熟不仅表现在演唱上，还表现在他事业的开拓上。用一句行话来说，亚明现在是双栖演员，一边唱歌，一边拍戏，而且还自办唱片公司。他不无得意地告诉我，一样事做久了，想换换花样儿，于是客串电影电视，边拍边学，居然也行。甚至有的导演还说："李亚明不往戏剧发展，实在是浪费一块好料。"但他还是以唱歌为主业。自己创办唱片公司，除了经济上的考虑外，当然还为方便出版自己的唱片。他说："如果没有人帮你做事，会有许多困难。自己办的公司，当然自己可以控制。"于是又有人说，他不仅唱歌、演戏，理财也在行。

我怀疑亚明有一件事不那么在行："像你这样的人，不会没有姑娘喜欢……"

"那倒是的，一直有许多姑娘追我。"他微微一笑，看来他一点也不想掩饰自己的骄傲。

"但是为什么到现在仍然独身呢？"

"不是独身。我有女朋友，相恋已经 10 年。"

"为什么到现在还不结婚呢？"

"结婚与不结婚，只不过签个字。如果结了婚再离婚，没什么意思。彼此有心，才是重要的。"看来，李亚明的爱情长跑还得继续下去。他并且告诉我，他现在仍然与父母生活在一起。哥哥已单独成家，而弟弟、妹妹都在美国学习。

就这样，我们像老相识似的，说长道短，无形之中他在舞台上给我留下的冷峻印象，几乎已不复存在。但是，说实话，我还是喜欢舞台上的他，而且衷心希望他以后的演出场场成功。我相信李亚明有这个实力。

但是，究竟能否如愿以偿呢？晚上，我又准时来到了首都体育馆内。这天是周末，与首场相比，观众增加了不少。由于音响的改善，不但他的歌声能清楚地送到每一位观众的耳朵里，伴奏效果也更佳。又加上与服装表演的次序作了颠倒，看来亚明的情绪好极了，观众也给以热烈的回应。在演唱最后一首歌之前，我已经在心里默默地祝贺这场演出的成功了。然而，他却在几句向观众致意的话中犯了令人不能容忍的错误——把在台湾称为"在国内"，而把来大陆说成了"出国"！话音未落，四周的看台上响起阵阵嘘声。机敏的李亚明此时完全可以加以纠正，但却不知为什么，他只作了三两秒钟的停顿，然后报出了一首似乎有意与观众过不去的歌名——《我不在乎自己属于你心中哪个角落》！结果，这场演出几乎是功亏一篑。

一位观众的话可能有相当的代表性："我不否认李亚明有较高的演唱水平。如果他在四五年前来到北京，不用说举办独唱音乐会，即使唱上一两首，也会引起轰动。但是现在，从台湾来的歌手多了，观众的要求也就很自然地提高了。不轰动不见得就是不成功。两岸的交流越多，想造成轰动效应也就越难。这是必然的，正常的。"

（原载《中国建设》，1989 年第 8 期）

李志仁纵论社会和人生

李志仁先生可称得上是台湾乃至国际艺术舞台上一颗耀眼的明星。1979 年，年仅 26 岁的他，放弃了出国继续研修数学的机会，从父亲手里接下了经营笔墨的胜大庄。而现在，以他为总裁的胜大庄集团辖下有六类公司，包括文物百货、文化企业、笔墨公司、美术馆和书画研习中心。由于六年前买了四大国际艺术拍卖公司之一的纽约建德拍卖公司，使之成了为东方艺术品标价的权威，所以又在国际上为中国艺术争得了发言权。现在，李志仁不仅有"台湾笔墨大王"之称，还用巨资陆续买下流散在世界各地的许多中国文物古董，其中有历代名人字画 2000 多张、彩陶 400 多件。此外，他还工于书法绘画。今年（1990 年）6 月至 8 月，他把部分珍藏和自己创作的书画作品在北京故宫博物院展出。人们称赞他是一位艺术家、收藏家、鉴赏家，这当然绝非溢美之词。而我，在他下榻的钓鱼台国宾馆与他长谈之后，却又发现他颇似一位思想家。因此，我宁愿只用几幅图片介绍他的艺术成就，而把篇幅留下来，写他对社会和人生的一些见解。

"绝对的坚忍和耐得住烦"

李志仁是位美男子，皮肤白皙的脸上带着热诚和坦直，看不出经历风霜的痕迹。但他的内心却是刚毅的。他说："绝对的坚忍和绝对的耐得住烦，是任何一个人的成功之道。因为世间没有哪一件事情是容易的。每一件事的过程充满了变数，有许多不可知的机会和选择。在做每一件事的过程中，常有来自外界的许多干扰、破坏、中伤等等，使一个意志不坚的人受不了，甚至放弃。其实，困难常常只是短暂的一段时间。只要忍得住那一会儿，很快就能见到柳暗花明又一村。但是许多人就是熬不过那短短的黑暗的片刻，而坐失了本来那一大片光明和良机。因此我觉得做事情锲而不舍的精神相当重要，只有跑完全程才算数。没有结果的事情都是渣子。"

他生在平常人家，长在逆境之中。父亲信奉"不打不成才"的哲理，对他严厉至极。奇怪的是，想起动辄对他棍棒相加的父亲，他并无半点怨恨之心。因为父亲的棍棒使他学会了承受挫折、屈辱和折磨。今天他成了三个孩子的父亲，也反过来严格要求他们，把孩子都送进普通学校，让他们从小学会了解平常人的生活，以期将来也能做大事。他说："对小孩，贵在养他的气。男人能不能做大事，就看他的一口气。小孩只要不死掉，不残废，让他越苦越好，长大他才有机会。"

10年前日本人说过：10年后中国人学书法要到日本。李志仁说："日本人的这句话，成了刺激我事业奋进的动力。我沿用父亲创办的胜大庄之名，从事笔墨改良工作，这是我所有事业的基础，也是我踏出成功的第一步。"——这大概可以作为什么是"一口气"的解释吧。

"我的志业绝不在商"

他对我这么说。可他明明又是位实业家。他的人生目标是什么呢？

他说："我的人生观是：不管一个人的地位有多高，多么有钱，多么有权，这都是暂时的，当他过世后一切都是空的。只有生前做出对国家、民族乃至人类的贡献，才有永恒的价值。我一直认为，21世纪是中国人的世纪。在一个大时代里，必定会有大的政治家、艺术家、企业家，甚至宗教思想家的出现。所以我们一定要把自己当作一个大人物，为21世纪的中国创造出雄伟、尊贵、荣耀的世纪风貌。"

现在的李志仁已有过亿美元的资产，但他还在不停地奔波，连他这次来北京办展览，也是冒着风险的。他说："我现在有了更多的财富，可以考虑对社会再作出什么贡献。尤其是推动中华文化的工作，我一定去做。这个行业不仅仅是私人生意，也是关系到民族文化发展的关键的事情。虽然赚不到更多的钱（对国家、民族没有贡献的钱我也不赚），但有意义，贡献最大，因而也最有价值。"

李志仁认为，世界上任何一个国家，必须维持精神和物质的平衡。追求物质发展很容易，但如果物质超过了精神，社会就会出现投机、败坏、堕落，甚至国家会亡。因此，失去精神文明是非常危险的。例如台湾，在物质上世所瞩目，但精神文明落后，社会在乱，治安之坏是世界有名的。他不希望大陆步台湾的后尘。

有消息说，李志仁在进军国际艺术舞台的同时，也在香港投资发展文化事业。"也想来大陆发展吗？"我问。他豪不迟疑地回答："想。我从小在心目中就没有分大陆和台湾。我从三岁时便知道，老家在福建省漳州府漳平县李家村。长大后我经常在世界各地跑，有些人把我当成日本人，每次我都拍着胸脯说：我是中国人！我永远以中国人为荣。所以只要对中国有贡献，不论在哪里都应该做，在北京也一样。要有大贡献。这几天已经与故宫博物院和其他一些文化和文物部门洽谈了几个合作项目。只要有利于两岸交流和统一，我都愿意做。"

统一是好的，美的

中国有 5 千年的文明历史，而且从未被斩断过，倒是清末之后，我们的民族文化在世界上落后了（相应的，中国的艺术品不值钱了）。民族文化是我们的根。没有了根，当然无法有尊严。

李志仁说："中国的精神文明乃是由宇宙运转之理演绎出来的'大道'。中国的各项事物均与'道'结合，道，就是真理，就是宇宙运转永恒之理。中华民族是'道'的民族。自古人类的精神文明在东方，东方的文明在中国！只要中华子孙重拾中国原有的精神文明、文化尊荣，再创 21 世纪的精神文明，中国将是雄伟、尊贵、荣耀的世纪大国，也必将是人类的希望。"

但是，"中国还需要有效的统合"。他说，"目前在世界上一是强调资讯，一是强调统合。我们正是在这两方面不行，中国才落后了。前者，中国过去一直当老大当惯了，对外界的变化不大关心，也不了解。我在全世界跑，希望能把别人不易感受的资讯带回来供参考。任何地方有先进的东西，一定要马上超越。另外，我更希望两岸关系有更大幅度的开放。在当前潮流下，统一就是好的，就是美的；中国的统一更好，更美。"

李志仁回忆道："不久前与一位法国朋友聊天，他问我：中国幅员如此广大，人口如此众多，地理条件和民族构成那么复杂，为什么能数千年不坠？我回答：我们中国人都知道一句话：天下一统，匹夫有责。尤其在国家分裂的时候，都有这样的共识。"

"两岸不统一，浪费多大！"他对我说，"大陆有雄厚的物质资源，这是台湾所缺乏的；而台湾有非常好的民生工业，这又是大陆的不足。两岸互补，会有大好处。"

说到这里，我请他为本刊读者题词。他稍加思索，写下了他常说的几句话："敬颂中国雄伟、尊贵、荣耀！并愿全体中国人快乐安详！天真无邪！永沐春风！谨此祝福现代中国读者。"

（原载《现代中国》即原《中国建设》中文版，1990年第8期）

北京亚运会上的台北选手

1990 年第 11 届亚运会 27 个项目，参赛运动员 4000 千多人，奖牌总计不足 1000，可见胜者还是少数。而在大量的失败者中，最令人痛惜和同情的，则是中国台北队田径十项全能运动员李福恩。

今年 26 岁、身高 1.84 米的李福恩是台湾省云林人，1981年开始练十项全能，两年后在第七届亚洲田径锦标赛上夺得男子十项全能金牌，1988 年 4 月创下 7703 分的个人最好成绩。中国大陆的龚国华、纪荣欣的实力与他不相上下。赛前人们普遍希望他们能突破李福恩的教练、"铁人"杨传广 27 年前创下的 8009 分的亚洲纪录。杨先生认为最有希望的还是李福恩。赛前他说："李福恩这次表现不错，他很有可能破我的纪录。" 9 月 28 日头五项比赛之后，李福恩的积分果然领先，连他的对手们也已相信田径比赛中这块分量最重的金牌，已非他莫属。可他偏偏不走运：第二天上午在撑杆跳高中，他从比自己的最好成绩低 30 厘米的 4.50 米起跳，三次未过，使积分一下子落到最后。多年来苦练的心血如此这般在刹那间付诸东流，刷新纪录的壮志遂成泡影。中国台北队这位十项全能夺标呼声最高的选手一头摔在草坪上，任悲伤的泪水滚滚而下。幸而赛场内外两岸同胞的一片挚爱又温暖了他本已灰冷的心。下午，他又竭尽全力，在最后两个项目中奋力追赶，结果取得第五名。

这便是李福恩的悲剧。他的失利给中国台北队选手以后的比赛蒙上了阴影。

"金牌在哪里？"

中国台北代表团20年前有过五次参加亚运会的历史，总计获金牌14枚。成绩最好的一次是在1958年东京亚运会上获金牌6枚，在20个国家和地区中位居第五；杨传广并再次获得十项全能金牌，被誉为"亚洲铁人"。纪政参加过分别于1966年和1970年举行的第五、六届亚运会，虽有实力，但因受伤而未能获得更多金牌。与亚运会睽违20年后，杨传广和纪政都出现在北京，前者当了教练，后者则担任了香港亚洲电视的体育评论员。他们都希望台北选手能在由中国人首次举办的亚运会上、在大陆同胞的助威声中取得好成绩。中国台北代表团总干事、中国台北奥委会副秘书长詹德基先生说："在开幕式上，台北代表团一进场，立即得到了最热烈的掌声。在比赛中，只要有台北选手，北京的观众和啦啦队一定为他们加油。这对我们是很大的鼓励。"

遗憾的是，中国台北队选手从比赛一开始便接连受挫。

9月23日，原指望为台湾夺得首枚奖牌的蔡心严，在男子100米蛙泳中发挥失常，只得了第四。他在美国曾接受前中国队教练穆祥豪半年的调教。

台北举重队原被认为是在亚运会上夺奖牌的主力，结果只获二银二铜，还是与金牌无缘。倪嘉萍在女子56公斤级比赛中以180公斤总成绩获得的银牌，是中国台北队在本届亚运会所得头一枚奖牌。

被称为"漂亮小伙"的乃慧芳，跳远较有实力，1989 年在印度曾跳出 8.09 米。赛前也有人预估有实力与大陆名将一搏。结果只跳了 7.35 米，名列第七。幸亏队友赖正全获铜牌。

确有较大夺魁希望的垒球，首场比赛以二比○胜中国队，信心大增。后来又以四比○胜韩国队，以十比○胜朝鲜队，但却以三比四输给了日本队，在关键的最后一场比赛中又以○比二负于中国队，不仅未能披金，连戴银也不行，只得铜牌。

所以，到了 9 月 29 日男子十项全能即将决出名次时，中国台北队把获得第一面（甚或唯一的一面）金牌的希望，几乎全都押到了李福恩的身上。

于是，李福恩的惨败，令人更加痛惜。

正在这时，一家台湾报纸的文章用了这样一个标题《我们的金牌在哪里？》

斯时也，本届亚运会赛程已经过半。台北队选手拿金牌的希望变得渺茫起来。

预估和现实

李福恩壮志未酬，泪撒北京，成为本届亚运头号悲剧人物。台北代表团里一片悲郁气氛。詹德基先生坦言："至今拿不到金牌，对我们压力很大。"未出征前，台湾体育界和新闻界曾有拿 5 枚、6 枚甚至 10 枚金牌的预估。谁料他们自认的优势项目，在李福恩失利之后，又相继失败。

比如女子足球，应当说还是有获胜希望的，头三轮二胜一平，第四轮以一比三负于日本。第五轮若胜中国队，还可得银牌，结果却以○比一告负，屈居第四！

又如男子 200 米短跑,谢宗泽在预赛中跑出 21.14 秒,位居第一;在复赛中退居第二,到决赛时却降为第四,比本人预赛时的成绩慢了 0.16 秒。

再如打高尔夫球,用詹德基先生的话来说,也是他们的"拳头项目",女子团体还好,拿了银牌,男子竟列第九。

不过平心而论,台北队未能取得更好成绩,直至全部比赛结束,也没取得金牌,多半并非因为发挥失常,而是水平欠佳。台北队不少选手同样有奋力争先的精神。

李福恩失败,古金水由原来的第七位追到第二位,获男子十项全能银牌。

台北队男子 4×100 米接力跑得也极有气势,获得银牌。

台北队"短跑新后"王惠珍,连获 100 米和 200 米两枚银牌。赛后被两岸媒体评为六名亚运"希望之星"之一。

女子七项全能,马君萍获银牌,与两名大陆选手包揽了前三名。

最后,台北队选手共获银牌 10 枚,铜牌 21 枚,另在两个表演项目中获得金牌。如果按奖牌总数计算,在 37 个代表团中名列第五。

大陆能,台湾也能?

"是竞赛也是交流,是对手更是朋友。"台湾运动员 20 年后重返亚运会,海峡两岸同时参加在北京举办的亚运会,除了得奖牌,自然在其他方面还有非同寻常的意义,这是不言而喻的。所以,北京的观众从比赛一开始就十分偏爱台北选手,不论胜负,都支持和鼓励他们。中国台北代表团的一些运动队还提前来北京,接受大陆教练指导,与大陆同行一起训练，适应场地，提高成绩。两岸的体育交流从去年4月起频繁进行，至本届亚运会又是一次大的突破。中国台北奥委会副主席李庆华先生曾经说过："我主张更多些接触，多些交流，多交流总是好事情。"

还有一个收获是，台北队选手看到了大陆体育的实力，拿金牌如秋风扫落叶一般，他们会想，同是中国人，大陆能，台湾也应该能！——纪政如是说。她认为，台北队选手从本届亚运中得到的信心也是一大收获，绝对是值得欣慰的。

但是詹德基先生对此却有相当大的保留：大陆能，台湾未必就能。这是因为大陆发展体育事业的环境和许多有利条件，台湾并不具备或不完全具备。

台湾人口少，体育苗子自然不如大陆这么多，也无法像大陆从业余体校开始层层输送人才；

大陆有发展体育的战略目标和执行计划，而台湾发展哪些项目往往单凭个人兴趣；

大陆可以对选手进行系统的强化训练，而台湾的家长们则反对子女不顾学业只参加体育训练，因为选手们未来的就业无人保证，台北奥委会和体总无力给他们安排工作，当局也不会管。送到国外去训练的年轻人，往往还是先读书，运动成绩非但不能提高，反而会下降；

大陆可以拿出相当的财力支持选手的培训和场馆的建设，而台湾全是民间在办体育；即使有钱，也没有那么多地皮可资建设体育场馆；

最重要的是，台湾的选手大多缺少大陆运动员那种拼搏和牺牲精神。让那些小姐们把胳膊练得粗粗的，她们不干。

詹德基先生的话中，也许包含着一些台北队选手在本届亚运会上未能取得金牌的根源。

壮士心未死，何愁志不伸？

北京亚运会本应该也是中国台北健儿显身手的大好机会，结果事与愿违。不过，李福恩并未服输，他不但在十项全能的最后两个项目比赛中奋力追赶，而且表示今后还要练下去。旁观者也不应该以一场胜负论英雄。只要肯为，亚洲新铁人的桂冠可能还将属于他。

（原载《现代中国》，1990年第12期）

程思远先生的统一观

论职务，程思远先生是全国政协副主席、中国和平统一促进会会长；

论地位，他是无党派民主人士中的代表人物，中央和政府主要领导人决定重大问题之前被征询意见的主要人士之一；

论经历，他是中国当代历史进程的见证人之一，而且又是若干重大历史事件的参与者。早年他曾与蒋经国先生共过事，又曾担任过国民党代"总统"李宗仁先生的秘书，60年代为李宗仁回归祖国积极奔走并获成功。回首往事，他坦率地说："没有爱国一家、爱国不分先后的政策和我的努力，李宗仁先生回不了国！"

所以，程思远先生成了各方面都极为尊重的人士，不少台湾同胞和海外同胞也喜欢就祖国统一问题向他求教。

"两岸关系已到了关键时期"

"现在两岸关系已发展到了决定性的关键时期。"这是程老对形势的总看法。

这位83岁的老人喜欢用历史的经验来观察当今时局的发展。比如对国民党，他说："我曾经参与了国民党的内部纷争。"他指的是蒋介石与桂系之间的矛盾和斗争，而他那时在以李宗仁为首的桂系中扮演着举足轻重的角色。而今天的国民党，虽偏安一隅，内部的纷争比那时还要严重，用他的话来说是"四分五裂"。在岛内有什么"主流派"和"反主流派"、统派和"台独"、"独台"派；在政府内，蒋家王朝统治的历史已成过去，强人政治一去不复返，但还有人幻想出现"强势总统"；又有"内阁制"和"总统制"之争；对大陆政策，"总统府"和"行政院"各有主张。众说纷纭，莫衷一是。

程老说，岛内不团结、不统一，政局动荡，治安不好，投资环境日趋恶劣，经济每况愈下，促使资金外流，大中小企业都想出来寻求出路，他们回祖国大陆投资是势所必然。他强调："两岸经济、文化的交流，一定会一天天发展下去。形势不是任何少数人所能限制得了的。所以我对形势是乐观的。"

"现在是统一的最好时机"

但是程老的话中也流露出对时局的某种隐忧。有台湾客人对他说，希望祖国大陆对统一要有耐心，统一要有"阶段性"。他说："我不能同意这种意见。两年多来的情况表明，两岸的分裂和僵持局面拖得越久，台湾岛内的情况会变得越复杂。俗话说，夜长梦多。拖得越久，情况就越复杂。这是值得重视的。"他进一步诠释说，在人事上，国民党实行与历史割裂的政策，老一代已退到二三线，新的当权人物多在岛内生、岛内长，和祖国大陆关联极少，40年不回来，不了解大陆情况。有人说他们拟定的大陆政策是闭门造车。这是很危险的。

"我个人认为，祖国统一宜在速成。现在是统一的最好时机。"——程思远先生说。支持他这一论点的，除了上面讲的两岸关系的新发展外，首先是国际因素。二次世界大战后造成分裂的几个国家，越南和德国已经统一，朝鲜北南双方也进行了总理级会晤，只有海峡两岸，尽管已经有了经济、文化的密切交往，两个执政党至今尚无接触。这是国民党坚持其"三不"（即不接触、不谈判、不妥协）政策的结果。

程老强调说，形势比人强。一个政府的施政方针，如果与人民的利益和愿望相违背，一定会遭到广泛反对。台湾当局的"三不"政策，既不切实际，又违背人民的愿望，而且至今坚持不变，实在是极大的失策。就拿已经开始的交流和人员交往来说，基本上也还是单向进行的。从台湾来大陆的，两年多来已有200万人次，而从大陆去台湾的，只有几千人次；来大陆采访的台湾记者已有五六百人次，而从大陆去台湾的一个也没有。再如经济交往，多数还得经过香港转口，费时费力，劳民伤财，台湾工商界很不满意。所以在最终统一之前，两岸首先得实行"三通"。这是当前两岸交流的重点目标。

中国如何走向统一

程老对这个问题的简要回答是：和平统一，一国两制。他认为，中共提出的这一方针是非常正确的。在一个中国的前提下，两党会谈，协商统一问题，而不加任何前提条件，这是合情合理的。只要谈起来，一切都好商量。他认为，中共的这种态度是实事求是的，既考虑了历史，又照顾了现实，也体谅到台湾方面的困难。统一后实行"一国两制"，即在一个统一的国家内实行两种社会制度，也是实事求是的，与台湾人民的愿望相适应，比有些人提出的"邦联"、"联邦"或"一国两府"、"一个国家两个地区"的方案都好，因为这些主张都没有具体说明到底怎样实现统一。

"怎样统一，要看是否合理、合情、合法。"程老说，"你说你代表中国，可地盘就那么大，人口还没有全国的零头多，既不自量，也不合法。"

有人说，台湾代表"法统"。程思远先生回答道："我是从国民党过来的，1946 年我参加制定的那部宪法至今还在台湾起作用。其中规定，国家主权属于国民全体。那时国民党统治全中国大部分地区，现在则只有几个岛屿，还谈什么法统，还称代表全中国，实在是没有资格。"至于台湾的资深"国大代表"和"立法委员"，都是 40 年代在大陆选出来的。从法理上讲，他们早已失去了代表性。他们退出历史舞台后，在台湾新选出来的，只能代表台湾。所以程老说，台湾当局的"法统"已不复存在。希望他们承认这个现实。一国两制即统一后台湾作为一个特别行政区，仍然实行原来的社会制度，并且继续拥有军队。我们不派人去。

程老感觉到，在他接待的台湾客人中，有的人很狂，自恃台湾有钱，大有想把自己的一套强加给大陆的架势。这种人常喜欢搬弄东西德的统一模式。程老反驳说，海峡两岸的情况与东西德大不一样。一国两制，大陆不想吃掉台湾，可反过来，台湾吃掉大陆，你怎么吃得下！实事求是讲，台湾不但不能和西德的地位相比，连南朝鲜（朝国）都不如，主要是经济基础不如人家。南朝鲜有很强的基础工业，他们生产的汽车，在美国到处跑，而台湾主要是加工工业。所以，台湾的企业家为求得发展纷纷往外跑；不但资金外流，连老国民党人也往外跑，广西籍的老"国代"不少跑到美国当寓公。

程老有时又被问及，中共为什么不能公开宣布放弃对台湾使用武力？他的回答是，我们的武力绝对不是用来对付台湾人民的，而是对付妄图干涉中国内政的国际敌对势力和台湾岛内的分离主义势力。台湾岛内有很多不稳定因素。外来的敌对势力有可能会通过岛内的分离主义分子进行破坏活动，以图把台湾从祖国分裂出去。这种活动正在加深和扩大化。因此，中共不宣布放弃使用武力是有理由的。希望台湾人民能够理解。

针对"给台湾以国际活动空间"的说法，程老说，台湾当局使用多种手段发展实质外交关系，不论怎样宣传和掩饰，都是想在国际上造成两个实体——"两个中国"或"一中一台"，都必须予以反对。程老并且指出，1990年，中国外交又取得新的突破，这是客观形势发展的结果，而并非有意拆台湾的台。这也是中国的国际影响不断发展的必然，因此不是人为的力量所能阻挡和扭转得了的。

程思远先生以耄耋之年选择了积极推动祖国和平统一的角色，旗帜鲜明，义无反顾。他对一切不利于祖国统一的言行深恶痛绝。但他又有长者之风，坚持以理服人，而不是以势压人。他的夫人石泓怕他身体吃不消，劝他少参加这样的社会活动。可结果总是无济于事。只要与祖国统一有关，程老不但有请必到，而且总是有话必说，痛快淋漓。

（原载《现代中国》，1991年第3期）

政协工作更加活跃了

—— 全国政协七届四次会议随笔

在今年（1991年）3月下旬至4月上旬举行的中国人民政治协商会议第七届全国委员会第四次会议期间，著名书法家启功教授的一段话被广为传颂。他在谈到政协和民主党派的参政职能和地位时说："孔夫子说，把自己的见解告诉当政人，供当政人用，等于参政。但他的见解一点儿也没被采纳。我们现在比孔夫子强多了。我们直接参政，而且从多种渠道提出自己的建议和意见，合理的被采纳。这是很值得高兴和欣慰的。"他的话道出了很多政协委员的心声。

积极参加民主协商

中国共产党是中国的执政党；几个民主党派是与中共合作的参政党。中共领导下的多党合作、政治协商制度，是中华人民共和国的一项基本政治制度，主要通过其组织机构—— 人民政协，以更好地发挥政治协商、民主监督的职能。而中共中央、国务院就国家大事与民主党派和无党派民主人士进行协商，已成为一种优良传统和重要的民主形式。仅最近一年多来，由中央和国务院领导人主持或委托有关部门主持的民主协商会、座谈会、谈心会，平均每个月两次之多。而近来协商的最重大主题，便是本世纪最后一个十年的经济和社会发展规划、从今年起的第八个五年计划。在讨论李鹏总理就此作的政府工作报告时，一些参加过协商和座谈的委员们，看到自己的意见被大段地吸收和采纳，兴奋之情，溢于言表。

全国政协副秘书长、新闻发言人卢之超说，国民经济和社会发展十年规划和第八个五年计划纲要，是由中共中央提出建议，由国务院制定的。在这个过程中，与政协进行了30多次协商。政协委员们对搞活大中型企业、科技体制改革、沿海和内地平衡发展等的具体意见，都在纲要中得到了反映。

另一位全国政协副秘书长、八个民主党派之一——九三学社中央副主席赵伟之则以其亲身经历介绍说，中共中央为制定上述纲要，曾与各民主党派进行三次重要协商。第一次是去年10月22日至23日，中共中央总书记邀请各民主党派负责人，就十年规划和"八五"计划的思路举行座谈；第二次是去年12月17日，就中共中央将要提出的有关建议征求意见；第三次是讨论国务院根据中共中央建议制定的十年规划和"八五"计划纲要草案。赵伟之强调说，各民主党派负责人在这三次协商中提出的建议，涉及到地区发展不平衡、人口质量、少数民族地区发展和教育等问题，都被吸收和采纳。所以，中国农工民主党主席、全国政协副主席卢嘉锡说：十年规划和"八五"计划纲要（草案），几个月来经过反复讨论，集中了各界的智慧，充分体现了重大决策科学化和民主化的精神。

为经济工作服务

中国的民主党派是在新民主主义革命时期建立和发展起来的，现已成为各自联系的一部分社会主义劳动者和拥护社会主义的爱国者的政治联盟和社会主义的政治力量。这些党派的一个共同特点是成员中知识分子多，具有很大的智力优势。10 年来，为适应国家经济建设和改革、开放的需要，他们在为经济服务方面做了大量的卓有成效的工作。

全国人大常委会副委员长、中国民主同盟主席费孝通曾深有感慨地说，他一生志在富民，但真正能发挥自己的才智，还是在 70 岁之后的这 10 年。民盟秘书长吴修平说，在费老的倡导和领导下，为国家建设多做实事、多做好事，已成为盟员们的共同目标。一项重要内容便是为地区经济协调发展和区域性经济发展服务。

吴修平介绍说，费孝通主席和民盟中央副主席、全国政协副主席钱伟长的一条重要思路，是立足 21 世纪，充分利用黄河和长江这两条大动脉，把整个中国经济带动起来。

关于黄河三角洲的开发，民盟的建议已得到中央的重视。中国的第二大油田位于这里，以油田开发为依托兴起了黄河三角洲的东营市。但不能生产单一，只开发石油，不然将来这里石油资源的枯竭便意味着这个城市的报废。因此，综合开发黄河三角洲具有重大战略意义。

关于长江三角洲，民盟的建议是以江苏和浙江为两翼，把上海建成一个类似香港的另一个东方大港。

更具有深远意义的，是民盟为促进黄河和长江上游，即中国西部地区的经济发展而付出的努力。有识之士都已看到，中国东西部的差距不能再拉大，而应协调发展。

对黄河上游，民盟的建议是建设多民族经济开发区。"以东支西，以西资东"，东西部互惠互利，共同繁荣。民盟的建议不仅得到国务院的肯定，也得到相关的甘肃、宁夏、青海和内蒙古四省区的支持。甘肃省的动作最快，几个小开发区已初见成效。

而在长江上游，则以扶贫为重点，以科技兴工为杠杆，由民盟上海市委和四川省遂宁市政府签订协议，组织上海的科技力量，在五年内向遂宁市提供科技咨询、技术服务、产品开发、人才培训、技术转让、引进资金等服务。

其他民主党派也参加了这种为地区协调发展经济的服务工作。如1988年各民主党派中央和全国工商联把贵州省毕节地区作为智力支边的联系点；九三学社和农工民主党分别还有自己的联系点；1990年，五个民主党派中央和全国工商联配合国家科委完成了在贵州黔西南建立科技扶贫试验区的12个项目的前期论证工作。而在贵州省内，各级政协和各民主党派也把智力支边、咨询服务当成为改变贵州落后面貌而献策出力的一种有效形式，并取得初步成效。贵州省人民政府对政协和民主党派的这种支援和努力深表满意，说这"将载入贵州的史册，永远为贵州各族人民铭记"。

由中国共产党和各民主党派、人民团体及各界人士共同组成的政协，也围绕治理整顿、深化改革和经济建设的任务，做了大量的工作：对一些重要问题提出了不少有价值的意见和建议；在对经济建设和经济体制改革方面一些重大问题开展专题调查研究的基础上，形成了关于农业生产的调查报告、关于贯彻产业政策的意见和建议，供决策部门参考；围绕科技在发展国民经济中的战略地位问题，提出了《依靠科技发展国民经济应作为一项基本国策》、《进一步完善和深化科技体制改革》两个专题报告，为制定 10 年规划和"八五"计划提供了参考。

提案是政协委员们发表意见和建议、沟通与决策和主管部门联系的重要办法，因而被广泛应用。全国政协按工作性质设立了 14 个专门委员会，提案委员会是其中之一。全国政协副主席程思远在关于提案工作情况的报告中提供的数字表明，一年来共收到的 1915 件提案中，有关经济建设的最多，计 673 件，占 35.1%。程思远说，许多委员的提案都是通过调查研究提出来的，建议中肯，意见有针对性，不少被采纳实施。如有关经济体制改革中要完善的几个问题的提案，国家计划委员会认为"很有见地，很有针对性"，有些意见已被吸收到国务院批转的文件中。关于要求国家尽早将一条新铁路等七个项目列入"八五"计划以促进四川乃至西南地区的经济发展的提案，国家计委、铁道部认真研究后已将上述工程列入"八五"计划。

程思远指出，绝大多数承办单位都很重视对委员提案的办理工作，多数委员对办覆情况表示满意或基本满意。但也有个别单位办理不够认真，存在应付敷衍和推拖现象。委员们对这种现象也提出了批评。台湾民主自治同盟中央主席团委员、新当选的全国政协常委陈仲颐教授说：政协组织大量人力物力，做了大量调查研究，抓了一些很重要的题目，但调查报告送交政府后结果怎样？采纳了多少？没有交待。政治协商应是双向的，政府对政协委员提出的问题、意见和建议，要有反馈，哪些可行，哪些不可行，为什么不可行，要沟通，这才是真正的民主协商。政协中的归侨委员们对《归侨侨眷权益保护法》均表拥护，但希望尽快制定实施细则。对《华侨捐赠法》，广州市致公党主委郭毅为委员说，硬性限制可接受的捐赠数量很不科学。"人家买了东西要捐赠但却受到限制，还得放在库房里出租金，大家意见很大。关于这个问题，广东省侨联主席蚁美厚年年听到侨胞意见，年年向上反映，一直没有妥善解决。"

委员们在提出批评的同时，也实事求是地指出，写提案、建议，不能光考虑是否有解释、有答复，首先得考虑自己的建议是否真正反映了群众最关心、国家当前急需解决的问题，提出的方案是否可行。

3月30日是本次政协大会提案截止时间。委员们共计提出了1689件提案。这些提案主要是围绕10年规划和"八五"计划提出的，经提案委员会审查，确定立案的有1659件，其中有关经济建设的584件，居第一位。

有职有权，尽职尽责

越来越多的民主党派和无党派民主人士被选担任各级领导职务，是人民政协工作更趋活跃的另一个重要标志。截至目前，担任副县（区、市）长的有1042人；担任地区行署副专员、省辖市副市长和自治州州长的有98人；担任计划单列的大城市副市长的有8人；担任副省长、直辖市副市长、自治区政府副主席的有9人；担任国务院各部副部长、最高人民法院副院长的有9人。以上合计为1166人，而一年前约为800人。

那么，他们是否有职有权？有没有尽职尽责的工作环境？

在一次记者招待会上，三位国务院的副部长谈起了自己的感受。

中国民主建国会副主席冯梯云是 3 年前出任监察部副部长的。他说："我在监察部负责的工作范围是三个业务室和一个信访室。对四个室的工作，我要起指导作用，要'拍板'，还要承担责任。同时，我还要直接参加一些重大案件从调查、取证和定性处理的全过程的工作。我还没有碰到一件办不下去的事。我的职责、任务和权力，和其他身为中共党员的部长没有什么差别。"他讲这番话的时候显得非常自信。

担任农业部副部长已有两年的九三学社中央委员洪绂曾分管科技和教育，共几十个单位。他考虑的是如何贯彻好"科技兴农"的方针，为中国农业在本世纪末有更大发展作贡献。他说："在我所分管的工作范围内和部里其他重大问题上，我都是参与决策的。在发展农业技术教育、提高农民文化和技术素质等问题上，我所作的决断，都得到农业部其他领导人的大力支持。"他说这番话时表情和语调都很轻松。

无党派民主人士严克强出任水利部长职务仅仅半年。他说："水利部制定的政策、方针和有关法规，我都参与讨论，与其他几位部长共同作出决定，有些法规还是我主持制定的。部里各个司局、直属机构领导干部的任免，我都参加意见。我职责范围内的事，其他部长都不干预，我作出的决定，下属司局都能执行，执行不力，我要提出批评。我到水利部后工作顺心，也有成效，和大家合作得很融洽。"他的话机警而又有几分幽默。

（原载《现代中国》，1991 年第 6 期）

年复一年 "海峡情"

所谓海峡情，正是爱国心，统一情。要说海峡情之深，许多台湾同胞可能会想到中央人民广播电台对台湾广播部的小姐、先生们。昔日的台湾影视明星、现在的北京"台之家"酒楼副总经理高振鹏先生说，他是台播部忠实的听众，听该台广播已经十多年了。他还说："我最熟悉的是徐曼、冬艳、杨帆、柳燕等小姐和先生们的声音。他们不仅使我了解大陆，而且每当遇到不快，听到他们的声音，不少烦恼便化为乌有了。"这就是使两岸同胞心相通的海峡情。中央人民广播电台台播部为了集中表达和反映这种爱国心，统一情，三年前举办了一次《海峡情》征文，引起热列反响，从此每年一届，至今，第四届征文活动又开始了。于是，台播部主任王汝峰先生才有了"年复一年海峡情"这句话。

今年（1991年）初，第三届《海峡情》有奖征文颁奖大会在福建省厦门市举行，有4位台胞（教授、名艺术家、作家和教师）前来领奖。这说明，《海峡情》征文活动在台湾岛内的影响进一步扩大。这使征文的举办者们受到了鼓舞，也使征文活动受到各界更大的关注。

6月11日，中央人民广播电台对台湾广播部在北京"台之家"酒楼举行"第四届《海峡情》征文北京著名画家笔会"，多位书画家在这里挥毫泼墨，一方面为已经开始的第四届《海峡情》征文活动助兴，另一方面也表达他们自己的"海峡情"。

现年83岁高龄的王遐举格外受到人们的尊重。他自幼钻研书法艺术，在继承传统的基础上，形成了自己的独特风格，饮誉海内外。他现在是中国书法家协会理事、北京海峡两岸书画家联谊会会长。他以"翰墨联谊"四个大字概括了这次笔会的主题。趁他稍事休息的机会，笔者向他提起本刊曾发表专文介绍他和他的弟弟、台湾著名书法家王铁猛先生。老人抬头望着我，微笑着，表情异常兴奋。他说他的弟弟前年曾经回到大陆……

75岁的郝景宴老先生也是中国书法家协会会员，同时又是中国书画研究社常务理事、中国书画家联谊会副会长。他的一张六尺草书引来许多人围观。他高声朗读道："别离数十载，两岸共婵娟；今能归相聚，同舟赏月圆。"

台湾省籍画家、北京海峡两岸书画家联谊会副会长黄正襄先生选了摆在大厅角落的一张画案，默默地画成一幅山水画，又工整地题上一首诗，再认真地落款："淡水黄正襄诗画"。他的题诗曰："海峡翰墨暖乡亲，阿里山连赤子心。信笔挥成非逸兴，来归持赠迓亲人。"不仅画好，诗也好，诗画相得益彰。他的祖父是清末台湾画家。他本人青年时期在台湾拜师学艺，1943年来北京，经齐白石介绍拜师于胡佩衡大师门下，现任中国画研究会顾问、齐白石艺术研究会理事、齐白石艺术学院副院长兼国画系主任等职，尽管离开家快50年了，但他作画题诗总忘不了写上"淡水"二字。

海峡两岸书画家联谊会把北京一批海峡情深的画家、书法家联系到一起。59岁的陈大章先生是其中另一位。他是中国美术家协会会员，北京工笔重彩画会副会长、北京海峡两岸书画家联谊会理事，以山水画见长，又以画白梅而独树一帜，作品广为流传，深受喜爱。在笔会上，他先以《长江三峡》博得一阵喝彩仍余兴未尽，又画两只大寿桃，题曰："多福多寿"，寄托了他对海峡两岸同胞的美好祝愿。

中央美术学院老教授高冠华善画，为《海峡情》征文献上墨竹一幅；他又善书，上题"烟雨潇湘故园情"，飘逸潇洒，功力不凡。高老还善诗。应"台之家"老板之邀，提笔赠诗一首："百年屈辱愤如何？别墅幢幢满碧坡。唱罢红楼君莫问，夜深灯火舞婆娑。"写完落款"高冠华诗书"，他朗读一遍，又解释内中含意。

……

曾经是热血与泪水交织的台湾海峡，今天已是民族情和爱国心架起的交流与合作的桥梁，一幅字画一份心意，一份心意一片真情。

翰墨联谊的书画作品呼唤着更多征文佳作的涌现。这书、这画，这征文，都是"海峡情"。

（原载《现代中国》，1991年第8期）

北京的台资企业之家

　　几年前，全国台联一位负责经济工作的朋友用非常神秘的口气对我说起，台湾有位老板携资金和设备迁到了北京。可惜为保证其安全计，她不便透露个中细节，自然也不能为采访报道提供方便。过了几年，如今北京的台资企业已经发展到了140多家，而且大都喜欢与首都新闻界交朋友。单以今年（1991年）来说，我便参加过由台商单独包租经营的北京圆山酒店开业典礼、挑战工艺品公司产品发布会、北京台资企业端午联谊会等。笔者参加的为《海峡情》征文而举办的一次笔会，所借用的也是一家台资企业——台之家酒楼的宝地。

　　在这些活动中，我结识了在京台商中的一位活跃人物——谢坤宗。他40来岁，健谈而幽默，在京郊昌平与当地合资创办了宝树堂制药有限公司，自任董事长兼总经理。但最为人称道者，是这位老板对公益十分热心，因而新近被推举为北京台资企业协会副理事长兼秘书长。

　　北京台资企业协会是1990年3月成立的，今年3月在哈德门饭店召开了成立一周年大会，增选北京市政协副主席封明为任名誉理事长，改选圆山酒店董事长吴昌明任理事长。6月15日在圆山酒店的台资企业端午节联谊会上向会员们报告协会工作情况的，正是这位谢先生。

北京台资企业协会现有会员40多家，另外还有政府有关部门的不少负责人作为名誉会员。使会员们最高兴的是，协会努力发挥社团作用，在维护台资企业的合法权益和办好现有企业方面，发挥了积极影响。

谢先生说，为维护台资企业的合法权益，协会领导们先后走访了60多家企业，并接待来访30余次，受理各种案件17件。对企业反映的困难与问题，有的通过协调，有的通过法律手段，已经或正在解决，值得一提的是，新当选的封明为名誉理事长也在百忙中尽可能多地走访台资企业，到现场听取汇报，调查研究，并及时与有关部门沟通，协助企业解决了许多困难。此外，协会的名誉会员们还积极为企业解决税务、海关、通信、煤气、水电供应等生产经营中遇到的不少具体问题，取得了很好的成效。

协会为企业办的另一件好事，是做好企业管理人员的培训工作。谢先生说，为使企业更好地了解大陆的对外开放政策和各项经济法律、法规，协会专门举办了系列讲座，请政府各有关负责人就台资企业涉及的海关、税务、财务、劳动人事等14个方面的政策问题进行讲座和交流，为企业进一步了解和依法办好企业提供了依据。首批加入协会的北京圣星电机整流子制造有限公司负责人说："这些讲座使我们受益匪浅，不仅清楚地了解了大陆的有关政策，而且懂得了在京投资到底该怎么做，消除了很多疑虑，心里感到踏实。"

协会还举办各种活动，加强了企业与政府、企业与企业间的交流和联系。如端午、中秋、元旦联谊会，一些企业开业和产品发布会等。北京康可斯航空彩色印刷有限公司台方代理人说:"通过参加协会举办的各种活动,确实加强了与政府和其他企业的联系和交流。"协会与北京市外商服务中心共同举办的台资企业产品展销会,在北京尚属首次。参展的除北京外,还有广东、福建、天津的部分台资企业,共40多家、100多种产品,在首都产生了良好影响。协会还在端午节联谊会上宣布,今年10月17日至24日又将举办91'北京·台资企业产品展示洽谈会,参展范围更广。对北京的台资企业来说,这无疑是拓宽渠道及交流技术、寻求合作与帮助的好机会。

谢坤宗说,一年多来协会做了一些工作,取得了一定的成绩,但距离大家的要求还有很大差距。比如发展会员,现有的40家还不及北京台资企业的三分之一。因此扩大宣传,主动吸收会员,是摆在协会面前的首要任务。他鼓励现有会员努力引荐其他台资企业入会,同时宣布今后将为会员企业提供更周到、更优惠的服务。凡会员企业办理验资、聘请律师等会计、法律事务,均按70%收费;凭会员证可直接办理多次往返北京、台湾的手续。此外,北京市政府台湾事务办公室正努力实现一些优惠措施,如被该办公室确认为台资企业者,土地使用费减免30%,随行子女可就近入托、入学等。

谢先生在谈到今后工作时,特别强调要加强协会的自身建设,改善条件,更好地发挥协会的作用。目前,协会已落实了办公地点,各项装修工作也已完成,只等迁入。许多会员高兴地说,协会有了自己的办公地点,有什么困难和问题便可直接去反映,相互间也会有更便利、更密切的联系。协会将真正成为台资企业之家。

(原载《现代中国》,1991年第10期)

孔子故里也唱起"经贸戏"

传统文化根基甚深的孔子故里——曲阜，人们世世代代把眼光投向久远的过去，圣人的遗训成了他们为人处事的依据，以至到了近代，还把现代化的科学技术拒之于大门之外。相传清末修建南北铁路干线要途经曲阜，孔子后人竟担心火车的轰鸣会破坏圣人之家的"风水"，因而联名上书清廷，于是火车改走兖州，使津浦线在曲阜以西拐了一个大弯。一直到1975年，曲阜人仍拒绝国家把大工厂建在这里，并且重农抑商，彷佛只有日出而作、日入而息才符合古人的遗训。80年代末，中国开始实行改革开放的政策，地处沿海的山东省很快便以突出的成就令国人瞩目，但曲阜人还是用老眼光看世界。直到1984年，他们才变得实际起来，"靠山吃山，靠水吃水"，曲阜有孔夫子这个大圣人，有一大批以孔府、孔庙、孔林为代表的旅游资源，不也是得天独厚的优势吗？于是，"孔子故里游"应运而生，1989年起又改办"孔子文化节"，并且公开声称绝不为文化而文化，而是"文化搭台，经贸唱戏"，即借开展旅游和文化活动，促进经贸，发展工业和农业。

今年（1991年）的孔子文化节是从9月26日开始的，一直持续到10月10日。与往年不同的是，除了已有的仿古祭孔乐舞和箫韶乐舞表演之外，今年又增加了一些文化项目，如中日书法交流联谊活动暨中日书画名家作品联展、孔子文化书展、清帝御赐珍品展、孔子七十二贤弟子画像石刻展、孔孟之乡摄影展等。在这些新增项目中，最引人关注的是修复了800年前欲建而未建起的一座巨碑。据《史记》注解载，中华民族的始祖黄帝生于今曲阜城东北3公里处。宋宣和年间（1119年——1125年）宋徽宗在这里建大碑，以祭祀黄帝和夫人，因金兵入侵，工程没有完工。千百年来，石碑侧卧于蒿草水泽之中。今年，曲阜市投资18万元，使宣和巨碑巍然高矗。据测量，碑高16.95米、宽3.75米，是我国罕有巨型碑刻。曲阜人借开展这些文化活动之机，请来大批中外宾客，在文化节开幕当天便达3万人，其中有15个国家和港澳台地区客人2000多名。

曲阜人共举办了技术改造项目论证会、物资交流会、名优特新和外贸出口产品展销会、旅游产品展销会和经贸洽谈会等五项经济活动，好戏连台，高潮迭起。主管工业的副市长隋云宽满意地说："本市虽无大型的国家企业，但市属工厂已成为本市经济的台柱子，而这些工厂不少是在旅游和文化活动促进下发展起来的。去年，在文化节期间经过专家论证落实了9个建设和技术改造项目；今年我们又向应邀前来参加文化节活动的专家们提交了10个项目，最后又落实了9个，合计投资1.25亿元。此外，在经贸洽谈会还签订了三项创办中外合资企业的合同，合同金额1670万元。"

曲阜市近年发展起来的工业，主要是纺织、建材和酿造；机电、化工也在崛起。目前，全市工业总产值已达8.8亿元，而创产值和利税的支柱是酿酒业。10月1日举行的"鲁都酒城批发市场开业典礼"便是曲阜酒业发展成果的大展示。

鲁都酒城位于孔府之西，占地近8千平方米，门口建仿古大门，上书"鲁都酒城"四个篆体大字。典礼尚未开始，客人和当地酒厂销售人员已鱼贯而入。展台上摆出了"孔府家酒"、"孔家宴酒"、"三孔啤酒"等当地各酒厂主要产品。鞭炮和鼓乐声响过之后，步副市长讲话。他说，近几年来，曲阜市充分发挥水资源优势，各种酒类和饮料行业有了较快发展，现已建起酒厂10余家，生产70余种酒和饮料，年产白酒7100吨、啤酒和各类饮料2.4万吨，除畅销国内市场外，还出口一些国家和地区。

曲阜水质极佳，含有对人体有利的多种微量元素，可与遐迩闻名的青岛崂山水相媲美。《论语》有云："沽酒市脯不食。"可见孔夫子在世时曲阜已有酒，并有酿造业。如今的曲阜人，充分发挥当地水资源优势，挖掘传统工艺并结合现代科学技术，酿出了以"孔府家酒"为代表的一批名酒。

孔府家酒是曲阜市酒厂出口创汇的主要产品，曾荣膺国家银质奖并跻身中国优质名酒之列，远销东南亚及欧美20多个国家和地区，出口量居全国第一。去年，孔府家酒荣获第29届世界优质产品金奖，今年又蝉联世界金奖。该厂生产的孔府喜酒和孔府老窖，今年也同时获得金奖和银奖。

在曲阜10多家酒厂中，西关街道居委会投资创办的孔府酒庄虽然只有200来名职工，年产量、产值和实现利税额却在同行中占有举足轻重的地位。酒庄经理杨振德先生介绍说，他们的系列产品"孔家宴酒"、"孔家老酒"等，历史上曾专供孔府家宴、圣祭、朝贡和馈赠达官贵戚之用。此酒无色透明、窖香浓郁、绵甜醇厚、余味悠长，在国内外市场供不应求。末代皇帝溥仪的胞弟溥杰先生赞曰："孔家宴酒，名扬四海；孔家老酒，誉满九洲。"孔子77代嫡孙女孔德懋女士应聘担任了孔府酒庄的名誉经理，她称赞孔府酒庄把孔家酒的传统工艺和现代科学酿造技术溶为一体，酿出正宗优质孔家酒。孔府酒庄因此被评为全省乡镇企业中的先进单位，并被政府授予"经济支柱企业"称号。

在曲阜市，除了市属和乡镇企业外，还有1.2万家个体企业；在面积不足六平方公里的城区，仅饭馆便有二百多家。这些个体企业一年上交利税800万元，占全市财政收入的五分之一。

孔祥森30多岁，身材魁伟，仪表堂堂。他本是个农民，1979年起经营个体商业，在开办孔子文化节的1989年干起了个体饮食业，生意不错。不久，一家国营商店看中了他的才干、气魄和管理艺术，聘他担任了副经理。现在，他又干起了个体，不过，可不再是小本经营：个人投资60%，共计集资170万元创办了华鲁商厦。在开业典礼上，让职工们广为散发华鲁商厦《告消费者书》，上面除声明将"以优质服务求信誉，以良好信誉求发展，以科学管理求效益"为经营宗旨外，还把一些近似苛刻的措施公之于众，比如售价若高于全市其他零售企业的零售价，不但退差价，还补偿售价的3%；如产品质量有问题不但保退保换，还赔偿顾客在使用期间造成的经济捐失，等等。

五马祠商业街上，各种商店、摊点数十家，华鲁商厦开业的第二天，有人特地前来考察，发现还是这里顾客最为集中。看来，孔家的人从商也有其独到之处：信义为本。这不禁使人想起一条古训："则财恒足矣，以义为利也。"看来，孔子故里文化舞台上的经济戏，真有他们自己独特的唱法。

（原载《现代中国》，1991 年第 12 期）

为了旅日福建同乡的团结

　　"为发扬光大旅日福建同乡爱国爱乡的优良传统,我们从1961年在日本京都举办首次恳亲会起,每年一次,已经连续举办了30次,每次恳亲会都得到了各位侨胞的支持、响应,不断发展,扩大了同乡的团结和交流。"1991年10月19日,第31届旅日福建同乡恳亲会在福建省会福州市开幕时,大会委员长林康治先生在400多位旅日乡亲和许多来宾的热烈掌声中的致词,使老一代同乡们听了不免感慨万端,回想起30年来在日本走过的艰辛而富有成果的历程。

"风把小草吹到了一起"

　　对旅日福建同乡恳亲会30年的经历,年届花甲、满头白发的林同春先生最为清楚。他原籍福建沿海福清市,因家境贫穷,10岁那年便到日本谋生。在那里,他饱尝了被压迫和受欺凌之苦;同时又看到,自清朝末年到民国年间流落到日本的同胞们,大多数也陷入失业、孤立无援的境地。1949年10月,新中国成立了,他们心向往之,但由于中日邦交长期未实现正常化,这些侨胞们仍然受到来自多方面的压力。另一位老华侨、福冈福建同乡会会长林其根形容他们当时的遭遇说:"旧中国贫穷落后,众多的华侨在异国他乡犹如路边杂草,任人随意践踏。"

1961年8月5日,包括林同春和林其根在内的几位年轻人发起成立旅日福建同乡恳亲会。首次大会于同年9月在京都举行,参加者60余人。

在日本的福建同乡,原来大都从事小本生意,靠三把刀——菜刀、剪刀、剃头刀为生,居住十分分散。他们从亲身体验中感受到,必须联络乡亲感情,方能团结互助,和衷共济,因而逐渐组成了一些宗亲会、同乡会、行业公会和商会等团体。在遍及日本各地区的旅日福建同乡会的基础上成立的"恳亲会",成了旅日华侨社团中最富活力的一个组织。用林同春先生的话来说,"风把我们这些小草吹到了一起。"

结束艰难岁月

旅日福建同乡恳亲会从成立之初便受到了来自外界的很大压力。参加过首届恳亲会的老一代福建同乡都还记得,正当大会在京都举行时,台风袭来,作为会场的楼房摇摇欲坠。而政治气候比台风还要严峻。在组织者们的坚强领导和与会乡亲们的团结努力下,破坏者的阴谋才相继失败。但是,在当时中日关系不正常、海峡两岸尖锐对峙的形势下,爱国是需要勇气和代价的。有的人为此失去了护照,致使生计难以维持。是恳亲会为这些旅日同乡解决了许多实际困难,比如华侨青年的婚姻问题。由于风俗习惯、文化心理、民族气质、年龄差异、财产继承等诸多原因,在五六十年代,许多华侨青年男女只愿意选择同乡作配偶,但因居住分散、工作繁忙,又缺少相互接触和了解的机会。有鉴于此,恳亲会成立了婚姻介绍中心，推举牵线人，建立未婚青年像簿和名簿。在恳亲会召开期间，专门举行华侨青年联欢会，为男女青年恋爱婚姻创造了方便条件，也受到家长们的欢迎。在经济事务方面，与会乡亲彼此交换企业信息，商讨企业发展良策，调节劳力余缺，帮助安排就业。对华侨子女加强民族文化教育问题，也是恳亲会上的重要议题。

就这样，恳亲会在荆棘丛生的道路上艰难迈步，至第二届，人数增加了一倍。1968 年，正在筹备恳亲会第八次大会，喜逢祖国派出的"中日备忘录贸易办事处"和驻日记者站在东京设立。当 9 月正式开会时，办事处的代表和记者应邀出席，使乡亲们扬眉吐气，兴高采烈。他们首次在恳亲会的会场上挂起五星红旗，奏起中华人民共和国国歌。会上还放映了反映祖国解放斗争历史的电影。来自大陆的亲人充分肯定恳亲会对团结华侨的重要作用，介绍了新中国的建设成就，使与会乡亲增加了对祖国的了解。从此之后，恳亲会爱国爱乡、团结互助的宗旨更加深入人心，至 1971 年的第 11 届恳亲会，与会者已达 170 多人。1972 年中日邦交实现正常化后，恳亲会发展更快，参加第二年举行的恳亲会大会的福建乡亲，达到了 320 余人。

盼望更大的聚会

旅日福建同乡恳亲会每年举行一届，大都选在日本列岛风光宜人的地方举行，每届换一个地方，由当地福建同乡会设立筹备委员会，推举委员长和事务局长等，办理各种准备工作。每年一度的恳亲会，内容是丰富的，与会同乡自由自在地交流情况和交换意见，扩大团结和交流，相互扶助，加强爱国爱乡观念。所需经费除与会者每人交纳外，不足部分由承办该届大会的所在地福建同乡会补贴，或由华侨实业家出资赞助。1984 年，由林同春先生率领 426 名旅日福建乡亲首次回到故乡福州举行了第 24 届恳亲会。1991 年，当第 31 届大会又在福州举行时，这届大会委员长林康治这样说："7 年前，有 426 名侨胞前来福州参加恳亲会，实现了在故乡举行大会的愿望。那次大会充满激情，令人难忘。恳亲会能在故乡举行，具有特别的重要意义。这不仅在旅日华侨中，而且在世界华侨史上也是创举，成为各国华侨的美谈佳话。"

回福州参加第 31 届大会的旅日福建同乡人数又创造了新的纪录。他们在四天当中，与省市领导人及各界人士广泛交谈，游览了福州市容，在公园植树纪念，随团而来的旅日台湾省籍歌唱家罗清水与当地同行联欢。他们亲身感受到故乡的殷殷亲情和改革开放以来发生的巨大变化；还结伴回到他们之中大多数人的故里——福清市省亲，受到热烈欢迎。闻讯赶到住地与他们恳谈的亲属则占去了他们大部分休息时间，住地一楼宽敞的大厅中谈笑声不绝于耳……

据林其根先生向记者透露，这次大会商定 1995 年由他任会长的福冈福建同乡会筹备在福州举行第 35 届恳亲会。他雄心勃勃，希望那将是更大的聚会，计划把这次大会开成世界各地福建同乡的大集会。他说："把世界各地的福建同乡召集到福州，目标是促进和平统一和支援家乡建设。动员他们回来玩一玩，看一看，如有可能便动员他们在家乡投资，在其他地方也行……"

但是也有隐忧，忧虑最深的还是林同春先生："老一代华侨文化水平低，谋生的手段少，又加上受到的压力大，容易团结，而且民族精神强。现在的新一代则不然，他们受到良好的教育，谋生和适应能力增加了，而民族意识比较淡漠了。"老华侨们这次偕那么多青年人回到故乡，让他们通过实地观察而加深对故乡的认识，这是极有远见的。

（原载《现代中国》，1992 年第 1 期）

温暖的台胞之家

——为全国台联成立 10 周年而作

1981 年 12 月，当中华全国台湾同胞联谊会在北京成立的时候，会长林丽韫说，一定要把生活在祖国大陆的台胞组成的这个团体办成"台胞之家"。10 年过去了，1991 年 12 月，林丽韫女士以顾问的身分出席全国台联四届二次理事会。此时，恰逢这个团体成立 10 周年纪念活动。回首往事，当了 9 年会长的林丽韫感慨万端。她说，在政府的关怀和支持下，经过广大乡亲的共同努力，台联已成为受到海内外台胞信任和爱戴，能够反映他们的心声、关心他们福祉的"温暖的台胞之家"。继林丽韫之后当选为全国台联会长的张克辉先生也撰文指出，全国台联成立以来为两岸搭桥牵线，为台胞排忧解难，办了许多实事。

目前大陆除西藏外的 29 个省、市、自治区也都有自己的台联；在台胞比较集中的 69 个地、市还建立了地方台联。这使生活在祖国大陆各地的台胞都能享受到这些"台胞之家"的温暖。

安居乐业，心情舒畅

大陆台胞现有 2.9 万人；属第一代者 4000 人，其中一部分人在 1947 年"二·二八"事件之后，为躲避国民党的迫害而辗转来到大陆，大约 1000 人是当年国民党在台湾征召的 1 万多名士兵的幸存者，一部分人是台湾光复后为求学而来或在新中国成立后由国外回来参加建设的。

现任广州市台联会长的郑妈愿回大陆的经历与众不同。1952 年，他 15 岁时随船由高雄到菲律宾海面打鱼，船被巨浪打翻，船员们在海上漂流了 161 天方被福建省渔民救起来大陆。他从此一直在广东水产部门工作。当年他船翻人未亡，可在海上遇难的情形，至今想起来还不禁毛骨悚然。幸运的是，他后来生活比许多同乡顺当：成家、当干部，全家幸福和美。而其他居住在广州的老台胞则不然，过去几乎不同程度地多为"台湾关系"所连累。全广州市的老台胞不过 80 多人，"文革"中所造成的冤假错案就有 80 多起！郑先生说，1981 年 9 月，政府落实了有关政策，广州市台联成立后协助政府只用了两年多，便将全部冤假错案平反了。接着又帮助 420 户台胞中的 136 户改善了居住条件，协助安排 70 多名待业台胞子女就业。再加上广州对外开放较早，临近港澳，各方面发展较快，也使许多台胞生活有了改善。他兴奋地说："现在广州市的台胞生活不成问题，未超过当地中等生活水平的只有家中有残疾人的两户；子女都能就业，问题只是如何挑选自己最喜欢的事情；子女没有一个人因经济困难而辍学，想的是怎样让孩子进重点学校；至于住房，比的是内部装修，我家住四房两厅，全套红木家具，相比还算不上多好。"

与广州市相比，居住着 1.2 万多名台胞、与台湾隔海相望的福建省，10 年前经济发展水平较低，台胞生活困难更大。福建省台联会长朱天顺先生说："10 年前，全省有近千户台胞生活在当地中等水平以下。为改变这种状况，我们首先是扶助他们发展生产，劳动致富。省政府为此曾拨出专款 72 万元。省民政厅还拨专款 10 万元、木材 400 立方米，帮助在农村的高山族同胞解决住房困难。经过几年的扶贫和台胞们的艰苦创业，加之改革开放带来的实惠，当年的困难户面貌已大为改观，不少成了富裕户。同时，全省台胞中过去冤假错案都得到了平反，抚平了台胞为祖国献身的赤子之心。全省各级台联成立后，台胞中解决夫妻分居的工作调动、子女入学的困难、求医治病、待业求职，遭受自然灾害、鳏寡台胞的生活，都得到了台联的关心和切实帮助。台联的工作人员为此"跑断了腿，磨破了嘴"。

到 1984 年 12 月，即全国台联成立三周年时，上述落实政策的工作基本完成。林丽韫会长当时对记者这样说："在 10 年动乱中，造成了一些冤假错案；此外还有一些过去错判的案件。到目前，绝大多数已得到改正和平反。被开除公职的得到了恢复，下放农村的回到了城市，扣发工资的予以补发，被占私有房产归还了原主。现在，各级政府对台胞不仅一视同仁，而且在升学、就业、参军、提干等方面还给予优先照顾。"

写到这里，我想起了全国台联一届理事会副会长、上海市台联名誉会长林朝权老先生。他是台湾体坛耆宿，1939 年任北京师范大学教授兼体育系主任；1950 年再次来大陆，定居上海，不久被两度投入监狱，直到 1978 年 9 月才获平反。翌年 11 月，他来北京参加我国在国际奥委会合法权利得到恢复的庆祝活动时与我相识。接着，我们年年见面，他年年都有喜事告诉我：迁入新居；正式成为上海体育科学研究所研究员，工资加了一倍；小儿子自费赴日本留学；被选为上海市政协委员；与两个女儿同时出席全国台湾同胞为祖国作贡献经验交流会；率团赴日本访问；亲赴美国观摩洛杉矶奥运会……1988年3月，即台湾当局开放赴大陆探亲后四个月，来京出席第三次全国台胞代表会议的林老与多位老台胞一起向记者呼吁："我们也要回家去！"果然，他后来回去了，定居并仙逝在故乡。林老总算如愿以偿了。

团结和联谊

1991年12月22日，全国台联成立10周年纪念大会之后，理事和从各地来的台胞代表喜登天安门。在城楼上，我问副会长徐兆麟："这10年中全国各级台联为台胞们带来的最大实惠是什么？"徐先生回答："一是落实政策，使乡亲们焕发了为祖国建设和统一大业作贡献的积极性。1982年12月，福建、广东表彰了台胞中的先进代表；随之，上海、江西、辽宁等14个省市台联也大力表彰先进；1983年11月，全国台联在北京召开全国台胞为祖国作贡献经验交流会，受表彰的各种先进人物200多人。台胞因受所谓台湾关系影响长期不被信任、不能发挥其专长的状况已得到根本扭转。其次，大陆台胞绝大多数已恢复了与岛内亲人的联系。截至目前，大陆台胞赴台已有1700多人次，定居的250多户，不过有20多户又重返大陆。"

两岸亲人的沟通，是时局发展使然，又是台联广泛开展团结和联谊活动的结果。从1985年4月2届理事会成立后，全国台联着重开展多渠道的联谊，为大陆台胞组织了数百次活动，参加者达几万人次。同时，台联又把联谊的对象扩展到海外和岛内，活动内容也由单纯的团结和交流感情拓展到经济和文化领域，为台胞来大陆进行经济、文化交流搭桥引路。尤其在1987年冬开放台胞赴大陆探亲后，台联更适时采取"面向岛内，开拓新局"的方针，与岛内各界、各阶层、各政党和团体进行广泛接触。各种交流活动的开展，加强了两岸同胞间的实质联系及文化认同，增进了亲情和乡情。

两岸交流的大门艰难地开启之后，部分大陆台胞陆续踏上还乡之路。他们为此等待了40年。人民政府为他们采取了种种便利措施，对返台探亲台胞予以特别关照，台联更为他们还乡给予有效帮助。

为了使久离故乡的大陆台胞在返乡前对台湾能有更多了解，全国和各地台联组织了150多场次各种形式的座谈会；各级台联领导还走访老台胞，了解他们的生活状况，帮助解决实际困难。在返台探亲、定居之前，台联还为他们开欢送会，送上一份礼物和经济补助（全国和各级台联为此已支付50万元人民币）。为了尽量缩短大陆台胞返乡的出境时间，由全国台联牵头，广东省和广州市台联在广州联合建立了台胞探亲接待处，解决他们在广州中转的食宿、交通及购票等困难。台胞探亲归来之后，台联又及时组织座谈会，请他们向乡亲们客观、全面地介绍家乡的真实情况。许多台胞说："听了他们的介绍，就好象自己也回到了家乡。"

参政议政，为国献策

10年来，大陆台胞的社会地位有了极为明显的提高，参政议政、为国献策的渠道更为广阔，作用更为显著。郑妈愿先生对记者说，广州市共有1100名台胞，其中有全国人大代

表一人、全国政协委员两人，有一人被选为市政协副主席，省、市、县人大代表 36 人、政协委员 23 人，还有一人担任副县长。就整个大陆而言，台胞中有全国人大代表 25 人、全国政协委员 62 人，省级以上的人大代表 415 人、政协委员 602 人。他们在大陆全体台胞中所占比例比大陆其他省籍同胞中人大代表和政协委员的比例，不知高出多少倍。

更大的变化，还在于大陆台胞参政议政的意识和能力的提高，尤其在对台方针政策的制定和工作上，他们的意见格外受到尊重。在两岸关系中影响和作用巨大的国务院台湾事务办公室，就是根据 1988 年七届人大一次会议上台湾省代表团的建议而设立的。1988 年 3 月，台联组的委员在全国政协七届一次会议上提议，在中央党校开办台籍干部训练班。这项提案很快就被采纳，现已完成了三批学员的培训工作。大陆台胞第二代的培养教育工作，也是因为台联的推动，受到各级政府重视。除了在高校录取中受到照顾外，还在一些高校中开办了台籍青年专训班，先后使 4000 多人取得大专以上学历。这一善举，广为大陆台胞所称颂。

同时，全国和地方台联还推荐各个领域中的台胞人才到许多社会团体中发挥作用。在全国和地方工会、妇联、青联、文联、科协、工商联等群众组织中，台胞代表都占有一定的比例。这也是 10 年来发生的一个显著变化。

（原载《现代中国》，1992 年第 3 期）

从重庆到武汉

—— 海峡两岸记者之间

海峡两岸记者三峡工程联合采访活动，从（1992年）5月3日至13日，自重庆顺江而下，经四川省的涪陵、丰都、万县、奉节，湖北省的秭归、荆州、宜昌，湖南省的安乡、岳阳，最后来到武汉，水陆行程1800多公里。终于，我们一行47人挤在武汉惠济饭店一个不大的房间里，开始话别。采访团领队、国务院台湾事务办公室新闻局副局长舒灿斌很不情愿地拿起了麦克风："现在，联合采访活动正式结束……"话音未落，台湾《联合报》王玉燕小姐的眼泪便止不住了。我们一行的副领队、为许多台湾记者所熟知的全国记协台港澳处处长柏亢宾极力抑制着夺眶而出的泪水说："有话你就尽情地说，有泪你就尽情地流……"由于声音哽咽，他说不下去了。台湾《民众日报》陈文和、《台湾时报》卢思岳、中央电视台王康宏和台湾中华电视台高明帝等相继发言，可还是不能充分表达此时此刻相互之间那种依依惜别的心情。于是有人提议王玉燕唱一首《寄语白云》。"纵然是往事如烟，偶尔你也会想起……"刚一开头，这位眼角还挂着泪珠的小姐便唱不下去了。《自立早报》刘淑婉小姐随即抱着她的肩接着唱下去，然后全体台湾记者加入合唱，大陆同行击掌助兴："虽然万山隔离，千水望无际，我也会寄语白云，祝福你永远幸福。"接着，台湾《中时晚报》杨渡提议全体合唱《我们都是一家人》。

"大哥"和"小妹"

"我们都是一家人……"歌声响起，我的目光和台湾《自立晚报》张玉瑛小姐的目光不期而遇。在一个偶然的机会，我们并肩站在所乘天龙号游轮的观景台上，面对两岸雄伟、壮丽的三峡风光，谈起了各自的身世。原来这位健康活泼、能歌善舞的小姐和我都是山东潍坊人。她告诉我，她的父亲是抗战初期去台湾的，现住台中，都80多岁了，还经常骑上摩托到处跑。几年前，他们父女曾回家乡住过两个月；家乡的大葱、大蒜、潍县萝卜，她每天必吃。"连葱蒜也吃得来吗?"我诧异地问。"父亲培养我们从小就吃葱、吃蒜。"她说，"你如果能去台湾，我让父亲来台北看你。"我连忙答道："岂敢。倘有那一天，我一定专程去拜见这位乡中长辈，还要把家乡最美的酒——景阳春带给他。"从此她一见面便喊我"大哥"，还向台湾同行这样介绍我："这是我大哥。"于是我也以"小妹"相称，真的像是一家人。

前面提到的高明帝，也是我的同乡。他母亲是山东惠民人。因此我们自然也以兄弟相称。我又因为在采访团32位记者中年龄较大，还有不少台湾小姐、先生喊我"魏大哥"。几天之后，大陆记者中的小妹、小弟也对台湾记者中的年龄较大者叫起"大哥"来。如《北京晚报》记者、全团最矮的洪虹喊全团身材最高的陈文和为"大哥"，也非常亲切、自然。等到双方记者更加熟悉之后，大陆记者也常戏称台湾同行为

"同志"，他们也照应不误。到了晚上，常有一批"同志"结伴逛街头夜市，在摊档上宵夜、饮酒，午夜方归。你来我往，分不清谁是"先生"，谁是"同志"。

"病号先生"

不过，各地接待人员是不会把称呼弄错的。5月4日下午采访四川万县盐化工厂后，高达1.89米的陈文和突患腹泻。正好返回"天龙号"途经万县市人民医院。万县地区对台办的一位女士手持麦克风反覆喊道："医院就要到了，请病号先生做好下车准备。"车停，"病号先生"被送进急诊室。第二天早上，陈先生照常起床，但气色已显然不如昨日。尽管如此，他仍然随团活动，上岸采访云阳县城南岸张飞庙、奉节县内白帝城。白帝城山顶高248米，陈先生还经常走在大家的前边。我说："好汉架不住三泡稀。你已经拉了七八次，还和我们一起登高爬山，可见是位超级好汉"。他拍拍大肚皮说："我里面油水比较厚。"

"还有担担面吗?"

由于国台办和天龙号及沿途各地的精心安排，一路上吃住都无可挑剔。无论四川菜，还是湖北菜、湖南菜，都以辣味著称。这对许多人是不大合口味的，可几天之后就习惯了，没有辣味儿反倒觉得吊不起胃口。本来习惯于以米饭为主食的台湾记者和大陆南方省籍记者们，每餐却都抢食以辣著称的担担面。5月7日晚，我们在天龙号用"最后的晚餐"，老船长格外关照，上了满桌的美味佳肴，可酒足饭饱之后，大家仍非常默契地留在原地不动，还在等什么呢？终于有人不顾脸面，问服务员小姐："还有担担面吗？"到了湖北境内，菜中辣椒减少，记者们胃口也不行了。于是要来辣椒酱，一碟不够，又要一碟。随团照料大家的海协工作人员张胜林说："几天下来，大家都变成半个四川人了。"

"九二年洪水位"

在四川境内，我们采访了三峡库区诸多淹没点及移民试点情况。当地官员说，三峡工程的兴建，将会给他们提供一个脱贫致富的难逢机会。到了湖北、湖南，看了高出地面10余米的荆州大堤、行洪区和洞庭湖区的堤垸，听人们诉说年年如何为洪水提心吊胆，遂对三峡工程的利弊得失增加了许多感性认识。

位于长江北岸、全长182余公里的荆江大堤是江汉平原长江防洪的唯一屏障；观音矶是堤上重要险工之一。旁有明代嘉靖年间（1522—1567年）修建的万寿宝塔，由于大堤逐步加高，塔基现在已低于堤面5米多，堤外便是滔滔江水。几位走在前边的，往堤外一看，立即转过身来，大笑不止。后面的人见状抢前观看，个个捧腹。原来堤外水边石头上坐着一对恋人，姑娘正横躺在小伙子的双腿上，对堤上发生的事情全然不知，更不理会。不记得是谁最先喊道："这是九二年洪水位！"我们的秘书长杨毅和荆州地区副专员起初对大家笑个不停还莫名其妙，等探头一望，也顾不得矜持，拍手击节。等上了车，同车的人还不停地谈论"九二年洪水位"。司机师傅禁不住插言道："如果洪水位真的定在那么低的地方，我们也就不用担心了。别看专员也和你们一起笑，到了洪水季节，38万人日夜守护大堤，专员们连觉都不敢睡，想笑也笑不出来。"我心里想，修了三峡大坝，堵住了四川来的洪水，洪水位不就真的可以定在那么低的地方了吗？对于长江三峡水利枢纽工程的防洪、发电、航运等巨大效益，经实地察看，经国务院三峡工程论证办公室秘书长杨启声以及林仙、胡汉林、薛世仪、朱光裕诸位专家的耐心讲解，经各地的详细介绍，两岸记者都已有了不同程度的认识，并且通过不同的渠道传达给了自己的受众。

"发稿大战"

台湾记者 18 人，大陆同行 12 人及采访团专家、工作人员是 5 月 2 日晚汇集重庆的。第二天早上，新华社记者薛建华就发了消息。我以为这是采访团发出的第一条新闻。谁料 5 月 11 日到了武汉谈起此事，他却说 5 月 2 日晚台湾记者刚到重庆便发了消息。在场的中央社张珑小姐微笑着默认了。她又说台湾记者发稿数量虽多，但不如大陆记者写得有深度。

张珑长得小巧玲珑，文弱沉静，但干起事来却十分泼辣。有一天晚上，当地举办宴会招待两岸记者，宴罢，我和《瞭望》周刊杨远虎边说边走，刚下楼梯，碰上张珑。她问："还有饭吃吗？"原来她只顾发稿，还没吃饭。第二天早上我又碰上她，真诚地夸她这种敬业精神。她说："这也是没有办法。至于吃饭嘛，有点东西填饱肚子便可以了。"

老实说，此行各位同行想法不尽相同，又加上关于三峡工程，两岸媒体均已有大量报道，我对各位同行还能发出多少稿件，起初是有保留的。没想到，一路上"发稿大战"一波接着一波。5 月 7 日至宜昌市，"发稿大战"出现高潮。不少人顾不得将行李搬进房间，便在传真机和直拨电话机前排起了队。据说台湾几家晚报的记者原来相约当晚不发稿，有的人第二天早上却悄悄去发传真，以为可以来个独家新闻，但没想到昨晚说不发稿的人却陆续都来了。相视只有一笑。其他台湾同行闻此也坐不住了。《中央日报》的屈振鹏无可奈何地说，关于三峡工程，本已写了好多，没有什么新东西可写了，可看到别人发那么多，只好也发了一条。我和杨远虎说，台湾同行的这种敬业精神值得学习。他们中的一位却不以为然："什么敬业精神？简直是疯狂。"另一位则说："神经病！"

在这场发稿大战中，大陆记者也不甘示弱。《人民日报》海外版陶世安调侃道：人家发那么多，我再不发的话，会砸了饭碗。中国新闻社陆珺珺柔声细语，体重充其量不过40公斤，在发稿方面却不让须眉……

到了采访结束之前的三两天，两岸记者之间的交谈或曰相互采访更多了。中央电视台王康宏和徐进更是抓住一切空隙，逐一采访录像。

"歌后"和"舞王"

如果说在发稿方面，两岸记者还能打个平手的话，在卡拉OK歌舞厅中，大陆记者的总体实力则略逊一筹。18名台湾记者几乎人人能歌能舞，而公认的歌后则是《联合报》的王玉燕。

如果要推"舞王"的话，多数人会看好采访团副领队柏亢宾。在湖南安乡下榻的那个晚上，柏公出尽了风头，不但每曲必舞，还以超群的舞技征服了全场。

柏公这次为大家辛苦备尝，口碑不错，甚至他闹出的笑话也为两岸记者紧张的采访活动平添了些许轻松。那是在湖南省岳阳市，他极为振奋而又郑重地宣布："我要发布一条重要新闻：台湾《大成报》刘传宇先生今天接到太太从台北打来的电话，他的儿子今天出生了。我们要祝贺他，他为中华民族添了个儿子！"接着，他还有鼻子有眼地说，刘先生正为儿子的名字招标，中标者将有重奖，云云。在一片热烈的掌声和呼唤声中，刘传宇被请上了台。可他并不显得多么激动。经两人交头接耳一番之后，柏公用比刚才低了八度的声音说："不是今天，而是三个月后才出生。不过，经检查，怀的是个儿子，这也是值得祝贺的……"原来，柏公把一条间接得来的消息弄拧了。大家也不计较，一直到采访活动结束，还在预祝刘传宇的儿子顺利出生。

"台北再见"

刘传宇听了，每次都真诚地笑着表示感谢。他说，但愿儿子出生之前，已有成批的大陆同行顺利到达台北。当大家即将分手的时候，"台北再见"这句话便成了台湾同行对尽快实现两岸新闻双向交流的呼唤。《中时晚报》杨渡说："以前不好对你们说台北再见，因为这不可能，说来似乎不是真心。现在不同了，有了这种可能性。因此我要说，让我们台北再见！"

但到了分手的时候，表达惜别之情的却成了歌声：

  "从前的时候是一家人，

  现在还是一家人。

  手牵着手呀肩并着肩，

  轻轻地唱出我们的歌声。

  团结起来，相亲相爱，

  因为我们是一家人，

永远都是一家人。"

（原载《现代中国》，1992 年第 8 期）

首次赴台采访札记

（1992年）9月5日，当首次正式组团赴台湾作为期一周采访的18名大陆记者抵达台北时，我轻轻地对同伴说："我们终于来了！"我相信，他们每个人都能体会到这"终于"二字所包含的深长意味。

众所周知，台湾是中国领土的一部分，但自1949年国民党政权败退台湾后，海峡两岸便处于隔绝和对峙状态，直到1979年形势才开始逐渐缓和。1987年两位台湾记者首访大陆。但遗憾的是，尽管此后一批批台湾记者来到大陆，迄今已超过两千人次，可谓络绎于途，而直到我们踏上宝岛之前，大陆记者赴台采访，却只有去年夏天的两例；今年又有三人前往，但只作参观访问。由是，我们这个"大陆记者采访团"的台湾之行，便受到格外瞩目，一般都认为，这是两岸新闻双向交流的重大突破，具有里程碑的意义。

甫抵台北，我们便在团长、人民日报高级记者翟象乾率领下去拜访海峡交流基金会。海基会是台湾官方授权处理两岸事务的民间机构。我们这次来访，便是受海基会邀请，由海基会与大陆的海峡两岸关系协会经过将近一年的磋商才促成的，其间经过了不少波折。对个中甘苦，海基会秘书长陈荣杰先生在接受拜会时款款道来，并把我们能够来访归之于中国人常说的"缘份"。他说邀请大陆记者的目的，是希望能做到两岸新闻的双向交流，进而促进两岸人民的相互了解和感情交流。他希望大陆记者今后能够多来、常来。而老者风度、学者派头兼而有之的海基会董事长辜振甫则表示，要消除海峡两岸之间的隔阂，需要中国人的诚心、爱心、耐心，以建立互信。他希望借着大陆记者来访，把台湾民众的善意带回大陆，以改善两岸关系。

对台湾民众的善意，在七天的采访中几乎天天都有感受。

许多外国朋友来北京都要游览故宫。在台北也有个故宫，那是为保管和陈列从北京故宫辗转运去的文物精华而专门建造的，气魄宏伟，珍藏丰富。院长秦孝仪亲自接待我们。他对两个故宫交换文物展览的倡议愿加考虑，并希望能派人来大陆参加田野考古发掘。

在台中区农业改良场，我们见到了刚从大陆访问归来的某研究员。他说，大陆的种源丰富，农业科技力量雄厚，两岸在这方面应能扩大交流。

北京前门大栅栏的"六必居"是有名的老字号酱菜园。当我们采访台中宏全金属开发股份有限公司时，总经理曹世忠透露，他们目前正和"六必居"协议合作事宜，预料未来"六必居"所用的罐头抓盖，将由这家公司生产。

在生产"捷安特"自行车的台中县大甲镇巨大机械公司，刘金标董事长亲自陪同我们参观不轻易示人的生产线后说，该公司已与江苏省昆山市协议在那里建设新厂，计划年产150万辆，内外销各占一半。作为台湾自行车运动协会理事长，他并且希望促成大陆运动员赴台参加一年一度的环岛自行车赛。他很有信心地说："今年来不了的话明年会来。最迟后年肯定会来!"

台湾对外贸易发展协会秘书长刘廷祖一席话,尤其令人感动。他说,看到两岸朋友热烈交欢的情景,他有许多感触。过去在海外工作时,常与大陆人士在不同场合见面,双方总是避免讲话,更不握手。那时常想,为什么都是中国人,见面却同仇敌一样?现在不同了,台湾厂商愿意到大陆投资,而大陆也欢迎。如果把台湾的技术、资金加上大陆的资源、劳力,21世纪将真正操在中国人手里。他说,明年,世界贸易中心将在台北举行年会,大陆多个会员城市代表将会出席。两岸间接贸易额去年已达58亿美元,今年会再增十几亿,明年又将是多少?

在台湾政治大学新闻传播学院,多次访问大陆的几位教授陪我们共进午餐。他们说,该校与北京的人民大学、上海的复旦大学有良好关系,现已邀请大陆同行访台。

最能使我们感受到同胞之心的,还是两岸新闻界的多次欢聚。

台湾民营媒体影响最大的是联合报系和中国时报系。大陆记者团在台采访日程排得满而又满,因而两报系分别邀我们在深夜造访。旧雨新知,坦诚相见,到了KTV歌厅,更是同歌共舞,令局外人分不清谁是大陆记者,谁是台湾记者。本刊记者还利用活动间隙,与《民生报》达成联合举办"海峡两岸儿童少年书法绘画比赛"的意向,并分别与《交流》、《中国时报周刊》、《远见》杂志社就合作与交流事宜进行洽谈,发现双方均有进一步沟通的愿望。

台湾官方人士也在不同场合对大陆记者来访表达了欢迎之意。据台报报道,"行政院长"郝柏村对我们赴访和两岸新闻交流表示肯定。"大陆工作委员会"副主委马英九甚至说，"大陆记者来少了"。在海基会的欢迎酒会上，我和其他几位同行向马先生反映，大陆记者赴台采访申请手续太繁复，行程太艰难。他表示，今后大陆记者来得多了，会考虑简化手续。从台湾报纸上看到，事隔一天，马先生在一次会议上提出这个问题。"新闻局长"胡志强表示，会考虑简化手续。倘果真如此，更可以说我们此行不虚了。

而为打开两岸新闻双向交流大门付出艰辛努力的大陆方面对我们此行的评价，则可以新华社香港分社周南社长的话为代表。他说，大陆新闻界采访团此次台湾之行，是一次成功的访问，具有十分重要的意义。它打开了大陆记者赴台采访的大门，迈开了两岸新闻双向交流的重要一步，加强了彼此的了解和沟通。这对进一步推动两岸关系的发展，加深两岸人民的相互了解，增进情谊，对促进祖国的和平统一大业将产生积极的作用。

写到这里，我又想起了台湾海基会秘书长陈荣杰先生的一句话。他把我们此行视为两岸新闻交流的第一乐章。他说："今后还会有第二乐章，第三乐章。"我们期待着，已经打开的大陆记者赴台采访的大门，将会越开越大。

（原载《今日中国》外文版，1992 年第 12 期）

大陆记者在台湾亮相

亮一个什么样的相

9月3日，大陆记者采访团启程经深圳、香港赴台北。我们先到惠阳，再转乘中巴去深圳。这段路不短，又由于路况不佳，汽车颠簸得很厉害。团长翟象乾两眼注视着窗外，表情凝重，一言不发。我们此行重任在肩；作为团长，责任更为重大，所虑者颇多。不用说别的，单单应付唱歌跳舞一项，老翟心中就一点底数也没有。难怪六十有二的他，不但背会了两首英文歌，还专门买了两本流行歌曲集带在身边。他大概想，当团长的什么都得身先士卒。他已经多次问过大家各有什么特长，可谁也不明说，这更增加了他的担心：台湾记者人人能唱能跳，如果双方联谊，我们却无人能开口，那将会给人留下什么印象？

其实，团长多虑了。只不过时机未到而已。就在这快速行驶、颠簸不停的车上，我们轮流演练，谁也不推辞，更不扭捏作态。不分年龄，不论性别，连续两轮，个个都不含糊。更有《光明日报》记者翟惠生的京剧清唱，几近专业水平；著名歌手井冈山的哥哥、中央电视台记者景春寒的流行歌曲，高吭嘹亮，韵味十足。他们遂被视为全团两张"王牌"。就连平日工作繁忙、在公众场合与歌舞向来无缘的杨远虎（瞭望周刊）、董玉琴（工人日报）等，也手握麦克风一展歌喉。见状，

· 280 ·

我也按平日听来的曲调试着唱起了《大约在冬季》，居然还有人鼓掌叫好。就这样，我们说笑着，检阅了各自的娱乐本领。团长信心大增。

如果说老翟对各位团员的歌舞水平开始还有些担心的话，对我们大家的采访、写稿和应对水平倒是满有信心的。

应对不同情况

大陆记者团首次在大群台湾记者面前亮相，是在台北桃园国际机场。飞机刚一停稳，身高1.90米的景春寒和他的顶头上司张长明首先冲了出去，把我们步出机舱便被台湾同行包围的场面摄入镜头。在邀请和接待单位——台湾海基会两处长导引下，团长在前，我们紧随其后，可不久便被打乱了秩序。老翟在发表他的首次讲话后，三位副团长面前都伸过了话筒；不少团员也在不慌不忙回答台湾同行的提问……同时，大家又抓紧每一个空隙拍照，默记下受到欢迎的情景，构思着抵达台北的头条消息。

基于对台湾社会的了解，我们对抵台后会听到另一种声音，早有思想准备，但没想到甫出机场大厅，便有那么多人狂呼乱叫，而且毫无顾忌地冲进我们的队伍，摇旗呐喊。更有人在团长面前挥舞拳头，千方百计要挑起事端。而我们呢？从团长到每一个人，都异常镇定，目不旁视，一往无前，令那帮小丑们无计可施、无机可乘。后来，又有少数人重演故技，终归因不得人心，越闹越不成气候，当我们再到桃园机场准备登机离开的时候，那些人竟然不来"欢送"了。

热情周到的主人私下对我说，他们不仅对我们一行的安全作了严密布置，还对各接待单位提出了具体要求，其中之一是在用语上不要使用令我们感到不快的词句。尽管如此，也还是有不尽如人意的时候。9月7日晚上在台中，当地宴请。我找到桌上自己的名签，发现旁边为台湾同行留出的坐位前标出的是"国内贵宾"。台湾记者是"国内贵宾"，我们是什么人呢？还是《联合报》的何振忠，不愧是"大陆新闻中心"资深记者，他若有所悟，把"国内贵宾"名签揉搓一下弃置一旁。第二天采访新竹科学园区，薛香川主任作过简报后让我们发问。每当这种场合，我们总是争先恐后，我差不多是最末一个才争上机会："请简略说一下您个人的经历好吗？"他随即说道："国内记者一般不向我提这种问题。"但他还是满足了我的要求。我表示感谢后又补了一句："我希望您也把我当成国内记者。"语气和缓，但分量不轻。这位先生一改刚才的傲慢，谦恭地连弯了两次腰说："国内记者，国内记者……"然后还郑重其事地要中央台记者王求把他刚才讲话录音中不恰当的用语抹掉。事后有人让我对此不必介意，因为不是有意的。这我倒也相信。可是，果真是一种不自觉的流露的话，又说明什么呢？好在经那次之后似乎再未听到类似说法。听到的是有人刻意这样说过："客人这么多，我分不清谁是大陆记者，谁是台湾记者……"

诚然，我们是记者，不是官方人士，对一些政治问题不必太敏感。再加上主人的周到，台湾媒体的谅解与合作，在台一周，还真没有出现太多令人不快的局面，包括面对台湾官员。

采访台湾高层官员

我们第一次面对台湾官员是在9月8日海基会为我们举

行的欢迎酒会上。最引人瞩目的是我们与台湾"陆委会副主委"马英九先生的接触。当时在场的还有"新闻局副局长"吴中立先生。我就台湾对外出版发行和两岸在这方面进行交流与合作的可能性采访了吴先生。接着有人告诉我，马先生正一个人吃饭。我正想请教他大陆记者去台采访手续繁琐是否可以简化，便径向前去，开始了事后被台报形容为"唇枪舌战"的采访。马先生最后不得不表示，希望大陆记者多来；大陆记者来得多了，会考虑简化申请手续。后来知道，我是记者团里与马英九接触的头一人，然后又有杨远虎、端木来娣、吴芯雯、王求等陆续采访他，团长还与他互致问候、合影留念。这成了翌日台湾报界一大新闻。

在短短7天中，我们按预定日程在6个地方采访了33个单位和个人，各有关通讯社、报社发稿上百篇（回来后还有文章陆续发表）。台湾同行对大陆记者奋不顾身抢新闻、废寝忘食忙发稿的"敬业精神"，多予好评；对柏亢宾脱鞋上凳抓镜头、翟象乾与台湾同行互相拍照、端木为抢镜头踩破了小吴的袜子、小景的"高空作业"、老杨的"悬空速记"等等花边新闻，也津津乐道。有人说："没想到大陆记者也这么敬业。看起来大陆记者也很难缠！"老练、沉着的团长应对各种提问的能力，更为许多人所称道。

其实，我们并未刻意表现什么，一切只是自然真诚的流露罢了。包括记者团内部的分歧也因为这种自然和真诚而被主人和台湾同行看得清清楚楚。

采访张学良，僧多粥少

那是在9月7日，接待单位告知，张学良先生答应接受采访。这个消息使我们 18 个人兴奋不已。可仅仅过了一天，又传出张学良只能见 4 个人的说法。谁都知道这次采访的价值和意义，谁都不愿在这一重大新闻面前失之交臂。可残酷的现实偏偏又是：只有 4 个人将会把握住这个机会。团长决定的名单传开之后，大家纷纷表达意见，其态度之明朗，用语之激烈，表达之坦率，一如在自己家里，与我们同车的接待人员和台湾同行看得清楚、听得明白。这一切又被添枝加叶写进了当天的新闻。于是海基会方面有人用关切的语气说，看来团长已控制不住局势，想来帮忙。这话当然是言重了。待团内协商之后，一切又正常了。而台湾同行对此并不以为怪。因为，在重大新闻面前，他们争得更厉害。况且，这种精神与职业道德并不相悖。由此他们反倒看出，这是一群真正的新闻记者。

梦圆台北

亲情，是台湾记者在我们 18 个人身上看到与他们所共同的东西。正如他们的"新闻局局长"胡志强先生在中秋惜别晚会上说的，中国人不论走到哪里，看到的是同一个月亮。同样，我们的同胞，不论生活在海峡此岸还是彼岸，心总是相通的。

汪舟是我们当中的台籍同胞，祖籍台南，可偏偏活动日程中不包括访问台南，而他又不能离开队伍单独行动。这使小汪心中怅然。台湾同行们知道之后，对他深表同情。有的还在报上披露汪舟的身世。好在他的叔公现住台北，二人终于取得了联系。《联合报》写道："两岸亲人相见，虽素未谋面，但都激动不已，道起家常分外亲热。"台湾媒体还报道说，除了汪舟与亲人会面外，大陆记者在离台前夕也各有故旧新友来访。团长翟象乾的父亲和台湾红十字会会长徐亨为旧识，徐亨专程到翟下榻的中泰宾馆闲话家常。我本人在台并无亲属，但朋友不少，除与他们晤面叙谈外，还受托代三位同事约他们的亲属来住处会见，向他们分别转达了自己的亲人的近况和问候。

最为引人关注的是我们的同伴、《福建日报》庄战成的顺道寻亲。行前，老庄曾简单讲过自己的身世。至今我还清楚地记得他说话时眼中流露出的那份情、那份爱，那份忧郁、那份企盼。他说，他原籍台湾彰化，本来姓吴，9岁时因家贫被送来福建，过继给一庄姓人家为子。虽然40多年与家乡隔绝，但总忘不了儿时情景；虽然说不出原居彰化何处，但又依稀记得家乡草木，记得家中父母和同胞兄、姊的身影。赴台采访的机会，使他心中燃起了寻亲希望。台湾媒休纷纷予以报道，使老庄一夜之间成了全团最热的新闻人物。很快便有人自称是他的哥哥相约与他通话。"是你的哥哥吗?"大家关切地问。老庄摇摇头："不是。几个重要的情节都对不上……"又过了两天，还是让老庄失望。9月11日游览太鲁阁公园，本应是我们此行最轻松的一天，可对老庄说来，心头却异常沉重，因为这是在台最后一天，如果再找不到亲人，他将只能带着遗憾归去。这遗憾甚至也是我们全团乃至所有关心他的台湾朋友的。当我们游览毕准备登机返回台北时，机场人员点名要见庄战成，对他未能找到亲人表示慰问。谁料到了深夜，《联合报》记者突然闯进老庄房间，说彰化一吴姓先生称是老庄的大哥。接着两人通话，虽然只有那么几句，老庄却很有把握地讲："这位是我大哥。"随即吴先生携妻子搭车北上台北。

为他们沟通联系的《联合报》9月12日这样写道："住在彰化的吴芳权，昨晚透过儿子吴国桢与本报联络，并与庄战成直接在电话中联系。庄战成激动地在电话中与吴芳权确定儿时的小名，描述家乡的情景，并述说了盛产释迦果的故乡，印证无误。吴芳权、吴黄谨夫妇与其子吴国桢立即搭车北上，在午夜12时30分抵达中泰宾馆511房间，经过10分钟交谈，庄战成确认吴芳权是他的大哥，完成渡海寻亲愿望，留下了此行最感人的画面。"

于是，本已计划回来后写《难圆的梦》的老庄，决定改写《梦圆台北》了。

（原载《对外宣传参考》，1992年第11期）

走马看花访台湾

9月5日，大陆记者赴台采访团一行18人抵达台北桃园国际机场。在为期一周的时间里，我们走了6个市县，采访了33个单位和个人，行程1000多公里。真正是浮光掠影，走马看花，所能忆起者，多半都是些表面印象。

【一】

最先感受到的是台湾的交通。抵离台北，乘的是"华航"。中华航空公司是台湾6家航空公司中最有实力的一家。而在岛内，自台北至高雄和花莲，坐的都是小飞机。去花莲那天是9月11日，正值中秋节，不少人和我们一起从台北松山机场登机，去西部游览度假。其中一些人拉家带口，目的地是花莲的太鲁阁国家公园。还有更多的人则驱车南下或西去，或与家人团聚，或去呼吸在城里难得吸收到的新鲜空气。

台湾的公路，自北至南有高速公路纵贯全岛，东西则有先后建成的6条横贯公路。自基隆至高雄再至屏东的高速公路，全长395.6公里，是岛内南北交通大动脉。我们于9月6日中午自台北飞高雄，不少台湾记者与我们同行；更多的人则自己驾着车，沿高速公路南下，提前赶到那里等候。第二天，我们换乘大巴士一路北上，也看清了台湾高速公路的真面目。最宽处为 8 车道，最窄处是 4 车道。部分路段画有特殊标记，陪同人员说，那些地段可以起降飞机。

台湾的大报记者一般收入较丰，因而资深记者都有私车，最不济也得有摩托车。据说全岛有 300 万辆汽车、500 万辆摩托车。9 月 5 日晚 11 时，联合报的几位朋友开着自己的汽车来接我们，到了报社，看到大楼周围汽车一辆挨一辆，好不容易才找到停车位。

因为车多，台北的道路显得很拥挤，道路本不宽，中间再架起一条快车道，更觉狭窄，绝不似北京的二环路，即使修了那么多桥，两边还是那么宽敞。好在那里用不着留出自行车道，因为自行车已不再是台北人的代步工具。我问过一些人，均告家中有汽车，有的有一辆，丈夫上班先把太太送去单位，下班时再去接回；有的人家则不只一辆。平时出门办事，还可很方便地叫到出租车。台北街头的出租车好像无所不在，而且也不贵，起价甚至比北京的还便宜。

我们在台北采访，多为集体行动，主人专为我们租了一辆大轿车。个别采访时，有的则乘出租车。不论坐什么车，时间上往往都留出较大的提前量，否则，万一堵车太久，便误事了。因为车多，堵车成了外出的一大难题。朋友们说，等"捷运工程"修好，问题便可缓解了。所谓捷运，即快捷运输系统：在郊区为地面道路，进入市区则是地下铁道。

因为车多，道路拥挤，事故也多。回到北京后见到台北来的朋友，谈起访台印象，我说那几天并未见到。那位朋友道："那是你没有看到。台北的交通事故经常发生。"这也自然，看到在汽车流中还有那么多摩托车女骑士穿来穿去，真叫人担心。不过到了路口，秩序还是蛮好的，尽管没有警察在场维持和指挥。有人说在台北没有看到警察，那是指在正常情况下。有一天遇到贵宾往访的车队，便见到警察在场：大沿帽，灰制服，在马路中间走来走去，还不断地吹着哨子。

【二】

早听说台湾人习惯于夜生活。5月间与台湾记者一起采访三峡工程，得知我将赴台采访后，他们曾说过："到了那边，晚上甭想睡觉。"原以为是句戏言，此话可是当真。我们在台北7个夜晚，加起来大约只睡了20来个小时。主要是朋友们自己习惯于晚上不睡觉，也不让我们睡。

刚到台北那天晚上，联合报派人盯上了我们，一直等到11点，把副团长柏亢宾、瞭望周刊杨远虎和我拉了去，先参观联合报系。那正是他们工作的黄金时间。每层楼一个大厅，人们都在一起，桌子一张挨一张，一排又一排，每张桌子上都有微机，每人一部电话。人那么多，可又那么静。要说话，要抽烟，旁边有小房间。到了这里，我们才敢放声谈笑。午夜过后，三人又被"劫持"去KTV。"都这么晚了，不好意思……"我诚恳地说。主人回答："这才是我们的好时候。一天的工作完成了，正可以轻松一下。与朋友聚会，唱歌、跳舞，全在这时候。"入乡随俗，又唱又跳，又吃又喝，凌晨3时才放了我们。主人说，这次是非正式的，过几天还将正式邀请全团联谊。

9月8日晚上，我们匆匆从台中赶回台北，出席海基会为我们举行的欢迎酒会。或采访他人，或被他人采访，我们18

个人几乎都没有顾上享用丰盛的食品。接着，按事先商定的日程，参观台北有名的观光夜市华西街。我们看的一段，两边全是水果和风味小吃摊档。从日本进口的大苹果，一个足有一斤多，标价400元新台币，从泰国进口的大桃子，个头也差不多，300元新台币一个，按时下汇率，分别折合人民币80和60元！当地产的水果相对要便宜些。台湾真是宝岛。芒果、凤梨、杨桃、……又大又好吃。看上去很贵，如果按当地人的高收入衡量，相对倒比北京的还便宜。难怪夜市上熙来攘往，生意兴隆。店家为了招徕顾客，更有的拉了黑猩猩与客人握手，或当众展示各种生猛海鲜，光怪陆离，别开生面。

当晚的第三个节目是拜访中国时报。董事长余纪中先生亲自接待。午夜过后，我们又饥、又渴、又困，可那份情真难却。感谢主人殷勤周到、善解人意，带我们又来到华西街宵夜。看来他们与店家很熟，老板格外热情，推出的全是拿手好菜，但最受欢迎的却是一种面条，叫"担仔面"。我们几个大汉连着吃了两碗。问价钱，真不贵，折合人民币不过10元钱。但算总帐却不便宜，每人花掉1000多新台币。据说平日他们出来吃夜宵，两个人没有三四千元是下不来的。即使光喝茶，以两人为例，一般水平的也要1500至2000元新台币。

【三】

我们在台湾看过一次百货公司，也是唯一的一次，是在台中参观全省闻名的中友百货公司。碰巧也是在晚上。尽管只有我们5个人，主人却极热情，甚至还有小姐为我们脖子上挂了花环。不知为什么，顾客并不多。售货员多为年轻女性。货架很多，商品种类丰富，陈列很讲究，全为开架售货，售货员笔直地站在那里等待来人光顾。只可惜有那么多人陪着，有那么多保安人员跟着，还有照相机、摄像机对着，只要一开口，立刻会有话筒伸过来，使我们全然没有平时到商场闲逛的那种心情。不过我还是问了一个售货员月入几何。她说加上奖金有两万元（折合人民币4000元）。

据说，目前台湾各阶层平均月收入很高，低于1.26万元便为困难户。相对说来，知识阶层在中上水平。拿记者来说，大报的资深记者每月收入可达10万元新台币；刚毕业不久的大学生则只有2万元新台币。我问过一位年轻记者，每月的钱是怎样花的。他说，吃饭要花去5000元左右，给家里5000元，为妹妹交学费又用去3000元，自己的日常交际、交通等开支也不少，如果再有朋友办喜事，说不定还得借钱。过两年自己也要结婚，租房子需要好几千，有了孩子雇保姆得付8000元。提起买房子，现在连想也不敢想。台北人买车容易买房难。即使对一个月收入10万的人说来，买房也绝非易事。因为在台北好地段买一套三室一厅的住房，要花七八百万新台币！所以，买房是他们一生中最大的个人目标，可又不胜负担。当局为了照顾低收入的人（即月入1.26万元以下者），专门拨款建"国民住宅"，低价出售。

我们在高雄看过一栋这样的"国宅"。三楼一家，主人是某单位人事课课长，大约是因头几年家中孩子小，只有他一人做事，所以受到照顾。据介绍，因为在水平线以下的人多，而"国宅"不敷使用，只能用抽签的办法来决定谁能有此机会。幸运的这家，共四口人，三室一厅。居室和客厅都不算大；摆设也极一般，儿子用的一台微机算是家里最值钱的东西。两个儿子睡的是上下铺。书架上摆的书不过百十本，有几套政治读物，其余多为常识类。

我到过的另一家在台中，是9月7日晚上大成报驻当地记者张先生开车从歌舞厅送我们回旅馆时顺道邀请访问的。他自称是小记者，不可与大报记者同日而语，30多的人了，月薪不过2万元。可他自己有汽车，有"大哥大"，在车上还极慷慨地让我们逐一往北京打电话。看了他的房子更难以令人相信他月入只有2万元。那也是一套三室一厅的楼房，但面积大，仅客厅就有40平方米，家用电器全是高档货。谈话中得知，他刚结婚不久，妻子在一家外资企业工作，正出差去了国外。两人的结婚照挂在墙上，足有一米高。为了不致使家中显得太冷清，特地养了鸟和狗。问他何以如此富足，他坦言，一是太太挣得多，二是他在大陆有投资。看来台湾也是商人最有钱。

离开这位朋友家，已经是午夜之后两个小时，街上依然车水马龙。各种霓虹灯竞相闪烁，把台中的夜空映得通明……

（原载《编译参考》，1992 年第 12 期）

台北故宫观国宝

9月5日中午，大陆记者赴台采访团一行18人抵达台北，翌日开始紧张的采访活动。殷勤周到的主人仿佛猜透了我们的心思，第一站便安排参观台北故宫博物院。

这是一次盼望已久的参观。

提起台北故宫，我们心中不禁浮现历历往事。

经我国各代宫廷千余年对珍贵文物的广事收藏，紫禁城里，国宝荟萃。1924年溥仪被逐出宫，翌年成立故宫博物院，遂使累世承继之皇家私有文物，成为全国人民所共有。老一代的北京人还依稀记得，那些至善至美、数以百万计的珍宝开始向平民展示的时候，故宫之内终日人山人海。"九·一八"之后，山河巨变，为避战乱，当局被迫将古物迁离，自1933年2月起，先后分三批辗转运至大后方；1947年12月，又将这三批文物分别由安顺、峨嵋、乐山汇集南京，1949年1月运往台湾。1965年始建台北故宫博物院，专门收藏、展示这批原藏北京故宫博物院的文物精华。自此，海内外中国人得以前来亲睹国宝，然而对于大陆人民来说，睽违这批国之瑰宝已逾半个世纪了！1985年夏，旅日侨胞陈文贵先生首次将台北故宫少量珍藏复制携回北京故宫展示，参观者络绎不绝，启功、叶浅予、董寿平等一大批文物和书画名家，那种欣喜之中又有万般无奈和遗憾的心情令人感慨，因为他们还是无法亲睹那些国宝的真面目，复制品勾起了他们多少回忆和遐想啊！而今，启功等先生没机会来，而我们这批记者却有幸先扑入了这批珍贵文物的怀抱……

学富五车的秦孝仪院长亲自出来接待，并接受我们的采访。他语调低沉，又有浓重乡音，但我还是能捕捉到他讲话的精髓。他说，当年南迁文物之精华，全部藏于台北故宫，计64万余件（册），大部分为清宫旧藏，而宫中收藏之始，上溯可至宋初，距今已有千余年历史。因藏品太多，无法尽数展览，只能在一般性陈列中，兼顾各类，定期更换，以期让参观者从中窥见中国文化遗产之全貌；又经常举行专题展览，便于研究人员系统了解某类文物或某人之作品。我们在一个上午像走马灯似地观看了这两类展览。

展览组组长周功鑫小姐为我们导游、讲解。过去曾听人讲起，台北故宫藏有翠玉白菜，有人甚至夸张地说，不知此物而提台北故宫，不啻笑谈，此话是矣！因为翠玉白菜无论在因材施艺，还是在雕功方面，都是登峰造极之作；但看过全部珍藏，其价值不在此物之下者，却又比比皆是，因此，以对翠玉白菜的知识来衡量一个人对台北故宫的了解程度，又未免失之片面。

台北故宫收藏，分为器物、书画、图书文献三个部分。此外还有"华夏文化与世界文化之关系特展"，说明在悠远的年代里，中国不但将中土文化传播到四方诸国，同时以包容开放的胸襟，大量吸收外来文化，融合为博大精深、独特而优秀的华夏文化。

周小姐引导我们匆匆行进，重点看了"器物"部分，其中又以在瓷器和玉器陈列面前驻足时间略长。

台北故宫展出的历代瓷器，最早为宋代名窑作品。宋代王室讲究精致文化，提升艺术层次，刺激了陶瓷制作的进步，一时名窑迭出。由唐入宋，定窑接替了邢窑，龙泉承继了越窑，白瓷、青瓷的烧造在质与量方面皆已更上层楼。另有官窑、汝窑、哥窑、钧窑，其制品造型庄重、釉色雅致，达到圆熟境界。周小姐在几件汝窑青瓷面前介绍说，这是北宋徽宗大观年间的名瓷，晶莹映润，釉色极纯。因为建窑时间极短，便由于金兵入侵而窑址毁灭，传世极少。台北故宫藏有23件，占汝窑全部公私收藏的三分之二。看到这里，我突然想起一个问题："汝窑窑址何在，曾经是一个谜。"周小姐当即答道："前两年这个谜已经解开了。"我说："解开这个谜的中央工艺美院教授叶喆民先生，在《现代中国》上曾发表专文介绍。"周小姐道："我们也常读他的文章。"她边说，边带我们浏览景德镇窑、磁州窑、建窑和吉州窑的制品陈列。影青、白瓷，各具特色，黑地白花，或白地黑花，皆天趣盎然。

元代展品说明，斯时我国制瓷业，以景德镇为一枝独秀，那些以钴蓝、铜红作釉下彩绘的瓷器，取代了宋代各窑以单色釉为重的沉静风格；而在造型上，也不似宋代的典雅，而以胎骨厚重、器形硕大为特色。

接着，我们又匆匆从明代展品前走过。周小姐说话如走路一样快，我大步流星紧随其后，唯恐漏听她的讲解。她说，明初，景德镇成立御窑，专门烧制宫廷使用器物，制作更为精巧，且皆标着皇帝的年款。由此不难看出历朝的创新。如永乐窑的半脱胎、宣德窑的霁红、成化窑的斗彩、弘治窑的娇黄、万历窑的五彩等，皆名重一时。

来到清代瓷器展柜之前，看到康熙、雍正、乾隆三朝制品，都会叹服此时我国制瓷业已达顶峰。周小姐特地向我们介绍，那时烧瓷在景德镇，而画是在宫中由画师作的，画师中有外国传教士。来自西方的珐琅成了清瓷的重要装饰材料。清瓷展品上的图画局部，经放大更使观者便于细察、研究。

如果说瓷器陈列看得够匆忙，在玉器馆中，我们更是跟着周小姐一溜儿小跑（不为别的，只想在太短的时间里看最多的东西，因为午饭之后即飞高雄），但我仍边跑边记。

玉，受到国人尊重和珍爱，是中国文化的一大特征，玉的坚贞温润也是我们民族精神的一个象征，在源远流长的发展中，玉器在各时代呈现不同的意义风格。新石器时代，先民用玉磨制成装饰品与工具，即所谓"瑞器"，是贵族身份的标志。在宗庙祭典中，将玉器作为奉献给神明祖先的礼物，或将象征神明祖先的纹饰雕琢在玉器上，玉器又具备了宗教意义，即所谓"祭器"。在古代典礼制度中，瑞器和祭器合称为"礼器"，如璧、琮、璜、珑、圭、璋、笏等。礼器制度在夏、商、周三朝发展至高峰。周小姐指着展品中两件唐宋玉册说，这是当时举行禅礼时使用的，堪称历史瑰宝。宋代之后，玉雕作品除供朝廷祭祀之用外，更为文人雅士陈设赏玩，玉器艺术趋向单纯的工艺美术，如用玉雕琢笔筒、笔洗、水盛、臂搁、印泥盒等，除供雅赏把玩外，还有实用功能。至清代，玉雕工艺多具体大厚重、工整对称、富丽堂皇的特色。而经新疆传入的域外玉器，多为细薄如纸、浅雕层花叠叶的碗盘，或镶嵌金银、玻璃等，呈现华丽的异域风味。周小姐指着一座玉雕屏风说，这上面共48件玉片，每片的雕功都不相同，外用檀香木拼接，是一件稀世珍品，曾被汪精卫送给日本人，抗战胜利后才索了回来。

在周小姐导引下，以最快的速度看过铜器、漆器、雕刻、珐琅、文具陈列之后，我们来到书画陈列馆。台北故宫藏有我国历代名家之作，件件都是国宝。有幸亲睹历代名家真迹，我不禁怦然心动。

最先看到的是扇面。我国古代文人在扇上作画，盛行于宋代。台北故宫展出的扇面极多，简直可以单独辟为一个扇面博物馆。

据当年从北京故宫迁出文物的经手人撰文回忆，当时共装运书画9000多件，其中清代帝王御笔2400多件。有人说，如果能把故宫所藏书画从头浏览一遍，就等于细读了一部中国美术史。可惜，当我怀着极大的兴致准备大饱眼福的时候，远处却传来"时间已到"的吆喝声。我的心骤然一缩，喟然长叹，带着遗憾走出馆外……

明知再来台北故宫是很不容易的。那么，还有机会补此缺憾吗？

希望不会遥远。此行之前，北京故宫博物院吕济民代院长曾托本团记者带话给台北故宫，建议在1995年，即故宫博物院成立70周年之际，两岸故宫联袂展出或交换展览各自的珍藏。秦孝仪院长已表示愿意加以考虑。

我们期待着！

（原载《楚天周末》，1992年第40期）

在台湾见老乡

本文原载 1992 年 12 月 1 日《山东侨报》。

原"编者按"注：今年 9 月，大陆首批访台记者团赴台采访。18 人的记者团中有四个山东人，他们受到了部分在台乡亲的欢迎。本报特约采访团成员、《现代中国》编辑部主任魏秀堂（山东临朐人）撰写此稿以飨读者。

9 月 7 日，即 18 位大陆记者赴台采访的第三天晚上，日程表上的活动是参观台中市中友百货公司。尽管因为多数同伴忙于写稿发稿而只去了我们五个人，公司还是极为重视。小姐为我们脖子上挂了花环，总经理的代表热情致词。十几名台湾记者先我们而至，早已摆好了采访的阵势。突然，接待室里闯进了一个身高 1.80 米以上的大汉。"哪位是大陆来的魏先生？"他焦急地问。原来，台中和专门从台北等地赶来的 30 多位山东籍台湾同胞在附近一家饭店摆好了酒菜，已苦苦等了好几个小时。他说："我们从报纸上发表的资料中看到，来访的 18 位大陆记者中有四个山东老乡，我们便集合起来，想和你们见见面，叙叙乡情。魏先生，你无论如何得去，否则我无法交代。是我把大家集合在一起的。"满口乡音，一听便知是烟台人。我打量着眼前这位刘姓大哥，一种他乡遇故知的感觉油然而生。

由于工作的关系，以前我经常接触到从台湾来大陆的朋友，曾多次向他们打听在台山东老乡的情况。这次亲往台湾，我当然希望拜访这些老乡们。采访团中的中央电台记者王求、光明日报记者翟惠生、中央电视台记者景春寒也是山东人，都和我有同样的想法。还在抵达台北之前，我在接受台湾联合报记者尹乃馨采访时，便请她传递团中有四个山东人和我们想拜访在台山东同乡的信息。我对刘先生说："我当然愿意立刻跟您去和老乡们见面，可……"我如实向他说明了不能独自离开集体活动的难处，希望他与当晚在百货公司陪我们参观的海基会人员说明情况。他们当即答应待参观结束后在我们下榻的台中"全国大饭店"安排座谈。

我们到达台湾后，有好几位同伴都与自己的老乡见过面。广东老乡来看团长翟象乾，安徽老乡来看中国青年报的吴苾雯，辽宁老乡来看副团长柏亢宾，……但像这么多人一起来，还只有山东老乡。待我们从百货公司回到饭店，当天的新闻稿已经完成，其他三位山东籍大陆记者闻讯也兴冲冲赶来。

据说，在台山东人大约有30多万，各行各业都有，不少人取得了相当的成就。地位最高者当属曾任"行政院长"的孙运璇先生。我曾到他在蓬莱的家乡采访过。是晚在座的，有作家、教授、画家、律师……刘先生向我们逐一介绍后说："各位长途跋涉到台湾来，我们以山东人的立场来欢迎你们，是出于民族情、同胞爱。因为我们都是炎黄子民、中华儿女。今天主要是谈乡情，话家常。"

我环顾四周，全是六七十岁的长者。其中有台湾省作家协会监事、律师杜世杰，逢甲大学合作经济学系教授兼系副主任韩学训，法学士和商学博士巴信诚等。这位巴先生是专门从台北赶来台中的。论头衔，数他最多，名片上写着：1991年孔子诞辰纪念台湾参礼团副团长、中华伦理教育学会财委会副主任委员、人生哲理研究会世界总会副理事长、台北市私立正心幼稚园董事长、台湾省立实中台中市校友会理事长。他还带了八开本豪华大画册分赠我们，那是专为他的母亲90华诞而编辑出版的，其中有李登辉等多位上层人士的题词，足以显示这位巴先生的社会地位。据他们介绍，在台山东人从事的职业非常广泛，身居高位者也不乏其人（除孙运璇外，孔德成是不用多加介绍的。还有的已官至"次长"）。

但是最令人感动的，是他们对故乡的那份情、那份爱。我们在台湾，多次面对"台独"分子的胡闹，还有不少人在与我们交谈中自觉不自觉地称台湾为"国内"。是我们的这些山东老乡，旗帜鲜明地喊出了对祖国统一的向往："我们是中国人，台湾是中国的领土，不能忘掉老祖宗。""现在要把以前的事情冲淡，不要老记着上一代的事情。通过经贸、文化、体育等各方面的交流，两岸会有一种共同的认识。我对统一持乐观态度。""看到'台独'反对你们，非常憎恨。大陆的朋友来，是客人，要给温暖才对，不应该弄些不三不四的标语放在那里。"

这些少小离家的老乡，不但至今乡音未改，乡情也浓。开放探亲之后，他们多已返乡。家乡的巨变使他们兴奋不已。一位说："烟台整个变了，街道由过去的石子路变成了柏油马路，认不得了。"另一位说："我已经回去好几次了，看到祖国在国际上有很高地位，家乡一年比一年好。我对人讲，你们要出国，可我要回老家。我已经在老家买了房子。"有的还向烟台大学或家乡的中小学捐了款。

他们特别关注大陆的教育事业，因为他们从台湾经济的增长，看到了发展教育事业的重要。他们说："台湾经济的发展应归功于教育。大陆那边教育太差，除了文化，还应该对年轻人多进行伦理道德教育，让年轻人守法。在那边看到一些不好的现象，实际都是教育问题。""贸易上、管理上，缺少人才，可以办短期培训班。""中国人勤奋，只要有机会，人尽其才，物尽其用，祖国大陆的发展会更快。"

大概是爱之深，责之切吧，老乡们对家乡的批评也非常坦诚："厕所要改进。青岛栈桥的厕所，原来没有人管，很臭，今年有人管，就好多了。""企业的经营管理人才太少。""统战部，为什么叫这个名字？这边一听说这个词就头痛。""农村一些人到了冬天就闲着，太可惜，要发展手工业，比如编织，做点事，总比闲着好。"

这两年大陆流传几句顺口溜，说北京、上海、广东等地各有所靠，最末一句是"山东靠老乡"。山东人在外谋生，也同样互相依靠。在台湾的这些老乡们，曾经长期与家乡和亲人失去联系，乡情像一条纽带把他们联系在一起。于是有了山东同乡会。他们定期聚会，共叙乡情，纾解乡愁，传递家乡信息。有了困难，则互相帮助。山东人无论走到哪里，大概都会这样。

夜已经很深了。谁都不愿说"再见"。直到合过影，还不想散去。望着这些兄长花白的头发、满脸的皱纹、已经不那么利落的脚步，我在饭店门口站了很久……

（原载《山东侨报》，1992 年 12 月 1 日）

在宝岛看两岸交流

9月11日，正值中秋佳节，花好月圆。晚上，台湾海峡交流基金会为我们举行"惜别晚宴"。由于这是大陆记者赴台采访团一行18人在台的最后一个夜晚，我们又一次成了台湾各媒体同行追逐采访的热点。不少人重复着同一话题："您来台湾采访的任务完成了吗？想了解的东西都了解了吗？"对此，我的回答基本上是肯定的。我告诉这些朋友，《现代中国》从10多年前创刊起，便以在台湾海峡两岸同胞之间架起一座桥梁为己任，对两岸交流和交往的报道可谓不遗余力。一年多来，我们更辟出专栏，从经贸、文化、体育、学术等多方面作系列报道。当然，那都是站在大陆方面看两岸交流，而今有机会亲赴台湾，采访的重点很自然地成了"在台湾看两岸交流"。

在台北故宫访秦孝仪

9月5日中午，大陆记者赴台采访团在《人民日报》评论员、团长翟象乾和三位副团长率领下终于抵达台北。第二天早晨便来到市区北外双溪的台北故宫博物院。

我国宋、元、明、清各朝代提倡艺术，广事收集艺术珍品。北京故宫藏有一千余年的文物珍品。自1924年末代皇帝溥仪迁出故宫、翌年成立北京故宫博物院起，宫中文物便成为全国人民所共有。1933年，为避战乱，故宫文物精品被运出北京，先后运往南京、上海、长沙、桂林、贵阳、重庆，又于1949年运抵台湾。台北故宫博物院便是为保管和陈列这些文物而于1965年起逐步建成的。

台北故宫依山而筑，外表为传统的中国宫廷式建筑，庄严典雅，气势虽不及北京故宫，但也颇为壮观。而就馆藏而言，由于上面所说缘由，又非北京故宫所能比拟。秦孝仪院长用低沉、缓慢的语调对我们说，台北故宫共藏器物、书画、图书文献64．4万多件（册）。

这些国之瑰宝睽违大陆已达半个多世纪，使大陆各界人士和民众无法睹其风采。1985年，旅日侨胞陈文贵将台北故宫少量珍藏复制，在北京故宫展览，曾激起许多人对两岸故宫文物交换展览的向往。1995年将是北京故宫博物院建院70周年，吕济民代院长特请本团记者端木来娣、翟惠生带口信给秦院长，希望届时两岸故宫能互相跨海展览文物或共同举办展览。秦院长表示将作考虑。而目前可能做的，则是派台湾学者前往大陆参与田野考古调查。他说，大陆多年来重视文物发掘，所得甚丰；而台北故宫在文物的管理和保护方面，是很先进的。双方如能取长补短，正常交流，岂不是民族之大幸？但与台北文物圈之人士谈起交换展览事，多有担心"有去无回"者。看来，真要走到这一步，不仅尚待时日，还需两岸相关单位协商解决。

至于文化领域其他方面如出版业的交流，实际上早已开始进行。台湾"新闻局"副局长吴中立也如是说。9月8日晚，海基会为我们举行盛大欢迎会，吴先生应邀出席并讲话，接着我单独与他交谈，于是他成了大陆记者采访的头一位台湾官员。当我问他是否可以两岸合作编辑出版外文版图书，以向外国人介绍中国传统文化时，他肯定地说当然可以。他并且应我要求，简要介绍了台湾出版外文图书的有关情况，后来又推荐一家出版社，以便进一步探讨具体合作的可能性。

从高雄到台中

9月6日中午，从台北飞高雄。台湾交通非常便利。以前乘飞机，多半因为距离远，大都飞两三个小时，而从台北至高雄，不过30多分钟，仿佛刚起来便落下了（还有一次是从台北飞花莲，时间更短）。

到高雄的主要目的是参观港口。主人陪我们乘游艇在港区游览。高雄港位于台湾西南海岸，是全省最大国际商埠，且已跃入世界大港之列，对台湾经贸发展至为重要。

高雄港的港域开阔，腹地广大，地理条件优越。从70号码头至3号码头，在50分钟的航程内，主人向我们介绍沿岸的拆船码头和"中船"、"中钢"等岸上大型企业。看到这一切，不少大陆记者顿生遐想：高雄与大陆港口直航该有多好？可是，连相隔最近的金门——厦门尚且未成，更遑论其他？

不过我们在台湾南部和中部也曾得到不少两岸交流的信息。

9月7日上午，采访彰化县田尾乡。这里只有3万人，但其所植花卉却占了全省销量的一半以上，此外还大量销往日本、新加坡和香港。不过，香港和新加坡市场近已被大陆产花卉占领。而在大村乡的台大兰园，主人指着摊在室内的兰苗说："这是从大陆买来的，经我们培植之后，改善了品质，便可外销了。"之后，我们又匆匆驱车转往台中区农业改良场。在这里，农业技术中心主任高德铮、副场长林信山告诉我们，他们已经多次在国际会议上与大陆同行接触，对大陆农业科技的研究成果，至为钦佩。他们认为，两岸农业科技交流与合作，可以通过多条管道进行。不久前刚去山西访问过的研究员高胜忠说，大陆方面的农业研究人员多，组织机构庞大；大陆的种源丰富，基础研究相当不错。他强调说，只要对农民有利，两岸农业科技可以广泛合作。

如果说上面讲的还只是一些设想和意向的话，台中大甲镇生产"捷安特"自行车的巨大机械公司则在与大陆的合作方面迈出了坚实的一步。

"捷安特"是巨大公司的骄傲。董事长刘金标说："台湾是全世界的自行车供应中心。在国际市场上谈到自行车会想到台湾，就像说起手表便想起瑞士一样。"他还在回答记者提问时说，巨大公司已在江苏省昆山市投资建厂，为大陆消费者提供高质量的自行车。该厂注册资金为 1200 万美元，总投资 2000 万美元，1994 年即可投产，内外销各占一半。与上海凤凰自行车厂合资建新厂是该公司与大陆合作的另一项计划。此外，刘先生还是台湾自行车运动协会理事长。他说："台湾每年举办一次环岛自行车比赛，很希望大陆选手前来参加，但至今未能来。明年大概能来。明年来不了的话，后年也会来。"他还想倡议举办两岸自行车拉力赛。

两岸贸易　互助互动

抵达台北的第一天晚上，海基会陈荣杰秘书长便将台湾对外贸易发展协会秘书长刘廷祖介绍给我们这些从大陆来的记者。刘先生深有感触地说，以前他曾在国外工作，常在不同场合与大陆人员见面，但双方尽量避免讲话更不敢握手。那时常想，为什么同是中国人，见面却像仇敌一样？今天不同了，甚至大陆记者也能来台采访，这是两岸新闻交流的第一步。至于两岸贸易，近年已有很大发展。假如两岸为了同一目标，台湾的技术、资金，加上大陆的资源、劳力，全世界还有哪个国家能同中国相比？那样的话，21 世纪将会真正掌握在中国人的手里。他还说，台湾厂商很愿意去大陆投资，大陆也欢迎。希望两岸互助互动，真正为中国的前途着想。

9 月 9 日，我们来到宏伟的外贸协会大厦。贸协的资料中心所陈列的大陆资料、报刊，引起我们极大的兴趣。助理秘书长牟盾说，他们做了很多收集大陆经贸资讯的工作。两岸资讯的交流，早已开始，而且管道也多，其中之一是直接交换。最近，他们对大陆的 20 多项产业作了深入了解，但还需要更深入的资料，因此计划派人到有关省市去对照、核准。

贸协处长张荣光说，两岸工商界面对面沟通，举办展览是一种好方法。不久，台湾厂商将去大陆参展；而大陆的 16 个会员城市，将会在 1994 年来台北出席在这里召开的世界贸易中心组织年会；1995 年，台湾又将派人到北京出席该组织下一次年会。

看来，两岸经贸进一步发展的时机，快要到来了。

（原载《现代中国》，1992 年第 11 期）

与沈君山谈围棋

沈君山先生近年多次往来于海峡两岸之间，为促进交流而奔波，多有成功记录。其中最为人们津津乐道者，则是围棋，是他为使两岸棋士坐在一起而付出了心血和才智。9月10日下午，我在台北应昌期围棋基金会采访沈先生，主要话题便是围棋与两岸交流。

在台一周，所有采访都有众多台湾同行在场，唯独这次例外。沈先生几句话便把台湾记者支开了，令他们在门外等了将近两个小时。我从旁观察，双方都不愠不怒；尤其是他，始终微笑着。在与我交谈的时候，这种笑容一直浮现在他的脸上，使我们之间的距离一下子拉近了许多。

沈先生热衷于两岸交流，原来是基于这样的想法："两岸隔绝40多年，里面有共同点，也有相异点；有矛盾的地方，也有互补的地方。矛盾点当然是因为两岸的政治体系、价值观念不一样，而短期内这些问题很难求得解决。在这种情况下，交流最能重新唤起民族感情。这就是我为什么要在文化和学术方面推动两岸交流。"

沈君山是台湾著名农学家、台湾"农村复兴委员会"主任委员沈宗瀚之子，浙江余姚人，1956年毕业于台湾大学物理系，接着留学美国，获物理学博士学位。后执教于美国，任美国国家与宇宙航行局研究员、普渡大学教授，1973年返台，80年代末曾出任"行政院政务委员"，现任台湾清华大学教授，被誉为台湾"四大公子"之一。他本人说的很平淡："我也不一定做了多少工作，是自然产生的。但我的兴趣是多方面的。"年轻时，他踢过足球，打过篮球，还爱打桥牌，下围棋。最难得的是，他不但学术精进，业余爱好水平也很不一般。比如桥牌，曾多次代表台湾参加国际比赛；再如围棋，握有业余六段证书。他在大陆交友不少，其中又与聂卫平、陈祖德、郝克强等棋友关系最为密切。

沈公子为两岸围棋交流留下了这样的建树：

1984年，经郝克强引荐，沈君山在香港会见当时的国家体委主任、中国围棋协会主席李梦华，在场的还有香港作家、围棋爱好者查良镛（即金庸）。那次会谈的结果是，台湾棋手以"中华台北"的名义参加了世界业余围棋比赛。此前，在金庸家看病的陈祖德让二子与沈君山对弈，结果沈赢了。他大为高兴，把那盘棋的棋谱登在了台湾围棋杂志上。这是台湾棋手首次公开与大陆棋手对局。

1987年，台湾转播中日围棋擂台赛聂卫平对日本加藤正夫的决赛，聂胜。沈公子发了一篇很长的传真电报，向老朋友表示祝贺。同年，沈公子促成两岸棋手电脑赛，由大陆的马晓春（在东京）对台湾的彭景华（在台北）。这是两岸棋手首次正式比赛。

1991年7月，沈公子与台湾清华大学另一位教授到成都参加全国第一届教授围棋赛。他得了第二。这是台湾棋手第一次参加全国性围棋比赛。

而沈公子本人同我谈的最多的是他促成了"应氏杯"世

界围棋锦标赛。他说："围棋虽然已是一项国际性的运动，但大陆归大陆，日本归日本，台湾归台湾……没有一项国际性比赛。于是我推出了"应氏杯"赛。

第一届"应氏杯"世界锦标赛于1988年举行。沈公子回忆道，那时大陆和台湾刚开始来往，举办两岸棋手都参加的比赛还有困难。首先是参赛棋手代表谁？解决的办法是，只代表各自出生地，而不代表所在地区和国家。结果在北京举办，取得了成功。唯一的遗憾是，应先生拿出150万美元，希望聂卫平拿冠军，不料他却输给了韩国的曹薰铉。沈先生的朋友们还有一个遗憾，是他因就任官职而未能来北京观战。

如果说首届"应氏杯"赛留给沈先生的是甜蜜的回忆的话，今年（1992年）的第二届则多半只能让他觉得苦涩。

本届比赛原拟在北京举行，提出的费用很高，上海便以半数预算竞争，结果发生了"中央与地方的矛盾"。应昌期则"财大气粗"，一气之下把比赛地点改在了东京。接着，又在参赛棋手问题上产生了矛盾，应先生邀请了海外的芮乃伟和江铸久，大陆棋手因此而退出。沈先生想让聂卫平再试一次的愿望随即破灭。

沈先生用很长一段话来分析这届比赛未能成功的原因和利弊得失。他曾以自己的韧性，带着自己的方案，奔波于两岸，以图挽狂澜于即倒，但毕竟事情太复杂，结果于事无补。最终，他只有浩叹：中国人出钱办的比赛，在外国的地方举行，来自大陆的棋手不能参加，钱也让别人得去了！

其中症结何在？沈先生说，应先生认为自己出钱办的比赛，应该听他的；在中国棋院看来，只要在大陆办，就应该有决定权。这是金钱和权力之争。此外还有中央与地方的矛盾。而大陆不同意滞留海外的上述两位棋手参赛，又表现了个人与组织的矛盾。在他看来，这些矛盾反映着台湾的价值观念体系与大陆不一样的地方，也反映了当前的两岸关系的实际情况。

在两岸科技交流方面，沈先生也曾遇到过同样的烦恼。今年大陆六对科学家夫妇的访台，他是参与促成者之一。他说，其中的困难是：在大陆，越是杰出的科学家越有可能是人大代表或政协委员（而在台湾，科学家当立法委员，一辈子也不可能），台湾是不准大陆的官员进来的。这个问题正在慢慢解决中。他认为在科技交流方面，两岸都不应该太僵硬，更不要在一些枝节问题上争论不休。

综观两岸关系，沈先生说："两岸开放才三四年，正一步步往前走，这已经不错了。"当我请教他对今后扩大两岸交流的看法时，他答道，要循序渐进，强调共同的利益，共同的文化根源；其次要加强了解，四五十年不在一起，不仅有政治问题，还有许多心态问题，可以通过专业的共同吸取（如他和聂卫平），慢慢接近；第三要水到渠成，水和渠要配合。水到了之后还未成渠，水会泛滥出来。比如两岸经济的交流，水已经到了，很满了，渠还没有。最后，他说："两岸在一个中国的原则下，互相交流。我有 16 个字，常常讲：一个中国，加强交流，搞好经济，再谈统一。"

（原载《现代中国》，1992 年第 12 期）

在陈立夫先生家里

　　陈立夫先生接待记者采访有他独特的风格：全然不问记者有什么问题，而是先把自己想说的话讲完；只要他没讲完，不容记者提问，也不允许你把话题叉开。看似有点"霸气"，可面前分明是一位慈眉善目的老者，语调平缓，有时甚至细语柔声，说话时始终面带笑容。有什么办法呢？毕竟是 93 岁的老人了。两次发问不成之后，我索兴不再讲话，不再发问，手举录音机，两眼注视看他，细心地听他一直讲下去。

　　大陆记者采访团于 1992 年 9 月 5 日抵达台北，在为期一周的行程中，只有两个半天可进行自由采访，其中 9 月 8 日下午 3 点，是陈立夫先生开始接受我们 5 名大陆记者采访的时间。因为陈立夫的经历和中国现代历史，尤其国共两党斗争史息息相关，晚年又主张中国统一，这次采访很受两岸新闻媒体关注。笔者则因为老先生曾经为本刊（即我当时服务的《今日中国》）创办 40 周年题过词，提供过一篇旧作《万能之竹》，还来函表扬过我们的文章，与他另有·点亲近感。所以，此次采访实际上也算是代表本刊编辑部同仁向他表达感谢和问候之意。陈立夫是位政治人物，但我更看重他是位可称之为国学大师的老者。原计划与他探讨有关中国传统文化的若干问题，为此我带去了中国著名书法家赵之中用纯金书有王羲之《兰亭集序》的折扇，和山东省济南市文联主席吴泽浩精心绘制的一幅国画。

许多人仰慕陈立夫先生对中华传统文化的高深修养。置身于他那间不大的客厅里，所见是名人书写的对联——"铁肩担道义，辣手著文章"，还有孔老夫子的画像、三凤开屏的壁雕和几尊古董器皿，一盆兰花置于高几之上——连花草也与室内的儒雅气氛相协调。

陈立夫先生偌大年纪，而身体非常健康，令人不禁暗暗称奇。这天老先生着一身灰黑色西装，系一条碎花领带，步态稳健，腰背挺直；别看满头白发，面目清癯，气色却极好，真格是鹤发童颜。待到老先生开讲，又令人为他敏捷的思维、清晰的谈吐和记忆而倾倒。这位从历史中走来的老人，一开口便是历史。

他说，1936年，周恩来给我们兄弟俩写信，主张合作打日本。这封信很重要。有了这封信，蒋介石派我与周恩来办交涉，共同发表宣言打日本。这是第二次国共合作。目标是打日本。此前还有第一次合作，把军阀打倒了。第二次合作，把日本打走了。两次国共合作双方目标是一致的。

话锋一转，老先生从历史谈到了现在。他说现在要进行第三次国共合作，目标是以中国文化迎接21世纪。这个目标比前两个还重要。他强调，中国文化可以救世界。老先生顺着自己的思路道："为什么孔子的思想已有2450年，至今还有用？这里有一个道理。我是学科学的，不论生物、物理、化学，都有其不变的自然定律。在人文科学中，也有很多自然定律。孔夫子从中国文化中总结出了人文科学的定律，至今有百分之八九十是合用的。"说到这里，他向记者们介绍自己综合"四书"内容而写成的《四书道贯》一书，说这本书不讲政治，只讲中国文化。"大陆也出版了，18块人民币一本。"他突然提高了嗓门说。大家不禁要笑。陪同我们采访的台湾海基会朱荣智处长插言道："立公在作广告。"5名大陆记者和更多在场的台湾同行全都笑出了声。于是，气氛更加活跃了起来。秘书怕老先生说话太久而伤神，提醒他早些把话题打住。而他却偏要说下去："让我把话讲完嘛！我对中国文化的看法，都写在我的文章里。还有大家想知道的东西，事先已为各位准备了一套资料……"

装在孔孟学会（按：陈立夫是台湾孔孟学会会长）大封套里的资料中，有一本书，是陈老先生自己写的，名为《我的创造、倡建与服务》。其中讲到《四书道贯》有这样的解释："《四书》为吾国文化之精华，为士人必读之书，惟为孔孟学生之笔记或传达，无多大系统，爰为之重行以《大学》八目分类排列，不漏一字编成为一系统之书，名之曰《四书道贯》，盖取孔子'五道一以贯之'之意也。"陈立夫先生研究孔孟之道，造诣颇深。1968年他从国外返回台湾之后，先后编著了《唯生论》、《生之原理》、《孟子的政治思想》、《中华文学概述》等书。

《中国文化何以能救世界人类?》——陈立夫先生在以此为题的文章中详加阐述，其提要为："中国人从天道中，学到了公、诚、仁、中、行五个字，以形成人道，为做人做事的基础，承传数千年，成为文化道统，是人类共生、共存、共进化的原理。国族之强盛、世界之和平、人类之幸福，均将以其得获力行实践而受赐！"

谈中国文化，本是我想求教于陈老先生的主要内容，可惜未及展开详谈，一则因为时间太有限，二则因为同伴中有人对政治的兴趣大于文化，抢先问他对国共两党会谈的看法。他答道："两方面条件太多了。以前我和周恩来是无条件谈的。为国家嘛！可现在两边气量小得很。不应该有先决条件，先坐下来谈。"他又说："全国人民，无论海外海内，没有人不愿中国统一。现在是中国唯一的机会。两个大国，苏联瓦解了，美国也有自己的经济问题。中国强大起来，不仅在文化上，在经济上也可以帮助世界。"他甚至表示，为了统一，人民需要的话，他可以回来。他说："我最大的心愿是国家强盛，人民安乐。"

预定采访时间是 40 分钟，他自己发言和回答刚才的问题先占去了四分之三，只留下 10 分钟让我们发问。我抢到了第一个机会："请您谈谈自己的日常起居吧！"几乎同时，同伴们的问题也接二连三。陈立夫先生苦笑着说："我耳朵背，一个一个讲好吗？"还是我抢先讲，又有秘书从旁边加以说明，才知道我让他讲的是养身之道。

"这个我用 5 分钟便可以说清楚！"老先生这时显得很兴奋，一面说，一面高高举起了右手。我非常理解他的骄傲和自豪。93 岁的人了，走路不用人扶，更无脚擦地板的老态；连续讲话半个小时而无倦容，反而越讲兴致越高，欲阻断而不能；看书报不戴眼镜，大字、小字都看得清清楚楚……他说："我至今不觉得自己老。"这其中的奥妙是什么呢？他概括为八个字："养身在动，养心在静。"

关于头四个字，陈立夫先生是这样说的：他每天晚 9 时上床，早 5 时起床，起床后用温水洗澡，同时结合自我按摩主要穴位，水流到哪里，就按摩到哪里，每个地方反复按摩

100次，共计用40分钟。他认为这样可促使血液循环畅通，而血液循环畅通的话，健康便得到了。"这件事看来简单，但贵在有恒，"他说，"我已经坚持34年了，没有间断过。"中医是中华传统文化重要组成部分之一，而陈立夫在这方面的研究和功德也广为人知，他的养身学显然根植于中医传统理论。经他一讲，听者均表称赞，还有人表示要付诸实行。陈立夫先生在得意之中打住了话语。我立即提醒他："还有四个字没讲。"突兀间，老人家竟没有反应过来，又是秘书俯耳细说一番，他才抱歉地说："我忘了。"

对于"养心在静"这个"静"字，陈老先生着重强调要淡泊名利，"不给自己找麻烦"。他的人生观以创造与服务为中心，并且引以为乐。"人生意义何由明？创造牺牲与服务。"——在80岁生辰时，他曾以此自勉。平时亲友来求字，他也常题"创造与服务为人生两大乐事。"而在为社会服务中，尤其在政治斗争中，常有风云变幻，何以能"静"？陈老先生说，除了国家强盛、人民安乐，个人别无所求。他跟蒋介石20多年，"没向他要过一个官，没向他要过一分钱。但是我对蒋说，你不可对我发脾气，哪天发脾气，卷铺盖就走。"道来轻松幽默，使在场的人又一次发出会心的笑声。

这次是真的讲完了，恰巧预定时间已到，采访结束。陈立夫老先生从沙发上站起来，主动邀我们在厅内合影，然后又迈着轻快的脚步走到院子里。

陈立夫的家在离市区较远的阳明山脚下，这里是台北的高级住宅区。他的小洋房被一棵冉冉垂须的老榕树掩映着。老先生逐一和我们在树旁留影。

当我在他身边站好时，他突然侧过脸来打量着我说："我好像见过你。"我答道："那就是神交了！"他和我都笑了。

（原载《现代中国》，1993 年第 1 期）

张丰绪与两岸体育

"要促进了解、友谊、和睦，体育交流是最好的手段。就海峡两岸而言，更是如此。"——中国台北奥委会主席张丰绪先生快人快语，我俩刚在茶几两边的沙发上落座，他便道出了这段话。

此次访台，经过海基会从中沟通、联络，我和张先生相约在台北长安东路二段 153 座 3 号台北奥委会见面。这是一个不大的院子，迎面是一座高层建筑，左面是一排平房，其中一大间是张丰绪先生的办公室。

张先生已六十有四，魁伟而健壮，谈吐文雅，待人诚恳。他是台湾屏东县人，早年毕业于台大法学院，上过陆军官校，还在美国拿过硕士学位，当过外交官，当选过台湾省"议员"、屏东县"县长"、台北市"市长"，还任过"内政部部长"。近年他出任台湾中华体育总会会长和中国台北奥委会主席。就在这短短几年中，两岸体育交流有了突破性进展。于是，张丰绪的名字，便和中国奥委会主席何振梁一样，与两岸体育交流的进展紧紧联系到一起。

何振梁曾这样说过："海峡两岸的体育交流是和中国奥委会重返国际体育大家庭同时开始的。"那是在 1979 年 10 月，国际奥委会执委会在日本名古屋举行，一致通过决议，恢复中国在国际奥委会中的合法席位。考虑到台湾地区的具体情况，为了让那里的运动员有参加国际体育竞赛的机会，中国奥委会主动建议国际奥委会，在只有一个中国的前提下，不反对台湾奥委会以地区体育组织的名义，留在国际奥委会内，但不得使用原来的旗、徽、歌。这便是有名的"奥运模式"。两年后，中国青年女子垒球队和中国台北队在加拿大举行的世界青年垒球锦标赛上进行比赛。这是两岸体育队 30 多年隔绝后首次交手。之后，在第 14 届冬季奥运会和第 23 届夏季奥运会上，在第 10 届亚运会上，两岸选手同场竞技。接着，两岸运动员共同参加在第三地举行的国际比赛越来越多，仅 1988 年便有 43 起。与此同时，两岸体育界人士开始密切交往，成了朋友。1984 年，北京取得主办第 11 届亚运会资格。1986 年，亚奥理事会通过了中国台北奥委会的入会申请。1988 年，张丰绪先生宣布，中国台北奥委会将派队参加在北京举行的这届亚运会，并宣布今后凡在大陆举行的正式国际比赛，台北奥委会都将派队参加。从此，张丰绪先生成了两岸体育交流中一位非常关键的人物。

中国有句俗话，好事多磨。在两岸体育交流的进程中，自然也免不了会遇到困难和障碍。张丰绪先生以轻松的语调向我回忆起两件事：

一件是 1988 年汉城奥运会之后，国际奥委会主席萨马兰奇建议提供一个"萨氏杯"，让两岸选几个项目进行比赛，但未成功。张先生说，这是因为事情来得太突然。这好比两个年轻人，还没恋爱和交流，不可能马上结婚。第二件事是双方在汉城奥运会上开始谈英文"CHINESE TAIPEI"的中文译名，是叫"中国台北"，还是"中华台北"？这件事的前后经过，我是知道的，双方谈了半年之久，经充分交换意见，确定在亚运会和正式比赛的大会范围内，用"中华台北奥委会"的名义。尽管人们对其中的是非曲直还有不同的说法，但通过协商解决问题，总是应该称道的。尤其是1989年4月6日双方代表在香港达成的关于台湾体育组织赴大陆参加比赛、会议和有关活动的协议，更将两岸体育交流推向了一个新的阶段。

两岸体育交流的历史上记下了这样一笔：1989年4月7日，中国奥委会主席何振梁和中国台北奥委会主席张丰绪分别在北京和台北同时宣布这一协议，台湾地区的体育团队以中华台北的名称参加在大陆举行的国际比赛。

紧接着，同年同月17日至28日，中华台北青年体操队抵北京参加亚洲青年体操锦标赛，成为台湾地区到大陆参加正式国际体育比赛的第一支体育代表队。我告诉张先生，本刊派记者采访报道过那些台湾体操选手，我本人还专门看过他们的表演。同时我说明，对两岸体育交流中的一些大事，本刊基本上都作过报道。张先生边听边亲切地点着头。此时我们之间的距离更近了，共同语言更多了。他兴奋地告诉我，他已经来过北京八九次了，有时是来参加会议，有时是带队来进行比赛。

张先生特别向我介绍两岸体育界人士在国际会议上和国际比赛中亲密合作的情景。他说："现在，两个奥委会合作得不错，互相帮忙而不互相排斥。比如在选举上。1991年在印度改选亚奥理事会主席和五个项目委员会主席。两岸各有一个候选人。我竞选财经委员会，魏纪中先生（中国奥委会秘书长）竞选运动发展委员会，我俩互相帮忙。他竞选，我投他一票。在比赛中，我们又互相鼓励。我们的棒球队出场，大陆人士便来为我们加油。"

这样的场面，我本人也亲历过。那是在 1990 年在北京举行的亚运会上。

一般而论，台湾的棒球、女子足球和田径中若干项目，如乃慧芳的跳远、王惠珍的短跑、李福恩的十项全能等，在亚洲甚至世界上还是不错的，台湾方面也希望这些项目的选手能在亚运会上披"金"戴"银"。但合计只得了 10 枚银牌、21 枚铜牌，自始至终与金牌无缘（两枚表演项目金牌除外）。我对张先生说，从我个人感情来说，当时特别希望在最后出场的全能田径选手李福恩能拿到金牌，但他却因撑杆跳高失手而功亏一篑。那天我在场，还清楚地记得当时场上的悲壮气氛，和李福恩这个悲剧英雄给人留下的印象。就在看台上，我曾与纪政女士谈起台湾选手成绩的未尽如人意和两岸体育的差异。她说："有人讲，大陆能，台湾必能。我认为，大陆能，台湾未必能。"

张丰绪先生没有正面肯定"能"与不能，但他说：大陆体育比我们进步，比我们有特点，可以帮助我们提升成绩。通过交流，提升水准，这是很重要的。台湾早与匈牙利、德国、危地马拉等国有体育交往，包括互派教练。张先生说，另有一些国家的奥委会主席向他建议聘请大陆教练，因为语言相通，效果会更好。他曾向中国奥委会主席何振梁提出过，但尚未实际进行。原因是台湾方面法律上还有限制。他很有信心地说：把障碍排除以后，大陆教练就可以来了。问起台湾最急需大陆予以帮助的是什么项目时，张先生不假思索便说："跳水、羽毛球和桌球。因为这些项目适合中国人的体能。"

实际上，大陆已经开始在某些方面予台湾运动员以帮助。如在北京的什刹海业余体校便训练过台湾青少年乒乓球队。当然，台湾运动员也有自己的强项，如棒球、高尔夫球、保龄球及软式网球等。张丰绪先生坦然道："大陆能帮助我们的会比较多。棒球，我们可以帮助大陆。"

台湾地区的棒球已达世界一流水平。其少年棒球队曾8次蝉联世界冠军，被誉为"少棒之王"，青年棒球队1974年首度参加世界青棒赛以来，已10多次赢得冠军。在台湾采访期间，曾两次在夜间从棒球场外通过，每次都有朋友热情介绍，说里面正在进行比赛。观看棒球赛，是台湾老百姓一大乐趣。言谈话语中流露出对这项运动的喜爱和对台湾棒球队屡屡创造佳绩的骄傲。张丰绪还告诉我，台北正在修建一个更大的棒球运动场。场址是全市目前唯一一块没有房子的空地，建好后将可同时容纳3万人。

在一个多小时的采访中，张丰绪先生也向我谈起过他的遗憾：

在台湾发展体育运动受到不少局限。尤其新建场馆不容易——只要伤害到某些人的个人利益，事情便很难行得通；

台湾的少年儿童不愿接受太严格的训练，家长也怕自己的孩子吃苦或因参加训练而影响学业；

由于人为的限制，大陆的运动员还不能到台湾参加比赛。体育交流还只能单向进行。

张丰绪先生曾热情邀请在第11届亚运会上获金牌的大陆运动员到台湾访问。但终未成行。在第24届奥运会上，大陆健儿频传佳音，为海峡两岸和全世界所有中华儿女赢得了巨大荣誉。大陆的奥运金牌选手到香港访问，轰动至极，张先生想把他们请去台湾却不能，对此，他心中能不遗憾？

在交谈中，我们也谈到了北京为争办奥运正在作的努力。谈到这个话题，张丰绪显得更为兴奋："北京争取办奥运，是全球中国人的愿望。我在巴塞罗那遇到的华侨都支持。我们也支持。这关系到所有中国人的荣誉。"他并且谈到，如果争办成功，对分地比赛，即在台北举办部分项目的比赛，他也"乐观其成"。最后他向我透露，他们的体操协会正积极安排一项国际体操邀请赛，邀请大陆选手前往台北，希望借此打开两岸体育双向交流的大门。

（原载《现代中国》，1993年第2期）

从 "贸协" 得到的信息

"贸协"是台湾对外贸易发展协会的简称,成立于1970年,是一个财团法人单位,以私人团体身份协助台湾厂商开拓国际市场。

一提起贸协,我便记起它的秘书长刘廷祖先生的一番话。那是9月5日即我们抵台的第一天晚上,邀请并接待赴台采访的18名大陆记者的海峡交流基金会,在来来饭店举行宴会欢迎我们,刘廷祖先生和其他几位被列入采访单位的负责人应邀作陪。他在讲话中说:"今天是两岸新闻交流的第一章。看到两岸朋友热烈交欢的情景,令兄弟有很多感触。我过去在海外工作时,也曾与大陆人士在不同场合见面,那时双方总是避免讲话,更不敢握手……那时我常想,为什么都是中国人,见面却像仇敌一样?"这位颇具学者风度的山东大汉感情是那样真挚。"现在情况不同了。假如两岸为了同一个目标,把台湾的技术、资金、管理,加上大陆的资源、劳动力,全世界还有哪个国家能够相比?真正可以说,21世纪将操纵在我们中国人手里!"他在充满感情的即席讲话中还谈到两岸经贸关系。作为贸协的领导人,他的话当然很有权威性。他说,台湾的厂商非常有兴趣到大陆去投资,大陆也欢迎。他希望两岸互敬互助,真正为中国的前途着想。他认为两岸的经贸交流将会水到渠成。

9月9日，即我们从台北到高雄、又从高雄一路北上返回台北的第二天上午，我们正式来到贸协采访。这时，刘先生已公出，接待我们的是他的副手、助理秘书长牟盾和处长邹荣光等。

台湾对外贸易发展协会设在台北市基隆路一段国贸大楼内。所辖台北世界贸易中心、世贸中心展览大楼、台北国际会议中心和台北凯悦大饭店等组成了一个大建筑群。邹荣光处长介绍说，贸协成立22年来，与台湾经济同步发展。台湾的进出口额已由当时的10亿美元发展到现在的1000多亿美元，贸协本身也由原来的十几人发展到现在的800多人，另在台中、台南、高雄设立办事处，在海外设38个办事处，积极拓展海外市场。

邹荣光先生强调指出，台湾与大陆的间接贸易近年有了长足发展，两岸间接贸易额1991年已达58亿美元，1992年将会达到70—80亿美元。为了协助台湾厂商了解大陆情况，他们专门在香港设立了机构，收集大陆资讯，并协助厂商在香港设立据点，到大陆投资。他向大陆记者透露，台湾贸协计划让台湾厂商到大陆参加展览会——这将是海峡两岸经贸关系的一大进展。目前，台湾贸协尚不能组团前往大陆，而大陆来台参展也不行。但他说，1994年世界贸易中心在台北召开年会时，该组织的大陆成员单位（按：共16个城市），也许能来参加。

牟盾助理秘书长认为，两岸经贸互补性非常强，两岸工商合作会有大幅度增长。从贸协方面而言，是"谋定而后动"。第一步的资讯收集工作已经做了很多，这有助于提供计划，使两岸经贸顺利发展。他坦率说道，这种资讯收集工作有多种渠道，一种是直接交换，一种是通过东京、纽约、香港间接而来。贸协自办的报纸——《贸易快讯》，每周出版五期，大陆经贸资讯占据重要位置。他表示，贸协近期将对大陆20多项重要产业作深入了解。为了确切对照、核对，拟直接派人到有关省去。

台湾贸协的职能是多方面的，如推广贸易与开发市场、举办展览、进行企划研究和设计推广、培训贸易人才、提供商情资讯和会议服务等。贸协负责人特意把我们带到资料图书馆，向我们介绍和展示他们提供商情资讯服务的情况。

映入我们眼帘的是排列整齐的图书资料架和效率很高的服务。资讯来源是贸协驻外单位的服务网、世贸中心商情网络、与之有合作关系的国外商情网络；内容包括一般商情、行销咨讯、各类图书期刊、产品型录、进出口商品及厂商资料、市场调查与分析、各国经贸、产业资料等，由周五刊的《贸易快讯》发布这些商情资讯。在这里，各种图书期刊任由查阅。

此外，贸协咨讯服务处还将12个电脑资料库的资料开放，由专人协助检索。另外又推出了"资讯服务到家"的计划，为业者代查、代印、代递资料，以免除他们往返奔波所花费的时间和精力。另一方面，为协助台湾厂商行销国际市场，贸协又建立了"工业产品型录微缩片资料库"，透过美国的一个经销网和1400个资料站将资料发布到全球各地。

令大陆记者最感兴趣是的，在图书资料馆里见到的许多大陆报刊。据介绍，贸协每年要花费巨资订购全世界的报刊资料，计有1500多种，其中大陆出版的有60多种。同伴们纷纷到书架上搜寻，都希望能在这里见到自己的报纸或刊物。结果，人民日报、经济日报、工人日报、瞭望周刊等几家同行如愿以偿。

（原载《中国工商》，1993 年第 2 期）

"巨大"公司刘老板的心愿

台湾的汽车多，摩托车多，令人印象深刻。全岛有300万辆汽车，有700万辆摩托车，而总人口不过2000来万。

台湾的自行车少，同样令人印象深刻。我们一行18人，在7天中访问过6个市县，行程上千公里，竟然基本上未见有人用自行车代步。

台湾骑自行车的人少，生产自行车却不少。在台中县大甲镇的巨大机械公司，董事长、总经理刘金标先生甚至说："台湾生产的自行车占全球自行车总销量的60％，因而可以说台湾是全世界自行车的供应中心。在国际市场上谈起自行车会想到台湾，就像说起手表便想到瑞士一样。"他为台湾自行车生产成为"中华民族一个代表性的行业"而骄傲，并希望在自行车生产方面与大陆进行交流与合作。

巨大机械公司是台湾大型民营企业之一，主要生产自行车零部件和运动车，现有资产总值数十亿元新台币，1986年的营业收入已达31.8亿元，进出口总额为1.16亿美元（其中出口为8700万美元），员工1000多人。"捷安特"便是巨大公司的名牌自行车。刘老板先把我们请进接待室向我们"简报"（简单报告之意也）。他说：巨大公司成立20年来，从38名员工做起，现在年产150万辆自行车，此外还有其他产

台中有个"瓶盖王国"

9月7日，即大陆记者采访团抵台的第3天下午，活动日程上写着：到台中采访宏全金属开发股份有限公司。台方陪同人员事先告知，这是一家以瓶盖为主产品的企业，总经理曹世忠是台湾的"青年创业楷模"。一路上我心中不解：不就是做瓶盖吗？却冠以"金属开发公司"的名字，而且还因此而成"楷模"！

待到实地一看，方知这瓶盖生产学问还真不小，什么铝盖、铁盖、金盖，还有安全钮爪盖；什么碳酸饮料铝盖、矿泉水铝盖、酒类防盗铝盖、注胶防盗铝盖，还有掀开式拉环盖、螺旋瓶盖、高级电镀盖和注射剂铝盖，凡是日常生活、生产中需要的瓶盖，这里都能生产。此外，还有各种容器瓶盖垫片和封盖机……简直就是一个"瓶盖王国"。更可贵的是，宏全公司生产的上述产品，均符合特定用途所必需的特殊要求。比如碳酸饮料铝盖，外部用合金铝片制成，抗张力强，能长期保持弹性且不变形，内部使用 PE 成型内垫。这种内垫无毒、无味、无臭，符合国际食品、药物包装材料安全卫生标准，在任何温度下均保持最好的弹性，而且耐油、耐药品、耐酒精。经内外双重密封，扭力稳定、气密性极佳。我们看到，这种瓶盖是在密闭式防菌无尘的厂房里生产的，用的是高速自动化的机器设备。厂方人员说，我们在大陆所饮用的可口可乐、百事可乐瓶盖，便是他们的产品。原来，宏全公司生产的这种瓶盖业经可口可乐和百事可乐等国际公司认可，并授权为优良制造供应商。而这些国际大公司对瓶盖的要求近乎严苛，往往检测要历时一年，才能得出结论。又如上面提到的两种防盗瓶盖，因为经过了特殊处理，均有防盗开及防止恶作剧的功能，可确保产品的原封性。而上面的商标等，包括侧面上的宣传内容，则是用滚筒印刷机作360度各色印制的，外表清晰秀丽，无形中提高了瓶中产品的价值感。

在这个"瓶盖王国"里，共有200名员工，每年生产瓶盖600万个，此外还有商标400万张，年营业额约7亿元新台币。

在另一座厂房里，我们看到了各种商标和标签的生产情形。主人介绍说，他们生产的标签适合于各种包装和容器，有玻璃那样的透明度和光泽；有彩色印刷；能紧密贴着，不变色，不剥落；因从内面印刷，不会因磨擦而污损。

在台湾有"创业楷模"之荣誉的曹世忠，便是这个"瓶盖王国"的创建人和"国王"。

曹世忠于1951年出生在一个农民家庭，小时候家境十分贫寒，甚至因无力抚养，唯一的妹妹被送给了别人。他小学毕业后便只身离开老家彰化到台北寻找生机，在一个塑料小厂当了学徒。那时候，他便立志将来一定要争取到自己的一块天地。1974年从军中退伍之后，曹世忠便一心实施自己的创业计划。

可身无分文，从何做起呢？曹世忠一面在彰化市一家工业社做工，一面准备创业基金。当时，那家工业社的老板，就是现宏全公司的董事长戴清溪。3 年之后，工业社改成了公司，戴老板放心地将公司交由曹世忠全权负责。

已届不惑之年的曹世忠依然忘不了 15 年前他经受的艰难。当时公司的资本金额只有 30 万元新台币，厂房 30 平方米，员工只有 10 人，所能生产的是瓶盖的内垫、吸管和少量药瓶盖。而且面对 20 多家同业，初出茅庐的他连订单也难以争得。待到慢慢赢得了信誉，订单如雪片般飞来，厂房不够用需要择地另建时，银行又不肯贷款。曹世忠四处央求，才凑足了资金。1982 年，新厂房落成，他有了一个像样的公司。当时，台湾使用的瓶盖和商标，大多来自日本和德国，当地所产质量差得太远。他当时已有了这样的观念：好的包装是社会进步的表现；像样的产品还得有像样的商标和包装。台湾产品正在走向世界，符合国际标准的商标和包装，需求量肯定将会大量增加。于是公司决定开发符合国际标准的这类产品。经过一年尝试，加上聘请外籍专家指导，曹世忠的公司终于连获台湾许多饮料厂和国际的认可，成为闻名国际的瓶盖生产企业。不久，销往海外的瓶盖占了公司总产量的40%。

1988 年是宏全公司的又一个幸运年。是年，公司迁进台中工业区内现址，生产与管理均实现了电脑化。如今，"宏全"已成为一个企业集团，辖有从事建筑的"福族"公司和从事外销业务的"巨都"公司，还有几家"关系企业"，年营业总额已达 500 亿元新台币，在台湾"最具身份"的百家中型企业排行榜上名列第 14，而曹世忠本人则获得了"青年创业楷模"的殊荣。

展望未来，曹世忠看到的是更美好的前景。其根据之一，是近年两岸经贸关系的发展，使他的"瓶盖王国"有机会开创又一片新的天地。"宏全"外销瓶盖，30％销往大陆。曹世忠向大陆记者透露，他已与珠海创办了一家合资企业——"珠海宏全"，就地生产，就地销售，必能更大程度满足大陆这个大市场的需求。

曹世忠满怀信心地说："在台湾做得好，到大陆一样也能做得好！"

（原载《中国工商》，1993年第4期）

台中农业改良场印象

在台湾采访，初次听人讲起"精致农业"，颇不解其义。到了台中区农业改良场，请教副场长林信山等，方知指的是科技密集、品质有市场潜力、又能维护生态环境的农业。过去，台湾的农业发展比较注重生产数量的增加，在经济国际化、贸易自由化的冲击下，许多外销农产品失去国际竞争力，岛内市场又呈过剩，因而造成谷贱伤农。现在以品质提高为目标，于是有了"精致农业"的提出与发展。台中区农业改良场便是台湾发展精致农业的典型。

大陆记者采访团一行18人，9月5日抵达台北，翌日飞高雄，然后沿台湾西海岸的高速公路北上，边走边采访。台湾西部多平原，且溪流交错，水源丰富，气候温润，是发展农业的好地方。其中的台中区便在这里。据介绍台湾省"农业厅"将全岛按地域划分成6个区，每个区设一个农业改良场。台中区的这个改良场管辖范围包括台中市、台中县、彰化县和南投县。全区土地面积73.8万公顷，其中可耕地19.7万公顷，是全岛最重要的农业基地。

进入台中区农业改良场56公顷的场区，给人的感觉是宽敞、洁净，道路和各种建筑规划整齐。这些大概和大陆条件较好的国营农场差不多，所不同者，一是这里人不多，但素质高，二是科技水平相当高，对附近农民起着不小的示范和指导作用。

台中农业改良场设有自己的试验农场、实验室、农业机械厂、养虫室和训练中心。全场现有员工 148 人，其中研究人员 68 人，包括 5 名博士、5 名准博士和十几名硕士。大学毕业生占了全部研究人员的 2/3。即使大学生，不经过专门考试，也是进不了这家官办农场的。

大陆记者去采访的那天，场长谢顺景博士不在家，接待我们的是副场长林信山，他也是一位博士。他向我们介绍说，台中农业改良场"秉持服务农民及恢宏农业的信念，密切结合推广与研究，推行各项业务"，历年来取得了一些重要成果。如育成多个水稻良种，建立了米质分级标准，开创了先进栽培方法；育成杂交高粱和荞麦等良种，在蔬菜生产技术改良方面，目前已推广镀锌管理胶布室约 96 公顷，纱网覆盖及网室约 400 公顷，矮隧道栽培约 640 公顷，纾减了不良气候对蔬菜的危害，有利于生产夏季蔬菜。

台中区农业改良场的无土栽培研究成果，尤其使我们印象深刻。该场农业推广中心主任高德铮博士兴致勃勃地带我们前去参观。表面看去，这是一个大温室；进一道小门，见里面有一排排架子，有的攀援着黄瓜、南瓜、葫芦，青翠鲜嫩，苗壮肥大。而根部却不见泥土，只是浮动在配有肥料的水中。另有几排池子，水上像是泡沫塑料板，空心菜、小白菜、西红柿从一个个小洞中长出。高博士特意将一块泡沫塑料板掀起来让我们看底下的菜根，原来这些蔬菜也是用无土栽培或称水耕的方法栽培的。这位博士特别强调说，水耕栽培的空心菜等，只需 14 天便可上市；这种"蔬菜工厂"因为不受自然环境的变化影响，不怕台风，不怕暴雨，不怕高温潮湿，因而特别适宜于在台湾发展。在回答记者提问时，高博士还说，水耕栽培设备投资大，但回收也快，4 年便可收回全部成本，而一般设备则可使用七八年。台湾从 1986 年起开始推广这种方法，至今已有 20 多公顷，一半以上采用这家改良场的技术。高博士同时也承认，大陆在这方面的工作也有相当规模和水平。

我们过去喜欢讲的一句话是："榜样的力量是无穷的。"这句话的意思大约也适用于台中区农业改良场的农技推广和示范作用。林信山博士说："任何优良之农业科技如未能广泛地落实于农村，则流于空谈。推广工作即在协助研发人员将精湛的农业推介于农民，藉以提高其生产力及作物品质。本场基于此概念，一方面从事农业科技之试验研究，另一方面积极进行技术与理念之推广。"1991 年，该场为农民解答疑难问题 432 个，提供技术刊物 19 万多册、优良种苗 130 个，接待来访农民 12.5 万人次，举办讲习会及训练班 480 次（受训人 3 万多人）。此外，当年还接待外宾 687 人次，这说明这家改良场同时也受理国外农业人员的训练。自从两年前成立农业推广中心后，又新设了农村生活研究室，以加强台中区农村社区发展、农家生活现代化、农村家政推广教育和文化福利咨询服务、农村休闲农业及游憩观光规划发展等事项。

对于和大陆农业的交流，我们在这家改良场见到的几位负责人都表现了浓厚的兴趣和愿望。林信山副场长在接待室里回答过我们的提问后又特意介绍说："本场有 5 名研究人员刚去过大陆……"在场的一位立即被大陆记者包围。他对我们说，他们为了参加一次学术会议，专程前往大陆。会议是在山西太原开的。他说，大陆不仅农业资源雄厚，种源丰富，农业基础科技研究也相当不错，研究人员很多。两岸的农业科技交流是大有可为的。

（原载《中国农村》，1993年第1期）

在高雄过生日

我 52 岁的生日，是在台湾高雄度过的。有了这一特殊的经历，祖国的宝岛更将永远留在我的心中。

1992 年 9 月 5 日至 11 日，我作为首次组团赴台采访的18 名大陆记者中的一员，在台湾生活和工作了一周。

说来也巧，我们的行期一延再延，从 3 月而 5 月，从 5 月而 7 月，不早不晚，最后终于在我的生日——9 月 6 日前夕经香港飞抵台北。

9 月 6 日中午，我们乘飞机从台北来到高雄。早从地理书上得知，高雄是宝岛大港，而今能亲睹她的风采，心头不禁怦然而动。当我从舷窗下望，见到她狭长的港湾和岸上楼群时，忙举起相机，摄下我第一眼见到的高雄，心中默念着：今天将在这里过我的生日。因为陪同我们的海基会张全声和赵淦成两处长先已通知，是晚将下榻高雄国宾大饭店。

晚上，张、赵两位处长设宴款待我们大家。酒过两巡，同伴中的海峡之声广播电台记者刘武仿佛突然若有所悟地看了同桌各位一眼，把热诚而亲切的目光停在了我的脸上："我想给老魏敬酒了……"我忙轻轻摆手，免得声张开来会令主人难堪——"万一人家并无准备呢？"我想。但刘武不顾我的阻拦，执意用他那节目主持人特有的美妙声音说："祝老魏生日快乐!"同桌的赵处长和海基会的陈启迪先生、马怡山先生、张丽芳小姐,记者团中的吴芯雯、景春寒、董玉琴等,同时向我举起了酒杯。

这倒使我为难了。因为本人对酒精过敏,差不多滴酒不能沾。可在今天这样的场合,面对着主人和同伴们满含深情的祝愿,无论如何也得把杯中酒喝下去,不管过敏反应到什么程度。况且有人已开始起哄了:"堂堂一米八的大个儿,哪里装不下一杯酒?"可也是,偌大男子汉,在几位小姐面前认输,岂不丢份儿?我鼓了鼓劲,将满杯的台湾绍兴酒一仰脖全灌了下去。大家这才饶了我。

熟知我的人都知道,在酒席上我属表现最不好的那种人。一般情况下我总是尽量保持沉默,更不敢主动向别人敬酒,免得"引火烧身";倘若有人主动找上来套近乎,我便乖乖地道歉,坦诚不胜酒量;如果还是过不了关,只有称病和耍赖了。但现在不行了,诸多花招都玩不得了,因为大家为我庆贺生日。不过我还是声明:"等会儿脸红了,可不许笑话我!"

刚把这杯酒喝下去,赵处长宣布道:"为了给魏先生过生日,饭店特意准备了生日蛋糕和长寿面,一会儿就端上来。"我心里充满了温馨。我情愿而且有理由相信,这不是经处长通知后临时准备的,因为我们还没到台湾,18位大陆记者的个人档案,包括生于何年何月何日,早在各家报纸公布了,据说接待人员还专门背过这些资料。因此,不待别人讲,他们也会知道那天是我的生日。

果然,不过几分钟,服务小姐端来了蛋糕,两桌各有一个。赵处长随即将服务员递上的长刀交给我:"请魏先生切蛋糕!"坐在我一侧的张丽芳提议为我唱生日歌。张小姐生性活泼、开朗，终日笑声不断。斯时也，她用黄梅戏《天仙配》中的曲调唱开了："我们祝你生日快乐……"两桌宾主随声唱和："我们祝你生日快乐……"掌声随着歌声响起，我切蛋糕的手情不自禁地伴着节拍起伏，引得大家边唱边笑。待蛋糕切完，歌声和笑声一停，不知从哪来的灵感，我立即开口独唱了起来："我的生日真快乐……"用的也是那段黄梅调，同样反复唱四遍。大约是刚才那杯酒发挥了作用，我觉得比平时兴奋了许多，不但歌唱得像那么回事，还手举着沾满奶油的刀舞了起来。这时，餐厅里的欢乐气氛达到了高潮。海基会的林秀芬小姐担负着为我们这些大陆记者拍纪念照的任务，在我的生日晚宴上更忙坏了她。真的非常感谢她把当时的欢乐情景为我留了下来。从她后来寄给我的照片上看，我当时不但笑得异常开心，连舞姿也还蛮潇洒呢！

实际上，说这种话千真万确是吹牛。我那两下子还谈得上舞姿吗？顶多只能讲是乱舞。我们的团长翟象乾曾公开宣扬过，本团有两个"舞王"，一个是副团长柏亢宾，另一个指的是在下。老柏确是舞场上的行家里手，可那样抬举我则大错特错了。想来这是被我的吹牛所误导——我曾壮着胆子吹道："杨丽萍跳孔雀舞——《雀之灵》，我腿长，跳的是鹤舞——《鹤之魂》。"假如从实招来，本人连交谊舞场都绝少露面。因为我连最基本的三步、四步都难得踩到点儿上。不过我也有拿手戏，一是随着迪斯科节奏打太极拳，可以令人捧腹，一是和着抒情慢节奏舞太极剑，也能让人称奇。但那天晚上我拒绝了老翟团长让我露两手的提议，因为又连着喝了两杯，不禁一阵阵头晕，真怕舞不了几下子就要起了醉剑……

9月7日早饭过后，我们驱车沿高速公路由高雄北上去台中。在两个来小时的行程中，由张全声处长导演，车上30多位两岸新闻媒体同行和接待人员，一个不落地被点名到前面唱歌。我本来嗓音还可以，只因上中学时在音乐课上受过"打击"，伤了自尊，差不多从此不再唱歌。尽管多年听惯了流行歌曲，有时也挡不住诱惑，随便哼上几句，却没有一首能完整地从头唱到尾。正当我把头埋得低低的，企图以假寐逃避出场时，麦克风里却传来了我的名字。无奈我只好站起来，走上去接过了麦克风，把头一天晚上的黄梅调生日歌又唱了一遍："我的生日真快乐……"车上的台湾同行捕捉到了这一新闻，纷纷向我表示祝贺，又使我动情，又使我再次感受到那份情、那份爱。

带着这份情、这份爱，带着些许依恋，带着那一周的疲惫和兴奋，带着对宝岛的初次印象……，我与记者团一行离开了台湾。

人虽离开了宝岛，但这段宝岛采访的经历和我52岁生日的愉悦情景，却永远留在我心中。

《瞭望》海外版，"宝岛在我心"征文，1993年第9期）

难忘那份情和爱

去年（1992年）9月11日，即18位大陆记者赴台采访的最后一天，正巧是中秋节。白天，太阳一直没有露脸，可到了晚上，皎洁的月光撒满了宝岛大地。邀请和接待我们的海峡交流基金会，在中泰宾馆游泳池畔为我们举办惜别晚会。天上的明月在水中，水中的明月在天上……我正举目望月沉思，客串节目主持人海基会张丽芳小姐那清脆而甜美的嗓音响了起来："大陆记者团中的魏大哥前两天在高雄过了生日。在生日宴会上他唱了一首歌《我的生日真快乐》，现在欢迎他为大家重唱一遍。"

闻声我快步跳上了舞台，用黄梅戏《天仙配》中"夫妻双双把家还"的曲调，把"我的生日真快乐"一句重复了4遍，我由衷地说道："谢谢张小姐唤回了我美好的记忆……"

我们17家单位18名记者的赴台采访，前后经过了不少波折，双方经过了10个月的交涉，方才成行。有人说这是"好事多磨"。巧的是我们9月5日抵达台北，9月6日便是我的52岁生日。是日晚我们在高雄国宾饭店下榻，海基会张全声和赵淦成二位处长设宴招待我们，酒未过三巡，大家便开始为我祝酒。接着，服务员端上了生日蛋糕。两岸的朋友们用上面说的那段黄梅调反复为我唱起了"祝你生日快乐，祝你生日快乐"。歌声刚落，我立即用同样的曲调唱道："我的生日真快乐……"。一面唱，一面手舞足蹈。朋友们随着我的歌声前仰后合地笑着，鼓着掌。第二天早上，大陆记者和更多的台湾朋友登上了大轿车，长驱两个小时到彰化，一路行车一路歌，在同车两岸兄弟姐妹的祝贺声中，我又一次演唱"我的生日真快乐"。一直到返回北京，同去台湾采访的大陆记者再见面时，还有不少人冲我这样唱："我的生日真快乐……"每当这歌声响起，一股温馨便涌上心头。唉，那份情，那份爱……

其实不光是我，记者团中不少人都在不同的场合亲身感受到台湾同胞和我们之间的那份情、那份爱。

台北有位李先生得知《光明日报》的翟惠生即将赴台采访，便写信让翟为他买一盘《黄河大合唱》歌曲磁带。9月5日中午，两人在台北桃园机场见面。他握着翟惠生的手好长时间不愿松开。他说他喜欢听黄河的召唤。过了两天，小翟出去发稿。本来路途并不远，可车子却迟迟到不了。原来司机认出小翟是大陆来的记者，从谈话中又得知同是山东老乡，又多了一份情、一份爱。他说："我想多和你说几句话，也让你在街上多看看。"

我们一行有4个山东人。在台的不少山东籍同胞从当地报上公布的资料中发现了这一信息。于是，在台中的，还有专门从台北赶来的，共20多人，汇聚台中一家酒店，想趁我们在台中停留的那个夜晚同我们聚会，可晚上我们另有活动。这可急坏了召集人、烟台籍的老乡刘先生。一旦得知我们夜访中友商场，他冲开保安人员的阻挡找到了我，苦苦恳求道："无论如何要见一下。我们已经等了好几个小时。"在台湾见老乡，多有意思。我们相会了，道不尽的乡情，说不完的友爱。夜深了，惜别真依依！广东东莞籍老乡来见团长翟象乾，湖北籍老乡来见《中国青年报》的吴芯雯，东北籍老乡来见副团长柏亢宾和中央电视台的张长明……互相倾吐的，也是那份情，那份爱。

7天的采访，哪天都不轻松，晚上的活动结束，大都在九、十点钟，已是疲惫不堪，多想洗个热水澡上床休息！可约好的朋友正等在那里呢，我们又乘上了开往新闻媒体所在地的汽车。8日和9日晚11点分别拜访《中国时报》和《联合报》两大报系，然后到KTV歌舞厅联谊到深夜。新朋老友，促膝谈心。旧雨新知，情谊融融。同歌共舞，分不清来自哪里。你歌我舞，竟然是那样默契。在这种气氛下，我们几位年岁已大，平日在北京从不光顾这种场合的大陆记者，也挡不住诱惑，开始学唱流行歌曲，我还别出心裁，用一套太极剑为台湾小姐伴舞；当别人唱到快节奏处，又出场打起了太极拳。谁也想不到我会出此怪招儿，掌声格外热烈。那厢里突然走来《瞭望》周刊的记者，主动握起了麦克风；我也坐不住了，真想唱，可流行歌曲又唱不来，就清唱俄罗斯民歌《莫斯科郊外的晚上》吧，歌舞罢，已是凌晨3时，可劳累、睡意全没了。还不是那份情，那份爱！

最难忘的是分手前的那一夜。惜别晚会结束之后，不少台湾同行，大都是从前在大陆认识的老朋友，又来我们的住处话别。房间里堆满了各种资料和其它物品，我们一边整理，一边同他们交换着心中的感受，互道珍重。有的看我们东西太多，主动回家取来了大箱子；有的接下了我们未来得及处理的事务；有的送来了自己的新著；有的拿着笔记本逐一请我们签名……而海基会的工作人员，则跑出跑进，忙着帮我们收拾行李，捆绑纸箱。

正在这时，我隔壁房间传来了一阵骚动。原来是《福建日报》的庄战成找到了自己的胞兄。

大陆记者团中的庄战成，53年前生在台湾彰化，9岁时因家贫被卖到福建惠安一庄姓人家为子，近年几次想与家人联系，终未成功。赴台采访的机会，重新唤起了他寻亲的愿望。台湾媒体对此多有披露。头几天，虽然有了联系，但并非真正的亲人。眼看就要告别宝岛了，仍无结果，老庄心头越加沉重。他一遍遍呼唤着，亲人啊，你们在哪里！时近9月11日午夜，即距我们登机离台之前的几个小时，老庄突然接到了从彰化打来的电话，核对过双方的乳名、家人情况、故乡环境等几个关键情节之后，老庄下意识地对自己说："这是我的哥哥。"对方也有了寻得同胞手足的感觉，于是连夜搭车北上，午夜12时半，同庄战成相见。老庄的房间里一下子挤满了两岸记者。

庄战成脸上的阴郁驱散了。他笑得那样开心。刚才还说回大陆后要写《难圆的梦》以记述赴台寻亲未果的事，如今他却在计划写寻得亲人的长篇通讯《梦圆台北》了。于是，大陆记者团的首次赴台采访划下了一个圆满的句号。

（原载《现代中国》，1993年第3期）

海协会与两岸关系

在 1992 年即将过去的时候，亦即海峡两岸关系协会成立一周年之际，中共中央总书记江泽民说，一年来，两岸关系有较大发展，并在一些方面有所突破，特别是两岸经济合作和人员往来、各项交流发展势头很好。这有利于消除敌意、增进相互了解，有利于发展海峡两岸的经济，有利于促进祖国和平统一大业。在过去的一年里，海协会为两岸民间交往做了许多工作。在海协会成立一周年座谈会上，国务院副总理吴学谦、全国人大常委会副委员长兼海协会名誉会长荣毅仁和中共中央台湾工作办公室主任、国务院台湾事务办公室主任王兆国先后讲话，也都对海协会成立一年来的工作予以充分肯定。王兆国说，1992 年两岸关系发展中的一个重要的特点，是受权的民间团体的事务性商谈已经开始，并且在克服困难中取得了某些进展。这是指海协会和台湾的海峡交流基金会的接触商谈。可以说，海协会是两岸民间交往发展的一个产物，它的成立又很大地促进了两岸的交流交往。

海峡两岸关系协会是 1991 年 12 月 16 日宣告成立的。汪道涵会长说，一年来，海协会遵循"和平统一、一国两制"的方针，本着"促进两岸交往，发展两岸关系，实现祖国和平统一"的宗旨，为促进海峡两岸各项交流和交往，积极、妥善地处理海峡两岸同胞交往中的问题，维护两岸同胞的正当权益，做了大量工作。海协会与台湾的海基会开展了富有建设性的工作联系，进行了事务性商谈，建立了沟通的管道。他说："令人欣慰的是，通过我会全体同仁的不懈努力和各方面的支持，基本上完成了海协会成立之初的工作设想。"荣毅仁副委员长说，去年两岸关系的发展，实在有赖于两岸同胞的共同努力，其中海协会也起了积极的作用，功不可没。

扩大两岸交流交往

海协会成立之初的工作设想之一，是建立同台湾致力于发展两岸关系的民间团体、人士的联系与合作。唐树备副会长说，一年来，海协会广泛联系了包括工商界、学术界、文化界、体育界、新闻界和台湾民意代表在内的各阶层人士，去年2—11月共接待前来拜访的台湾和海外团体122批、1600人次，并同台湾不少有影响的团体建立了联系。同时还有十几位台湾的民意代表与海协会建立了联系，其中有些民意代表组团来访问、参观、考察，增加了对大陆的了解；有的还与海协会就发展两岸关系举行座谈，了解到海协会发展两岸关系的诚意；有些民意代表赞同海协会关于发展当前两岸关系的主张，并对海协会开展工作和发展两岸关系提出建议。

在同台湾有关团体和人士的联系与交往中，海协会特别注重促进两岸经贸交流与合作，共接待43批工商界访问考察团体，提供信息和咨询服务，并注意听取他们对改善大陆投资环境的意见，供有关部门研究和制定政策参考。此外还注意开展为已来大陆投资、经商的台胞提供服务，注意与海外华侨、华人团体建立联系。1992年5月下旬，应美国"洛杉矶海峡两岸关系研讨会"的邀请，曾组团赴美访问，与关心中国和平统一事业的华侨、华人，包括台湾省籍人士，交换有关两岸关系的意见，增进了解，建立联系。海协会的主张，得到在美华侨、华人的普遍赞同。

进行两岸事务性商谈

海峡两岸事务性商谈是解决两岸交往中具体问题的重要环节，是两岸关系发展水平的一个重要标志，也是海协会受权进行的重点工作之一。一年来，海协会为推动两岸事务性商谈，做出了不懈的努力。

去年3月，海协会与海基会在北京进行了"海峡两岸公证书使用"和"海峡两岸挂号函件查询、补偿"两项议题的工作性商谈，这是海峡两岸各自授权的民间团体进行的首次事务性商谈。10月下旬，两会代表在香港再次就公证书使用问题进行工作性商谈，并就开办挂号函件业务问题交换意见。中国公证员协会、中国通讯学会人员分别参加了这两项商谈。公证书使用问题的商谈，已经取得重大进展，海峡两岸事务性商谈中表述一个中国原则问题也取得相当大的进展。

唐树备说，一个中国原则，是两岸同胞的共识，是和平统一的基础，也是发展两岸关系的基础。无论是推动两岸交流，还是处理交往中产生的具体问题及进行事务性商谈，都离不开一个中国原则。本来，在一个国家内，公证书使用、挂号函件查询等具体业务是不需要签署特别协议的，但由于海峡两岸还没有统一，需要采取某些特殊的做法，这种特殊做法，当然不应同国家与国家签协议的做法混同起来。因此海协会提出一个中国原则的表述问题，目的是要界定海峡两岸交往中的具体问题是中国的事务，应本着一个中国原则协商解决；在事务性商谈中，只是要表明坚持一个中国原则的基本态度，而不是要去讨论涉及"一个中国"的政治含义，或者涉及其它敏感的政治问题。他说："我们主张在事务性商谈中要相互尊重、不强加于人，通过海协会与海基会的平等商谈，实事求是、合情合理的解决问题。"他在回顾这个问题的解决过程之后说，鉴于一个中国原则表述问题已取得进展，海协会向海基会建议尽快解决文书使用商谈中某些遗留的分歧问题，以推动今后一系列的事务性商谈。

唐树备还特意通报了备受关注的汪道涵会长与海基会辜振甫董事长会晤的问题。他说，去年1月8日，海协会函邀海基会董事长、副董事长或秘书长率团来访。8月4日，汪道涵会长又向辜振甫先生亲自发出邀请，希望就"两岸经贸合作与两会会务问题交换意见，洽商方案"。8月22日，辜振甫先生回函，接受这一邀请。三个多月来，海协会与海基会就"汪辜会晤"的时间、地点、预备性磋商等问题通过信函多次交换意见。他说"汪辜会晤"是对两岸同胞都有利的事，我会主张尽早实现这一会晤，进一步推动两岸经贸合作、事务性商谈乃至两岸关系。为了会晤取得成果，有必要早日举行预备性会晤，而不应预设什么先决条件。

促进双向交流

一年来，海协会在与海基会保持密切联系，洽商推动民间交流，协商处理交往中产生的具体问题方面，进行了较有成效的合作。

迄今为止，经海协会与海基会联系、共同促成的主要交流项目有：18 名大陆记者赴台采访，中国平安保险公司人员入台考察保险业务，台湾"大专青年团"来大陆访问、联欢，中央芭蕾舞团、上海昆剧院、云南少数民族歌舞团赴台演出，金缕玉衣和秦兵马俑入台展出等。唐树备说，一段时间来，我会一直在与海基会联系，希望促成大陆工商企业界人士、旅游业人士赴台考察，著名京剧表演艺术家梅葆玖先生、南京小红花艺术团赴台演出等。我会希望得到海基会的积极协助。

唐树备指出，一年来，台湾有一些致力发展两岸关系的团体与人士建议海协会赴台访问。据台湾新闻媒体报道，海基会负责人曾在董监事会上就此问题进行过呼吁。然而，迄今为止，只有 3 位海协会理事以个人身份或以别的名义随其他团组赴台从事交流活动，这不能不说是海协会与海基会联系与合作中的憾事。他还向记者们透露自己的心迹说："工作中的困难是，还需要与台湾方面建立共信和互信，建立更多的共识，有些事情原来要谈，而实际没有谈，这其中不是我们方面的原因。"

维护两岸同胞的正当权益

由于海峡两岸人员往来和各项交流日趋频繁，难免会衍生出一些问题；另外，涉及两岸人员的纠纷和犯罪活动不断发生，台湾当局驻金、马等岛屿军队驱射大陆渔民事件时有发生。大陆有关部门在努力处理上述问题的同时，也授权或委托海协会予以协助，以维护两岸同胞的正当权益。一年来，海协会协助有关部门和地方，妥善处理各类涉台突发事件 24 起，包括较大渔事纠纷 6 起，台湾军方驱射大陆渔民造成伤亡的恶性事件 10 起，涉台重大刑事案件 8 件。唐树备说，海协会协助处理这类事件的基本态度是：以事实为依据，以法律为准绳，实事求是、合情合理地解决问题，以有利于维护两岸同胞权益，以利于维护两岸关系发展大局。

海协会十分重视解决台湾军方开枪开炮驱射大陆渔民造成死伤的问题。据福建省有关方面统计，去年 1—10 月，金门等地驻军打死大陆渔民 8 人、打伤 27 人，造成大陆同胞人身、财产的严重损失，极大地伤害了大陆同胞的感情，损害了台湾海峡日益缓和的气氛。海协会坚决反对台湾军方开枪开炮驱射大陆渔民，强烈要求停止这一暴行，并要求台湾军方对已发生的死伤事件承担责任，赔偿损失。遗憾的是，尽管有消息说台湾方面要求在金门的军队要谨慎，但迄今仍不时发生大陆渔民被台湾军队开枪开炮打死的事件。而且台湾方面始终拒绝对被打死、打伤的大陆渔民的善后进行妥善处理。这是完全不合情理的。唐树备说，海协会将继续为解决这一问题而努力。

1993 年是海协会成立的第二年。汪道涵会长说，今年工作重点仍是继续促进两岸经贸合作与交流、人员往来与各项交流。尤其要进一步加强同台湾社会各界中致力于发展两岸关系的团体、人士的广泛联系与通力合作。

唐树备副会长则从四个方面介绍了海协会今年的工作计划。这便是：

抓住促进两岸经贸关系这个重点，多办实事；

继续推动两岸事务性商谈；

进一步发展和台湾以及海外有关民间团体、人士的联系与合作，积极推动两岸人员往来和双向交流；

继续配合有关方面处理好涉及两岸人员的各类突发事件，努力维护两岸同胞的正当权益。

（原载《现代中国》，1993 年第 2 期）

还是高层接触好

——写在"汪辜会谈"之后

在海峡两岸关系发展中，这是一个历史性的时刻。(1993年) 4 月 29 日上午 10 时 40 分，海协会会长汪道涵、海基会董事长辜振甫，汪夫人孙维聪与辜夫人严倬云，以及参加会谈的双方代表进入新加坡海皇大厦会议厅。接着，汪、辜二人在签字桌前入座。在分隔 40 多年后，海峡两岸授权的民间团体的最高负责人之间首次进行的民间性、经济性、事务性、功能性的会谈，此时已到了最后关头。

汪道涵会长和辜振甫董事长在这天签署的文件有:《汪辜会谈共同协议》、《两会联系与会谈制度协议》、《两岸公证书使用查证协议》及《两岸挂号函件查询、补偿事宜协议》。

签字完毕，汪道涵和辜振甫的手紧紧握在一起，大厅内响起热烈的掌声。汪道涵、辜振甫与两会代表举起酒杯，共祝会谈取得圆满成功。此次会谈成功，标志着两岸关系迈出了历史性的重要一步，将有助于促进两岸各项交流，推动祖国和平统一事业。

走向会谈之路

汪道涵、辜振甫共同签署四个文件，仅仅用了 12 分钟。

但是为了这个历史性的时刻，两岸关系走过了一条漫长的道路。

十多年前，接触、谈判的倡议与和平统一祖国的方针相伴而生。几乎同时，从彼岸又传出另一个声音："不接触、不谈判、不妥协。"

可是，当 1986 年 5 月台湾华航 B——918 号货机机长王锡爵不飞香港而在广州白云机场降落之后，华航主动要求谈判。于是有了中国民用航空公司与台湾中华航空公司代表在香港为期 4 天的谈判，两航并签署会谈纪要。

1989 年 3 月 16 日至 4 月 6 日，中国奥委会副主席何振梁与台北奥委会秘书长李庆华在香港谈判，就台湾运动员来大陆参加国际体育比赛达成协议。

1990 年 9 月 11 日至 13 日，两岸红十字会通过谈判达成《金门协议》，使遣返非法进入对方地区人员的工作有了依据并得以循序进行。

可见，在海峡两岸之间民间交往日益频繁、交流逐渐增多，许多台胞来大陆经商、探亲的情况下，两岸的接触和谈判已是历史的必然。两个授权处理民间事务的机构——海基会和海协会先后成立之后，联络频繁，并且最终使两会最高负责人之间的会谈成为事实。

搭起一座桥梁

台湾的海峡交流基金会成立于 1990 年 11 月 21 日，翌年 3 月 9 日正式挂牌工作。据称，台湾方面成立这个负责两岸交流的"民间中介机构"，是为了既坚持与大陆"不接触、不谈判、不妥协"的政策，又能面对两岸交往中衍生的问题需要两岸协商解决的现实。

海峡两岸关系协会成立于 1991 年 12 月 16 日，其宗旨是促进海峡两岸交往，发展两岸关系，实现祖国和平统一。其工作任务之一便是逐步建立和发展与台湾岛内外民间团体和人士的联系与相互合作，发挥民间作用，共同促进两岸的直接三通和双向交流；根据国务院台湾事务办公室的授权，负责与台湾的海基会和有关团体进行联系，处理相关问题。

两会的成立像搭起了一座桥，使隔绝了 40 年的海峡两岸，有了联系和沟通的管道。辜振甫先生说，近年来海峡两岸交流一天比一天密切，在频繁的接触中所衍生的问题自然也多。两会应以务实的态度，针对问题，通过磋商，逐一有效地加以解决。我们搭起来的这座桥梁，是两岸两会关系未来发展中的一座里程碑。

两会成立后，双方即多次进行函件往来和接触。1991 年 4 月 28 日至 5 月 4 日，海基会副董事长兼秘书长陈长文率海基会访问团来京，并与中共中央政治局委员、国务院副总理吴学谦会见。

1992 年 1 月 8 日，海峡两岸关系协会邀请海基会董事长、副董事长、秘书长率团来访。8 月 4 日，汪道涵会长再次向辜振甫董事长发出邀请，希望"就当前经济发展、两会会务问题，交换意见，洽商方案"。8 月 22 日，辜振甫正式回函表示接受邀请。从此，"汪辜会谈"逐渐成为两岸舆论界的热门话题。经过半年多的联系和准备，今年 4 月 8 日至 10 日，海基会副董事长兼秘书长邱进益访问北京，与海协会常务副会长唐树备为"汪辜会谈"进行预备性磋商，确定了会谈的时间、地点、主要议题、参加人员，并草签了协议。

还是高层接触好

为了使拟议中的汪辜会谈得以举行，两会代表曾进行过较低层次的接触和磋商，不能说劳而无功，但这只是为高层接触和解决重要问题作准备。

汪辜会谈的主要议题，如两会会务方面、经济方面、科技文教方面，需要签署的协议，无不与两岸人民的切身利益有关。两岸民间交流中的这些问题，当然需要通过高层次的接触来解决。

当汪辜会谈顺利结束，人们对会谈在两岸经济、科技、文化交流以及两会会务方面取得的积极成果，和签署的四项协议予以充分肯定的时候，必然会想到，要解决问题，双方会谈的对手是否达到相当的层次，是否具有各自代表的一方充分授权，是至关重要的。

此外，双方在会谈中表现出的相互尊重、平等协商、实事求是、求同存异的精神和态度，是会谈成功的重要原因。目前，国际形势趋于缓和，国家的统一是大势所趋，人心所向，这是不可阻挡的潮流。汪辜会谈，实在是这种客观形势使然。现在回想起来，汪道涵会长在抵达新加坡时的书面讲话真是意味深长："为了中华民族包括 2000 万台湾同胞的根本利益，两岸同胞更应具前瞻性地面对未来，把握国际发展的趋势所赋予我们中国人的历史机遇，以宽阔的胸怀向前看，加强合作，携手努力，共同振兴中华。"

汪辜会谈并非事事如意。由于两岸数十年的隔绝，在许多方面差距较大，有些问题的解决需要时间。目前解决不了的，可以求同存异，从长计议。

近年来中共一再提出，海峡两岸应尽早接触，就正式结束敌对状态，逐步实现祖国和平统一进行谈判。对这样一个大题目，当然不是两会哪怕是最高负责人力所能及的。这需要两岸最高当局更有权威的人士亲自出马。

汪辜会谈之后，两岸最高领导人江泽民和李登辉均对会谈的成果予以肯定。在这方面，国务院台办主任王兆国和台湾"陆委会"主委黄昆辉说得更多，更具体。倘能把写在纸上的会谈成果一一变为现实，把这次会谈的成功作为未来最终解决问题的一个善意的开端和基础，两岸决策当局以此为契机下决心迈出关键的一步，无疑是两岸同胞所期待的。

因为汪辜会谈已经给了我们这样一个启示：还是高层接触好。

（原载《现代中国》，1993年第7期）

一位华人学者的情怀

——唐德刚先生素描

事隔 20 年，唐德刚先生对赴美后首次返乡探亲的情景，依然记忆犹新。那是在 1972 年美国总统尼克松访华之后不久。中美关系的缓和，使他这位赴美 24 年的游子萌动了回国探母的心思——老母亲那年已经 80 岁了。他想：连尼克松都去了，我为什么不能去？于是，经我国驻加拿大使馆协助，得到了三个月的签证。他回忆道："我先到了上海，然后来到芜湖，住在母亲身边。当地对我招待得很好，我很感激。但是，台湾当局对我此行不能容忍，认为我是'亲共教授'，不让我去台湾了。后来中国常驻联合国代表黄华到纽约后请我吃饭，更不得了了……"

唐德刚 1943 年毕业于重庆中央大学，修的是历史专业，1948 年由国民党政府公派赴美留学，在哥伦比亚大学获博士学位，然后留校任教，1972 年转到纽约市立大学任亚洲学系主任，直到 1992 年退休。

这位博古通今、学贯中西的教授，身材魁伟，气度不凡，退休之后依旧精力旺盛，才思敏捷。他几十年著述颇丰，其中最引人注目的是胡适回忆录、顾维钧回忆录和李宗仁回忆录。而耗费心血最多、写作和出版过程最为曲折的，则是

《李宗仁回忆录》。

李宗仁先生是国民党桂系领袖，曾作过国民党政府代总统。由他口述、唐德刚先生撰写而成的《李宗仁回忆录》，从一个侧面反映了那个时期我国重大历史事件中各种错综复杂的矛盾，是研究民国史的重要参考资料。为撰写这部回忆录，唐德刚先生用了 7 年的时间，从开始撰写到出版则有 20 多年的曲折遭遇。

1958 年暮春至 1965 年初夏，他在李宗仁先生合作之下，写出了李宗仁回忆录。

《李宗仁回忆录》有中文稿，又有英文稿。英文稿 40 余万言，原是作者对中文稿的节译，又加增补和改写而成的，中、英二稿相辅相成、各有短长，其内容亦间有不同。但由于这部书的写作原是由美国一所大学主持的，全以英文稿为标准，可李宗仁先生不懂英文，唐德刚只能在写出英文稿后再回译成中文稿交李宗仁过目，得到认可后再修改英文稿。他回忆道："为着赶写英文稿，按时向校方交 卷，并保持中文稿最低限度的可读性，我那时精力虽旺，也还是日不暇给，工作时间，往往是通宵达旦的，且遇到多少一言难尽的'额外'苦恼。但我是咬紧牙关、不计后果地坚持下去了——坚持着用掉数十打铅笔，写下了 100 多万个中国字！"

谁知英文稿甫告完工，李宗仁先生突然回国，主持这部回忆录的校方将英文稿封存，一封就是 12 年之久！故无法改写和润色，作者将它比喻为"一位未施脂粉、乱发粗服的佳人"。

《李宗仁回忆录》的写作后期，传主已有心返国，并希望在动身之前能结束这一工作。此时，工作虽已变动，照常理他与李氏合作可告终止，但是，唐先生还是在大学公余之暇，漏夜为英文稿赶工，以期不负所望。所幸那时精力犹盛，有时整夜打字，直至旭日当窗，他才假寐片刻，接着往哥大上班。

个中艰辛，只有唐德刚本人感受最深。所以，当1979年6月英文版《李宗仁回忆录》终于面世之后，回想起20多年的曲折遭遇，他不禁捧书而泣。当这部巨著的中文版不久在国内也同读者见面时，更多了一些感慨。在他1980年7月28日于北美洲北林寓庐写的中文版后记中，有这样一段结尾：

"最后，笔者更不揣冒昧，以撰写本书时亲身体验的辛酸，来略志数语，以奉劝中国知识界和我有同样短处的书呆子：你如有圣贤发愤之作，你就闭目著书，自作自受，能出版就出版之；不能出版就藏之名山，传之后人……一个作者著书，正如一个艺术家创造一件艺术品；一个花匠培护一园名花；一个养马师养育一匹千里名马……笔者为这两本拙作（按：指《李宗仁回忆录》中、英两个版本），披肝沥胆，前后凡二十有二年。回顾它在过去22年中所经历的沧桑，而我这位原作者，心情之沉重，怎敢讳言?!"

现在，谈笑风生的唐教授早已从这种心境中解脱出来。唐德刚今年（1993年）七十有三。他是去年退休的。他说："本来可以不退，是我请求退休的。70多了，还不退，不像话了。而且当了十来年的系主任，相当地忙，身体不如以前了。退了休，不忙事，又有饭吃，就舒服了。"

其实他退休不为舒服，而是为了实现自己几十年来的一些计划，因为作系主任太忙了，好多事顾不上去做。比如，他想用研究西洋史的方法整理中国历史。为此他已作了多年的研究，文稿有几十箱。他想一卷卷整理出来。又比如两岸的事情，他也想做得更多一些。

唐先生结合自己的经历，悟出了这样一段话："国共两党，以前作风有点不同：共产党会统战，视同情者为朋友，尽力缩小打击面，孤立极少数。而国民党不会统战，亲共便是仇人。"不过他也说，现在台湾对他也比较客气了，在台湾举行的学术会议又让他去参加了。他在当亚洲学系主任时，也曾组织过一些会议，邀请两岸学者参加，但请了大陆的，台湾的不来；以后才慢慢地，也来了。他说自己希望站在第三者立场上多做一些有利于国家统一的事情。他深情地说："站在老华侨的立场，总希望两岸和平统一。"为此他又得罪了"台独"分子，甚至被他们打过。但他还是写文章批判"台独"，说"台独"是"待爆的火药库"。

（原载《现代中国》，1993年第11期）

人民不会忘记

——台儿庄大战五十五周年纪念活动侧记

今年（1993 年）4 月 8 日，是台儿庄大战 55 周年纪念日。

台儿庄是一片热土。用台湾著名学者、台儿庄人张玉法先生的话说，这个鲁南小镇曾经有两次光荣，头一次是 1938 年中国军队在这里英勇抗击日寇，第二次是 55 年后人们在这里隆重纪念这场大战。

"天下第一庄"

台儿庄本不大，但却是一个重镇。明代万历年间（1573—1620 年），京杭大运河改道经台儿庄南下，朝廷在此设闸管署，台儿庄遂成为南北漕运的枢纽，山东、江苏边界一带货物集散地。据记载："台庄跨漕渠，当南北孔道，商旅所萃，居民饶给，村镇之大，甲于一邑，俗称天下第一庄。"

历史上，台儿庄归属多有变迁，1962 年设台儿庄区成为山东省枣庄市一个县级行政区至今，现辖 4 镇、6 乡，25 万人。区长阎保金说，改革开放以来，台儿庄这片热土发生了翻天覆地的变化，出现了政治安定、社会稳定、经济迅速发展、社会各项事业蒸蒸日上的可喜局面。农业走上高产高效之路，全区人均占有粮食 800 公斤以上，列全省前茅；工业形成煤炭、建材、化工等十大体系，产品有 400 多种；全方位开放后，引进资金和先进技术，提高产品档次，形成了四大工业品出口基地，共有 20 多种名优产品参与国际市场竞争，是枣庄市外向型经济先进单位。近几年来，城市建设日新月异，东部老城区出现了以"台湾街"为中心的商贸区，城中心为新兴的商贸中心，西部为高新技术开发区，东北部是工业和外向型经济开发区。城内的月河公园和城外的环城河相互沟通，碧水绿树，亭阁拱桥，城内城外浑然一体，形成了中国长江以北地区少有的水城风貌。随着京杭大运河的治理，运河观光旅游线得到开发。更吸引人的是，随着台儿庄大战纪念馆的建成和中正门、清真寺、新关庙、火车站等大战遗址的修复，出现了一条台儿庄大战遗址参观线。

五十五年前的辉煌

4 月 8 日，一些当年参战将士及其子女，和应邀出席台儿庄大战国际学术研讨会的海内外学者，沿着这条参观线凭吊大战遗址，眼前仿佛再现 55 年前的那次光荣和辉煌。

台儿庄为山东省的南大门，进入徐州的门户，向为兵家必争之地。1937 年 7 月 7 日卢沟桥事变之后，日军大举侵华，东北沦陷，华北危机。同年底，日军矶谷廉介、坂垣征四郎两精锐师团 5 万余人企图攻占台儿庄，继而占领徐州，窥伺武汉，占据中原。1938 年 3 月，矶谷师团攻占附近的滕县，守城师长王铭章壮烈殉国，这股日军侵入枣庄，逼近台儿庄。从另一个方面向台儿庄进发的坂垣师团则被张自忠部击溃。矶谷师团孤军深入。

在第五战区司令长官李宗仁命令下，孙连仲所率池峰城、黄松樵、张金照部在台儿庄及其周围布防。3月23日，台儿庄大战打响第一枪。3月24日，日军向台儿庄发起进攻，我军奋起反击。双方推进推出，阵线犬牙交错，尸体塞壕断路。4月3日，矶谷师团集中所有兵力，企图决一死战，一度占领台儿庄大半。李宗仁命孙连仲死守。孙连仲之女孙惠后来从父亲口中得知当时情景：师长池峰城跑回总部说："我顶不住了。"孙连仲说："顶不住也得顶，人打光了，你上，你打死了，我上！咱们保卫国土，就得不怕死，顶着上！"4月6日，孙连仲下达反攻命令，全城杀声震天，日军多被就地歼灭，少数溃退。4月7日，日军全线溃退。中国军队与民众在台儿庄以救亡图存的爱国热情和民族义愤，与装备精良的日军殊死搏斗，赢得了举世瞩目的大捷，共歼灭日军11984人，击落日机两架，击毁日军装甲车11辆、大小战车8辆，缴获大批武器弹药。

大战纪念馆落成

进入80年代之后，这场主要由国民党军队打的胜仗，经常被忆起，当地并为此举办过几次纪念活动；在台儿庄大战中殉国的将士被尊为民族先烈，他们的爱国主义精神受到高度赞扬。

为了缅怀这些壮烈殉国的民族先烈，弘扬爱国主义精神，台儿庄区人民政府筹资，于去年10月12日奠基，兴建台儿庄大战纪念馆。纪念馆总占地面积3.4万平方米，总建筑面积6000平方米。主馆建筑面积1400平方米，现已建成。馆内设三个展厅和一个书画厅。展厅内陈列着台儿庄大战时的资料、文物600多件；书画室中则珍藏着全国人大常委会副委员长程思远和部分参战将士及其亲属、著名书画家及知名人士的作品。

从远处看，纪念馆立于高台之上，下面是一楼，经 38 个台阶通向二楼，上有 24 根柱子，均寓意 1938 年，即大战发生的那一年。馆名由中国著名书法家启功先生题写，程思远副委员长为纪念碑亲自撰文。4 月 8 日，台儿庄大战 55 周年国际学术研讨会暨台儿庄大战纪念馆落成典礼开幕式之后，程思远副委员长等亲自为纪念碑揭幕，接着在纪念馆前台阶上与参加学术研讨会的国内外来宾和当年参战将士及其子女分别合影留念。来宾们并获悉，正在施工的纪念馆二期工程——全景画馆，将采用现代立体音响合成技术，配之以绘画、塑型、灯光，形象地再现 55 年前爱国将士们浴血奋战的悲壮场面，使人如身临当年战场。

人民不会忘记

有 130 多名来自 9 个国家和地区的学者参加的国际学术研讨会，是台儿庄大战 55 周年纪念活动的重要组成部分。当时任李宗仁秘书的程思远副委员长，作为那次大战的参加者，对它的意义作了深刻阐述。他说："回首 55 年前的往事，这场喋血大战的许多场景，记忆犹新，历历在目。当年台儿庄中国守军在敌军一度攻入庄内、夺占了庄内四分之三面积的严峻形势下，依然服从命令，听从指挥，拼死抵抗，巍然屹立，反复肉搏，视死如归，终于赢得整个战役歼敌万余人的辉煌战果。这些抗日勇士的英雄壮举，将永远铭刻在中国人民的心中。"他认为，国民党军队承担的正面战场上的这次大胜仗，是继中共领导的军队取得的平型关大捷之后的又一次伟大的胜利。"这次大战的胜利，打破了日本侵略者不可战胜的神话，增强了中华民族抗战必胜的信心，为保卫大武汉赢得了时间，从而为抗日战争的胜利奠定了基础。"

参加研讨会的许多学者指出，台儿庄大战是在中国共产党领导的、以国共合作为基础的抗日民族统一战线形成后，全国军民同仇敌忾、誓死抗击日本帝国主义侵略的历史背景下爆发的。因此，台儿庄大战的胜利是中国共产党抗日民族统一战线政策的胜利，是国共两党真诚合作的结果。程思远副委员长说："每当我深切缅怀那些在抗日民族统一战线旗帜下，为民族独立而英勇献身的爱国将领，为促成第二次国共合作作出重大贡献而逝去的先烈们，心里总是久久不能平静。眼观现实，展望未来，我切盼海峡对岸的老朋友们，能以民族大义为重，发扬当年两次国共合作、促进民族进步的精神，为早日实现祖国的和平统一，为振兴中华、建设祖国，作出应有的贡献。"

枣庄市市长秦尧基先生说："台儿庄大战虽然已经过去了半个多世纪，但当年那种悲壮惨烈的战斗场景，爱国将士和广大民众浴血奋战的英雄气概，都值得我们永志长存，铭刻不忘。"市长的话道出了枣庄全市、尤其是台儿庄当地居民的共同心情。在台儿庄大战 55 周年国际学术研讨会暨大战纪念馆落成典礼举行的 4 月 8 日上午，台儿庄数万人拥上街头，在阳光下肃立几个小时——他们用这样的方式寄托自己的怀念和崇敬之情。

这一切，都使应邀前来的当年参战将士和他们的子女们动情。当千言万语还不能充分表达内心感受的时候，便有好几位即席赋诗。当年参战的 57 军 111 师 333 旅旅长王肇治之女王海峪，不但诗写得好，也朗诵得好，博得最热烈的掌声：

"台儿庄，多么陌生，我是第一次来这里，

台儿庄，多么亲切，我亲爱的父亲在这里流血牺牲，

台儿庄，多么可爱，弹丸之地震撼了世界。

多么多么地了不起，台儿庄！

你记载了中华民族的豪气、威风，

你今天又展示了改革开放的中国风貌。

台儿庄，我怎么称呼你呢……

啊，台儿庄，

你像故乡，你像母亲！

我，和我一样的中华儿女，

都将会全身心地拥抱你，建设你！"

为了建设台儿庄，这些当年参战将士及其子女在纪念活动期间，发起成立了台儿庄大战研究基金会，并为台儿庄的改革开放和经济建设纷纷建言。看那感情，那姿态，他们还真的把这片热土视为自己的故乡。

这都是因为，对55年前的那次抗战大捷和为此流血牺牲的爱国将士们，人民没有忘记，也不会忘记。

（原载《现代中国》，1993年第6期）

两岸文化书使石景宜

（一）

将届八旬的石景宜先生，是香港汉荣书局所辖汉荣书局有限公司、导师出版社、导师图书发行有限公司的董事长。当董事长是用不着操劳具体经营业务的。十多年来，他奔波海峡两岸和香港之间，选书、购书、赠书几乎成了他生活的全部内容。说起来，他十分满足："别看我只留了个董事长，封号却一大堆，称我是书圣、书王，是开启两岸文化交流大门的第一人，是两岸文化书使。祖国统一，文化交流应该先行一步。我做的事就是为了促进两岸文化交流，增进相互了解。"由于他在这方面奉献良多，名声越来越大，除了那些"封号"之外，得到的荣誉和职务也越来越多，择其要者，有全国政协委员、广东省康梁研究会名誉会长、暨南大学董事会董事、武汉大学名誉教授、广州市荣誉市民、南海市荣誉市民等。

（二）

听石先生谈话，使用频率最高的一个词是"两岸文化交流"，而"交流"二字，他总说成"高楼"，一听便是广东腔极浓的普通话。他夫人刘紫英女士怕我听不懂。当我用接近标准的普通话重复石老之语后，他们都朗声笑了。我分明看到石老清癯的脸上那两道浓黑的寿眉随着笑声上下抖动。

我与石老并非初交。1986年7月我在深圳距地面160米的国贸大厦旋转餐厅第一次采访他时，便已弄清了他的经历。

石老1916年2月出生于广东南海的儒溪乡，两岁时随母亲迁居广州。1936年进广州勤勤大学经济系读会计，翌年抗战爆发，被迫辍学，以后当过杂工，跑过单帮，1945年开始摆摊卖书，三年后开设"忠诚书店"。1958年到香港居住，1963年开办国荣书店，第二年又办汉荣书店，1979年易名为汉荣图书公司，1982年起称之为汉荣书局有限公司。

1978年，广州筹办外国图书展览，石景宜先生赠400多册图书参展。长子汉基时年27岁，从父亲手中接过书局总经理职务。石老从此专心致力于两岸文化交流的义举。

（三）

石老一直想利用自己在香港经营图书业的方便，为两岸的文化交流发挥桥梁作用。1985年起，他的夙愿开始实现。是年春，汉荣书局与深圳大学联合举办了新中国成立以来的首次台湾图书展销会。纵观展出的1.2万种、2万余册图书，内容遍及文法理工农医和管理等领域，品种则有全书、丛书、文集、专集、图像、画册、教科书、参考书、工具书等，可谓洋洋大观。这些都是石老独家藏品。为此他曾多次前往台湾，出入上百家书店。这次展销会吸引了大批来自大陆各地的图书馆、出版社、学术界人士和广大读者。面对人们的嘉许，石老说:"海峡两岸的人民都是炎黄子孙,同源于中华民族的优秀文化。我长期从事图书事业,应该为两岸文化交流做一点架桥的工作。"他还表示将沿着这条路继续走下去。

果然,第二年7月,石景宜先生又在深圳举办了规模宏大的台湾版中文图书展览会。他说:"举办这样的书展,目的有两个:一是为祖国的四化建设提供门类广泛、高质量、高水平的图书资料;二是希冀为大陆、台湾文化和学术沟通起桥梁作用。"我第一次采访他就是在这时候。我问,台湾图书已经在大陆展出,大陆出版的图书也能在台湾展出吗?石先生答曰:"我希望在台湾举办大陆图书展销会的计划也能早日实现!"

1988年,石先生继续与深圳大学合作,举办了第三次台湾书展。1900年1月19日至2月9日,香港汉荣书局与台湾官方机构——"国立历史博物馆"联合举行大陆图书展览。台湾媒体当时留下这样的报道:这次展出的大陆版图书共1.3万余册、7735种,包括艺术、考古、工具和文史哲四大类,来自大陆80余家出版社,其中包括1000多册线装古籍书、中国美术全集及各省博物馆藏书等,可谓大陆出版界的精品。展览之后,石先生悉数赠予台湾"国立历史博物馆",后者并特设"石景宜捐赠图书特藏室",保存这些珍贵书籍。这是台湾官方首次公开接受大陆版图书捐赠。

(四)

石先生回忆道,首次向台湾捐赠大陆版图书,并不顺利。但有了第一次之后,便容易得多了,他形容为"条条大路通罗马"。1991年2月，他将大陆出版的艺术专著共3700种、5448册捐赠给台北艺术专科学校，并同时举行展览。该校将这些书籍长期保存在"石景宜先生图书室"里。

1993年9月，石先生第三度向台湾赠书，将1.4万余册大陆版图书捐予中正纪念堂图书馆。至此，他向台湾捐赠的大陆图书已有6万册。

石先生向大陆捐赠的台湾图书则远远超过此数，十多年中计向200多个单位赠书70万册，耗资超过7000万港元。加上今年6月向60家图书馆所赠40万册，总数已达110万册之多。石老说："我并非多么有钱，主要是靠一种精神。没有这种精神，再有钱也不会这样做。"所以，石老义举确实前无古人，难有来者。同时为两岸官方、民间所接受、所欢迎，两岸媒体均誉其为"文化书使"，舍石老其谁？

（五）

两岸交流书作舟，增进了解画为媒。1988年，石老用了8个月的时间，花了1500万港元经费，搜购了330位大陆、台湾、香港及海外名家作品，于两岸三地和海外巡回展出，直至1989年春天。除了展览，还印制《中国当代书画选》1万册，免费赠送。他的热心肠获得两岸人士热烈称赞。中央美术学院院长靳尚谊说，有能力办这种事的人不少，但有境界办这种事的人却不多。石先生的精神真是令人钦佩。

1991年1月，石景宜先生出版《中国当代书画选·大陆专辑》，并在台湾举行同名展览。

1992年底，石先生为两岸书画艺术交流又做了一件好事:将近期再搜集到的中国书画藏品 3000 余幅（作者 2000 余人）中挑选 1000 幅，精印成册——《华夏千家书画集》。在书画集序中，石老写道："余毕生从事图书事业，酷爱书画艺术，并喜广结文缘。沿业之余，每有积蓄，屡搜购各类图书，捐赠各地图书馆。获睹莘莘学子能博览群书，视为一乐。此外尚'醉书'、'嗜画'，搜集各地名家、新秀之书画作品，并将之展示同好。"他斥巨资出版的《中国当代书画选》和《中国当代书画选·大陆专辑》，广获海内外书画家及书画爱好者之青睐。美誉之余，他们又以墨宝慷慨相赠，于是又有了这套上下两册的巨制——《华夏千家书画集》。

（六）

今年 6 月，夫人刘紫英和长子石汉基陪同石老来北京赠书。我问刘女士："你们全家都参与石老做的这些事吗？"她笑答："参加。我们全家挣钱，他来花。"

石老夫妇是 1951 年结婚的，当时他 34 岁，比刘紫英大12 岁。1961 年，夫人去香港与丈夫团聚。这时候，他们的儿子汉基、国基、永基和女儿小慧都已相继出世。1962 年全家在香港团圆。石老对全家人都颇满意。他的事业，得到夫人鼎力相助；他为两岸文化交流的巨大奉献，得到夫人的充分理解。长子汉基出任汉荣书局总经理后，不仅接过了公司的全盘业务，还承传乃父之风，也开始买书赠书了。次子国基大学毕业后也投入书局的繁忙工作，担任了导师出版社的副总经理。女儿小慧也曾在书局帮忙，后移民美国。三子永基在书局主理仓库。汉基、国基在《石景宜传记》一书的序中道出了后辈对石老事业的钦敬和支持:"以父亲择善固执的性格,今后当然仍会致力传播中国文化的工作,而我们兄弟两人,也定会追随左右。"

石老充任两岸文化书使,后继有人。

(原载《台声》,1994 年第 8 期)

潍坊鲁台经贸洽谈会：
商贾云集　成果不凡

　　'94 潍坊鲁台经贸洽谈会 8 月 8 日上午在潍坊国贸大厦开幕。全国政协副主席、国务院台办主任王兆国，海峡两岸关系协会会长汪道涵，全国台联会长张克辉，贸促会副会长解建群专程从北京赶来祝贺。山东省副省长宋法棠用乐观的语调宣读了开幕词。过了不到两个小时，这几位要员和潍坊市领导人又与来自海峡彼岸的厂商会见，气氛热烈、欢快。人们预期本次洽谈会能取得成功。

　　8 月 9 日下午，'94 鲁台经贸洽谈会部分项目签字仪式结束后，潍坊市长王大海兴奋地对我说，原来预计台商、外商能来百把十位便不错了，可实际已经到了 513 人，效果也比预期的好，还谈成了一个投资 1 亿美元的独资项目。

　　8 月 10 日下午，满脸喜气的王市长与采访洽谈会的记者座谈。他一口气报告了这样一串数字：到是日上午 10 时，来参加洽谈会的台商、外商已达 587 人，其中台商 453 名。能来这么多，连想也没敢想。而且，其中不少人相当有名。洽谈会的成效也比较明显。据不完全统计，共签订合资合同 116 个，合同台资外资额 2.6 亿美元；签订协议 227 个，协议台资外资额 6.5 亿美元；出口成交额 1.13 亿美元；签订劳务输出协议金额 3647 万美元，合同输出劳务人员 2356 人；签订设立海外企业协议 13 家，合同利用外资额 148 万美元。

三天之内取得如此成效，在潍坊市是空前的，在兄弟省市也是罕见的。但是，洽谈会的成效还不仅表现在这些数字上。王大海市长说："更重要的是，通过这次洽谈会加强了与台湾的经济文化交流，增进了了解。台商对这次活动也比较满意。两岸经贸人士来得这么踊跃，说明我们做的这件事符合历史发展潮流和两岸人民心愿。"

近年来，台商在大陆投资区域向北扩展，这是众所周知的事实。

在北方，众多台商看好山东。宋法棠副省长说，山东是大陆重要的沿海经济大省，国民生产总值居大陆第二位。最近十几年来，山东经济平均每年以 11.9% 的速度增长。这里资源丰富，基础设施良好，又是孔子的故乡，人民具有勤劳、朴实、敬业的传统美德。山东已与上百个国家和地区有着良好的经贸合作，与台湾的经贸合作也不断加强，并且取得了良好的效果。

在山东，潍坊市又为不少台商格外看好。

潍坊市及其辖区位于山东半岛中部，兼山海之利，扼山东全省东西交通之咽喉，地理位置优越。这座文化古城是举世闻名的"世界风筝都"。其境内地域开阔，自然资源丰富，农业基础雄厚，工业有较强的实力，城乡市场繁荣活跃，投资环境不断改善，对外经济迅速扩大。改革开放以来，潍坊市先后被国家确定为经济体制综合改革、机构改革、金融体制改革和生产资料市场改革的试点城市，1988 年被国务院列为山东半岛经济开放区，1989 年跨入大陆 25 个国民生产总值过百亿元城市行列，1993年全市国民生产总值达到337.2亿元。潍坊市敞开大门，大力开展同世界各国和地区的经济技术合作与交流，更制定了一系列鼓励台商投资的优惠政策，使台资企业出现了速度快、规模大、领域宽、效益好的可喜局面。截止到洽谈会前，全市利用台资项目276个，合同台资额2亿美元。在国家级的潍坊高新技术产业开发区内又设立了省级"台湾科技工业园区"，区内投产的台资企业发展势头良好。本来基础并不太好的昌乐县，现在却成了潍坊市吸引台资最多的地方，洽谈会前已开业的43家台资企业家家盈利。陈先生投资3667万美元于两年前和当地合办的华和拉链有限公司更是其中的佼佼者，现在他又投资7000多万美元创办化纤有限公司。蓄着大胡子的陈老板偕年轻漂亮的太太出现在洽谈会上，格外引人注目。他给我的名片上写着：山东省潍坊市政府经济顾问、山东省昌乐县政府经济顾问、山东省潍坊市外商投资协会副会长、山东省新城经济开发区总顾问。别人告诉我，经他引进的台资企业已有8家；经他介绍来参加这次洽谈会的台商有70多人；在洽谈会期间签约的1亿美元大项目也是他介绍来的。这位大老板初次来潍坊便有如此大动作，概因听陈先生进过，这里的"人好，长官好，投资环境好"。

光临洽谈会的许多台商，不时发出对潍坊的称赞。美国康贝尔国际开发有限公司副董事长江万里先生在连签两项协议之后，特意告诉我，这是一家在美国注册的台资公司。我问他对潍坊的印象如何，他竟不加思索地说："很好！甚至比青岛还好。"这种不同一般人的见解，肯定有他的道理。

"台南市议会议员"姜荣庆先生头些年已经开始了在大陆

南方的投资，据他说目前遇到了麻烦，于是把眼光移向潍坊，并且约台南善葵企管年仅23岁的董事长董家铭一同来参加洽谈会。这位姜先生颇豪侠，又健谈。他抬高嗓门说："原来没想到还有这么块风水宝地！"既有几分遗憾，又有几分欣慰。

台湾政治大学教授李瞻与姜先生不同，说话慢条斯里，又加上长得慈眉善目，颇具长者风度。他说他是坐汽车从北京赶来的。因为他是潍坊人，市长特意邀请他趁访问北京之便来看看。他已回来过多次，每次回来都发现家乡有变化。这次专门坐汽车来，目的是沿途多看看。一个突出的印象是，山东的公路好，比别的省好。从邻省进入山东境内，马上觉得车跑得快了，而且平稳舒适。

李教授所言极是。山东的公路全国第一，这也是良好投资环境的一个方面。

综合而论，山东省的投资环境已有很大改善，诸如基础设施、交通通讯、环境保护、水电供应，乃至娱乐条件，莫不给台商留下深刻印象。

而优惠的政策、热诚的服务、良好的信誉、真诚的友谊、较高的效率，和劳动力素质高而价格低、员工肯于吃苦又易于管理，等等，也都令前来投资的台商把山东人当作比较理想的合作伙伴。

纯朴厚道的山东人则把彼岸来的合作伙伴视为朋友。昌乐县委孙书记已是50多岁的人了，为了与台商交朋友，学会了唱歌、跳舞。在潍坊，王大海市长也能歌能舞；市台办黄潍连和官殿巍两位主任的卡拉OK，绝对在业余水平线以上。

保守的观念已经改变，而宽厚的胸怀依旧。"要让人家在这里赚钱，甚至赚大钱！"不少官员都这样说。

对于一个商人来说，还有什么比这更有诱惑力呢？

（原载《台声》，1994 年第 10 期）

台胞喜爱的大陆画家周琼

　　随着两岸交流交往的深入和发展，祖国大陆不少艺术家逐渐受到彼岸同胞的喜爱。山东省济南画院的专业画家周琼女士便是其中之一。

　　周琼与人交往，很看重缘份。

　　周琼与两岸文化交流，确实有一种缘份。

　　比周琼年长几岁的济南画院画家吴泽浩、欧阳秉森是山东艺术界以绘画寄托海峡深情的开创者。1982年，他们读了一本《台湾同胞爱国怀乡诗词选》，心潮激荡，久久不能平静。接着便联络了另外三位画友，根据这本书创作了87幅诗意画，并相继在济南和北京展出，接着又出版了画册。

　　周琼说，她用自己的画笔表达两岸同胞共有的民族感情，要比吴泽浩他们晚一些，最早的一次是在1987年2月，她以一幅《圆月仕女图》参加了在北京中国美术馆举行的"海峡两岸诗书画作品展"。这幅画用工笔重彩绘成，画面上一位少女站在刚刚升起的一轮中秋明月之前，正虔诚地拈着一根红线绳，默默地祈祷月下老人用这神奇的定情物牵来漂泊异乡的心上人。线条柔和流畅，着色绚丽秀逸，生动地表现了佳节思亲、月圆人缺这一耐人寻味的主题，抒发了被海峡阻隔的亲人渴望团聚的心情。回忆起这幅作品，周琼的脸上流露出成功后的喜悦和兴奋之情："中央电视台在报道那次展览的新闻中介绍了这幅画，给了七秒钟的镜头。"当时，她已是济南画院的画家，并在山东师范大学夜大中文系本科进修。

周琼于1950年出生在济南一个知识分子家庭，父亲是位美术教员。受乃父影响，周琼自幼喜爱美术，13岁投身名师门下，专攻工笔重彩人物和花卉。她孜孜不倦，坚持不辍，又加上资质聪颖，深得真传。为了博采众长，她又陆续向多位名家求教（最近又成了中国最著名的工笔重彩画家潘絜兹老前辈的入室弟子，这是后话），不断提高自己的艺术水准。她还善于把诗词歌赋的意境和西画技巧融汇到自己的创作中去，使自己的作品看上去既有书卷气，又有现代气息。绢本工笔画《青玉案》、《在水一方》等都是这样的成功之作。

1988年1月，周琼和孔庆声、冯增木、马殿普四人向台湾同胞赠画60幅，并专门为此在山东省农业展览馆举办了一次展览。以此为发端，周琼的工笔佳构越来越被彼岸同胞看重。同年，她的作品分别在高雄和花莲展出。其中一幅《仕女图》并在花莲获佳作奖。在此前后，她的作品还先后在山东参加了数十次展出。

1991年对周琼来说是有其特殊意义的。在一次看似偶然而又有必然蕴含其中的机会，她发现采用双面画的形式可以提高工笔仕女画的表现力和观赏性。这是她的创造。她发明的这种"双面画"，是将传统的中国画以双面绘制的方法，施于丝绢、宣纸等材料之上，制成可供双面观赏的工艺品，使中国画从传统的挂轴、镜心发展成为双面屏风、隔断、影壁等新形式，具有展宽视野、丰富表现力、扩大观赏角度等特点。就在 1991 年，周琼的双面画在山东省被确认为"一项新的科技发明成果"。参加鉴定的专家、学者认为，这种"双面画"可以视为中国画的一个新品种、国画工艺品的一个新种类。国家专利局受理了周琼提交的"双面画绘画技法及双面绘工艺品"发明以及"双面画屏风"外观设计等三项专利申请。同年 12 月，台湾"华视"在"中国早安"栏目中详细介绍了这种"双面画"的特点、用途及其广阔的发展前景。

周琼在台湾成为广为人知的内地画家则始于 1992 年 9 月 30 日至 10 月 6 日在台北举办的《双面画特展》。展览会请柬上有这样一段"简介"："双面画可借助自然光和灯光，产生一种独特的朦胧美感，给人以无穷的艺术享受。"台湾"中视"、"华视"两家电视台对她的"双面画"均作了专题介绍。

1995 年 2 月 11 日，周琼得到了"授予发明专利权决定通知书"，她的发明专利名称正式定名为"双面画的制作方法"。4 月上旬，她在中国美术馆举办了"周琼工笔画展"，将包括 36 幅"双面画"在内的 50 多件作品呈现于北京观众面前。

周琼说，这是她再次赴台举办个展的前奏——台湾方面已向她传递了信息。喜爱她的台湾同胞又向她招手了。

（原载《台声》，1995 年第 5 期）

台谊陈放美术馆

——企业与艺术结合的创举

1995 年 3 月 21 日至 26 日，广东画家陈放书画展在北京中国美术馆举行。斥巨资支持陈放艺术事业并与之携手建立"台谊陈放美术馆"的广东省台谊企业集团公司，也在首都文化舞台上大放光彩。画展开幕这天，台谊集团董事局 12 名成员全体来到北京；全国台联副会长杨国庆，全国台联副会长、广东省台联会长徐进星亦亲临助阵；首都书画名家、各界名流和众多媒体记者云集中国美术馆。如此盛况，使为台谊陈放美术馆的建立和此次展览的举行耗费大量心血的陈启勋先生格外激动。

年过半百的陈启勋先生是台谊企业集团有限公司副董事长、副总裁。在陈放书画展新闻发布会上，他对记者们说，中华民族悠久的历史为人类留下光辉灿烂的文化宝库，每个炎黄子孙都为之骄傲，同时也担负着继承、弘扬这一博大精深的文化遗产的义不容辞的责任。台谊企业集团自成立以来一向尽力支助我国文化艺术事业，在祖国大陆率先与艺术家合作建立了第一家以艺术家姓名命名的美术馆。

广东省台谊企业集团有限公司，前身是创办于 1990 年的广州市海珠区台谊科技公司，当时的注册资金只有 200 万元。

1992 年，乘邓小平南巡后改革开放出现新高潮之机，这家企业升格为海珠区台谊企业发展总公司；1994 年 1 月，又经广东省人民政府批准、广东省工商行政管理局注册，成为广东省台谊企业集团有限公司，注册资金 1500 万元，连同十个紧密层、半紧密层和松散层成员，企业现值资产 3 亿元。集团成立后拓展的广东台谊大厦，位于广州市属南海黄岐镇，占地 37.6 亩，使用面积 3.9 万平方米，是一家综合性大型宾馆。台谊陈放美术馆便设在其中。

刚届不惑之年的陈放教授，广东高州市人，四岁起先后跟随胡根天、关山月、商承祚、黄铸夫、梁永康等艺术大师习画，在"文革"期间走遍大江南北，历时 12 个春秋，执著地钻研书画艺术和理论。1986 年，陈放首次在北京举办个人画展，国画大师李可染称其为"画坛新秀"。光阴又去八九年，陈放的书法和绘画艺术均达到了相当高的水平。去年 5 月他在台湾举办书画展，引起轰动，"台湾陈放美术馆"适时诞生。

陈放现任岭南书画家联谊会执行主席、广州师范学院教授、广州市人大代表。他以山水花鸟画见长，首创点彩落墨山水技法和一笔空竹画法，引起行家浓厚兴趣。9 年来，他的作品连续入选中日两国每年在日本举行的巡回展，先后获金银大奖，又多次应邀赴香港、新加坡、马来西亚等地展出，均获好评。陈放的名字已载入《中国当代书画家大辞典》。此次在北京展出的新作《漓江春韵》则被人民大会堂收藏。

陈放极想利用自己的书画艺术为两岸文化交流服务。他的愿望与台谊企业集团一拍即合，于是在"台湾陈放美术馆"建立之后仅数月，又在海峡此岸出现了"台谊陈放美术馆"。艺术家陈放和企业家陈启勖异口同声把两个"陈放美术馆"誉为海峡两岸文化交流之桥的两个桥墩。陈放说:"我想通过两个美术馆把一些企业介绍到台湾去,以艺术为龙头,带动企业的发展;同时也想把台湾的企业介绍到祖国大陆来。"陈启勋则说:"我们深信,经过两岸同仁的努力,一座飞架海峡的牢固而广阔的友好往来之桥,一定会在我们这一代人的手中建成。"在北京的展览刚刚结束,两个陈放美术馆又开始策划年底在香港举行海峡两岸名家书画展。这一计划已经得到两岸不少人士的响应。

当更多的企业界、文化界及社会各个方面的有识之士广泛地参加到这一崇高的事业中来,群策群力,作出更多贡献的时候,人们将会看到企业与文化艺术联姻的巨大效益。

(原载《台声》,1995 年第 5 期)

外商吞商看上了这片土地

——访济南开发区管委会主任彭元栋

彭元栋主任特地陪我登上高 19 层的火炬大厦，指点济南高新技术产业开发区这片热土。不远处，是绿树掩映下的山东大学。区内还有山东工业大学、山东医科大学等共 14 所高等院校和 44 所中央及省属科研机构，拥有高级专业技术人员达万名，占全市同类人员的 75％。俯瞰火炬大厦周围，有条条笔直宽阔的大道，有鳞次栉比的厂房；成片的高楼拔地而起，完善的服务设施渐次完成——这是三年多来开发区的建设者辟出的一片崭新的土地。

历史名城 科技新区

一个国家、一个民族要想真正在世界上挺起脊梁，只有依靠科学技术。中国改革开放的总设计师邓小平说：我们必须发展自己的高科技，在 21 世纪世界高科技领域占有一席之地！于是陆续有了 50 多个发展科技的基地。济南高新技术产业开发区便是其中之一。

据彭主任介绍，开发区的产业重点是电子与信息技术、光技电一体化技术、生物医学工程技术、新材料技术、环境保护技术，以及在传统产业基础上应用的新工艺、新技术。

济南高新技术产业开发区是 1991 年 3 月经国务院批准兴建的。彭主任说，这是非常英明的决定。三年多来，开发区在改善投资环境、完善政策法规、加速招商引资、推动传统产业嫁接改造、加快高新技术产品培养认定等方面都已取得一定的进展和成绩。

人才荟萃　服务便捷

彭元栋先生谈起开发区建设迈出的第一步，看到科技新城年轻的风姿，似乎心潮难平。

济南高新技术产业开发区位于济南市区东部，总面积15.9 平方公里，分为建成区和新建区两部分，1992 年 4 月被国家科委授予国家高新技术产业开发区认定标牌。彭先生就是那时候来这里担任开发区管理委员会主任的。

开发区是新事物，在起步阶段会面临不少困难。他得到这项任命，似乎与他的经历有一些联系。

1962 年 10 月，彭先生走出了山东建筑工程学院的校门，被分配到济南建筑工程公司，历经十几年，从一个普通干部成长为中层领导；1980 年调入济南第二建筑公司，从副手而至主要领导；1983 年任济南市城乡建设委员会主任。他从这里走进了开发区。

管委会是开发的领导和管理机构，在出国审批、项目审批、土地征用、规划建设、劳动人事、财政税收和工商管理等方面享有市级管理权限。除彭主任外，还有六位副主任，也都是各方面的专家。彭主任说：开发区管委会享受国家和省、市的优惠政策，对进区项目实行"一站式"管理，为外商和台商提供最便捷、最有效的服务。为了实施科学化管理，管委会还成立了政策法律咨询委员会和专家咨询委员会作为自己的咨询机构。

互惠合作　欢迎台商

济南高新技术产业开发区已累计审批三资企业 200 多家，合同利用外资总额 7000 多万美元。

1994 年举办的首届海峡两岸经贸商务活动，是开发区对台招商引资的头一个大动作。彭主任说，在这次活动期间共有 120 家台湾客商到开发区布展，共展出 120 个系列 5000 多个品种，共签订 36 个合资合作项目。

彭主任强调指出，济南高新技术产业开发区享有一定的科技扶植和优惠政策，在税收和审批手续上对进区企业优先照顾，热忱欢迎国内外客商，当然更欢迎台湾客商来投资办厂，进行技术交流与合作。

关于合作领域，彭主任说，包括电子、机械、生物、医药、轻工、化学、纺织、通讯、环保、计算机等。可以进行合作开发，也可以进行技术转让或独资、合资兴办企业。在发展高新技术产业为主导的前提下，也可以把投资合作的领域扩大到第二和第三产业。

在 1.76 平方公里的新建区即科技城和与之毗邻的东区，基础服务设施已经基本完成，专设的外商投资园区业已开辟。一些眼光独具的外商和台商已经看上了这片土地。

彭元栋主任特地向记者透露如下信息，供看好济南开发区的外商和台商决策时参考。他说，目前开发区正集中建设科技城，科技城内分电子、光机电、新材料、仓储四个园区及生活、娱乐等辅助功能区。科技城内尚有成片土地可供开发，适合于进行高新技术领域的研究、实验及产业化、规模化发展，可投资营造工业标准厂房和综合写字楼等项目。

（原载《台声》，1995 年第 6 期）

上海，台商投资的乐园

——专访上海市副市长沙麟

李登辉赴美访问，事实上已造成了两岸关系的倒退。两岸关系的紧张，很可能使在大陆投资的台商产生一些担忧和疑虑。

在这种情况下，上海的台商在想什么呢？上海市政府又在采取什么措施呢？

在不久前刚刚启用的上海市府新办公楼，分管沪台经贸工作的副市长沙麟先生在接受笔者独家专访时说，李登辉的访美，已破坏了两岸之间原已出现的祥和气氛。在这种情况下，台商难免有些顾虑，担心在这里的商务经营会受影响，新来投资的则怀疑现在是不是时候。观望和担心是可以理解的，但从上海的情况看却大可不必。

两地合作的重要部分

上海与台湾之间的经贸交流是近十多年发展起来的。自1984年在沪开办第一家台商投资企业以来，上海一直是两岸经济合作的热点之一，迄今在这里落户的台资企业已有2400多家，几乎占了大陆各省市台资企业总和的十分之一，而吸引台资金额迄今已达 45 亿多美元。台资企业总数和协议台资金额分别占全市利用外资项目和协议利用外资金额的 20% 和 16% 左右。

沙麟副市长说，上海的台资企业不仅在数量上有很大增长，而且总体运营情况令人满意，取得了较好的业绩和成功。据他透露，在沪台资企业成功率达 80% 以上，90% 以上进入盈利期，盈利率高于全国平均水准。

成功的投资回报已产生了连锁反应，在沪台商纷纷增资扩大投资规模，或者投资兴建新的项目。还有一些有远见的大财团、大企业也加紧规划实施在沪长远的投资方案。

沙副市长强调指出："沪台经济合作已成为两地乃至多边合作的一个非常重要的部分。"

互补互利　各得其所

新中国成立之前，上海曾被称为"冒险家的乐园"。笔者想套用这句话，说现在的上海是"台商投资的乐园"。是沙副市长的一番话使我产生了这样一种联想。

沙麟先生 60 年代初毕业于北京大学物理系，毕业后留校任教，一直做到教授。是改革开放的大潮把这位精明干练的学者推向了行政领导岗位。现任国家主席江泽民当上海市长时，他被委以主持上海市科学技术委员会的工作；现任国务院副总理朱镕基接任上海市长后，他则被分派领导全市的外经贸工作；现在，他是上海市八位副市长之一，除了外经贸委之外，还分管外办、台办和侨办。促进和发展沪台经贸合作是他的目标之一。

他是从国家发展尤其是上海改革开放的大背景来看沪台

经贸合作的。

上海是一座国际性大都市。改革开放 16 年来，上海的面貌发生了巨大变化，不仅政治稳定，而且经济持续、快速发展。尤其近三年来，上海的总体投资环境有了很大的改善。

那还是在 1988 年春天，七届人大一次会议在北京举行期间，已宣布将到上海担任领导职务的朱镕基面对数百名中外记者，畅谈上海未来改革开放和发展的前景。我一位刚回上海探亲的同事在提问时直截了当地说，在上海，无论在家里还是坐在公共交通车上，总听到人们抱怨，说交通拥挤，住房困难，物价上涨，收入不高，等等。他问朱镕基有无信心使上海重振雄风。朱镕基坦言，他指出的问题都是事实。

1991 年春节过后，正是北京亚运会举办过不久，我来上海，仍然听到不少朋友有这样那样的抱怨。北京在亚运会之前一下子冒出那么多新建筑，反观上海，市政建设却止步不前，沪上的人们心中不平是不难理解的。

这次我再来，上海的朋友们不再有抱怨，不再发牢骚，而是代之以对这里的飞速变化和巨大发展的自豪。在黄浦江畔的东方饭店，上海港务局副局长、15 年前与妻子林明月一起从海外归来的台湾学子范增胜兴奋地对我说，现在全市已出现了 10 层以上的建筑 1000 余幢、20 层以上的建筑 350 幢。林明月补充说，这些新的高层建筑真是像雨后春笋。他们不无骄傲地把我带到面向黄浦江的窗前，让我欣赏外滩迷人的夜景，向我指点对面浦东开发开放的新成就。

沙麟副市长则向我这样概括上海近几年的发展和变化：

继南浦、杨浦两座世界级的大桥建成后，黄浦江上还有二座大桥正在建设之中；过江隧道早已启用；地铁一号线已投入运行；浦东的地铁、机场已开始筹划。上海地下、地面、空中立体交通网已初具规模。

上海是祖国大陆的经济中心城市，原有的工业基础较好，科技人才集中，金融市场繁荣。历史上早已形成的这许多独特优势现在更令世界和海峡彼岸的同胞所瞩目。

上海的经济保持着快速、健康的发展势头，去年（1994年）全市国内生产总值增长 14.6%，今年 1—7 月增长 13.3%。

外国投资者仍然越来越把上海当作热点。今年上半年，与去年同期相比，日本在沪投资增加了 12.7%，欧洲联盟增加了 2 倍，而美国，尽管中美之间多方面发生摩擦，在沪投资还是增加了 60%。

沙副市长指出，国际跨国公司看好中国大陆，看好上海，并非短期行为，而是着眼于全球发展战略。在这种情况下，我本人非常看好沪台之间的经贸合作。全世界都在进入、利用上海这块战略要地，沪台之间更应该利用双方的优势，互利、互动、互补，寻求共同发展。

他说，上海的战略地位极为重要，是中国大陆东部的心脏。这里有具有相当购买力的 4 亿人口的大市场，有国内相对集中的人才资源和完善的发展工业的自身条件；而且，上海目前正坚定不移地致力于在本世纪末建成中国乃至整个地区的经济、金融、贸易中心的基本框架，到 2010 年基本实现这个目标。如果把上海的优势与台湾的管理、技术、资本以及在世界经营网络上取得的成果结合起来，一定会产生非常好的成果。我很希望在岛内取得成功的企业家们能转移到我们这个大舞台上，把事业和经验放大，来进行互利互补的合作，使双方各得其所，各有好处。

寓管理于服务之中

从沙副市长的谈话中，我深切感受到，上海不仅欢迎台商前来投资，而且从各方面采取措施，使他们在上海的业务发展取得好的结果。

上海的城市基础设施正在逐步完善，投资硬环境越来越好。与之相适应，软环境也在改善和健全之中。

首先，诚如沙副市长所强调的，要严格按照全国人大常委会所通过的台胞投资保护法办事，使在沪台商的正当权益受到法律保护。据沙副市长介绍，他们近几年已先后制定了同时也适用于台湾同胞投资的涉外法规、法令共 80 多个。他认为，要在一个地方投资，不仅需要有好的市场和资源，有素质高的劳动力，还有非常重要的一点是，要把投资风险降到最低限度。各个地方都会有各种风险，但健全的法律框架会使投资者有一种安全感。上海作为一个日益与国际接轨的大都市，自然更会把法律的完善和执行放在重要的位置上。

其次，沙副市长表示，上海不仅欢迎新来的投资者，而且更重视让已开办的台资企业取得成功。他要求自己主管的台办等各个部门对已落户上海的台资企业不仅提供好的服务，而且要按照法律办事，热情地协调、仲裁各种矛盾和纠纷，受理各种可能的申诉。他说，我不能保证来上海的投资者不会遇到任何困难，但可以保证，一旦他们遇到问题都全力帮助，热情协助，真诚、热诚地处理各类问题，而且说到做到。上海现有台商投诉网点 66 个，还准备进一步加以健全，并且建立台商协调机构。沙副市长说，这种协调机构实际上是服务机构，要把管理工作用良好的服务体现出来，寓管理于服务之中。他并且身体力行，亲自做这种服务与协调工作。他说，我经常收到台商来信，谈他们取得的可喜成果，或者反映问题，需要得到帮助。对信中反映的问题，我每一件都有交代，能解决的都帮助解决，一时不能解决的也会逐步解决。他还常把台商请进市政府，听取他们的意见、建议，有时还听他们诉诉苦，哪些地方不顺心，或者我们做得不好。此外，我也常抽出时间亲赴台资企业考察，以了解情况，还让有关部门的同事一起去现场调查，看需要再向他们提供哪些服务。于是，沙副市长与在沪台商之间不仅是一般工作关系，而且和不少人成了朋友。上海市台办主任张志群和其他工作人员，对台商也非常热情，把台商视为市内其他部门一样进行联系，满怀一片亲情。沙副市长表扬他们协调和服务工作做得好，代表了在沪台商的利益。

第三，上海对来沪投资的台商不仅热情鼓励，而且在一些刚刚开放的领域、项目上对台商采取"同等优先，适当放宽"的原则。去年12月，上海市政府发出了《关于进一步发展沪台经济关系的通知》，本旨是加强沪台经济交流，为台商提供灵活的条件和良好的环境。现在，在沪台资项目数仅次于港资，居上海吸引外资项目的第二位，其次才是日本、美国和欧洲国家的投资。这说明沪台经贸合作已有了一个非常好的基础。

把眼光放远些

我请教沙副市长，今年6月以来，上海的台资企业有无新的动向。我希望这位上海领导人能告诉我，如果两岸关系的紧张可能对沪台经贸合作带来负面影响的话，上海将采取怎样的措施来把这种影响降低到最低限度。沙副市长的回答充满自信。他说，李登辉访美之后，两岸关系呈现某种低迷的状态，这是我们所不愿看到的。但是，担心这种情况会影响沪台经贸合作则大可不必。这是因为，发展两岸经贸合作是我们的一项长期的、坚定不移的政策，不会因为两岸关系暂时的曲折而倒退。江泽民总书记今年1月30日的讲话说得很清楚："我们主张不以政治分歧去影响、干扰两岸经济合作。""不论在什么情况下，我们都将切实维护台商的一切正当权益。"最近，国台办主任王兆国和常务副主任陈云林也都表示，目前两岸间发生的情况，不会影响我们鼓励台商在大陆投资的政策，并要求各级政府、各个部门继续做好协调和服务工作，主动帮助台商解决困难，一如既往地为台商排忧解难，切实保护好台商的各项正当权益。沙副市长说，上海市政府也像过去一样，继续为台商提供各种服务，欢迎台商到上海发展事业。我们的指导原则和实际做法都体现了江泽民总书记提出的指导方针。

　　沙副市长告诉我，最近不断与在沪台商接触，发现他们并未感到出现什么对他们不利的环境。相反却看到，台商投资的制造业定单照样很多，产品供不应求；台商投资的商店还是人山人海，货畅其流。天气最热的时候，他去慰问台资企业员工，看到他们在这里是安定的，全力以赴地完成他们的总部或投资者交办的任务。全市的台资企业今年上半年仍保持着稳定的发展趋势，又有214个台资项目在上海落户，协议台资额 4.7亿美元，平均单项投资金额比去年同期增加了13%。他说，下半年我们还将尽全力保持这种发展态势，并且使沪台经贸合作深化、扩大。

尽管两岸关系出现了反复，但连台湾媒体也承认，已在大陆投资的台商并无人计划撤回投资。我问沙副市长，上海是否确实如此。他笑笑说："我们应该把眼光放远一点。上海已经取得了令世界瞩目的成就。浦东的开发开放为上海带来了新的发展机遇。现在，全世界100家最大的企业中已有36家在上海投资。全世界都想进入上海这块战略要地，沪台之间更没有理由不利用彼此的优势。不论近期或远期，我们之间都应该更好地互动、互惠、互利，寻求更快的发展。至于在沪台资企业，由于各种因素，我不能保证家家都成功，但因为两岸出现新情况而想撤资者，并无所闻。"

相反，沙副市长倒是告诉我，已经有部分岛内的大企业、大财团把总部设在了上海。这说明了台商对上海的信心，展示了沪台经贸合作的美好前景。

上海，台商投资的乐园。

（原载《台声》，1995 年第 10 期）

南通转轮

在众多的台商和外商眼中，江苏省的南通市是一方极有吸引力的热土。仅就台商而言，截至今年6月，台胞在南通投资兴办的企业已突破400家，投资总额达5.7亿美元，注册资金超过3.97亿美元。而且，诚如南通副市长华保良在接受笔者采访时所说，南通市的对台经贸合作，一是数量增多。台资企业的数量在来这里投资的国家和地区中占第二位，已占全市外贸企业的近20%；二是规模扩大。台商投资规模由1992年平均每个项目60万美元扩大到现在的160万美元；三是领域拓宽。台商投资涉及到交通、运输、港口储运、房地产开发等诸多领域；四是层次提高。台商投资行业由加工工业向基础原材料工业延伸，由劳动密集型企业向资金、技术密集型企业延伸；五是效益看好。据已开业投产的97家台资企业的调查统计，今年1至7月实现工业总产值11.97亿元，销售收入7.89亿元，完成利税3942万元，均比去年同期有了较大幅度的提高。

那么，这些台商为什么如此看好南通，而且在南通兴业之后又能得到良好的发展呢？

南通已通

打开中国地图，会看到两条蓝色的飘带从西向东直至大海。这便是中国两条最长的河流，北边的一条是黄河，南边的一条是长江。长江入海口的南岸有中国最大的城市——上海，北岸是江苏省的南通。南通三面环水，像个半岛，一边是海，一边是江。其海岸线长 206 公里，江岸线长 230 公里，具有发展港口运输的独特优势。

许多国家的大城市都建在海边或者江边，靠的都是港口优势。南通既无矿山又无油田，要发展也只能靠港口。但是在漫长的岁月里，南通却没有能成为一个令世人瞩目的港口城市。直到 1984 年被批准成为祖国大陆 14 个沿海开放城市之后，南通才跨上了通向现代化港口城市的快车道。现在人们说，南通真的通了。

南通滨海临江，有良好的建港条件。南通港现有万吨级以上码头 16 个，在建的还有 4 个。上海是江南经济的门户。南通的目标是成为江北经济的门户。

我们是取道上海乘船到南通的。南通因为地处长江以北，习惯上很自然地被归入苏北。苏北与苏南经济发展水平历来有很大的差距。于是南通人抱怨说，是辽阔的长江水隔断了他们与苏南和大上海的联系。要发展就得和江南相通。现在，南通与上海之间每天都有若干班客轮往返。已开通的高速豪华客轮更把这两座被浩瀚江水阻隔的城市之间的距离拉近了许多。为了与以更高的速度发展经济的苏南紧密靠拢，除了原有的摆渡码头外，在南通所辖的通州市新建了南通至常熟的"通常汽渡"。今年海门市又新建了通往对岸太仓的汽车轮渡码头——"海太汽渡"。在海门，当地的领导还满怀信心地向笔者描述过另外一幅美妙前景：将来上海与崇明岛（位于上海与南通之间的江面上）要建一座大桥，届时在海门与崇明岛之间再建一条江底隧道,那么南通与上海之间就真正连到一起了。

我们是乘飞机离开南通返回北京的。南通现已有了自己的飞机场,有定期航班通往北京、广州、大连、深圳、厦门。据华保良副市长透露,南通机场还将开辟通往日本的包机。此外,一条新的铁路将修到南通。届时,南通就形成了陆、海、空立体交通。

台商和外商所看好南通者,除了方便的立体交通,便是人才优势。南通人素质比较好。这里有中国人办得最早的师范学校。良好的教育事业使南通人对现代科学技术和企业管理掌握得非常快。我们在南通曾听到外方人员这样说:"南通人既有北方人的憨厚朴实,又有南方人的聪明机敏。"台湾海基会副秘书长石齐平先生率团在南通考察后也曾说,他印象最深的是,南通的长官素质高,企业员工素质也高。

看来,南通要发展,要吸引更多的台资和外资,除了交通要通畅,人的观念也要合乎现代潮流。

"海门"大开

海门市的快速发展,就直接得益于这种现代观念。

南通市是祖国大陆 14 个沿海开放城市之一,现辖四市、两县和四区。海门是其中的一个县级市。

海门因似江海之门户而得名,设县于 958 年,已有千年历史,1994 年撤县设市。改革开放,"海门"大开。十多年来,百万海门人努力开拓进取,大力发展经济,取得了辉煌的成就,先后被评为"中国农村综合实力百强县"、"中国明星县",被誉为"金三角上小浦东"。"海门"大开,眼界大开。

去台人员亲属刘天生1500元起家,在一个饲料小厂的基础上创办了海门三星羊毛衫总厂,仅几年功夫,令人刮目相看:连续4年被评为江苏省和南通市的明星企业、南通市企业管理排头兵、江苏省文明单位;其经济指标在全省同行业名列一二,在全国排在前八名之内;产品畅销不衰,用自创"三星牌"打出一片天下。刘厂长不无自豪地说:"我们的新叶牌羊毛衫得到了全国各地用户的高度评价,甚至上海人也打我们的商标。"海门市委书记宋飞给三星厂和它的厂长刘天生的赞誉是:"自强不息,永攀高峰。""海门"大开,外资拥来。全市已兴办外商投资企业300多家。其中也有台资,比如我们在海门下榻的培根酒店就是其中一家。

培根酒店临街而设,门前有一条小河流过,河边花木扶疏,周围是那种小桥流水的好景致。整个海门市区,环境也都如此这般。甚至连所辖农村乡镇,也比别处优美清洁。以致我们一行刚走进海门市境内,就感到扑面而来的一股清新。有人感叹道:"不一样就是不一样!"当我们走进市区,看到每条干道两旁高楼大厦鳞次栉比,而且大都是近半年来新建或改建的,更是惊叹不已。海门人以一种全新的观念建设自己的家园。同时也为外商和台商创造良好的投资环境。

建设新海门的大手笔是兴办海门经济技术开发区。

在开发区指挥部我们见到了管委会主任樊永儒。他说,开发区一期工程规划面积为4.88平方公里,总规划15平方公里,一期工程将于2000年完成。届时将出现一个功能比较齐全的现代化的新城区。海门开发区开始兴建已有3年,基础建设进展顺利,外商台商投资的大小143个项目已进入区内。

有德则兴

海门经济技术开发区是省级的，而南通经济技术开发区则是国家级的。

南通经济技术开发区是 1994 年 12 月 19 日经国务院批准的中国第一批国家级开发区之一，当时的规划面积为 5.02 平方公里，现已扩大到 20 多平方公里。这里南临烟波浩淼的长江黄金水道，北靠南通机场，东倚南通至常熟的汽车轮渡码头，西接风光旖旎的狼山旅游度假区，沿江而立，其区位优势中国少见，世界也不多。

在开发区办公大楼上，南通经济技术开发区总公司总经理何哲明先生一面指点着窗外视力所及的幢幢高层建筑，一面向我们介绍自 1985 年破土动工以来开发区所发生的变化：

在 5.02 平方公里范围内已完成六通一平；度假村、宾馆和高尔夫俱乐部等文教娱乐设施已陆续竣工；小学和中学都已建成……硬环境的改善，吸引了大批外商和国内企业前来投资，已注册的超过 1000 家，其中外商 200 家。

最令人兴奋的是，前来投资的外商投资规模不断扩大，有了一批投资超过 1000 万美元的项目，还有的累计投资已超过 1 亿美元。一批大项目成了开发区的支柱。如区内有全国最大的胶合板厂，总投资 3000 万美元，年产 12 万立方米，产品为国内进口替代品；富豪家具有限公司，年产家具 22 万套；两家电脑软磁盘厂，产量全国最大，在亚洲也名列前茅；日本的东丽和帝人株式会社在这里投资也有了令人满意的成果；台湾的力霸、大华、台橡、台聚，以及日本、英国和美国的一些国际大财团和著名的跨国公司，纷纷来南通合作兴业。

何总强调说："这一切都说明，外商和台商对南通开发区有信心。在他们的心目中，开发区的硬环境固然重要，软环境更为重要。良好的服务使他们的产出效益提高，这本身就是资产和财富。"于是开发区提出了一个口号："人人都是投资环境。"南通本来就有人才优势，再加上人人都把外商的事当成自己的事来办，工商税务、海关、律师事务所、会计师事务所和银行等，都尽心为外商服务，所以外商愈来愈看好南通开发区，也就很自然了。

高新平先生在南通的发展也许可以为上面一段话作个注脚。他是新加坡商人，但实际是台湾人，到新加坡起家后来大陆求发展，以南通为重点之一。在他的三德兴电子有限公司，协理周世伟先生对我们谈起他在南通的发家史：第一期投资180万美元在南通建了第一家独资公司，现在已发展到6家企业，陆续增加投资已经超过5000万美元。高氏企业在这里能有如此发展，原因之一是当地政府各部门配合和服务好，不仅照章办事，而且办事效率高。周先生还说，厂方对待员工同样也按规章办，从各个方面关心员工福利，如发放各种津贴和补助，在车间安装空调，实施医疗保险，自设医务室、图书馆、阅览室、卡拉OK歌舞厅，还为员工新建了宿舍楼。此外，每月并专门为当月出生的所有员工集体过生日……这一切所为何来呢？我们在公司大楼门口贴的对联中找到了答案。这幅对联的下联是："德仁邻里大好安居。"院中的宣传栏内张贴的是高新平先生的治业格言——勤俭持家、仁义待人、忠厚传家。

原来这位老板给自己的企业以"三德兴"命名，秉承的是中国人的这些传统道德。

真是有德则兴啊！

（原载《台声》，1995 年第 11 期）

历史的见证人

——为纪念台湾光复50周年而作

现年（1995年）68岁的郑坚先生，是居住在祖国首都北京的一名台湾省籍同胞。在纪念台湾光复50周年的日子里，他和一些老乡亲不禁回忆起年轻时在日本殖民统治下的苦难岁月，和故乡光复时乡亲们节日般的欢乐。他们这些年逾花甲的老人，都是那段历史的见证人。

郑坚现为全国台联顾问，个子高高的，面色红润，身板挺拔，说起话来总是激情满怀，谈起50年前的往事更是慷慨激昂。他说："1927年，我降生在台湾彰化。出生当年，父亲就因参加反对日本殖民统治的'台湾文化协会'活动而被迫逃离台湾，奔回祖国大陆。殖民警察经常来家恫吓目不识丁的母亲，盘查父亲的下落。我的童年就是在作为反叛的'清国奴'的子女，伴随着母亲的悲苦泪水长大的……"1937年至1945年，即8年全民抗战期间，父亲带领着他们一家人流亡祖居地——闽南一带，父子先后参加了台湾爱国将领李友邦领导的台湾义勇队，为打败日帝、光复台湾而斗争。

郑坚悲愤地说，我一家人在日本殖民统治下的苦难遭遇，绝不是仅有的。在50年殖民统治期间，先后有65万台湾乡亲被日本殖民者杀害（占台湾光复时全省总人口的11%）。那时，日本人完全垄断了台湾的经济命脉；多少台湾青年受教育的权利被剥夺；台湾人在政治上更无地位，比如在 2000 多名中级官员中，99%是日本人。他强调说："日本帝国主义者对台湾的殖民统治是赤裸裸、血淋淋的。"

现任台湾民主自治同盟中央委员会常委的叶纪东先生，年纪与郑坚相仿。他说，我生长于日本殖民统治秩序基本确立、军国主义日益嚣张的年代。我上中学的第一年，正是日本袭击珍珠港、发动太平洋战争的 1941 年。我中学生活的五年，也就是深受殖民压迫、民族歧视之苦和进行反抗的五年。我上的高雄一中，是当时全市唯一一家中学。那时高雄总人口 30 万，日人大约 1.5 万，但学校中日生却占四分之三。学校公开鼓吹贯彻军国主义教育，日本学生借此恣意欺侮台湾同学，动辄臭骂"清国奴"，再不解气就拳打脚踢。不讲日语就被告到教官那里，被叫去罚跪。为了防备日本学生的挑衅，台湾同学加强团结，上学、下课都互相招呼，走在一起，一有情况好集体对抗。我们的中国人意识也就在抗争中得到加强。因此，我们班上 50 多名台湾同学，在"皇民化运动"中改用了日本姓名的只有五个人。

潘渊静先生是台盟中央秘书长，是一位级别不算低的领导干部，1949 年 3 月到大陆，投入中共领导的解放区。他对日本殖民统治下"二等公民"的痛苦记忆同样刻骨铭心。他说："在日本统治下，台湾人民政治上受歧视，经济上受压榨，工作和生活上处处受不平等待遇。"他以教育为例说，当时能够上中学的台湾人寥寥无几，台湾人要考大学更是难上加难。光复后，日本人给台湾留下的是一片文化、教育的沙漠。他还回忆说，小时候在家，当小孩子哭闹的时候，大人往往吓唬说："日本仔来了，你还哭！"只要说日本警察来了，就吓得小孩不敢哭。可见在台湾人眼里，日本殖民者是既可恨又可怕的。

台盟中央评议委员会副主席田富达先生是一位高山族同胞。他说："回顾日本殖民统治50年的历史，台湾人民遭受了深重的灾难，高山族的遭遇更加悲惨。"日本的首任台湾"总督"桦山资纪于1895年8月曾对其部下发出这样的"训示"："欲拓殖台湾，必须先令生番驯服。"所谓生番，即台湾原住民族——高山族。他们"令生番驯服"的做法是把汉族和高山族隔离开来，分而治之。据不完全统计，从1906年至1915年，日本人在高山族同胞居住地周围共设筑隘勇线600多公里，配备武装警察6140多人，采取种种措施，把高山族同胞困在深山里，他们的各种生活必需品如食盐、火柴、铁制农具和布料等的供给完全断绝，生产和生活陷入困境。对高山族同胞的反抗，日本殖民者加紧进行军事镇压。高山族语被禁用，高山族传统文化被强制放弃。于是，高山族同胞忍无可忍，于1930年10月27日举行了闻名的雾社抗日武装起义。500多名起义同胞后来全部被杀害。

这些老台胞们亲身体验过日本帝国主义对台湾的殖民统治，有些还亲自参加过反抗日本殖民统治的英勇斗争，同时也亲眼目睹了台湾光复时老百姓欢天喜地由衷庆贺回到祖国怀抱的激动情景。

台盟中央评议委员会另一位副主席徐萌山先生向在北京的乡亲们这样追述当时的情景：台湾光复前后他在台湾，那时的情景至今仍历历在目。1945年8月15日，日本宣布投降；10月5日，后来担任台盟中央副主席的李纯青带着周恩来的指示，随前进指挥所第一批进入台湾；10月17日，中国军队和接收人员在基隆登陆；10月25日，在台北公会堂（即今中山堂）举行了台湾省日军受降仪式，受降主官代表中国政府庄严宣告："自今日起，台湾及澎湖列岛正式重入中国版图。"徐萌山说："当时600万台湾同胞个个欢欣鼓舞，热烈庆祝，其激动场面现在仍然浮现在我的眼前。"

在北京的另一位老台胞、台盟中央常委江浓先生也有同感。1945年10月25日，国民政府派到台湾的省行政长官兼警备司令陈仪从最后一任日本驻台湾总督安藤利吉手中接管了台湾。江浓说，台湾老百姓半个世纪的期盼和奋斗的目标实现了。从此，65万人牺牲、众多人才和无数财富被掠夺的悲剧将可结束。大家焚香祭告祖先，耍龙舞狮，穿街游行，锣鼓鞭炮震天响，万人空巷，热闹非凡。庆祝光复的活动完全出自内心，广泛深入，持续了几个月，实在是空前绝后。

但是，贪得无厌、腐败无能的国民党当局到台湾后却很快使台湾老百姓的希望变成了失望。在光复之后仅一年零三个月便爆发了反抗国民党黑暗统治的"二·二八"起义。在大陆的不少老台胞就是为躲避国民党的镇压而来的。

尽管如此，这些老台胞仍充分肯定台湾光复的巨大意义。台盟中央主席蔡子民先生的话道出了他们的共同心声："我们台湾人民不能忘记那段被日本殖民者奴役欺凌和反日英勇斗争的岁月，也不能忘记台湾光复以后欢庆回归祖国怀抱的激情。可是50年过去了，祖国尚未统一，有些人还制造分裂，令人无比悲愤。我们纪念台湾光复50周年，要回顾往事，从中吸取历史教训，以理解我们现在的立场，认清台湾的未来。前事不忘，后事之师。"

（原载《台声》，1995年第12期）

宝岛二度又重来

　　1992年9月，我作为祖国大陆首批记者之一，第一次踏上宝岛台湾，采访7天，见闻不可谓不多，所获不可谓不大。那次是由海基会邀请并接待的。其热情、周到，至今难忘；所感受到的台湾同胞对我们一行的那份情、那份爱，更铭记在怀。

　　我那次赴台，身份是今日中国杂志社现代中国编辑部主任。两年前的9月，本人调任台声杂志总编辑。今年（1995年），又是一个9月，我和四位同事单独组团，受台湾新新闻周刊社之邀，得以再次赴岛采访，9月25日经香港飞抵台北，10月2日自台北返回香港，为期还是一周。

　　宝岛二度又重来，感触自然更多更深。

　　头一次来，没有到台南。我以为，要了解台湾，特别是要了解台湾的过去，了解台湾与祖国大陆的关系，不到台南是很难的；而到了台南却不看与郑成功有关的遗迹是不行的。当地有云："台湾的历史自台南肇始，台南的历史自安平发迹。"安平者，台南西部安平古堡之简称也，系荷兰人入侵台湾时所建，成于1630年。1662年郑成功驱逐荷人后，曾以此为指挥中心，因而又被称为"王城"。今古堡前有断壁残垣一段，拾级而上，左有"安平古堡"石碑，右有民族英雄郑成功塑像，最高处是炮台和灯塔，室内是资料陈列。面对这一切，我们不禁发思古之幽情。台南赤嵌楼，造型伟丽，是一座具有我国典型民族风格的双层楼宇，郑成功经营台湾时，曾以此为承天府。细观楼内历史陈列，追思台湾历史沧桑，又不禁令《台声》记者一行感慨系之。台南延平郡王祠为郑成功祠庙，是全岛五六十座纪念郑氏祠庙中历史最久者。庙内大殿有郑氏塑像，殿后院中有古梅一株，传为郑氏手植。驱车从台南市区通过，还见诸多与郑成功的名字和业迹相关的古建、道路，更有以"成功"命名的幼稚园、小学、中学和大学，只可惜行色匆匆，不得一一寻访。

上次赴台，曾蒙主人美意，到花莲游览过太鲁阁，其幽，其奇，其险，真是美不胜收。今又趁南下之机，顺访久已闻名的阿里山和日月潭。是日，我们起个大早，乘上火车到祝山山顶，在观日楼内领略了红日从两峰之间喷薄升起的难忘时刻；下山时，由《新新闻》郭宏治、谢金蓉贤伉俪引路步行，通幽曲径，无处不成景；古树沟壑，放眼不忍去。更有神木新绿，令人顶礼。而日月潭中泛舟，潭水清澈，深不见底；岸边山色，浓淡可人，不禁慨叹：今日终于有缘亲近你！

在我们的行程中还有高雄一站。到高雄，自然是为了看港口。从高雄再往南，便到了台岛最南端的垦丁公园游览区。

垦丁属屏东县，位于恒春半岛南湾北岸。南湾有海水浴场。车停岸边，见沙滩又平又软，我们立刻脱掉鞋袜，赤足走近海水潮头。那天风小潮平，虽值秋日，但无一丝凉意，又加上专程从高雄陪同而来的作家许振江先生鼓动，临时买了泳裤、泳衣，下水游了起来。然后又继续前行，到鹅銮鼻小半岛尽头去观赏鹅銮鼻灯塔。

在一般大陆同胞心目中，台湾名胜不过阿里山、日月潭而已。实地看过之后，方知两处之外，垦丁更胜一筹。陪同我们的台湾朋友甚至说垦丁是全岛最美的地方。

自然，我们此次赴台，采访乃每日主要程序。我们的采访涉及到台湾的政治、社会、经济、文化等诸多方面。对这个多采、多元的社会，我这次又添了一层了解和感受。在采访之余，还见到了不少老朋友，又结交了许多新朋友。旧雨新知，情谊融融。

我庆幸，宝岛二度又重来。

（原载《台声》，1995 年第 11 期）

台北故宫饱眼福

我第一次知道台北也有个故宫，是从报章杂志上。

经我国宋代以来千余年珍贵文物的广事收藏，紫禁城里国宝荟萃。1911年辛亥革命成功，1924年清朝最后一个皇帝溥仪被逐出紫禁城，翌年成立了故宫博物院，遂使累世承继皇家私有之文物为全国人民所共有。"九·一八"之后，为避战乱，自1933年2月起将经过挑选的故宫文物精华分3批辗转运至大后方，1949年1月又被运到台湾。1965年始建台北故宫博物院，专门收藏、展示原藏北京故宫的这些文物珍品。

我第一次见到台北故宫的藏品复制件，是在1985年。那年夏天，旅日侨胞陈文贵先生首次将台北故宫所藏书画作品中的一部分复制携来北京，在故宫展览。开幕那天，我去采访。在如潮的观众中，我见到了启功、叶浅予、董寿平等文物鉴赏和书画名家。启功先生一面摇着纸扇，一面称赞那些展品复制水平极高，简直可以说是"下真迹一等"。但至今无法亲睹已睽违40年的国宝的真面目，又使他们欣喜之中感到遗憾和无奈。

我第一次踏进台北故宫的大门是1992年。那年的9月5日，大陆第一批赴台采访的18位记者飞抵台北，第二天上午主人便安排我们到台北故宫参观。学富五车的秦孝仪院长亲自接待并接受了我们的采访。他操着浓重的湖南乡声缓缓地说，当年南迁文物之精华，今全部藏于台北故宫，计64万余件（册）；因藏品太多，无法尽数同时展出，只能兼顾各类，定期更换，这是一般性陈列。为了方便研究人员，又有专题展览。采访结束之后，我们分成两路参观，为我所在一路讲解的是展览组组长周功鑫小组。

台北故宫收藏，分为器物、书画、图书文献三个部分；周小姐引导我们匆匆行进，重点看了"器物"部分，其中又在瓷器和玉器陈列之前驻足时间略长。

台北故宫又有甲骨文、书画、珐琅、雕刻、漆器、珍玩多宝格、清朝贵族服饰等陈列，只可惜因为预定当天午饭后飞高雄，只能匆忙走过，想多看一眼而不能，遑论细看。当告别故宫的时候，我感到既欣慰，又不满足，心中只得暗暗祈祷"二进宫"……

多亏幸运之神的眷顾，三年前看似渺茫的期盼，还真的实现了。1995年，又是9月，我与四位同事一起，再次来到台湾，而且行程计划中又列入了台北故宫！为了不致像上次那样赶，那样抢，我们把采访台北故宫一项放到在台活动的最后一天，即10月1日上午。但由于中午另外有约，这次参观还是一次走马看花。

与上次不同的是，没有了礼节性的接待，没有了程式化的简报，由讲解员李仁达女士导引，我们迳直进入展室。对头一次参观台北故宫的同事而言，没有听到宏观概略的介绍或许是个缺憾，我却暗自庆幸可以有较多的时间看更多的东西。李女士原籍北京，经常为大陆来客讲解，对我们想在最短的时间中尽可能看得更多的心情非常理解。她的解说词频率极高，展柜之间，尤其展室之间的走场脚步飞快。我们紧追不舍，生怕漏掉了什么。

1995 年，是故宫博物院成立 70 周年，北京和台北两个故宫都有各自的纪念活动。台北故宫的纪念活动中最受欢迎的是把精华中的精华、珍品中的珍品拿出来举办若干特展。我们碰巧赶上了这个好机会。

李仁达女士首先带我们直奔三楼的"吉祥如意文物特展"。这里展出的是历代各种材质和形状的如意。如意是我国固有的文物。六朝时期，如意是谈话及歌咏时比划击节的谈柄、指挥军旅和防不测之需的击杖、祛祸纳福的瑞器、礼佛时的庄严具以及君王用以赏赐臣民的礼物。隋唐时期，如意不但成为佛教僧侣讲经时象征庄严威仪的道具，同时也为道教引用作为法器。到了五代宋金时期，如意成为佛教众多神明的手中执物，佛教讲僧并常将佛经或祝辞私记于如意柄上以备忘，文房清玩中也逐渐有了如意。明代文人雅士将如意列为文房用器，并于明末清初成为绘画题材。到了清代，由如意的词义——如人之意而引发出多种前所未有的使用方法，作为年节喜寿庆典不可或缺的瑞器、贡品和皇帝赏赐的礼物，高尚而尊贵。在展柜中，我们大略欣赏到了历朝各种如意。其中六朝如意首似微屈的手掌，柄直而首端较宽，分别用玉石、水晶、琥珀、金、铁、犀、骨、角和竹制成。唐代如意，造形益趋装饰化，指掌渐不明显。宋代如意首呈云叶式或三瓣灵芝式，柄扁而下端较宽。明代晚期，儒生喜爱的是用天然竹木根整治成的如意。清代的新变化是将如意制成整棵灵芝形状，或直接将吉祥花果砌饰在如意的首、腹、趾部位。19 世纪中叶之后，金（合金）质、大型、镶嵌大块悲翠的三镶金如意，已然成为时代特色。据介绍，台北故宫藏有清代如意 180 余柄，几乎都来自清宫旧藏。在这个特展中，除如意外，李女士还介绍我们观赏了几件搭配展出的具吉祥涵意的文物。一件是竹雕荷花螃蟹，寓意"和谐"；一件是玉雕羊和太极图，寓意"三阳开泰"；还有竹雕猴骑马背（寓意"马上封侯"）、珊瑚雕魁星单足立于鳌首（寓意"独占鳌头"）等。

在三楼的清朝服饰展览中，我们看到了不少清代以前遗留下来的玉饰物，和大量的清代服饰，其中有清朝王室男女佩戴之饰物，上自发髻饰物，下及腰带佩件，琳琅满目，应有尽有。按类别分，应有 30 余种；在质材方面，也是五花八门，有丝绸、金、银、珠、玉、红蓝宝石、青金石、绿松石、琥珀及各种香木等；在制作技巧方面，则包括雕刻、金工、点翠、织绣及珐琅制作等。件件饰物，瑰丽无比。

在三楼同时展出的本来还有珐琅器、漆器、雕刻、珍珠多宝格陈列，限于时间，无法一一细看，李女士便引导我们下到二楼，进入陶瓷陈列室，这里正在举行"福寿康宁——吉祥图案瓷器特展"，共展出各样富有福寿康宁意含的器皿百余件，皆为明朝嘉靖、万历和清朝康熙、雍正、乾隆五个阶段的瓷器，上面都有吉祥图案。自然界的植物、动物，传奇小说中的人物，还有道家八宝、佛家八吉祥，加以巧妙组合，便成了福寿康宁的寓意图案。李仁达女士指着清乾隆"粉彩葫芦瓶"说，上面所绘蝙蝠之"幅"音同"福"，"卍"字表示吉祥万福之所聚，葫芦之"蔓"古音同"万"，所以"粉彩葫芦瓶"喻为"福寿万代"。明嘉靖、万历时期瓷器上常见的婴戏图，当是人们希冀子孙满堂、多福多寿多男子的诠释；而明万历"年年丰登杯"上，灯笼纹旁有飞舞的蜜蜂和双鱼流苏，由于灯与"登"同音，"蜂"音同"丰"，"鱼"取意于"余"，这件器皿即成为"庆丰登，年年有余"的吉祥之物。

本次特展的"总说明"告诉观众，明代嘉万两朝，瓷器烧造数量相当庞大，其中一大部分以吉祥图案为饰，说明追求平安富贵，是此时王室的一贯品味。李女士对我们说，在期限和数量的催迫下，当时的官窑常无法独力承担烧制任务，只得分派于民窑，于是不但刺激了民窑的发展，还在吉祥图案中引进了民间艺匠的手法，产生了一些大众化的装饰风格。时至清朝，吉祥图案仍是官窑瓷器的装饰主题，无论单色釉或青花、斗彩、粉彩、珐琅彩及各类仿古器皿，无不富丽堂皇，巧夺天工。

参观完瓷器，已经到了去远东国际大饭店赴海基会副秘书长李庆平先生之宴的时间，但格外吸引人的书画陈列还见所未见。况且，李女士说馆内正在举办的"宋代书画册页名品特展"陈列的是70件精品，全是"压箱底的东西"，平日难得一见。于是，我们只得爽约，看了再说。按我的本意，是请讲解员"带我们走一圈"，可是一旦进了展室，不但观者不能不看，讲者也欲罢不能——原来李女士对书画情有独钟，讲起来滔滔不绝，如数家珍。宋徽宗之广集天下画人，宋高宗之雅好书画，北宋三家李成之温婉、范宽之朴质、郭熙之清润，宋南迁后马远水墨之酣畅淋漓，黄居寀、徐崇嗣花鸟画之法式完备，文同、苏轼、赵孟坚之寄情书画逸兴，尽皆展现在观众面前；又有草虫、果蔬、鱼藻之类，无不成画。两宋书画艺术，真有千岩竞秀、万壑争辉之胜概。那天我们看到的扇面册页，所展现的是南宋时期画面布局将主景置于一边一角、长于简逸物图的特点，虽是小景画，但无论山水、人物还是花鸟，均能表现作者匠心。尤其小画面上虚留空白的运用，益使小团扇具有更广阔的空灵感觉，并使观者增添了想象空间。不少作者还借诗情表现画意，将精烁的文字与简洁的笔墨融合为一，也是宋人小景画的一大物色。

从展室门口取到的文字说明中得知，除了50件扇面，还有20件书法册页，同时在故宫70周年庆祝期间展出，宋初书家、北宋四家和南宋诸家，皆有代表作品入展，但李庆平先生处实在不好意思再迟到太久，只好带着不满足感告别了台北故宫。

两次参观，我尚且不能尽饱眼福。只好期待着还有下一次了……

（原载《台声》，1995年第12期）

在岛内看 "统一"

　　为了不致让读者误会，我得赶紧说明，本文题目中的"统一"，指的是在海峡两岸都赫赫有名的台湾统一企业集团。

　　统一企业集团开始到大陆投资是90年代的事。若论台商进军大陆的时间，"统一"不是最早的。但论其规模，却可以称之为台商来大陆投资的"龙头老大"。

　　在统一企业台北分公司，公司发言人兼公关部经理杨雨鑫满怀信心地对本刊记者说，两岸关系紧张，小商人会担心，一有风吹草动就会受到影响，而统一企业集团早已把风险考虑在内，不论发生什么事情，他们都会照计划来做。

　　我们从台湾回来之后看到了这样的数字：台湾上市公司前往大陆投资，从总投资金额看，以统一集团投资新台币23亿元为最多（领先第二名近10亿）；若以上市公司大陆投资的子公司家数来看，亦以统一集团在大陆十多个地区设立11家子公司为最多，持股比例由50%至100%皆有。自李登辉访美导致两岸关系紧张后，台商一度延缓了赴大陆投资的计划，近来又恢复了对大陆的投资热情。从个别业者的投资案来看，目前台当局核准金额最多的是统一企业，去年（1994年）10月一口气提出三件增资案，包括对昆山和广州公司各增资 1000 万美元，以及对武汉公司增资 650 万美元。据统计，统一企业在台当局开放间接赴大陆投资后，已有 19 件投资案获准，投资金额为 1.78 亿美元，居台商之冠。

台南创业

汽车沿高速公路自台北南下，将至台南市区，但见一座壮观的建筑群从我们的视线旁闪过，虽然相距甚远，但高大厂房上"统一企业"四个大字却赫然在目。这便是统一企业集团总部所在。只可惜我们与之只能擦肩而过。

采访统一企业是在台北忠孝东路四段的三连大楼完成的，它的分公司设在这里。那天接待我们的是公关部杨雨鑫经理和襄理杨玉宝。

统一企业创建于 1967 年，发迹于台南。创业之初，员工只有 82 人，资本不过 3200 万元新台币。现在，"统一"名列台湾食品业之冠，并跻身于台湾企业前 10 名——在制造业中列第 7，在销售业中排第 10。杨经理说，"统一"之最成功处是董事长高清愿的判断，又加上身为读书人的总经理林苍生，更丰富了"统一"的企业文化。

但是，自从赴大陆投资之后，统一企业才迎来了最辉煌的发展阶段。所以，杨雨鑫以公司发言人的身份多次指出："统一"的希望在大陆。

进军大陆

统一企业 80 年代末方赴大陆考察，90 年代初开始在大陆投资设厂。杨雨鑫说，虽然时间比较晚，但大陆的投资条件还是一样好。以在台南创业初期的经验，加上大陆广大的市场，"统一"在大陆发展非常之快。

"统一"是大企业，又是上市公司，为维护自身形象，一切必须合法行事。按照高清愿先生的判断，在大陆首先从华中、华北一带着手。因为"统一"开始在大陆投资时，沿海地区已有港澳商人投资食品业。投资大陆初期采用的是合资形式，即大陆方以土地、厂房等设备折价出资，以不超过股份的 30％为限。后来则尽量采用独资形式。

统一企业集团董事长高清愿曾说过，由于大陆人民对统一企业在台湾的良好形象比较了解，因此对其很有信心。加上企业始终正派经营，绝不违法，使得"统一"在大陆投资一直十分顺利。

于是乎，"统一"在上海、新疆、北京、天津、武汉、昆山、成都、乐山、广州、中山、沈阳、无锡等地已设立了 16 个据点，从华中、华北起始，如今已扩展到沿海和西北、西南地区。而其产品，除新疆的蕃茄汁之外，其余如面粉、方便面、儿童食品、饼干、饲料、油脂等，皆以在大陆内销为主，营业额节节上升。

于是乎，"统一"计划在上海筹设大陆投资营运总部。此举实乃因应大陆市场的全面开拓之所需。

"统一"的信条

杨雨鑫先生长得又高又壮，说起话来却总是笑容满面，乐观而自信。他自己也不谦虚，自称是"统一"称职的发言人。

谈到"统一"在台湾发展和进军大陆的成功之道，他首先归之于"诚实苦干、创新求进"的信条。他说："高清愿是我们的火车头，带着大家加快脚步。文化也很重要，本身有一种责任感才会自觉地去完成任务。身为老板,以身作则,才能使这些精神传承下去。"

"统一"的品质好,服务好,信用好,产品价钱公道。——杨经理概括为"三好一公道"。

"统一"的经营之道推动了在大陆事业的快速发展。

统一企业在大陆的事业,现皆由该公司之大陆事业群负责管理、联系。这些事业的管理制度,几乎都与在台湾的公司一样。不过,由于"统一"在大陆的投资地点十分分散,各个地区的地理、人文环境皆不相同,因此一些细部的管理标准,如用人计划、薪资标准等,则授权当地总经理全权决定。

目前在大陆的各个据点,皆有"统一"自台湾派驻的人员,包括总经理和财务、生产、研发等部门经理。这些人员都是公司内有一定资历、经验的干部。公司要求他们不但能在大陆推展"统一"的理念、制度、企业文化,而且也能保证在当地的表现,不会损害台商和公司的形象。

"统一"的希望

"统一"在大陆采取的是分阶段投资策略,各个厂区皆预留了扩展空间,准备视市场需求而逐步扩展。同时将配合总公司的研究和开发力量,创新口味以增加竞争力。随着大陆人民生活水平的提高,"统一"产品的品质和价格也将渐渐提高。

据透露,除擅长的食品产品外,"统一"目前正积极部署进入大陆的流通市场,并准备在大陆啤酒市场大显身手,争取成为大陆啤酒市场第一家台资企业。

高清愿董事长曾表示,由于海峡两岸同为中国人,口味十分接近，因此台湾食品业者在大陆应较国外同行占优。而大陆的人口是台湾的 60 倍，未来若大陆的政局稳定，经济持续开放，相信食品业将有极大的发展空间。

　　杨雨鑫发言人则预言，"统一"在大陆投资厂的总产值将来会超过在台工厂；而目前前者还不及后者的十分之一。

（原载《台声》，1996 年第 1 期）

从敦煌画廊得到的信息

我一向对两岸书画艺术的交流很感兴趣，对促成这方面一桩桩美事的机构和人物总是怀着敬意。早在七八年前便问起台北的画廊，朋友给我开过一长串名单，其中不少与大陆书画界有密切联系，经常为大陆画家举办画展、出版画册，甚至邀请过去进行交流。敦煌艺术中心便是其中的一家。

敦煌艺术中心位于台北忠孝东路一段138号地下。我和一起来台湾采访的同事徐波由新新闻周刊谢金蓉小姐引导，来见这家画廊的董事长、总经理洪平涛先生。

台北的街道，特别是大马路两旁，几乎统统都是商店铺面，每家商店门口必有广告牌匾高悬，到了夜晚便成了霓虹灯的海洋。这里虽说画廊繁多，有人甚至说台北是全球中国人聚居都市画廊最多的地方，但还是零零散散（没有一条街道像北京琉璃厂）。"敦煌艺术中心"的黄色匾牌挂在一家商店的门口，和那些商店广告相比，既小又不醒目。

谢小姐在新新闻分工文化艺术报道，原与洪老板谙熟。进门之后她领我们来到地下室。地下室很宽敞，有400多平方米，分成几个展室；每个展室的四壁都挂满了画框。当时正在展出的是四川美术学院原油画系主任刘国枢的作品。洪老板坐在展室后面一个小房间里。而会客则在一间较小的展室，展室中央放一张八仙桌，我们四个人围桌而坐。展室一侧靠墙而立一个书架，上面陈列的是敦煌艺术中心出版的画册。洪老板说，他的画廊既办画展，又出书、卖书；所出版的画册都是他自己选编的。书架上摆着大陆画家简又福的画集和中国当代工笔重彩画集等。这些画册印刷精美，但印数并不多，每本只印一千来册，尽管标价与大陆相比不算贵，销得还是不好，有的好几年都卖不完。

洪老板高高的个子，白白净净，气质不凡。他说起话来脸上总带着笑容，但话中却是甘少苦多。这出乎我的意料之外。我原以为大陆画家在台湾无例外地都有市场，经营大陆书画的台湾画廊占天时、地利、人和之便，这些年想必都发了。但听洪老板说起来，却并非完全如此。

洪老板应该算是土生土长的台湾人，但他的画廊以"敦煌"冠名，很容易让人引起一种联想，以为他是甘肃人。这倒也不错。他本人说，十几代之前，他的祖先自甘肃敦煌南迁，后来到金门，最后到了台湾；到台湾之后仍以"敦煌"为堂号。敦煌至今还有洪氏祠堂，里面保有相关记载。这与敦煌艺术中心热衷于在台湾推介大陆书画艺术，也许有着某种必然的联系。他谈起他的历次大陆之行是那样的动情，对至今仍无机会去敦煌寻祖则满怀着遗憾。

洪老板本人自幼年以来，曾先后拜台湾多位名家为师，学习和研究中国画。中国画分为多种，但无论泼墨、重彩，还是文人画，表达的都是东方哲学思想。作为中国画家的洪平涛，倾向于一种唯美表达形式，让人看了赏心悦目、感到温暖。这也成了他的画廊的主调。在他看来，太个人的东西，如抽象派的作品，作为尝试无可厚非，但不会为人普遍接受；这样的作品可在美术馆展览，而非在像"敦煌"这样的画廊出售。洪老板对画家的取舍全凭观众的好恶，而结果如何则要看观众的反响——名气再大的画家，作品挂在那里没人要，过几天就得取下来。

洪平涛经营敦煌艺术中心已经十几年了。这十几年正好是两岸关系发生变化的时期。他说，台湾未开放人员赴大陆前，他就看到过一些祖国大陆画家的资料。找油画，去欧洲；找中国画，当然要去大陆。开放之后，他便多次往返于海峡两岸。在大陆与先已知晓的画家交往，都很顺利，从未遇到过麻烦。那是因为未遇其人，先见其画，从他的艺术格调先已断定了他的人品。况且洪老板要维护画廊的公信力，一向追求高格调。因此在大陆所接触的多为极有修养的老艺术家。洪老板与他们交往顺利，交情也深。

一般而言，艺术市场和经济发展水平可成正比。数年前，我就听人说过，中国画的市场在台湾。洪老板的话印证了这种观点。他说，六七年前，中国画的市场的确要看台湾。台湾许多人本来就喜欢水墨画这一传统中国艺术。两岸开放，又适逢台湾经济发达之时。这几年台湾的收藏者对大陆的书画艺术品几乎是无选择地接受。

"但是，"洪先生说，"就像一部杂货卡车，上面装的什么东西都有，大陆的画家也是参差不齐，高下都有。"一般观众和收藏者缺乏艺术鉴赏能力，只能兼收并蓄。他举例说，在一个外行看来，齐白石的画和一个初学几个月的人临摹出来的东西，并无多大区别。由于市场看好，除了画商之外，一些别的商人也顺带做起了书画生意。他们本不是这方面的行家，只是捎带着做，所以难免高下不辨，或以假当真，一时间假画充斥台湾，炒得很热。在这种情况下，像"敦煌"这样为维护公信力而只介绍大陆优秀作品的画廊，反而在经济上没有得到多少利益。洪老板解释说，这是因为真正艺术的东西因价高而不好推广；而严肃的大陆画家也不轻易卖画，更不会大量投放市场。洪老板的结论是："是台湾别的商人而不是画商搞坏了台湾的书画市场。现在，台湾的艺术市场仍然接受大陆的作品，但是会越来越有选择。"洪老板还有这份乐观，是因为他相信，经过多年的混乱，终会理出一些头绪来。

两岸的书画艺术交流仿佛又受两岸关系的一些影响和制约。这又是洪老板不敢太过乐观的根据。

敦煌艺术中心是台湾画廊协会成员单位之一。据洪平涛说，台湾出现画廊是30年前的事。那时，受经济发展水平的限制，台湾人尚不具备艺术消费的能力，画廊只能做外国人的生意。最近15年来，这种情况发生了变化，收藏各种艺术品尤其是中国水墨画的台湾人越来越多，于是画廊如雨后春笋。现在的画廊协会有会员60多个，洪先生是它的发起人之一，自1991年成立以来一直在里面当理事或常务理事。这六十几家画廊以经营台湾当地画家作品者居多，而敦煌艺术中心则两岸画家作品兼顾，如果开比例的话，大陆画作是四，台湾画作是六。

即使这样，"敦煌"这几年还是受到很大排斥。说到这里，洪老板脸上还是挂着笑，却分明是在诉苦。他说，这几年当地媒体对他推介大陆画家几乎不予报道，因为他们只支持"本土"的东西。观众也发生了变化，有三分之一的人对来自大陆的作品连看也不看。有的人还批评他不支持"本土"画家，还有的人甚至说他"亲共"。

但他还是我行我素，还是一趟趟往大陆跑，还是只相信自己的眼光，既不看"官位"，也不买人情。他说："我不需任何关系，不背人情包袱，完全自己来做，一切看台湾的接受程度。即使有人提供信息，决定还是靠我按自己的判断来作。"

（原载《台声》，1996年第2期）

1995 留给我们的思考

——访海协常务副会长唐树备

不用说海峡两岸关系协会成立四年来，就是最近十几年来，祖国大陆与台湾之间也没有像去年1995年这样多事。所以当1995年12月20日笔者和几位同行一起到海协，要对去年的两岸关系讨个"说法"的时候，一向笑容可掬的唐树备先生脸上的表情却有些凝重。他说，即将过去的一年，是台湾和海外的分裂势力相互勾结、利用，大肆进行分裂活动的一年；也是12亿中国人民进一步显示自己保卫祖国领土与主权完整的决心与能力、对这种分裂活动加强揭露批判和斗争的一年，——这对两岸关系的发展和祖国的和平统一大业，已经和必将产生长远的、深刻的影响。他又指出，1995年也是两岸经济合作、文化交流、人员往来持续进行和有所发展的一年。

这一年两岸之间发生的事情，留给我们太多的思考。

根本原则不可动摇

让我们顺着唐副会长的思路，回想一下去年初的情况。1月30日，江泽民总书记发表了关于台湾问题的重要讲话，提出了关于祖国统一问题的八点主张。这是一个纲领性的文件，受到了全国人民包括台湾同胞、港澳同胞和海外华侨的普遍重视与热烈欢迎。江总书记提出，"坚持一个中国的原则，是实现和平统一的基础和前提"，"中国的主权和领土决不容分割"，"台湾是中国不可分割的一部分"。任何制造"台湾独立"、主张"分裂分治"的言行，都是违背一个中国的原则的，都应坚决反对。

唐树备说，台湾当局领导人李登辉不仅对江总书记讲话中的郑重建议拒不回应，相反却在国际上加紧制造"两个中国"、"一中一台"，使两岸关系的发展受到了严重挫折。

于是，最合乎逻辑的结论应当是：台湾当局要真正站到一个中国的原则上来，停止在国际上制造"两个中国"、"一中一台"的活动。唐树备先生加重语气说："这是一个非常严肃的问题，希望台湾方面认真考虑。"

两岸商谈要有好的政治气氛

在唐副会长接受记者采访的客厅里，有台湾海基会送的铜鼎，还有几件来自台湾的礼物，上面写着"促进交流，互惠互利"、"造桥铺路"、"两岸合作最佳桥梁"等等赞语。就在唐先生坐的沙发旁边，还摆着一个帆船模型。这一切似乎与当前两会之间的关系不大协调。

唐先生回忆道，海协和海基会的商谈，去年上半年取得了某些进展，特别是关于第二次汪辜会谈的第一次预备性磋商，取得了成功。但是，由于台湾方面的原因，两岸商谈的政治气氛受到了严重破坏，汪辜会谈和两会商谈被迫中止。他说："造成这种我们不愿看到的结果，责任在台湾方面。"

避免影响台胞切身利益

去年两岸关系的转折，以李登辉访美为标志。

如果说去年 6 月李登辉从美国回来之后，还有不少人对此认识不清的话，那么经过后来的实践，已经有越来越多的台湾同胞认识到，一个中国的原则才是两岸关系稳定发展的基础，任何背离"一个中国"的原则、在国际上制造"两个中国"、"一中一台"的活动，必然影响到两岸关系的稳定，反过来也影响台湾的稳定和繁荣，影响到台湾同胞的切身利益。

来往、合作是挡不住的潮流

当谈到挡不住的两岸来往和合作的时候，唐副会长的脸上终于露出了笑容。他说，尽管去年下半年以来两岸政治关系紧张，但两岸的经济合作、人员往来、各项交流仍在持续进行，有的还有所发展。这说明两岸人民文化相同、血脉相连、利益相通。两岸同胞要来往、要合作，是任何力量也挡不住的。他预计，去年两岸贸易总额可达 200 亿美元，比上年有较大幅度增长，其中祖国大陆对台湾出口增长幅度更快。虽然由于宏观调控等因素的影响，去年新增加的台商投资项目有所减少，但台商对大陆的实到投资额却继续稳步增长。

唐副会长说，两会商谈虽然暂停了，但两会之间的日常接触和联系去年仍在进行。为了维护两岸人民权益，海协和大陆有关省、市台办一起做了不少事情。

唐先生接着指出，去年两岸的人员往来和各项交流也比上年有不同程度的增加，台湾同胞来大陆全年达 150 万人次左右，比 1994 年增加 10 多万人次。两岸交流也有进一步发展。截至 12 月 8 日，大陆赴台项目 736 个、4834 人次，超过了上年全年的 3190 人次。

唐树备先生强调说，去年澳门和台湾通航，实现澳航飞机换航班号一机到底飞两岸，增加了两岸来往又一渠道，有利于两岸人员的交往和交流。而钱其琛副总理代表中央人民政府宣布的"九七"后香港涉台问题的基本原则和政策，则有利于"九七"后港台之间的经济合作与人员往来，有利于两地同胞的切身利益，也有利于两岸关系的发展。

切实维护台商正当权益

江总书记在春节讲话中强调，不论在什么情况下，我们都将切实维护台商的一切正当权益。为此祖国大陆方面采取了一系列措施。全国人大常委会在广东、福建等省市进行了台胞投资保护法执行情况的检查，有力地推动了该法的进一步贯彻。国台办负责人和许多省市的领导人与台商座谈，介绍我们的政策，听取他们的意见，帮助他们解决了一些实际困难。海协汪道涵会长和唐树备常务副会长也视察了一些台商投资的地区和有台湾学生就读的学校，与台商和台湾同学恳切交谈。有些地方加强了台商集中地区的治安工作，以保护台商的人身安全。有关部门还在进一步研究为在大陆学习的台湾大学生在办证等方面提供更多的方便。

唐先生在回答本刊记者提问时说，他了解到，台商反映较多的是，有些地方乱收费；有些地方基础设施差，电力供给不足；少数当地干部贪污，收受红包。还有一些中小企业与当地合作方面因最初协议不明确而发生纠纷。对住宿、交通、游览与大陆同胞采取不同的收费标准，台商也有意见。至于大陆实行税制改革、降低关税等，对台商利弊，则见仁见智，或许可以说既是机遇又是挑战。

继续进行反对分裂的斗争

谈到1996年的两岸关系，唐树备先生的面部表情坚毅而有信心。他说，展望1996的两岸关系，坚持统一、反对分裂、反对"台独"的斗争必将继续进行。唐树备先生相信，绝大多数台湾同胞是反对"台独"、反对分裂，要求安定、要求两岸关系平稳发展，要求两岸直接三通的。台湾一小撮分裂势力和"台独"分子破坏两岸关系平稳发展的活动已越来越不得人心。他们的倒行逆施终将失败。他语重心长地说："事实已经证明，台湾同胞的切身利益，是和全中国12亿人民的利益紧密相联、不可分割的。把2100万台湾同胞的利益和全国12亿人民的利益对立起来、割裂出去的想法和做法，是行不通的，也是不利于广大台湾同胞的利益的。"

唐副会长最后说，1996年，海协将本着自己的章程，和有关方面一起继续为促进两岸的经济交流交往和合作、促进两岸的各项交流、保护两岸同胞的正当权益，作出自己的努力。

（原载《台声》，1996年第1期）

后　　记

　　这是华艺出版社为我出版的第二本书。头一本是1987年经刘景瑶先生编辑的，书名叫《在希望的土地上》，书中收入本人在此前写的一部分介绍居住在祖国大陆的台湾同胞工作和生活的文章，由当时的中华全国台湾同胞联谊会会长的林丽韫女士作序，台湾民主自治同盟中央主席苏子蘅老前辈题写书名。那本书不仅是"华艺"为我出版的头一本书，也是我从事新闻工作之后的头一本作品集，因而看重它。

　　我于1940年出生于山东省临朐县一个普通农民家庭。父亲魏宗钦，为人谦和、处世大度、襟怀远大、志趣高雅，又以忠孝尚义而名闻乡里，但文化不高；母亲聂玉华，只字不识，但克勤克俭，平易恬淡，贤妻良母，有口皆碑。他们终生务农，可以说至死未得温饱。抗战期间，他们带着我躲到异乡，伯父一家也不敢住在家里，老家只留下祖母和患有痴呆症的大姑妈。隔一段时间，父亲便把靠出卖劳动力而挣来的几斤玉米或大豆在夜里偷偷送回去。那时候，临朐县是有名的"无人区"。日本侵略者在这里恶事作绝。为了安全，父母不得不时常变换住地；夜间潜回家中，更冒生命危险。这便是我从能记事起留下的回忆。抗战胜利之后，我们回家与祖母团圆。祖父死得早，祖母从年轻守寡，又遇战乱，何堪重负！又加上伪保甲欺凌，到父母回来时家已不成其为家：门窗被拆卖，院中长满蒿草；屋顶露着天，什物早被洗劫一空。可怜我那骨瘦如柴的祖母和生活难以自理的大姑妈，能熬过这漫漫长夜，真是万幸。

　　父亲是大孝子，但回家后却不能安心孝敬祖母，因为不久内战又开始了，他要支前，推着车子为解放军运送给养。国民党军队打来时，父亲不在家，母亲抱起幼小的二弟，一手牵着我，随着逃难的人流抹黑往山里走。月光下，山影朦胧，似在眼前，但走到天亮还靠近不了它。白天不敢继续走，只好就近藏起来；国民党军队的飞机在天上来回飞，不时有机枪、大炮打来，吓得我们趴在庄稼地里动也不敢动……好不容易盼来了解放，家里生活渐趋殷实，陆续又有三个弟弟、两个妹妹来到人世，家中充满欢声笑语。可是世道沧桑，艰难又至。正如中央文史馆馆员杨萱庭老先生为我父母所撰碑文中云："又因环境使然，而只能勉强维持生计，为培育子女成人成才更倾其所有、耗尽全部，终因劳累过度而双双早逝。"那些年单纯靠出工出力挣工分，一个工日只有一两角钱，而家中实际只有父亲一名整劳力。在三年困难时期父母身体元气大伤，连一个整劳力也不能保持，又要咬着牙供我念大学，供二弟念高中，家中之艰难困苦，不堪回首。1964 年暑期，二弟也考上了山东大学外文系，与我一起学习了一年。一个农家出了两个大学生，在别人看来是荣耀之至的事情，但对父母而言，却不单是一种荣耀，更实在的是付出。甚至连年幼的弟妹们也因大哥、二哥在外读书而过早地饱尝艰辛。到我们走出校门之后，本应好好孝敬父母了，但又因工资太少，心有余而力不足。至今，不但老大、老二，其余弟妹家境也都好了，有能力更多为父母付出了，他们却过早离我们而去！想起来能不怅然，能不惋惜?！所以，杨老在碑文中写道:"二先人辛劳一生，享子孙更多孝敬所未及，国富民强、当今盛世所未见，令后辈叹惋无限。然古人有云：水明知月上，木落见梅香。宗钦、玉华精神与日月同寿，风范共天地长存。"今所以要出版这本集子者，一方面固然是为了满足自己的一点虚荣心、成就感，也是为了在父母碑前再献上一份礼物，告慰父母在天之灵。

我之所以写下上面这段文字，是因为每念及自己能有今天，必想起父母养育之恩；每念及父母养育我们之艰难，又引发尽孝心未足之遗憾，无非表达一种心情而已。"谁言寸草心，报得三春晖。"

我感激父母养育之恩，也未敢忘怀历任老师对我的教导和各方面领导对我的培养和关心。

我在济南六中读初中时，常在学校黑板报上发表小文章，老师又经常表扬我的作文，因而蒙发了将来从事写作的念头。初中毕业后，学校要保送我进山东省实验中学，说这是山东最好的学校，进了这所学校，上大学便有了希望。可是我却执意选中了济南十二中，一则因为十二中开办二年制高中(早一些结束学业，便早一年减轻家庭负担)，二则因为该校高中文理分科，一进校就可以专修文科。在十二中，教我语文和作文的是赵延吉老师，他时常有诗歌或短文在报刊发表。他不仅教我文学基本知识，更进一步影响了我将来从事写作的志向。毕业时，我想报考新闻系，讵料因为我在进校之初即大炼钢铁之后在学习会上讲过三句大实话而不准我报考这类专业！我一下子陷于极度苦闷之中。我在高中学习成绩极佳，说了几句"错话"后不让我当团干部，但学习班长却一